U0057060

【臺灣現當代作家研究資料彙編】106

吳瀛濤

國立台灣文學館
出版

部長序

文化是一群人思想言行的沉澱，臺灣文化是共同活在這塊土地上所有人的記憶，臺灣文學更是寫作者、評論者、閱讀者經驗交流的最具體且明顯的印記。

在不很久之前的 2018 年 1 月，國立臺灣文學館才舉辦「臺灣現當代作家研究資料彙編計畫」第七階段成果發表會，作家、家屬、學者齊聚，見證累積百冊的成果已成當代文學界匯集經典與志業的盛事。

時序來到歲末年終，文學館接力推出第八階段的出版成果，也就是林語堂、洪炎秋、李曼瑰、王詩琅、李榮春、吳瀛濤、王藍、郭良蕙、辛鬱、黃娟十位重要作家的研究彙編，為叢書再疊上一批穩固的基石。

記憶是土壤，會隨著時代的震盪而流失，甚至整個族群忘卻事情的始末，成為無根的人群。這時候就需要作家的心、文學的筆，將生命體驗以千折百轉的方式描摹、留存到未來。如此說來，文學就是為國家的記憶鎖住養分，留待適當的時機按圖索驥，找出時空的所有樣貌。

作家所見所思、所想所感，於不同世代影響時代的認識，因此我們談文學、讀作品，不可能躍過作家。「臺灣現當代作家研究資料彙編計畫」的精神恰與文化部近來致力推動「重建臺灣藝術史計畫」的核心想法不謀而合，也就是從檔案史料中提煉出最能彰顯臺灣文化多元性的在地史觀，為 21 世紀臺灣文化認同找到最紮實的記憶路徑。這套叢書透過回顧作家生平經歷、查找他們的文學互動軌跡，加上諸多研究者的評述，讀者不僅與作家的文學腳蹤同行，也由此進入臺灣特有的文學世界。

十分欣見臺文館將第八階段的編選成果呈現在面前。這個計畫從 2010 年開展，完成了 110 位臺灣現當代重要作家的研究資料彙編。這份長長的名單裡，雖不乏許多讀者耳熟能詳的文學大家，但也有許多逐漸為讀者或研究者都忘的好手。這個百餘冊的彙編，就是倒入臺灣文化記憶土壤的養分。漸漸離開前臺的前輩作家，再度重新被閱讀、被重視、被討論，這是推展臺灣文學的價值。

這一套兼具深度與廣度的臺灣文學工具書，不只提供國內外關心、研究臺灣文學的用戶參考，並期待持續點亮臺灣文學的光芒。

文化部部長 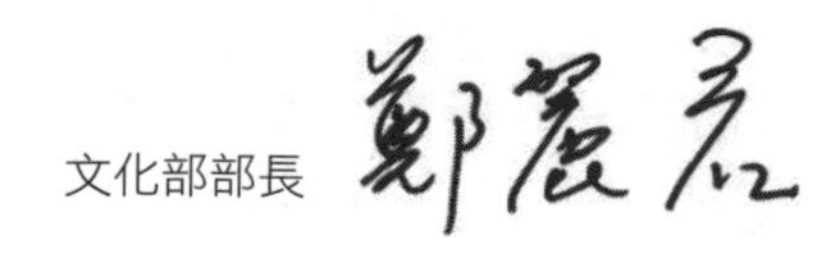

館長序

以文字方式留存的臺灣文學，至少已有三百餘年歷史，若再加計原住民節奏韻味的口傳文化，絕對是至足以聚攏一整個社會的集體記憶。相對於文學創作的不屈不撓，臺灣文學的「研究」，則因為政治情境所迫，而遲至 1990 年代才能在臺灣的大學科系成立，因此有必要加緊步履「文學史」的補課工作。

國立臺灣文學館，當然必須分擔這個責任。文學，是人類使用符號而互動的最高級表現，作家透過作品與讀者進行思想的美好交鋒，是複雜的社會共感歷程。其中，探討作家的作品，固是文學研究的明確入口，然而讀者的回應甚至反擊，更是不遑多讓的迷人素材。臺灣文學館在 2010 年開啟《臺灣現當代作家研究資料彙編》的編纂計畫，委託臺灣文學發展基金會執行，以「現當代」文學作家為界，蒐羅散落各地、視角多元的研究評論資料，期能更有效率勾勒臺灣文學的標竿圖像。

《臺灣現當代作家研究資料彙編》，由最早預定三個階段出版 50 冊的計畫，因各界的期許而延續擴編，至今已是第八階段，累積出版已達 110 冊。當然，臺灣文學作家的意義，遠遠大於現當代的範圍，彙編選擇的作家對象，也不可能窮盡，更無位階排名之意。

現當代的範圍始自 1920 年代賴和的世代至今，相對接近我們所處的社會，也更能捕捉臺灣文化史的雜揉情境。當然部落社會的無名遊吟者、清末古典文學的漢詩人，曾在各個時代留下痕跡的文學家們，亦為高度值得尊崇的文學瑰寶。第八階段彙編計畫包含林語堂、洪炎秋、李曼瑰、王詩琅、李榮春、吳瀛濤、王藍、郭良蕙、辛鬱、黃娟共十位作家，顧及並體現了臺灣文學跨越族群、性別、世代、階級的共同歷程，而各冊收錄的研究評論，也提供我們理解臺灣文學特殊面向的不同視野。期待彙編資料真能開啟一個窗口，以看見臺灣短短歷史撞擊出的這麼多類屬各異的文學互動。

國立臺灣文學館館長　蘇碩斌

編序

◎封德屏

緣起

1995 年 10 月 25 日，在臺灣師範大學教育大樓的 201 室，一場以「面對臺灣文學」為題的座談會，在座諸位學者分別就臺灣文學的定義、發展、研究，以及文學史的寫法等，提出宏文高論，而時任國家圖書館編纂張錦郎的「臺灣文學需要什麼樣的工具書」，輕鬆幽默的言詞，鞭辟入裡的思維，更贏得在座者的共鳴。

張先生以一個圖書館工作人員自謙，認真專業地為臺灣這幾十年來究竟出版了多少有關臺灣文學的工具書，做地毯式的調查和多方面的訪問。同時條理分明地針對研究者、學生，列出了十項工具書的類型，哪些是現在亟需的，哪些是現在就可以做的，哪些是未來一步一步累積可以達成的，分別做了專業的建議及討論。

當時的文建會二處科長游淑靜，參與了整個座談會，會後她劍及履及的開始了文學工具書的委託工作，從 1996 年的《臺灣文學年鑑》起始，一年一本的編下去，一直到現在，保存延續了臺灣文學發展的基本樣貌。接著是《中華民國作家作品目錄》的新編，《臺灣文壇大事紀要》的續編，補助國家圖書館「當代文學史料影像全文系統」的建置，這些工具書、資料庫的接續完成，至少在當時對臺灣文學的研究，做到一些輔助的功能。

2003 年 10 月，籌備多年的「臺灣文學館」正式開幕運轉。同年五月《文訊》改隸「財團法人台灣文學發展基金會」，為了發揮更大的動能，開始更積極、更有效率地將過去累積至今持續在做的文學史料整理出來，讓豐厚的文藝資源與更多人共享。

於是再次的請教張錦郎先生，張先生認為文學書目、作家作品目錄、文學年鑑、文學辭典皆已完成或正在進行，現在重點應該放在有關「臺灣現當代作家評論資料目錄」的編輯工作上。

很幸運的，這個計畫的發想得到當時臺灣文學館林瑞明館長的支持，於是緊鑼密鼓的展開一切準備工作：籌組編輯團隊、召開顧問會議、擬定工作手冊、撰寫計畫書等等。

張錦郎先生花了許多時間編訂工作手冊，每一位作家的評論資料目錄分為：

（一）生平資料：可分作者自述，旁人論述及訪談，文學獎的紀錄。

（二）作品評論資料：可分作品綜論，單行本作品評論，其他作品（包括單篇作品）評論，與其他作家比較等。

此外，對重要評論加以摘要解說，譬如專書、專輯、學術會議論文集或學位論文等，凡臺灣以外地區之報刊及出版社，於書名或報刊後加註，如中國大陸、香港、新加坡等。此外，資料蒐集範圍除臺灣外，也兼及中國大陸、香港、新加坡、日本、韓國及歐美等地資料，除利用國內蒐集管道外，同時委託當地學者或研究者，擔任資料蒐集工作。

清楚記得，時任顧問的學者專家們，都十分高興這個專案的啟動，但確定收錄哪些作家名單時，也有不同的思考及看法。經過充分的討論後，終於取得基本的共識：除以一般的「文學成就」為觀察及考量作家的標準外，並以研究的迫切性與資料獲得之難易度為綜合考量。譬如說，在第一階段時，作家的選擇除文學成就外，先考量迫切性及研究性，迫切性是指已故又是日治時期臺籍作家為優先，研究性是指作品已出土或已譯成中文為優先。若是作品不少而評論少，或作品評論皆少，可暫時不考慮。此外，還要稍微顧及文類的均衡等等。基本的共識達成後，顧問群共同挑選出 310 位作家，從鄭坤五、賴和、陳虛谷以降，一直到吳錦發、陳黎、蘇偉貞，共分三個階段進行。

「臺灣現當代作家評論資料目錄」專案計畫，自 2004 年 4 月開始，至 2009 年 10 月結束，分三個階段歷時五年六個月，共發現、搜尋、記錄了十餘萬筆作家評論資料。共經歷了三位專職研究助理，近三十位兼任研究助理。這些研究助理從開始熟悉體例，到學習如何尋找資料，是一條漫長卻實用的學習過程。

接續

「臺灣現當代作家評論資料目錄」的專案完成，當代重要作家的研究，更可以在這個基礎上，開出亮麗的花朵。於是就有了「臺灣現當代作家研究資料彙編暨資料庫建置計畫」的誕生。為了便於查詢與應用，資料庫的完成勢在必行，而除了資料庫的建置外，這個計畫再從 310 位作家中精選 50 位，每人彙編一本研究資料，內容有作家圖片集，包括生平重要影像、文學活動照片、手稿及文物，小傳、作品目錄及提要、文學年表。另外每本書分別聘請一位最適當的學者或研究者負責編選，除了負責撰寫八千至一萬字的作家研究綜述外，再從龐雜的評論資料中挑選具有代表性的評論文章，平均 12～14 萬字，最後再附該作家的評論資料目錄，以期完整呈現該作家的生平、創作、研究概況，其歷史地位與影響。

第一部分除資料庫的建置外，50 位作家 50 本資料彙編（平均頁數 400～500 頁），分三個階段完成，自 2010 年 3 月開始至 2013 年 12 月，共費時 3 年 9 個月。因為內容充實，體例完整，各界反應俱佳，第二部分的 50 位作家，分四階段進行，自 2014 年 1 月開始至 2017 年 12 月，共費時 4 年，並於 2017 年 12 月出版《百冊提要》，摘要百冊精華，也讓研究者有清晰的索引可循。2018 年 1 月，舉行百冊成果發表會，長年的灌溉結果獲文化部支持，得以延續百冊碩果，於 2018 年 1 月啟動第三部分 20 位作家的資料彙編。

成果

雖然過程是如此艱辛，如此一言難盡，可是終究看到豐美的成果。每位編選者雖然忙碌，但面對自己負責的作家資料彙編，卻是一貫地認真堅持。他們每人必須面對上千或數百筆作家評論資料，挑選重要或關鍵性的評論文章，全面閱讀，然後依照編選原則，挑選評論文章。助理們此時不僅提供老師們所需要的支援，統計字數，最重要的是得找到各篇選文作者，取得同意轉載的授權。在起初進度流程初估時，我們錯估了此項工作的難度，因為許多評論文章，發表至今已有數十年的光景，部分作者行蹤難查，還得輾轉透過出版社、學校、服務單位，尋得蛛絲馬跡，再鍥而不捨地追蹤。有了前面的血淚教訓，日後關於授權方面，我們更是如臨深淵、如履薄冰，希望不要重蹈覆轍，在面對授權作業時更是戰戰兢兢，不敢懈怠。

除了挑選評論文章煞費苦心外，每個作家生平重要照片，我們也是採高標準的方式去蒐集，過世作家家屬、友人、研究者或是當初出版著作的出版社，都是我們徵詢的對象。認真誠懇而禮貌的態度，讓我們獲得許多從未出土的資料及照片，也贏得了許多珍貴的友誼。許多作家都協助提供照片手稿等相關資料，已不在世的作家，其家屬及友人在編輯過程中，也給予我們許多協助及鼓勵，藉由這個機會，與他們一起回憶、欣賞他們親人或父祖、前輩，可敬可愛的文學人生。此外，還有許多作家及研究者，熱心地幫忙我們尋找難以聯繫的授權者，辨識因年代久遠而難以記錄年代、地點、事件的作家照片，釐清文學年表資料及作家作品的版本問題，我們從他們身上學習到更多史料研究可貴的精神及經驗。

但如何在規定的時間內，完成每個階段資料彙編的編輯出版工作，對工作小組來說，確實是一大考驗。每一冊的主編老師，都是目前國內現當代臺灣文學教學及研究的重要人物，因此都十分忙碌。每一本的責任編輯，必須在這一年的時間內，與他們所負責資料彙編的主角——傳主及主編老師，共生共榮。從作家作品的收集及整理開始，必須要掌握該作家所有出版的作品，以及盡量收集不同出版社的版本；整理作家年表，除了作家、研究者已撰述好的年表外，也必須再從訪談、自傳、評論目錄，從作品出版等線索，再作比對及增刪。再來就是緊盯每位把「研究綜述」放在所有進度最後一關的主編們，每隔一段時間提醒他們，或順便把新增的評論目錄寄給他們（每隔一段時間就有新的相關論文或學位論文出現），讓他們隨時與他們所主編的這本書，產生聯想，希望有助於「研究綜述」撰寫的進度。

在每個艱辛漫長的歲月中，因等待、因其他人力無法抗拒的因素，衍伸出來的問題，層出不窮，更有許多是始料未及的。譬如，每本書的選文，主編老師本來已經選好了，也經過授權了，為了抓緊時間，負責編輯的助理們甚至連順序、頁碼都排好了，就等主編老師的大作了，這時主編突然發現有新的文章、新的資料產生：再增加兩三篇選文吧！為了達到更好更完備的目標，工作小組當然全力以赴，聯絡，授權，打字，校對，重編順序等等工作，再度展開。

此次第三部分第一階段共需完成的 10 位作家研究資料彙編，年齡層與活動地區分布較廣，跨越 19 世紀末至 1930 年代出生的作者，步履遍布海內外各地。出生年代較早的作者，在年表事件的求證以及早年著作的取得上，饒有難度，也考驗團隊史料採集與判讀的功力。以出生年代較近的作者而言，許多疑難雜症不刃而解，有些連主編或研究者都不太清楚的部分，譬如年表中的某一件事、某一個年代、某一篇文章、某一個得獎記錄，作家本人及家屬絕對是一個最好的諮詢對象，對解決某些問題來說，這是一個好的線索，但既然看了，關心了，參與了，就可能有不同的看法，選文、年表、照片，甚至是我們整本書的體例，於是又是一場翻天覆地的大更動，對整本書的品質來說，應該是好的，但對經過多次琢磨、修改已進入完稿階段的編輯團隊來說，這不啻是一大挑戰。

1990 年開始，各地縣市文化中心（文化局），對在地作家作品集的整理出版，以及臺灣文學館成立後對日治時期作家以迄當代重要作家全集的編纂，對臺灣文學之作家研究，也有了很好的促進作用。如《楊逵全集》、《林亨泰全集》、《鍾肇政全集》、《張文環全集》、《呂赫若日記》、《張秀亞全集》、《葉石濤全集》、《龍瑛宗全集》、《葉笛全集》、《鍾理和全集》、《錦連全集》、《楊雲萍全集》、《鍾鐵民全集》等，如雨後春筍般持續展開。

經過近二十年的努力，臺灣文學的研究與出版，也到了可以驗收或檢討成果的階段。這個說法，當然不是要停下腳步，而是可以從「臺灣現當代作家評論資料目錄」所呈現的 310 位作家、10 萬筆資料中去檢視。檢視的標的，除了從作家作品的質量、時代意義及代表性去衡量外、也可以從作家的世代、性別、文類中，去挖掘有待開墾及努力之處。因此這套「臺灣現當代作家研究資料彙編」，大部分的編選者除了概述作家的研究面向外，均有些觀察與建議。希望就已然的研究成果中，去發現不足與缺憾，研究者可以在這些不足與缺憾之處下功夫，而盡量避免在相同議題上重複。當然這都需要經過一段時間去發現、去彌補、去重建，因此，有關臺灣文學的調查、研究與論述，就格外顯得重要了。

期待

感謝臺灣文學館持續推動這兩個專案的進行。「臺灣現當代作家評論資料目錄」的完成，呈現的是臺灣文學研究的總體成果；「臺灣現當代作家研究資料彙編」的出版，則是呈現成果中最精華最優質的一面，同時對未來臺灣文學的研究面向與路徑，作最好的建議。我們可以很清楚的體會，這是一條綿長優美的臺灣文學接力賽，經過長時間的耕耘、灌溉，風搖雨濡、燭影幽轉，百年臺灣文學大樹卓然而立，跨越時代並馳而行，百冊作家研究資料彙編得千位作家及學者之力，我們十分榮幸能參與其中，更珍惜在傳承接力的過程，與我們相遇的每一個人，每一件讓我們真心感動的事。我們更期待這個接力賽，能有更多人加入。誠如張恆豪所說「從高音獨唱到多元交響」，這是每一個人所期待的。

編輯體例

一、本書編選之目的，為呈現吳瀛濤生平、著作及研究成果，以作為臺灣文學相關研究、教學之參考資料。

二、全書共五輯，各輯內容及體例說明如下：

輯一：圖片集。選刊作家各個時期的生活或參與文學活動的照片、著作書影、手稿（包括創作、日記、書信）、文物。

輯二：生平及作品，包括三部分：

1.小傳：主要內容包括作家本名、重要筆名，生卒年月日，籍貫，及創作風格、文學成就等。

2.作品目錄及提要：依照作品文類（論述、詩、散文、小說、劇本、報導文學、傳記、日記、書信、兒童文學、合集）及出版順序，並撰寫提要。不收錄作家翻譯或編選之作品。

3.文學年表：考訂作家生平所進行的文學創作、文學活動相關之記要，依年月順序繫之。

輯三：研究綜述。綜論作家作品研究的概況，並展現研究成果與價值的論文。

輯四：重要文章選刊。選收作家自述、國內外具代表性的相關研究論文及報導。

輯五：研究評論資料目錄。收錄至 2018 年 11 月底止，有關研究、論述臺灣現當代作家生平和作品評論文獻。語文以中文為主，兼及日文和英文資料。所收文獻資料，以臺灣出版為主，酌收中國大陸、香港、日本和歐美國家的出版品。內容包含三部分：

1.「作家生平、作品評論專書與學位論文」下分為專書與學位論文。

2.「作家生平資料篇目」下分為「自述」、「他述」、「訪談」、「年表」、「其他」。

3.「作品評論篇目」下分為「綜論」、「分論」、「作品評論目錄、索引」、「其他」。

目次

【輯五】研究評論資料目錄

輯一◎圖片集

影像◎手稿◎文物

1920年代後期，就讀臺北太平公學校（今臺北市大同區太平國小）的吳瀛濤。（國立臺灣文學館）

1934年，畢業於臺北商業學校（今臺北商業大學）的吳瀛濤。（國立臺灣文學館）

1938年2月13日，吳瀛濤與許鑾英（左）結婚照。（吳瀛濤家屬提供）

1940年11月17日，吳瀛濤與「日本アルミ高雄工場擴張工事」同事合影。右起：長嶌吉男、光武直樹、吳瀛濤、佚名、邱清泉、吉田保（後）、佚名。（國立臺灣文學館）

1941年11月11日，吳瀛濤（二排右一）臺灣商工學校（今開南商工）北京語高等講習班第五期之畢業照。（國立臺灣文學館）

1941年，25歲的吳瀛濤。（吳瀛濤家屬提供）

1942～1943年，吳瀛濤（後排左二）與文友合影於黃宗葵宅前。（國立臺灣文學館）

1944年1月，吳瀛濤與妻吳許鑾英（右，手抱次子吳重文）、長子吳康文（前）合影於臺北照相館。（吳瀛濤家屬提供）

1949年，吳瀛濤與子女，合影於臺北新公園（今二二八和平紀念公園）。右起：長女吳玉文、次女吳珠文、吳瀛濤（後）、次子吳重文、長子吳康文。（吳瀛濤家屬提供）

1953年4月21日，吳瀛濤與文友合影於「臺灣省文獻委員會座談會」。前排：吳新榮（右二）、王白淵（右三）、楊雲萍（右四）、黃啟端（右五）、郭水潭（右八）；中排：黃得時（右二）、吳濁流（右三）、吳瀛濤（右五）；後排：龍瑛宗（右二）、王詩琅（右三）。（龍瑛宗文學藝術教育基金會提供）

1954年，吳瀛濤家族合影於華陰街15號宅前。前排左起：長女吳玉文、三男吳家寶、父吳添祐、姪女吳純純；中排左起：長子吳康文、次子吳重文、吳瀛濤、姪子吳泰雄；後排左起：三弟吳瀛洲、妻吳許鑾英、三弟妻吳黃秀華。（吳瀛濤家屬提供）

1950年代，吳瀛濤與紀弦（左）合影。（吳瀛濤家屬提供）

1955年1月，吳瀛濤家族合影於烏來瀑布，後寫成詩作〈烏來紀遊〉。前排右起：三男吳家寶、次女吳珠文、姪女吳純純、長女吳玉文；二排右起：次子吳重文、姪子吳泰雄；三排右起：三弟吳瀛洲、吳瀛濤、妻吳許鑾英、父吳添祐。（吳瀛濤家屬提供）

1960年，全家合影於吳瀛濤母親張亞墓園。外圈左起：吳瀛濤、四弟妻吳邱完、長子吳康文、次子吳重文、姪女吳純純、三弟妻吳黃秀華、父吳添祐、四弟吳瀛昭。（吳瀛濤家屬提供）

1963年，吳瀛濤與友人合影野柳女王頭。前起：賴傳鑑、吳瀛濤、鄭世璠、佚名。（國立臺灣文學館）

1965年1月2日，吳瀛濤出席《笠》詩刊於臺北南港臺灣肥料公司舉辦之「第一次年會兼同仁大會」。前排左起：羅浪、林亨泰、吳瀛濤、詹冰、陳千武、錦連；後排左起：方平、王憲陽、吳宏一、趙天儀、杜國清、白萩、古貝、李魁賢。（李魁賢提供）

1965年5月16日，吳瀛濤出席《笠》詩刊同仁編委會議，會後遊南港中央研究院之胡適紀念館。左起：葉泥、林錫嘉（後）、李子士、吳瀛濤、史義仁（後）、杜國清、趙天儀、林煥彰、洛夫（手抱女兒莫非）、李篤恭。（李魁賢提供）

1966年3月29日，吳瀛濤出席於臺北西門町圓環舉辦之「現代詩展」。前排右起：李魁賢、江泰馨、林錫嘉、羅明河、佚名；二排右起：黃華成、趙天儀、吳瀛濤、杜國清、佚名（低頭者）、林煥彰、侯平治；三排立者右起：陳千武妻許玉蘭、杜潘芳格、龍思良。（李魁賢提供）

1968年，吳瀛濤與楊英風為其所塑之雕像合影於臺北長安西路宅。（吳瀛濤家屬提供）

1969年6月15日，吳瀛濤出席笠詩社於臺北市新光產物保險公司舉辦之「笠詩社五週年暨第一屆笠詩獎頒獎大會」。前排左起：林宗源、吳瀛濤、巫永福、黃騰輝、陳千武、葉笛、陳秀喜、趙天儀；後排左起：徐和隣、林煥彰、拾虹、杜潘芳格、李魁賢、喬林、陳明台、施善繼、羅明河、古添洪。（李魁賢提供）

1970年4月12日，吳瀛濤出席「《臺灣文藝》六週年暨第一屆吳濁流文學獎」。前排左起：司馬中原、王詩琅、郭水潭、陳逸松、黃靈芝、鍾肇政、沈萌華、吳濁流、佚名、林海音、顏媞；二排：林煥彰（左二）、李魁賢（左三）、鄭清文（左四）、陳秀喜（右七）；三排左起：陳恆嘉、陌上桑、林佛兒、廖清秀、賴傳鑑、趙天儀、吳瀛濤、佚名、黃文相、張彥勳、林鍾隆、佚名、佚名；四排：李篤恭（左三）。（李魁賢提供）

1970年，吳瀛濤全家福合影於長安西路宅。前排左起：吳瀛濤、妻吳許鑾英（手抱孫女吳佳芬）；後排左起：次子吳重文、三男吳家寶、次女吳珠文、長女吳玉文、次媳吳謝敏惠。（吳瀛濤家屬提供）

1971年，吳瀛濤過世後，子女以《吳瀛濤詩集》中「詩寫在萬人的心上，而期待著一種回音」作為墓誌銘。（吳瀛濤家屬提供）

2016年7月，適逢吳瀛濤百歲冥誕，由國立臺灣文學館舉辦之「瀛海的巨濤——吳瀛濤捐贈展」，家屬合影。右起：次女婿呂良輝、長媳蔡祥雲、次子吳重文、館長廖振富、長子吳康文、次女吳珠文、長女吳玉文、長女婿陳弘毅（後）、次媳吳謝敏惠。（國立臺灣文學館）

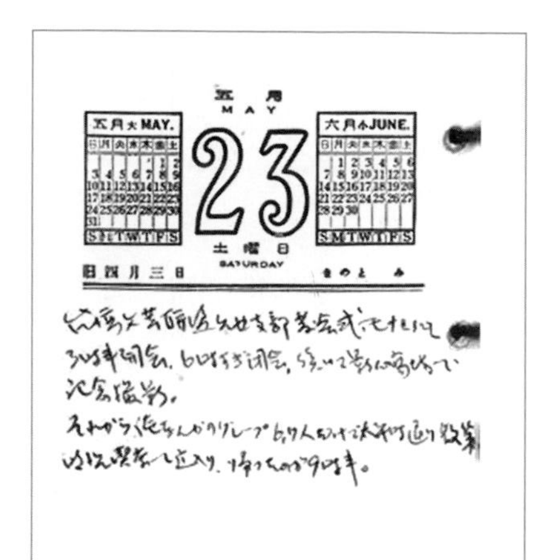

1936年5月23日，吳瀛濤於日記本記錄臺灣文藝聯盟臺北支部社務內容：於下午三點半開會，六點結束。（國立臺灣文學館）

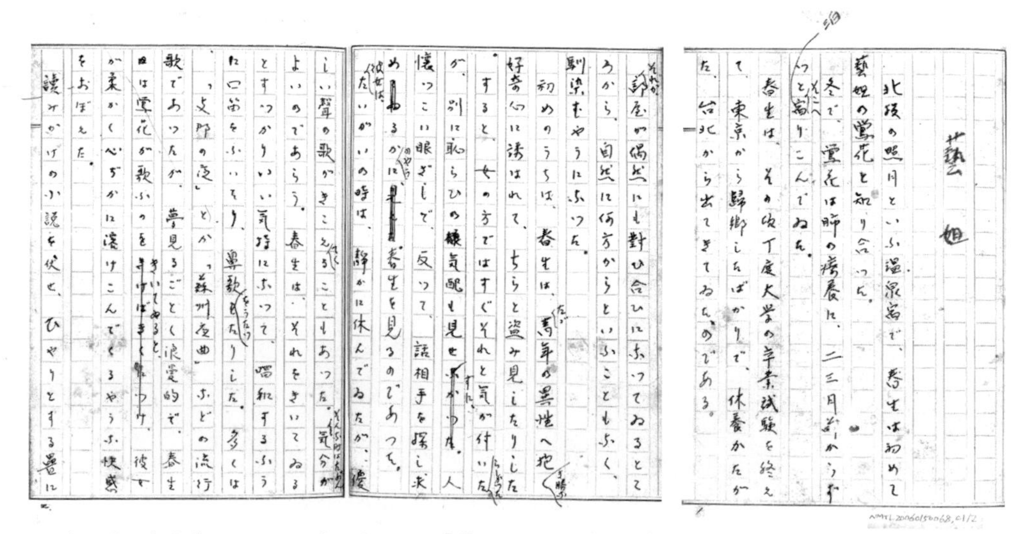

1943年，獲選臺灣藝術社小說懸賞選外佳作之「藝妲」手稿。（國立臺灣文學館）

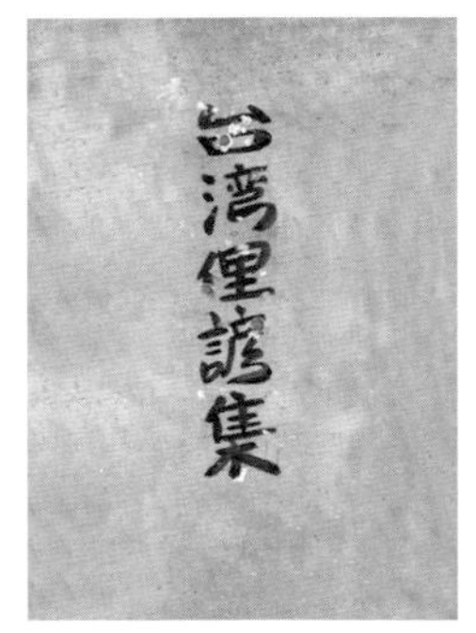

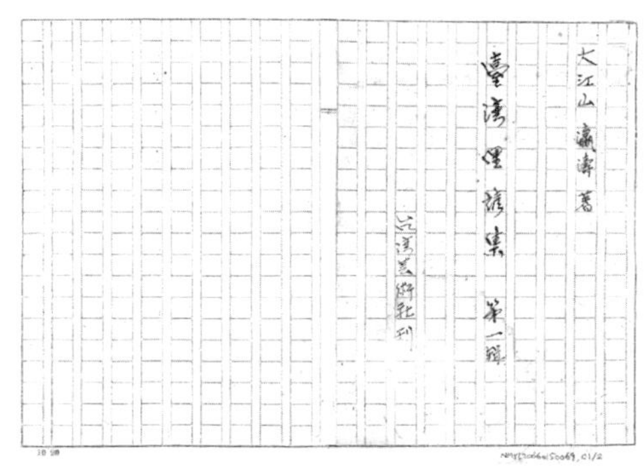
大江山瀛濤著

臺灣俚諺集 第一輯

台灣藝術社刊

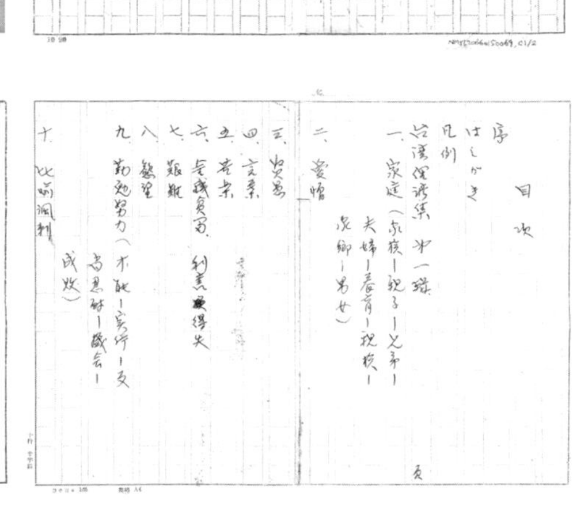
はしがき

俚諺とは、ことわざである。諺あり、寓言あり、警句あり、また故事成語を[illegible]教へられる。集約された言語の宝庫である。この[illegible]世界こそは、実に人生の縮図であらう。わが愛すべき台湾にも、[illegible]俚諺のかずかずがあり、日本生活に[illegible]も盡きない[illegible]興へてゐる。

筆者はかねがね俚諺に深い興趣を覚えてゐたが、図らずも茲に書肆の需めに應じ、未熟をも顧みず「台湾俚諺集」を編むこととなつた。勿論この小冊子は手すさびまでの羅列的覚書に過ぎないが、この種既出の書より[illegible]平易なものに努め、[illegible]台湾[illegible]者を対し、且つ索引を補ひ[illegible]。尚未詳部分[illegible]は[illegible]第二輯とすることにした。多くの不備の点は、幸に読者の御教示を[illegible]やまない。

目次

序

はしがき

凡例

台湾俚諺集 第一輯

一、家庭（家族—親子—兄弟—夫婦—養育—親族—郷—男女）

二、愛情

三、処世

四、言葉

五、[illegible]

六、金銭貧富、利害得失

七、艱難

八、慾望

九、勤勉努力（不能—実行—交—[illegible]—機会—成敗）

十、比喩諷刺

1943年，吳瀛濤未出版之「臺灣俚諺集」前言、目次手稿與兩款封面。（國立臺灣文學館）

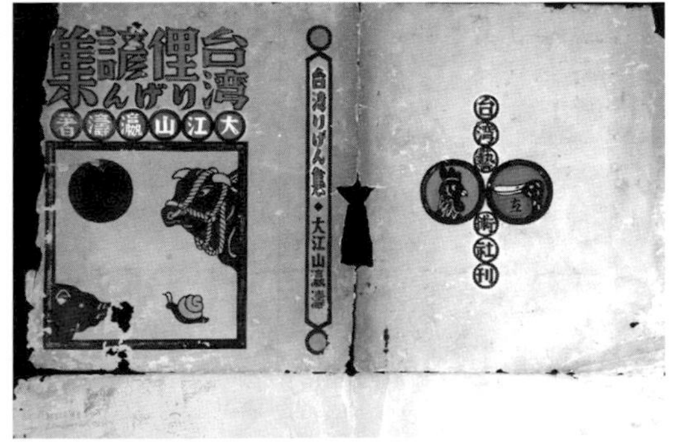

構圖

吳瀛濤

空間的畫窗[illegible]
我有各種構圖
配合藍天有飄搖的白雲
海與陸地聯接港都有一片異國的[illegible]
果樹生有滿園的果
還盛開高原的花
沙漠的綠地又繁茂血紅妖麗的仙人掌
那邊更有奇異的小動物
這裏卻是二十世紀的大都市
身歷聲寬形的大銀幕
又天空[illegible]噴射機的線雲
人造的衛星[illegible]出現
又飛箭[illegible]向[illegible]空
而我的構圖正要創一次奇跡

1955年11月，吳瀛濤發表於《幼獅文藝》第3卷第4期之詩作〈構圖〉剪貼。（國立臺灣文學館）

臺灣民俗薈談

常用語彙

吳瀛濤

工夫病（師病）、有眼（好）、眼精手快（敏捷）、憨頭憨面（[illegible]、一身性情頑固）、豎猴（呆住）、攑旗軍仔（雜兵，[illegible]同之[illegible]）、豎[illegible]（X仔龍，用以閱卷評點的）、[illegible]聲（傳達別人的[illegible]威脅）、[illegible]生（[illegible]裡的女[illegible]殼內的蟲）、豎尸[illegible]（倒立）、豎[illegible]（生[illegible]備置棺木）、子孫袋（陰囊）、[illegible]（執行猶豫）、騎馬[illegible]（[illegible]作馬騎行的遊戲）、[illegible]某大王（怕妻漢）、[illegible]（音嬌，意同與字，南部的訛音）、鴨仔[illegible]（鴨子[illegible]目不良者，轉而言沒有勇氣的）、鴨蛋面（面狀）、[illegible]人（無廉恥的人）、[illegible]查某（潑婦）、妖精（淫婦）、羊仔目（睡覺時不閉眼的眼睛）、羊角風（旋風）、[illegible]（[illegible]）、[illegible]獅（小孩[illegible]頭狀）、[illegible]腸（[illegible]的[illegible]臟）、[illegible]蛆（由於服用[illegible]所生的[illegible]）、腰內肉（豬的腰部與脊髓間的肉）、陰症（神經病，憂鬱病）、有影（實在）、有孔（有錢）、[illegible]仔米（秋季收穫，[illegible]讀[illegible]）、或稱下冬）、鳥暗白[illegible]（言狀突兀）、鳥[illegible]（女人的[illegible]詞）、鳥[illegible]菜（草[illegible]粗食，或言芋蕃菜仔[illegible]）、鳥濃心（心性[illegible]毒，濃音讀[illegible]）、活仔（南部一帶[illegible]的[illegible]）、[illegible]（夫婦枕）、[illegible]吹唱（合奏）、[illegible]仔（[illegible]袖衣）、腳後曲（膝頭後面[illegible]部份）、[illegible]根（咬齒根，切齒狀）、腳[illegible]（腳脛）、加[illegible]損（顫抖）、[illegible]（情夫，[illegible]）、到水（到了成熟期）、[illegible]（罵詈）、[illegible]公（[illegible]或[illegible]夫）、[illegible]手（[illegible]）、同[illegible]（同姓）、牛相[illegible]（牛交尾）、騎飛魚（倒立）、發賭[illegible]（沉迷在賭博，[illegible]血衝[illegible]上）、有句（有趣）、出句（藝妲陪酒一次為一句）、[illegible]囝仔（產兒）、[illegible]

1960年代，連載於《新生報》之〈臺灣民俗薈談——常用語彙〉手稿。（國立臺灣文學館）

No.

小熊的冒險

離開人們所住的地方，很遠很遠，有一座山。

山上有很多樹木、花草。

但是寒冷的風一起，葉也飄飄地落下來，帶來了冬天。

山，脫去了青翠的衣服，換穿了白白的衣服啦。

在這深山裏，有一隻今年纔生下來的可愛的小熊。媽媽，今天去找吃的東西，小熊在等媽媽回來。

「趕快回來就好。我很寂寞啊！媽媽——。」

小熊從洞穴裏伸出了頭，看看外面。看來看去，也看不見媽媽。

那邊，只有媽媽的足跡，很長很長，一直走向對面的林子裏。

等了好久，媽媽都沒有回來，小熊越來越寂寞了。

平常，媽媽要出去的時候，都這樣吩咐小熊說：

「不可以一個人到外面去。一定要好好的在家裏，等媽媽回來。」

但是，今天因為媽媽回來得太晚，小熊想：

「出去一下子，也不要緊吧。」

牠就邁動小腳步爬出家外面。牠爬上高高的地方，看了看山的那一邊。

「啊！風景真好。那邊的山，這邊的山谷，全都是雪。到處都是一片的白雪啊。」

因為那裏的風景太好了，小熊非常驚奇，過一會兒，太陽從雲裏[illegible]出來。

牡丹　(24×25)

1963年10月，吳瀛濤發表於《小學生》第301號之翻譯〈小熊的冒險〉手稿。（國立臺灣文學館）

吳瀛濤

■ 從本省老一輩的文藝工作者中算來，他是年輕的一個；從年輕的一代推算過去，他是較老的一個。早期的詩較富生活情趣和意象，近作却稍枯燥而單純，具有些概念化的傾向。詩集有『生活詩集』『瀛濤詩集』和『瞑想詩集』散文集有『海』。

Wu Ying-tao is one of the younger poets among the old generation, yet one of the older poets among the young generation. His early works emanate a kind of fragrance distilled from daily life, but his recent writing betrays an inclination for abstract ideas. He has published three volumes of poems, "The Poems on Daily life," "The Meditative Poems." In addition, he has also published one volume of essays, "The Sea".

影子

吳瀛濤

被擊落的影子，
自閃耀的雲間墮下奈落的底層；
我知道，那是死，
而且由直覺已熟悉它。
死，漫長的歲月換來一瞬終結，
不許嘗試的絕後的体驗；
它的來歷是現世的生，
它的去處是曠古的寂滅。
啊，死，
墨墨的死屍，層層的骷髏，
終於化為烏有，歸於虛無的影；
而那影的領略，無時不追隨於身後。

1966年3月29日，吳瀛濤參與「現代詩展」之展覽手冊內頁。（國立臺灣文學館）

西曆	民國	大正昭和	歲	
1916	5	5	1	生於台北市
1934			19	台北商業學校畢業。勤務於自家的江山樓（當時台灣有名的料理店）。
1938			23	結婚。此年旅行日本一個月（兼商用）
1939			24	勤務於日本人商社"清水組"，在高雄服務。生長男，但同年死亡。此年起開始詩作。
1940			25	勤務於日本人商社"日本出版配給株式會社"，在台北服務。
1941			26	生次男。
1942			27	自此年，詩、散文、台灣俳諧、讀書批評等作品，先曾發表在"台灣藝術"。在"台灣文藝"也發表散文。也當選於"台灣藝術"的懸賞小說。
1943			28	生三男。兼任台灣藝術社記者。（曾有"台灣俳諧集""記錄文學選集"，自選集第一詩集"（1939-1943）"[illegible]）
1944			29	一月以軍屬身份赴香港，於九龍運輸部勤務。十月末回台。在香港期間用中文日文各發表詩於新聞，有"七月的精神、墮落、於黃昏與夜"等。又與有名的中國詩人戴望舒交遊，常回憶詩在宿戴家。十一月末以職員勤務於台北帝國大學，兼任"帝大新聞"編輯。
1945			30	八月台灣光復後，九月任台灣總督府外事部兼北京語通譯官，十月台灣長官公署成立後勤務於該秘書室。此年由於光復，中文新聞雜誌復刊（"民報""新新"等），開始在這些中文報刊發表詩、論評。
1946			31	一月勤務於專賣局，兼任中日文週報"中國週報"的編輯，並發表評論。也在中華日報發表中日文的詩。
1947			32	在新生報副刊"橋"發表詩，但以後至1952年間作品量少。

吳瀛濤自撰之「吳瀛濤生平編年大事記」。（國立臺灣文學館）

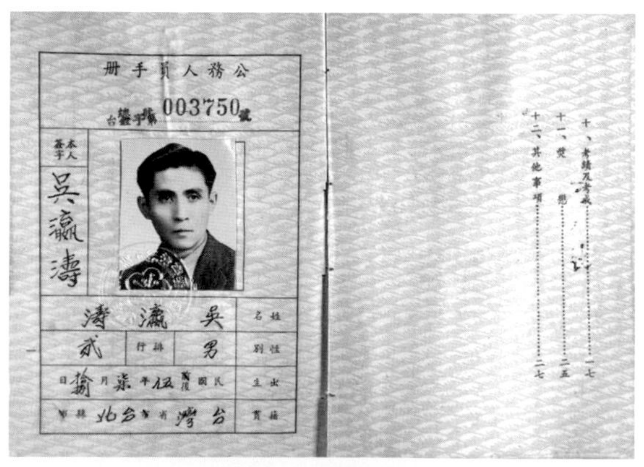

吳瀛濤任職於臺灣省專賣局（今臺灣菸酒公司）臺北分局之公務人員手冊。（國立臺灣文學館）

輯二◎生平及作品

小傳◎作品◎年表

小傳

吳瀛濤（1916～1971）

吳瀛濤，男，筆名榮東、大山榮東、踏影、踏影生、大江山（おらえやま）、大江山生、大江山瀛濤、瀛濤生（えいとう生）、大濤，籍貫臺灣臺北，1916年（大正5年）7月18日生，1971年10月6日辭世，得年56歲。

臺北州立臺北商業學校（今臺北商業大學）畢業，臺灣商工學校（今開南商工）北京語高等講習班第五期結業。曾任職日本アルミニウム株式会社高雄清水組、日本出版配給株式會社臺灣支店、香港九龍造船所、臺北帝國大學（今臺灣大學）圖書館、臺灣總督府外事部、臺灣行政長官公署祕書處機要室。1946年任職於臺灣省專賣局（今臺灣菸酒公司）臺北分局後，至1971年8月退休。1936年「臺灣文藝聯盟」在臺北設立支部，為發起人之一；1964年與陳千武等詩友創辦《笠》詩刊。1943年以短篇小說「藝妲」獲臺灣藝術社舉辦之募集懸賞小說選外佳作，1944年以短篇小說「或る記錄」、「禱り」分別獲臺灣藝術社舉辦之第四回募集懸賞小說二等、選外佳作。

吳瀛濤創作文類以詩為主，兼及散文、小說、兒童文學與民俗著述。戰前以日文書寫的短篇小說與詩作，多圍繞在生長環境，如「祝宴・藝妲・廣場」、「聖戰の日に」；戰後，認為原子是當時科學文明最高象徵，具有時代性，提倡將原子概念與詩的結合，主張最高科學精神、與原子同質、純粹性自由性的「原子詩」，才謂新時代的詩，《瀛濤詩集》為此實驗性代表作品；另一方面，生活在戰後快速發展的現代社會，對近代化都市之感觸亦為其筆下撰寫題材，如〈都市四章〉、〈臺北組曲五章〉、〈我是這裡的陌生人〉。

有感置身於繁華都市的陌生寂寞，1960 年代常至北海岸觀海，發表多篇以海為主題的詩作與散文，內容涵蓋對海的感想、漁村生活乃至藉由海探討宇宙萬物，後集結成散文集《海》。後期主張現代詩「一面是『詩的真實性』，他面是『哲學的真實性』」，創作形式轉向以探究生命哲理、生存、死亡相關議題，常被以「孤獨的瞑想者」形容之。

身為跨語言的一代，吳瀛濤作為原子詩論的先行者、催生《笠》詩刊、扶持與提攜笠詩社後進，擔任舊時代與新時代連結者；善用中、日文能力，翻譯世界童謠並發表於《小學生雜誌》、《葡萄園》等刊物；在史料編纂方面，長年對民俗的採集之成果展現於《臺灣民俗》與《臺灣諺語》二書，王詩琅更讚《臺灣民俗》為「民俗的集大成」。綜觀其一生，生活的痕跡烙印在創作中，誠如詹冰所言：「他的詩即是他的生活本身，他的生活同時是他的詩。他是詩的化身。」

作品目錄及提要

【詩】

生活詩集

臺北：臺灣英文出版社
1953 年 9 月，32 開，112 頁

本書為作家第一本詩集，以手刻鋼版印刷而成之油印本。全書收錄〈甘地〉、〈農民〉、〈願望〉、〈神像〉等 38 首。正文前有〈自序〉，正文後有〈詩論——論原子時代（Atom Age）的詩〉。

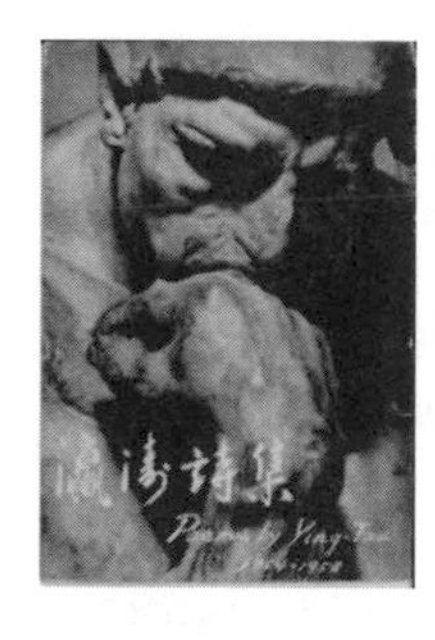

瀛濤詩集

臺北：展望詩社
1958 年 6 月，32 開，65 頁

本書集結 1954 至 1958 年的作品，將其壓縮至不過十行的短詩，每篇詩題取自詩作的第一句。全書收錄〈枯葉的手按在瞑目的額上〉、〈沉思而又瞑想〉、〈要到終點〉、〈我是孤默的心靈〉、〈花開於極地〉等 163 首。

瞑想詩集

臺北：笠詩刊社
1965 年 10 月，12×17.5 公分，91 頁
笠叢書之五

本書集結 1963 與 1964 年的詩作。全書收錄〈日子二章〉、〈美麗島〉、〈飢渴〉、〈齒輪〉等 37 首。

吳瀛濤詩集

臺北：笠詩刊社
1970 年 1 月，32 開，213 頁
島嶼文庫 1

本書集結 1939 至 1969 年詩作，由作家編年、編作品號。全書分「青春詩集（1939～1944）」、「生活詩集（1945～1953）」、「都市詩集（1954～1956）」、「風景詩集（1957～1962）」、「瞑想詩集（1963～1964）」、「陽光詩集（1965～1969）」六輯，收錄〈早晨二章〉、〈空白〉、〈路巷〉、〈五月的歌〉、〈年輕的夜〉等 585[1]首。正文前有作者塑像影像，正文後有〈後記〉。

吳瀛濤集

臺南：國立臺灣文學館
2009 年 7 月，25 開，148 頁
臺灣詩人選集 4
趙天儀編

本書集結作家 1939 至 1971 年的詩作。全書分「青春詩集（1939～1944）」、「生活詩集（1945～1953）」、「都市詩集（1954～1956）」、「都市詩集（1957～1962）」、「瞑想詩集（1963～1964）」、「陽光詩集（1965～1969）」、「懷念詩集（1970～1971）」七輯，收錄〈冬日幻想〉、〈赤崁樓二章〉、〈鴿子〉、〈小巷〉等 43 首。正文前有黃碧端〈主委序〉、鄭邦鎮〈騷動，轉成運動〉、彭瑞金〈「臺灣詩人選集」編序〉、〈臺灣詩人選集編輯體例說明〉、吳瀛濤影像、〈吳瀛濤小傳〉，正文後有彭瑞金〈解說〉、〈吳瀛濤寫作生平簡表〉、〈閱讀進階指引〉、〈吳瀛濤已出版詩集要目〉。

[1]編按：作家自編作品號的計算方式為以作品為單位計算，如 1946 年的〈祈禱六章〉，為作品九八至作品一〇三，共 6 首。若以詩題計算，全書收錄 246 首。

吳瀛濤詩全編（上冊）

臺南：國立臺灣文學館
2010年12月，25開，456頁

本書集結作家已出版之詩集：《生活詩集》、《瀛濤詩集》、《吳瀛濤詩集》。全書收錄〈甘地〉、〈農民〉、〈願望〉、〈神像——頌巴黎島神像〉、〈啄木〉等 447 首。正文前有李瑞騰〈館長序〉、陳芳明〈改寫輓歌的高手——吳瀛濤的現代主義精神〉、〈編輯體例〉。

吳瀛濤詩全編（下冊）

臺南：國立臺灣文學館
2010年12月，25開，245頁

本書集結作家發表於《新新》、《青年戰士報》等報章雜誌未出版成書之詩作。全書收錄〈浪曼的短章〉、〈墜石〉、〈浪漫的風味〉、〈詩四首〉、〈音樂及其他〉等 146 首。正文前有李瑞騰〈館長序〉、陳芳明〈改寫輓歌的高手——吳瀛濤的現代主義精神〉、〈編輯體例〉，正文後有〈吳瀛濤年表〉、〈吳瀛濤詩作目錄〉、周華斌〈編後記〉。

【散文】

英文出版社 1963

臺灣英文出版社 2013

海

臺北：英文出版社
1963年12月，32開，101頁

臺北：臺灣英文出版社
2013年5月，25開，189頁

本書集結 1962 至 1963 年刊載於《青年戰士報・副刊》，以海為主題的散文。全書收錄〈禮物〉、〈感動〉、〈童話〉、〈神祕〉、〈海潮〉等 159 篇。
2013 年臺灣英文版：內容與 1963 年英文版同。

【兒童文學】

綠野仙踪

臺北：新民教育社
1971 年 1 月，16×18.7 公分，100 頁
世界童話精選 2
佛朗克・鮑姆原著

本書改寫 Lyman Frank Baum 之 *The Wizard of Oz*。全書計有：1.刮了一陣龍捲風；2.降落慢奇京國；3.前往翡翠城；4.森林裡的怪獸；5.桃露絲下了決心；6.西方的女巫；7.奧瑟的法術；8.到南方去；9.好心的克琳達共九章。正文前有〈給小朋友的話〉，正文後有〈關於《綠野仙蹤》這本書（解說）〉。

名犬萊西

臺北：新民教育社
1971 年 1 月，16×18.7 公分，98 頁
世界童話精選 4
艾里克・耐特原著

本書改寫 Eric Mowbray Knight 之 *Lassie Come-Home*。全書計有：1.萊西被賣了；2.頑固公爵；3.石頭山的一夜；4.開始長途旅行；5.受了一場冤枉；6.捕野狗；7.愉快的同伴；8.萊西回家了共八章。正文前有〈給小朋友的話〉，正文後有〈關於《名犬萊西》這本書（解說）〉。

【民俗著述】

進學書局 1969

眾文圖書公司 1977

臺灣民俗

臺北：進學書局
1969 年 12 月，25 開，565 頁

臺北：眾文圖書公司
1977 年 9 月，25 開，565 頁

本書集結作者發表於《新生報・副刊》、《暢流》、《豐年》等報章雜誌，關於臺灣民俗題材的文章。全書計有：1.歲時；2.祭祀；3.家制；4.生育；5.冠笄等 20 章。正文後有〈索引〉。1977 年眾文版：內容與 1969 年進學版同。

臺灣諺語

臺北：英文出版社
1975 年 2 月，14.5×20 公分，747 頁

本書為作者畢生蒐集之臺灣用語。全書計有：1.俚諺；2.農諺；3.弟子規；4.格言；5.格言註解；6.歌謠；7.民俗歌；8.民謠等 24 章。

文學年表

1916 年（大正 5 年）	7 月	18 日，生於臺北廳大稻埕江山樓。父親吳添祐，母親吳張亞，為家中次子。
1929 年（昭和 4 年）	7 月	畢業於臺北太平公學校（今臺北市大同區太平國小）。
1934 年（昭和 9 年）	7 月	畢業於臺北州立臺北商業學校（今臺北商業大學）。後任職於家族自營的江山樓。
1936 年（昭和 11 年）	5 月	23 日，「臺灣文藝聯盟」臺北支部設立，與張深切、張星建等為發起人之一。
1938 年（昭和 13 年）	2 月	13 日，與許鑾英結婚。
	9 月	「『月夜花』H 女史に捧ぐ」以筆名「踏影生」發表於《風月報》第 72 期。
1939 年（昭和 14 年）	本年	任職於日本アルミニウム株式会社高雄清水組，執行「日本アルミ高雄工場擴張工事」。 得一男，同年夭折。 創作詩作〈早晨二章〉、〈空白〉、〈路巷〉。
1940 年（昭和 15 年）	本年	任職於臺北的日本出版配給株式會社臺灣支店。
1941 年（昭和 16 年）	5 月	15 日，長子吳康文出生。
	11 月	臺灣商工學校（今開南商工）北京語高等講習班第五期結業。
1942 年（昭和 17 年）	1 月	詩作「夜明け」發表於《臺灣藝術》第 3 卷第 1 號。
	2 月	詩作「老女」發表於《臺灣藝術》第 3 卷第 2 號。

3 月　詩作「聖戰の日に」發表於《臺灣藝術》第 3 卷第 3 號。
4 月　詩作「怒濤」發表於《臺灣藝術》第 3 卷第 4 號。
5 月　「祝宴・藝姐・廣場」發表於《文藝臺灣》第 4 卷第 2 期。
6 月　詩作「長衫の草」發表於《臺灣藝術》第 3 卷第 6 號。
7 月　「夜の祭典」，詩作「子に」發表於《臺灣藝術》第 3 卷第 7 號。
8 月　詩作「禱り」發表於《臺灣藝術》第 3 卷第 8 號。
9 月　「河邊所見」發表於《臺灣藝術》第 3 卷第 9 號。
以筆名「おらえやま」、「えいとう」、「えいとう生」撰寫《臺灣藝術》「街の話題」、「街の話談」、「街頭點景」、「時の立札」專欄，至 1943 年止。
10 月　詩作「鳩」以筆名「大江山瀛濤」發表於《臺灣藝術》第 3 卷第 10 號。
11 月　「臺灣俚諺——一、家庭」以筆名「大江山瀛濤」發表於《臺灣藝術》第 3 卷第 11 號。
12 月　「臺灣俚諺——二、世間」，詩作「老人よ」以筆名「大江山瀛濤」發表於《臺灣藝術》第 3 卷第 12 號。
本年　母親吳張亞逝世。
「蟻の歌」、「真午の道」以筆名「吳榮東」發表於《臺灣藝術》。
「草むらにへ」、「黃昏に友へ」、「愛すべき街」、「夜に」發表於《臺灣藝術》。

1943 年（昭和 18 年）　1 月　「臺灣俚諺——三、警句寸鐵」（筆名大濤），詩作「黎明」（筆名大江山瀛濤）發表於《臺灣藝術》第 4 卷第 1 號。
兼任臺灣藝術社記者、編輯部成員。

2月　「臺灣俚諺——四、比喻諷刺」，詩作「陋巷」（筆名大江山瀛濤）；「一つの前進」（筆名榮東）發表於《臺灣藝術》第4卷第2號。

3月　短篇小說「藝妲」（筆名大江山瀛濤）獲臺灣藝術社舉辦之募集懸賞小說選外佳作。

「臺灣俚諺——五、比喻、諷刺」（筆名大江山瀛濤），「讀書短評——出版讀書界の　向」（筆名榮東），「觀劇日記抄」（筆名踏影）發表於《臺灣藝術》第4卷第3號。

4月　2日，出席臺灣藝術社於臺北舉辦之「戰時と健民を語る」座談會，與會者有杜聰明、高橋みつふ、田中清馬、中山ちふ、森田豐子、江肖梅、鶴田郁子、郭啟賢。座談紀錄刊載於5月《臺灣藝術》第4卷第5號。

「讀書手帳（一）」以筆名「大江山瀛濤」發表於《臺灣藝術》第4卷第4號。

5月　「讀書手帳（二）」以筆名「大江山瀛濤」發表於《臺灣藝術》第4卷第5號。

7月　「雷擊隊」以筆名「踏影」發表於《臺灣藝術》第4卷第7號。

8月　詩作「南方」以筆名「大江山瀛濤」發表於《臺灣藝術》第4卷第8號。

10月　7日，次子吳重文出生。

詩作「詩片」以筆名「大江山瀛濤」發表於《臺灣藝術》第4卷第10號。

11月　詩作「日本の息吹き——徵兵に寄せて」以筆名「大江山瀛濤」發表於《臺灣藝術》第4卷第11號。

1944年（昭和19年）　1月　25日，以軍屬身分赴香港，任職於九龍造船所。在香港期間，曾與中國詩人戴望舒交往，常因談詩夜宿戴家。

		短篇小說「或る記錄」、「禱り」（筆名大江山瀛濤）分別獲臺灣藝術社舉辦之第四回募集懸賞小說二等、選外佳作。
	4月	「香港よ——船上にて」（筆名大山榮東）、「香港よ——その二」（筆名大江山生）、「香港よ——その三」（筆名大江山生）發表於《香港日報》。
	5月	「神々の日に」（筆名大江山生）；「風土と歷史」、「黃昏と夜に——1.旅魂」、「黃昏と夜に——2.想念」、「黃昏と夜に——3.潮騷」（筆名大江山瀛濤）發表於《香港日報》。 詩作「夜の禱り」發表於《臺灣藝術》第5卷第5號。
	6月	「黃昏と夜に——5.墮星」、「黃昏と夜に——6.情感」、「黃昏と夜に——8.生誕」以筆名「大江山瀛濤」發表於《香港日報》。
	7月	「七月の精神」以筆名「大江山瀛濤」發表於《香港日報》。
	10月	26日，自港返臺。
	11月	21日，任職於臺北帝國大學（今臺灣大學）圖書館，兼任《帝大新聞》編輯。
	本年	「香港の橫顏」以筆名「吳えいとう」發表於《香港日報》。
1945年	9月	17日，任職於臺灣總督府外事部北京語翻譯官。
	10月	15日，詩作〈在一角落〉發表於《民報》2版，「學林」專欄。 17日，詩作〈斷章〉發表於《民報》2版，「學林」專欄。 18日，詩作〈你——祈禱〉發表於《民報》2版，「學

林」專欄。

19 日，臺灣行政長官公署成立後，於祕書處機要室擔任辦事員，至 12 月 31 日止。

〈第一封信〉發表於《新風》第 1 卷第 2 號。

本年 創作詩作〈給零雁〉。

1946 年 1 月 任職於臺灣省專賣局（今臺灣菸酒公司）臺北分局，兼任中、日文《中國時報》週刊編輯。

〈打聽重慶的來談——抗戰的一角〉發表於《中華》第 1 卷第 1 期。

〈第二封信——我們的戰鬥〉，詩作〈真珠〉發表於《新風》第 2 卷第 1 號。

「日本人への覺え書」、「言論點綴」發表於《中國時報》週刊。

2 月 詩作〈浪漫的短章〉以中日文發表於《新新》第 1 卷第 2 期。

8 月 30 日，長女吳玉文出生。

詩作〈墜石〉以中日文發表於《新新》第 1 卷第 6 期。

10 月 25 日，因政府下令禁止報刊雜誌使用日語，其後文章除翻譯外皆以中文發表。

〈臺灣的進路〉發表於《新新》第 1 卷第 7 期。

12 月 由宮前町（今臺北市農安街松江路一帶）搬至華陰街 15 號。

本年 「記錄」、「貧じい世界」、「新しき戰」、「青年よ」、「便り」、「墓」、「苦惱の誕生」、「嵐豫の感」發表於《中華日報》。

「臺灣人の日本女子教育觀」;「街頭の聲」、「臺灣人の反省」、「街頭論議」（筆名「踏影」）發表於《中國時報》週刊。

1947 年	1 月	〈臺灣文化的進路〉，〈賣烟記〉（筆名踏影）發表於《新新》第 2 卷第 1 期。
	2 月	10 日，兼任臺灣畫報社編輯顧問。
	11 月	〈影片和愛人〉、〈影院巡禮〉、〈劇的真實性〉發表於《臺灣畫報》第 6 期，「茶話室」專欄。
1948 年	4 月	開始於 YMCA 學習英文。
	8 月	14 日，次女吳珠文出生。
1949 年	2 月	7 日，〈詩的真實——論〈按摩者〉與〈渡〉〉發表於《臺灣新生報・橋副刊》第 209 期。
	11 月	〈寄言〉，詩作〈願望〉發表於《臺灣農林》第 3 卷第 11 期。
1950 年	1 月	詩作〈農民節頌〉發表於《臺灣農林》第 4 卷第 1 期。
	7 月	3 日，三男吳家寶出生。
1953 年	4 月	21 日，出席臺灣省文獻委員會座談會，與會者有吳新榮、王白淵、楊雲萍、黃啟端、郭水潭等。
	8 月	〈原子詩論——論 Atom Age 的詩〉，以「詩四首」為題，詩作〈神像〉、〈光影〉、〈來去〉、〈四季〉發表於《現代詩》第 3 期。
	9 月	詩集《生活詩集》由臺北臺灣英文出版社出版。
	11 月	以「音樂及其他」為題，詩作〈音樂〉、〈畫室〉、〈靜物〉、〈交感〉、〈獻詩〉發表於《現代詩》第 4 期。
1954 年	2 月	以「詩法及其他」為題，詩作〈詩法〉、〈素描〉、〈交呼〉、〈期望〉發表於《現代詩》第 5 期。
	5 月	28 日，出席臺北市文獻委員會舉辦之「北部新文學・新劇運動座談會」，與會者有吳新榮、黃得時、楊雲萍、王詩琅、王白淵等。
		詩作〈檸檬〉、〈藍綠的思念〉發表於《現代詩》第 6 期。

6月 24 日，以「墾荒及其他」為題，詩作〈墾荒〉、〈融合〉發表於《公論報・藍星週刊》第2期。

以「六月的獻章——外一題」為題，詩作〈意志〉、〈純粹〉、〈星宿〉、〈為詩〉發表於《青潮新詩季刊》（革新號）第1期。

7月 1 日，詩作〈生長〉發表於《公論報・藍星週刊》第 3 期。

8 日，詩作〈原理〉發表於《公論報・藍星週刊》第 4 期。

29 日，詩作〈樂章〉發表於《公論報・藍星週刊》第 7 期。

8月 5 日，詩作〈繁星〉發表於《公論報・藍星週刊》第 8 期。

12 日，詩作〈浩海〉發表於《公論報・藍星週刊》第 9 期。

19 日，詩作〈蒼茫〉發表於《公論報・藍星週刊》第 10 期。

26 日，詩作〈飛星〉發表於《公論報・藍星週刊》第 11 期。

〈臺灣新文學的第一階段〉發表於《臺北文物》第3卷第2期「北部新文學新劇運動專號」。

9月 2 日，詩作〈童年〉發表於《公論報・藍星週刊》第 12 期。

16 日，〈原子詩論——論原子時代的詩〉連載於《公論報・藍星週刊》第14～17期，至10月7日止。

秋 詩作〈原子之夢〉發表於《現代詩》第7期。

12月 2 日，以「四十三年詩稿之一」為題，詩作〈鵬程外一

		章〉發表於《公論報・藍星週刊》第25期。
		〈臺灣新文學的第二階段〉發表於《臺北文物》第3卷第3期「新文學新劇運動專號續集」。
	冬	詩作〈都市〉發表於《現代詩》第8期。
1955年	1月	6日，以「四十三年詩稿之二」為題，詩作〈海珠〉、〈白鳥〉發表於《公論報・藍星週刊》第30期。
		27日，〈主題與變奏〉發表於《公論報・藍星週刊》第33期。
	2月	3日，詩作〈烏來紀遊〉發表於《公論報・藍星週刊》第34期。
		10日，詩作〈愛的風景〉發表於《公論報・藍星週刊》第35期。
		24日，以「詩與生活」為題，詩作〈詩〉、〈生活〉發表於《公論報・藍星週刊》第37期。
		詩作〈懷念〉、〈幻想〉發表於《創世紀》第2期。
	3月	24日，詩作〈都市的星光〉發表於《公論報・藍星週刊》第41期。
	春	以「臺北詩篇」為題，詩作〈淡水河〉、〈植物園〉、〈動物園〉、〈公園〉、〈城門〉、〈街市〉發表於《現代詩》第9期。
	4月	28日，詩作〈獻給「自畫像」的畫家〉發表於《公論報・藍星週刊》第46期。
	5月	5日，以「花三章」為題，詩作〈花瓣〉、〈不朽的花朵〉、〈小花〉發表於《公論報・藍星週刊》第47期。
		12日，詩作〈極地〉發表於《公論報・藍星週刊》第48期。
	6月	9日，詩作〈撮景〉發表於《公論報・藍星週刊》第52

期。

24 日，以「沉默與時間」為題，詩作〈沉默〉、〈時間〉發表於《公論報・藍星週刊》第 54 期。

30 日，以「自描集」為題，詩作〈來歷〉、〈嚮往〉、〈滋長〉發表於《公論報・藍星週刊》第 55 期。

夏　以「新作二首」為題，詩作〈嘗試〉、〈統御〉發表於《現代詩》第 10 期。

7 月　21 日，〈原子詩論——前言〉發表於《公論報・藍星週刊》第 58 期。

8 月　4 日，〈原子詩論——二、原子詩的科學（二）〉發表於《公論報・藍星週刊》第 60 期。

18 日，〈原子詩論——三、原子詩的本質〉發表於《公論報・藍星週刊》第 62 期。

9 月　30 日，詩作〈建築〉發表於《公論報・藍星週刊》第 68 期。

秋　詩作〈海的詩之群〉發表於《現代詩》第 11 期。

10 月　7 日，以「灰塵與海鷗」為題，詩作〈灰塵〉、〈海鷗〉發表於《公論報・藍星週刊》第 69 期。

14 日，詩作〈零時〉發表於《公論報・藍星週刊》第 70 期。

11 月　11 日，詩作〈思想〉發表於《公論報・藍星週刊》第 73 期。

25 日，詩作〈路程〉發表於《公論報・藍星週刊》第 75 期。

詩作〈構圖〉發表於《幼獅文藝》第 3 卷第 4 期。

12 月　2 日，詩作〈問歌〉發表於《公論報・藍星週刊》第 76 期。

		23 日，詩作〈空間〉、〈時間〉發表於《公論報・藍星週刊》第 79 期。
	冬	詩作〈海洋科學家〉發表於《現代詩》第 12 期。
1956 年	1 月	13 日，詩作〈病獸〉、〈空隙〉發表於《公論報・藍星週刊》第 82 期。
		27 日，詩作〈雲的敘情〉發表於《公論報・藍星週刊》第 84 期。
	2 月	3 日，詩作〈春霧〉發表於《公論報・藍星週刊》第 85 期。
		5 日，創世紀詩刊社於高雄左營市立第一中學（今左營國民中學）舉辦「第一次讀作者交誼會」，詩作〈雕像〉為詩牆展出作品之一。3 月，刊載於《創世紀》第 5 期。
		17 日，詩作〈終站〉發表於《公論報・藍星週刊》第 87 期。
		以「春季詩篇」為題，詩作〈冬眠〉、〈奢夢〉、〈定律〉發表於《現代詩》第 13 期。
		詩作〈峽谷〉發表於《幼獅文藝》第 4 卷第 1 期。
	3 月	2 日，以「二月集」為題，詩作〈摸索〉、〈風化〉發表於《公論報・藍星週刊》第 89 期。
		9 日，以「日本新詩選譯」為題，翻譯堀口大學詩作〈砂枕〉、島崎藤村〈椰子果〉、大手拓次〈笑的閃耀〉、千家元磨〈年青的母親〉，發表於《公論報・藍星週刊》第 89 期。
		16 日，以「據點・空縫・方向」為題，詩作〈據點〉、〈空縫〉、〈方向〉發表於《公論報・藍星週刊》第 91 期。
		30 日，以「愛情集」為題，詩作〈代價〉、〈喚醒〉發表

於《公論報・藍星週刊》第 93 期。

4 月　20 日，詩作〈命運〉發表於《公論報・藍星週刊》第 96 期。

27 日，以「四月的敘情集」為題，詩作〈霧晨〉、〈橋燈〉、〈湧泉〉、〈夏裝〉、〈凝思〉發表於《公論報・藍星週刊》第 97 期。

5 月　18 日，詩作〈頌歌〉發表於《公論報・藍星週刊》第 100 期。

20 日，出席由藍星詩社於臺北青年服務社舉辦之「本刊作者聯誼會」，與會者有鍾鼎文、司徒衛、李莎等。

6 月　1 日，以「童話篇」為題，詩作〈童話〉、〈淚眼〉發表於《公論報・藍星週刊》第 102 期。

以「五月的組曲」為題，詩作〈歌戀〉、〈山寺〉、〈失落〉、〈系列〉發表於《創世紀》第 6 期。

7 月　6 日，以「夏夢三章」為題，詩作〈兇夢〉、〈午夢〉、〈夢景〉發表於《公論報・藍星週刊》第 107 期。

20 日，以「組曲」為題，詩作〈靜思〉、〈敘景〉、〈輝耀〉，並有〈日本詩壇近況〉，發表於《公論報・藍星週刊》第 109 期。

8 月　3 日，詩作〈生誕抄〉發表於《公論報・藍星週刊》第 111 期。

24 日，以「葬曲」為題，詩作〈殘骸〉、〈嗚咽〉、〈葬列〉發表於《公論報・藍星週刊》第 114 期。

9 月　7 日，詩作〈雨曲〉發表於《公論報・藍星週刊》第 116 期。

14 日，以「靜觀篇」為題，詩作〈靜觀〉、〈寄與〉、〈發問〉發表於《公論報・藍星週刊》第 117 期。

		28 日，〈日本詩訊——1956.10.22〉發表於《公論報・藍星週刊》第 119 期。 〈詩論應有的發展〉，詩作〈貝殼幻想曲〉發表於《創世紀》第 7 期。
	10 月	5 日，以「思維集」為題，詩作〈思維〉、〈認識〉、〈倫理〉發表於《公論報・藍星週刊》第 120 期。 19 日，詩作〈瑪莉——給 R1〉發表於《公論報・藍星週刊》第 122 期。 以「月光曲」為題，詩作〈霧燈〉、〈沉夜〉、〈光滴〉、〈光舞〉發表於《現代詩》第 15 期。
	11 月	2 日，以「日本戰後詩訊選譯」為題，翻譯金井直詩作〈孤兒〉、〈貝殼與耳朵〉、〈落下〉，發表於《公論報・藍星週刊》第 123 期。 30 日，〈日本詩壇報告——1956.11〉發表於《公論報・藍星週刊》第 126 期。
	12 月	14 日，以「贖罪篇」為題，詩作〈脫落〉、〈孤默〉、〈贖罪〉發表於《公論報・藍星週刊》第 128 期。
1957 年	1 月	4 日，〈日本戰後詩壇年表〉發表於《公論報・藍星週刊》第 131 期。 25 日，詩作〈瑪莉——給 R・2〉發表於《公論報・藍星週刊》第 134 期。 詩作〈影子〉發表於《藍星宜蘭分版》第 1 期。
	2 月	18 日，〈日本電影劇作家激增〉發表於《聯合報・副刊》6 版。 22 日，詩作〈瑪琍〉發表於《公論報・藍星週刊》第 137 期。 〈日本文壇現況〉發表於《復興文藝月刊》第 3 期。

3月　15日，詩作〈湖心〉發表於《公論報・藍星週刊》第140期。

22日，詩作〈瑪莉〉發表於《公論報・藍星週刊》第141期。

29日，〈日本詩界消息〉發表於《公論報・藍星週刊》第142期。

以「黑夜集」為題，詩作〈悲劇〉、〈亡靈〉、〈語言〉發表於《現代詩》第17期。

詩作〈遍歷〉發表於《創世紀》第8期。

5月　10日，以「海洋詩兩首」為題，詩作〈海墓〉、〈海莊〉發表於《公論報・藍星週刊》第148期。

以「維納斯狂想曲」為題，詩作〈聖火〉、〈玫瑰〉、〈生命〉發表於《藍星宜蘭分版》第5期。

6月　14日，為《藍星週刊》三週年而作之〈獻詞〉發表於《公論報・藍星週刊》第153期。

16日，出席《藍星週刊》於臺北青年服務社舉辦之「三週年紀念大會」，與會者有覃子豪、風鈴草、周夢蝶、趙天儀、余光中、李魁賢等。

28日，適逢父親吳添祐古稀誕辰，為其所作之詩作〈祝歌〉發表於《公論報・藍星週刊》第155期。

以「夜四首」為題，詩作〈精靈〉、〈沉澱〉、〈夜巷〉、〈夜車〉發表於《創世紀》第9期。

7月　以「二行集」為題，詩作〈復活〉、〈石塊〉、〈願望〉、〈停泊〉、〈對語〉、〈夢想〉發表於《藍星宜蘭分版》第7號。

10月　〈戰後日本詩壇動態〉發表於《藍星詩選》第2期「天鵝星座號」。

1958年　3月　7日，出席中國詩人聯誼會於臺北中國文藝協會舉辦之

「紀念楊喚逝世四週年」，與會者有覃子豪、蓉子、向明、鄭愁予等。

6月　20日，出席中國詩人聯誼會於臺北中山堂舉辦之「四十七年度詩人節慶祝大會」，與會者有余光中、紀弦、上官予等。

詩集《瀛濤詩集》由臺北展望詩社出版。

7月　〈臺灣民俗薈談〉連載於《新生報》，至1966年1月止。

〈江山樓・臺灣菜・藝妲〉發表於《臺北文物》第7卷第2期。

10月　〈稻江回顧錄〉發表於《臺北文物》第7卷第3期。

1959年　1月　〈石龜〉發表於《豐年》第9卷第1期，「臺灣傳說集錦」專欄。

〈石聖公〉、〈牛報恩〉發表於《豐年》第9卷第2期，「臺灣傳說集錦」專欄。

2月　〈金鴨母石〉、〈水流觀音〉、〈新年恭禧〉發表於《豐年》第9卷第3期，「臺灣傳說集錦」專欄。

〈女魂花〉、〈樣仔王〉、〈鹽甕〉、〈鐵砧山〉發表於《豐年》第9卷第4期，「臺灣傳說集錦」專欄。

3月　〈神蛇〉、〈大井〉、〈文龜〉、〈藥草〉發表於《豐年》第9卷第6期，「臺灣傳說集錦」專欄。

4月　28日，〈日本作家的黃金時代〉發表於《聯合報・副刊》7版。

〈稻江百業雜談〉發表於《臺北文物》第8卷第1期。

〈開元寺〉、〈雷公鳥〉發表於《豐年》第9卷第7期，「臺灣傳說集錦」專欄。

〈鳳凰眼〉、〈半塀山〉發表於《豐年》第9卷第8期，「臺灣傳說集錦」專欄。

5 月　〈岡山薑〉、〈怪鳥〉、〈石菩薩〉發表於《豐年》第 9 卷第 9 期，「臺灣傳說集錦」專欄。

〈白米壺〉、〈關渡媽祖〉、〈龜山〉發表於《豐年》第 9 卷第 10 期，「臺灣傳說集錦」專欄。

6 月　〈煙花界雜談〉發表於《臺北文物》第 8 卷第 2 期。

〈愛玉〉、〈十二生肖〉發表於《豐年》第 9 卷第 12 期，「臺灣傳說集錦」專欄。

7 月　〈斗六〉、〈埤圳〉發表於《豐年》第 9 卷第 13 期，「臺灣傳說集錦」專欄。

〈日月潭〉、〈白馬〉發表於《豐年》第 9 卷第 14 期，「臺灣傳說集錦」專欄。

8 月　〈大道公與媽祖婆〉、〈帝爺公〉、發表於《豐年》第 9 卷第 15 期，「臺灣傳說集錦」專欄。

〈太陽與豬母菜〉、〈白馬麻藤〉發表於《豐年》第 9 卷第 16 期，「臺灣傳說集錦」專欄。

9 月　〈蟾蜍山〉、〈濁水〉、〈矮人〉發表於《豐年》第 9 卷第 17 期，「臺灣傳說集錦」專欄。

〈現代詩用語辭典〉發表於《藍星詩頁》第 10 期。

10 月　〈福地〉、〈龍樹〉發表於《豐年》第 9 卷第 19 期，「臺灣傳說集錦」專欄。

〈七星釣地〉、〈暗澳〉發表於《豐年》第 9 卷第 20 期，「臺灣傳說集錦」專欄。

詩作〈詩人的日記〉發表於《藍星詩頁》第 11 期。

〈臺灣婚姻俗事雜錄〉發表於《臺灣風物》第 9 卷第 4 期。

11 月　〈鯉魚山〉、〈滾水湖〉發表於《豐年》第 9 卷第 22 期，「臺灣傳說集錦」專欄。

	12 月	詩作〈風的素描〉發表於《藍星詩頁》第 13 期。
		〈林投姊〉、〈吳沙與宜蘭〉發表於《豐年》第 9 卷第 23 期，「臺灣傳說集錦」專欄。
		〈臺灣的降神術——關於觀童乩的迷信〉發表於《臺灣風物》第 9 卷第 5、6 期合刊。
1960 年	2 月	〈日據時期出版略概觀〉發表於《臺北文物》第 8 卷第 4 期。
		〈神獸〉、〈紋身〉發表於《豐年》第 10 卷第 4 期。
	3 月	〈臺語常用俗語集解〉發表於《臺北文物》第 9 卷第 1 期。
	5 月	詩作〈詩人的日記〉發表於《創世紀》第 15 期。
	11 月	〈臺語常用俗語集解（下）〉發表於《臺北文物》第 9 卷第 2、3 期合刊。
1961 年	3 月	〈臺語罕用俗語集解〉發表於《臺北文物》第 10 卷第 1 期。
		〈矢鏃〉、〈蛇王〉、〈猴子〉、〈烏鴉〉、〈矮人〉、〈浮首〉、〈啞女〉發表於《暢流》第 23 卷第 2 期，「臺灣山地傳說」專欄。
	4 月	〈開臺歌及其他〉發表於《臺灣風物》第 11 卷第 4 期。
		〈製鹽〉、〈土器〉、〈同姓結婚〉、〈大洪水〉、〈山崩〉、〈有尾人〉、〈兩勇士〉、〈妖怪求婚〉、〈穀物〉、〈驅鳥〉發表於《暢流》第 23 卷第 4 期，「臺灣山地傳說」專欄。
	5 月	以「近作三首」為題，詩作〈終焉〉、〈出發〉、〈宇宙〉發表於《中國新詩》第 1 期。
		〈天地交戰〉、〈肌膚〉、〈彩虹〉、〈猴子〉、〈火種〉、〈風婆〉、〈木豆人〉發表於《暢流》第 23 卷第 6 期，「臺灣山地傳說」專欄。

6 月　〈女人島〉、〈惡漢〉、〈琪琪里牟鳥〉發表於《暢流》第 23 卷第 8 期，「臺灣山地傳說」專欄。

7 月　〈出草〉、〈雷電〉、〈樹靈〉、〈山貓和穿山甲〉、〈豬腸〉、〈蛇〉、〈龜〉發表於《暢流》第 23 卷第 11 期，「臺灣山地傳說」專欄。

8 月　以「詩兩首」為題，詩作〈奇蹟〉、〈憤怒〉發表於《藍星詩頁》第 33 期。

9 月　〈臺語特殊俗語類集〉發表於《臺北文物》第 10 卷第 2 期。

11 月　8 日，以「詩之短章」為題，詩作〈圓舞〉、〈陽光〉發表於《青年戰士報・副刊》4 版。

13 日，以「詩之短章」為題，詩作〈茶室〉、〈少女〉發表於《青年戰士報・副刊》4 版。

24 日，以「詩之短章」為題，詩作〈星〉、〈瓶〉發表於《青年戰士報・副刊》4 版。

詩作〈風二題〉發表於《藍星詩頁》第 36 期。

12 月　6 日，以「詩之短章」為題，詩作〈合掌〉、〈眼睛〉發表於《青年戰士報・副刊》4 版。

11 日，以「詩之短章」為題，詩作〈蛇〉、〈駱駝〉發表於《青年戰士報・副刊》4 版。

19 日，以「詩之短章」為題，詩作〈路〉、〈塔〉發表於《青年戰士報・副刊》4 版。

23 日，以「詩三首」為題，詩作〈星座〉、〈寄〉、〈檯燈〉發表於《青年戰士報・副刊》4 版。

27 日，詩作〈貝殼〉、〈日記〉發表於《青年戰士報・副刊》4 版。

〈養狗〉、〈山豬和平地豬〉、〈高山〉、〈山〉、〈靈樹〉、〈出草〉、〈熊骨〉、〈粟〉、〈釣蛙〉發表於《暢流》第 24 卷第 9 期，「臺灣山地傳說」專欄。

1962 年

1 月

1 日，〈日本文藝書〉發表於《聯合報・副刊》8 版。

9 日，詩作〈嬰兒〉、〈夜〉發表於《青年戰士報・副刊》4 版。

19 日，以「詩之短章」為題，詩作〈風景〉、〈市塵〉、〈慾望〉發表於《青年戰士報・副刊》4 版。

25 日，以「詩二首」為題，詩作〈石膏像〉、〈蛋〉發表於《青年戰士報・副刊》4 版。

31 日，以「寡默與瞑想」為題，詩作〈寡默〉、〈瞑想〉發表於《青年戰士報・副刊》4 版。

詩作〈夜之距離〉發表於《海洋詩刊》第 4 卷第 1 期。

〈怨靈〉、〈大風〉發表於《暢流》第 24 卷第 11 期，「臺灣山地傳說」專欄。

2 月

5 日，以「詩三首」為題，詩作〈燈光〉、〈星夜〉、〈路燈〉發表於《青年戰士報・副刊》2 版。

18 日，以「詩二章」為題，詩作〈笑容〉、〈風〉發表於《青年戰士報・副刊》4 版。

23 日，詩作〈海〉發表於《青年戰士報・副刊》4 版。

以「詩之短章」為題，詩作〈存在〉、〈時間〉發表於《藍星詩頁》第 39 期。

3 月

13 日，以「旅途及其他」為題，詩作〈旅途〉、〈陌生人〉、〈錨〉發表於《青年戰士報・副刊》4 版。

21 日，以「雲與光」為題，詩作〈雲〉、〈光〉發表於《青年戰士報・副刊》4 版。

24 日，以「噴水與晚鐘」為題，詩作〈噴水〉、〈晚鐘〉發表於《青年戰士報・副刊》4 版。

4月　2日，以「窗與雲」為題，詩作〈窗〉、〈雲〉發表於《青年戰士報・副刊》4版。

5日，以「詩之短章」為題，詩作〈眼睛〉、〈歌〉發表於《青年戰士報・副刊》4版。

20日，以「詩之短章」為題，詩作〈微塵〉、〈憶〉、〈信〉發表於《青年戰士報・副刊》4版。

〈神人〉、〈大樹〉、〈狗〉、〈征伐太陽〉、〈調皮的妖怪〉、〈食人〉、〈骨人〉、〈頭人〉、〈鹿骨〉、〈獸肉〉、〈穀物〉、〈人糞〉發表於《暢流》第25卷第4期，「臺灣山地傳說」專欄。

5月　2日，以「音樂與圖畫」為題，詩作〈音樂〉、〈圖畫〉發表於《青年戰士報・副刊》4版。

9日，以「詩二首」為題，詩作〈呼吸〉、〈歷史〉發表於《青年戰士報・副刊》4版。

15日，以「小詩一束」為題，詩作〈大地〉、〈雪地〉、〈登山〉、〈海浪〉發表於《青年戰士報・副刊》4版。

20日，以「拾荒及其他」為題，詩作〈拾荒〉、〈歌鳥〉、〈生命〉發表於《青年戰士報・副刊》4版。

詩作〈午夜〉發表於《海洋詩刊》第4卷第2期。

6月　8日，詩作〈山〉發表於《青年戰士報・副刊》4版。。

10日，以「詩二首」為題，詩作〈船〉、〈回念〉發表於《青年戰士報・副刊》4版。。

23日，詩作〈言語〉發表於《青年戰士報・副刊》4版。

詩作〈自白二題〉發表於《藍星詩頁》第43期。

〈鞣革〉、〈熊與豹〉、〈鯨魚〉、〈漂流〉、〈妙事〉發表於《暢流》第25卷第9期，「臺灣山地傳說」專欄。

7月　9日，詩作〈方向〉發表於《青年戰士報・副刊》4版。

14 日，詩作〈秒音〉發表於《青年戰士報・副刊》4 版。

27 日，詩作〈眼睛〉發表於《青年戰士報・副刊》4 版。

〈比翼鳥〉、〈粟王〉、〈穿山甲〉、〈狗舌〉、〈日月〉、〈洪水〉、〈虱〉、〈情死〉發表於《暢流》第 25 卷第 11 期，「臺灣山地傳說」專欄。

8 月　1 日，詩作〈車窗〉發表於《青年戰士報・副刊》4 版。

30 日，以「風城和雨港」為題，詩作〈風城〉、〈雨港〉發表於《青年戰士報・副刊》4 版。

9 月　9 日，詩作〈岩石〉發表於《青年戰士報・副刊》4 版。

28 日，以「詩之短章」為題，詩作〈皓齒〉、〈太陽〉、〈生活〉、〈佇立〉發表於《青年戰士報・副刊》4 版。

〈神恩〉、〈日月〉、〈獸肉〉、〈老鼠〉、〈孤兒鳥〉發表於《暢流》第 26 卷第 2 期，「臺灣山地傳說」專欄。

10 月　27 日，〈海邊散章——舊街、呼喚、黃昏〉發表於《青年戰士報・副刊》4 版。

11 月　9 日，〈石門——喜悅、石門、饗宴〉發表於《青年戰士報・副刊》4 版。

11 日，〈山光海色——海之歌、幻想、山光海色〉發表於《青年戰士報・副刊》4 版。

15 日，〈市集——頌歌、市集、祭典〉發表於《青年戰士報・副刊》4 版。

22 日，〈化石——茶屋、化石、海鎮〉發表於《青年戰士報・副刊》4 版。

27 日，〈展望——日記、墓地、展望〉發表於《青年戰士報・副刊》4 版。

12 月　6 日，以「季節與歲月」為題，詩作〈季節〉、〈歲月〉發表於《青年戰士報・副刊》4 版。

9 日，〈後街——懷念、後街、婚禮〉發表於《青年戰士報・副刊》4 版。

10 日，〈日本文藝書近況〉發表於《聯合報・副刊》8 版。

20 日，〈內灣——鄉愁、內灣、洞窟〉發表於《青年戰士報・副刊》4 版。

〈血族相婚〉、〈壽命〉、〈圓箕〉、〈蜂女〉、〈太陽、月亮、星星〉、〈孤兒〉發表於《暢流》第 26 卷第 9 期，「臺灣山地傳說」專欄。

1963 年　1 月　1 日，〈日本文藝書〉發表於《聯合報・副刊》8 版。

9 日，〈別墅——海洋、別墅、跫音〉發表於《青年戰士報・副刊》4 版。

13 日，詩作〈夜四章〉發表於《青年戰士報・副刊》4 版。

18 日，〈溶岩——仙景、溫泉、溶岩〉發表於《青年戰士報・副刊》4 版。

21 日，詩作〈日子〉發表於《青年戰士報・副刊》4 版。

24 日，〈憶念〉、〈海域〉、〈孩子〉、〈防波堤〉、〈風景〉發表於《青年戰士報・副刊》4 版。

2 月　4 日，〈原始之歌〉、〈清晨〉、〈朽木〉、〈遠航〉發表於《青年戰士報・副刊》4 版。

12 日，〈驚異〉、〈珊瑚島〉、〈海盜〉發表於《青年戰士報・副刊》4 版。

22 日，〈舷窗〉、〈沙灘〉、〈極圈〉發表於《青年戰士報・副刊》4 版。

〈種子〉、〈射天〉、〈武器〉、〈粟〉、〈看家〉、〈買虱〉、〈獨木舟〉、〈壽命〉、〈血族結婚〉、〈猴子〉發表於《暢流》第

27 卷第 1 期，「臺灣山地傳說」專欄。

3 月　1 日，〈船塢〉、〈海埔〉、〈颱風〉發表於《青年戰士報・副刊》4 版。

6 日，〈造訪〉、〈期待〉、〈探險〉發表於《青年戰士報・副刊》4 版。

9 日，〈海景〉、〈交響樂〉發表於《青年戰士報・副刊》4 版。

13 日，〈信息〉、〈海航〉發表於《青年戰士報・副刊》4 版。

21 日，〈遐思〉、〈光彩〉、〈水族〉發表於《青年戰士報・副刊》4 版。

26 日，〈巨浪〉、〈瞑想〉、〈冰海〉發表於《青年戰士報・副刊》4 版。

4 月　5 日，〈足印〉、〈火山〉、〈貨輪〉發表於《青年戰士報・副刊》4 版。

17 日，〈海鷗〉、〈搖籃〉、〈樂園〉發表於《青年戰士報・副刊》4 版。

22 日，〈港埠〉、〈呼吸〉、〈俯瞰〉發表於《青年戰士報・副刊》4 版。

27 日，〈寶藏〉、〈白日夢〉、〈囁語〉發表於《青年戰士報・副刊》4 版。

5 月　4 日，〈憧憬〉、〈贈言〉、〈離愁〉發表於《青年戰士報・副刊》4 版。

12 日，〈霧笛〉、〈探測〉、〈癡戀〉發表於《青年戰士報・副刊》4 版。

16 日，〈傳說〉、〈島居〉發表於《青年戰士報・副刊》4 版。

20 日，〈海島〉、〈感動〉、〈異國〉發表於《青年戰士報・副刊》4 版。

30 日，〈魚市〉、〈海岬〉發表於《青年戰士報・副刊》4 版。

〈獸、人、蛇、鳥〉、〈日月〉、〈羌仔〉、〈鐵種〉、〈蛇紋〉、〈機織〉、〈血樹〉、〈榕樹〉發表於《暢流》第 27 卷第 7 期，「臺灣山地傳說」專欄。

6 月　12 日，〈認識〉、〈造化〉、〈貝殼〉發表於《青年戰士報・副刊》4 版。

22 日，〈夏海〉、〈祝福〉、〈孤獨〉發表於《青年戰士報・副刊》4 版。

7 月　3 日，〈傳奇〉、〈沉船島〉、〈漁港〉發表於《青年戰士報・副刊》4 版。

6 日，〈小天地〉、〈海宿〉、〈故事〉發表於《青年戰士報・副刊》4 版。

12 日，〈懸崖〉、〈奇岩〉、〈風浪〉發表於《青年戰士報・副刊》4 版。

17 日，〈釣魚〉、〈野遊〉、〈島影〉發表於《青年戰士報・副刊》4 版。

23 日，〈奇蹟〉發表於《青年戰士報・副刊》4 版。

8 月　10 日，〈放生〉、〈海浸〉、〈旅行〉發表於《青年戰士報・副刊》4 版。

18 日，〈沙漠〉、〈捕魚〉發表於《青年戰士報・副刊》4 版。

25 日，以「詩人的日記」為題，詩作〈飢渴〉、〈齒輪〉、〈都市〉發表於《青年戰士報・副刊》4 版。

9 月　14 日，〈漁夫〉、〈片斷〉、〈存在〉發表於《青年戰士報・

		副刊》4 版。
		開始將日本童謠翻譯成中文發表於《小學生雜誌》。
		開始將臺灣作家的作品翻譯成日文發表於日文月刊《今日之中國》。
	10 月	18 日，〈遠眺〉、〈禮讚〉、〈河流〉、〈故事〉發表於《青年戰士報・副刊》4 版。
		27 日，〈水平線〉、〈水手〉、〈船長〉、〈海宮〉、〈往事〉發表於《青年戰士報・副刊》4 版。
		〈靈異〉、〈陷穽〉、〈月影〉、〈平埔蕃〉、〈馘首〉、〈燒蕃薯〉發表於《暢流》第 28 卷第 4 期，「臺灣山地傳說」專欄。
		〈小熊的冒險〉、〈奇異的森林〉發表於《小學生雜誌》第 301 號。
		翻譯鄭清文短篇小說「芍薬の花びら」，發表於《今日之中國》第 1 卷第 5 號。
	11 月	1 日，〈巡禮〉、〈童話〉、〈豐漁〉發表於《青年戰士報・副刊》4 版。
		14 日，〈獨語〉、〈禱告〉、〈海洪〉發表於《青年戰士報・副刊》4 版。
	12 月	15 日，詩作〈音樂五章〉發表於《青年戰士報・副刊》4 版。
		《海》由臺北英文出版社出版。
1964 年	1 月	7 日，詩作〈都市散章〉發表於《青年戰士報・副刊》4 版。
		「中国のお正月」發表於《今日之中國》第 2 卷第 1 號。
		〈閹人〉、〈少女〉、〈天助〉、〈魔術師〉、〈畸人〉發表於《暢流》第 28 卷第 11 期，「臺灣山地傳說」專欄。

2 月　翻譯小川未明〈蠟燭與貝殼〉，發表於《小學生雜誌》第 310 號。

3 月　1 日，出席臺灣文藝社出版籌備會。會後，與趙天儀、陳千武、王憲陽於華陰街 15 號寓所討論聯合中部詩友合辦詩刊事宜，此為《笠》詩刊創刊之契機。

9 日，以「恩索（三）」為題，詩作〈發問〉、〈思維〉、〈認識〉發表於《民聲日報・文藝雙週刊》第 59 期。

16 日，應陳千武、錦連、林亨泰、古貝、詹冰之邀，擔任《笠》詩刊 12 位發起人之一。

翻譯小川未明〈高樹與烏鴉〉，發表於《小學生雜誌》第 311 號。

翻譯坪田讓治〈魔法〉，發表於《小學生雜誌》第 312 號。

4 月　詩作〈失眠之歌〉發表於《葡萄園》第 8 期。

翻譯坪田讓治〈彩虹和蟹〉，發表於《小學生雜誌》第 313 號。

翻譯坪田讓治童謠詩〈河流〉，發表於《小學生雜誌》第 314 號。

翻譯王藍短篇小說「オ―トバイ乗り」，發表於《今日之中國》第 2 卷第 4 號。

5 月　以「近作兩首」為題，詩作〈我默默地走〉、〈我是這裡的陌生人〉，並有〈詩的表達與實質〉，發表於《臺灣文藝》第 1 卷第 2 期。

翻譯張漱菡短篇小說「疑雲」，發表於《今日之中國》第 2 卷第 5 號。

翻譯小川未明〈紅魚和小孩〉，發表於《小學生雜誌》第 316 號。

6月 15日，《笠》詩刊創刊，為創刊人之一。

〈詩史資料：瀛濤詩記〉、詩作〈孤獨的詩章〉發表於《笠》第1期。

17日，〈詩的誕生〉發表於《民聲日報・文藝雙週刊》第65期。

〈池裡的鯨魚〉發表於《小學生雜誌》第317號。

翻譯坪田讓治〈雨蛙〉，發表於《小學生雜誌》第318號。

翻譯郭嗣汾短篇小說「マニラ夜曲」，發表於《今日之中國》第2卷第6號。

7月 詩作〈啊，詩在前面〉發表於《葡萄園》第9期。

〈詩人的日記〉發表於《青年雜誌》第55期。

翻譯魏希文短篇小說「人生の海」，發表於《今日之中國》第2卷第7號。

翻譯坪田讓治〈雪地〉，發表於《小學生雜誌》第319號。

8月 24日，詩作〈霧三題〉發表於《民聲日報・文藝雙週刊》第70期。

詩作〈詩人的日記〉發表於《青年雜誌》第56期。

〈做夢的王老虎〉發表於《小學生雜誌》第322號。

10月 12日，翻譯〈梵樂希詩論〉，發表於《民聲日報・文藝雙週刊》第73期。

詩作〈詩人之死〉發表於《葡萄園》第10期「詩人覃子豪逝世週年紀念專輯」。

翻譯坪田讓治〈山魅和和尚〉，發表於《小學生雜誌》第326號。

詩作〈神四章〉發表於《笠》第3期。

	12月	〈日本現代詩史〉發表於《笠》第4期。 翻譯「大台北の二十四時間」，發表於《今日之中國》第2卷第12號。
1965年	1月	2日，出席《笠》詩刊於臺北南港臺灣肥料公司舉辦的「第一次年會兼同仁大會」，與會者有林亨泰、詹冰、錦連、陳千武、趙天儀等。 詩作〈詩的箴言〉發表於《葡萄園》第11期。 「台湾の民謠（一）——郷土色彩と民情に富んだ代表的『歌仔』の紹介」，發表於《今日之中國》第3卷第1號。 詩作〈戀歌〉發表於《臺灣文藝》第2卷第6期。
	2月	翻譯鍾雷短篇小說「追跡」，並有「台湾の歌謠（二）——その代表的情歌」，發表於《今日之中國》第3卷第2號。 詩作〈失落〉發表於《笠》第5期。
	3月	21日，出席《笠》詩刊舉辦之「作品合評」北部場次，與會者有葉泥、羅馬、洛夫、趙天儀、黃騰輝、杜國清、楓堤等。 翻譯林適存短篇小說「神仙の世界」，發表於《今日之中國》第3卷第3號。
	4月	翻譯高陽短篇小說「戦場から愛情へ」，發表於《今日之中國》第3卷第4號。 詩作〈秋三章〉發表於《葡萄園》第12期。 編譯〈現代詩用語辭典〉，連載於《笠》第6～15期。 〈民俗臺灣〉連載於《中華日報》，至1965年6月止。
	5月	翻譯連漪「台湾の詩——三百年來の詩壇を顧みる」、后希鎧短篇小說「浴仏節の愛」，發表於《今日之中國》第3卷第5號。
	6月	〈墾荒者的精神〉發表於《笠》第7期。

7月 詩作〈默然〉發表於《葡萄園》第13期。

8月 翻譯〈日本對詹冰作品的合評〉，發表於《笠》第8期。

9月 「台湾の民謠（三）——その代表的情歌」，翻譯林鍾隆短篇小說「村の盜難事件」，發表於《今日之中國》第3卷第9號。

10月 以「都市三章」為題，詩作〈甲蟲〉、〈戰火〉、〈木房〉發表於《葡萄園》第14期。

詩作〈空茫〉，〈詩與哲學——論詩的真實性〉發表於《笠》第9期。

詩集《瞑想詩集》由臺北笠詩刊社出版。

12月 〈詩精神的建立——如何解除現代詩的孤立〉發表於《笠》第10期。

1966年 1月 1日，出席笠詩社於臺北新光產物保險公司舉辦之「現代詩座談會——笠詩社正式成立暨笠叢書第一輯出版紀念」，於會中擔任主席，與會者有王詩琅、巫永福、杜國清、李魁賢、吳濁流、洪炎秋、陳千武等。會議紀錄刊載於2月《笠》第11期。

30日，出席笠詩社於張彥勳宅舉辦之「作品合評」，與會者有陳千武、趙天儀、詹冰、杜潘芳格等。

擔任中國文化學院臺灣研究所理事。

加入日本短歌社「からたち」同人。

2月 「台湾の歌謠（四）——その代表的情歌」發表於《今日之中國》第4卷第2號。

以「冬季三章」為題，詩作〈陰季〉、〈失愕〉、〈找覓〉，〈現代詩問答〉發表於《笠》第11期。

3月 25～27日，出席中美文經協會舉辦之「現代藝術季」。

29日，出席於臺北西門町圓環舉辦之「現代詩展」，參展人有龍思良、張照堂、詹冰、趙天儀、邱剛健、吳瀛濤、瘂弦、張默、周夢蝶、杜國清、鄭愁予等。

4月　翻譯陳千武〈中國現代詩的交流〉，發表於《笠》第 12 期。

〈臺灣俚諺集〉發表於《南瀛文獻》第 11 卷。

5月　「台湾の歌謡（五）——その代表的情歌」發表於《今日之中國》第 4 卷第 5 號。

6月　翻譯李沂東〈韓國詩壇近況〉，發表於《笠》第 13 期。

7月　詩作〈星期日早晨〉發表於《葡萄園》第 17 期。

〈詩與人間的探求〉，詩作〈我向海走過去〉發表於《星座季刊》第 10 期。

8月　〈詩評的建立〉，詩作〈屬於岩石的年代〉發表於《笠》第 14 期。

〈臺灣語錄（一）〉發表於《臺灣風物》第 16 卷第 4 期。

10月　1 日，〈愛玉〉、〈蚯蚓翻土〉、〈身長鴨毛〉、〈雞母厝〉發表於《徵信週刊》第 3 頁，「民間故事」專欄。

2 日，出席笠詩社於詹冰宅舉辦之「作品合評」，與會者有陳千武、詹冰、錦連等。

15 日，〈愚女婿〉發表於《徵信週刊》，「民間故事」專欄。

22 日，〈荔枝與黃金〉發表於《徵信週刊・臺灣風土》第 3 頁，「民間故事」專欄。

24 日，出席笠詩社舉辦之「詩話會」，與會者有陳千武、趙天儀、李魁賢、吳建堂、黃騰輝、杜潘芳格等。

29 日，〈牽春牛〉發表於《徵信週刊・臺灣風土》第 3 頁，「民間故事」專欄。

詩作〈精靈〉發表於《笠》第 15 期。

	11 月	26 日，〈栗、星及其他〉發表於《徵信週刊・臺灣風土》第 3 頁，「民間故事」專欄。
	12 月	〈臺灣俚諺集〉發表於《臺北文獻》第 13～16 期合刊。 〈現代詩的思想與抒情〉發表於《笠》第 16 期。 翻譯王藍短篇小說「夏蓓さん（上）」，發表於《今日之中國》第 4 卷第 12 號。
1967 年	1 月	7 日，〈臺灣山地傳說——大潭〉發表於《徵信週刊・臺灣風土》第 3 頁，「民間故事」專欄。 翻譯王藍短篇小說「夏蓓さん（中）」，發表於《今日之中國》第 5 卷第 1 號。
	2 月	〈臺語釋義〉發表於《臺灣風物》第 17 卷第 1 期。 以「六六・六七兩章」為題，詩作〈一九六六年末章〉、〈一九六七年初章〉，並有〈民謠詩話（一）〉，〈從日譯里爾克詩談起〉，〈笠書簡——詩與民謠〉發表於《笠》第 17 期。 翻譯王藍短篇小說「夏蓓さん（下）」，發表於《今日之中國》第 5 卷第 2 號。
	3 月	翻譯劉靜娟短篇小說「泡沫」，發表於《今日之中國》第 5 卷第 3 號。
	4 月	16 日，出席《臺灣文藝》三週年紀念暨第二屆臺灣文學獎頒獎典禮。 〈民謠詩話（二）〉，詩作〈過火〉發表於《笠》第 18 期。 〈新榮兄書簡錄〉發表於《臺灣風物》第 17 卷第 2 期。 「台湾民謡数題」發表於《今日之中國》第 5 卷第 4 號，「隨筆欄」。
	5 月	28 日，出席笠詩社於彰化濟慈寺舉辦之「第三次年會兼

同仁大會」，與會者有趙天儀、詹冰、葉笛、陳千武、林亨泰等。

6月　詩作〈星期一晚上〉發表於《創世紀》第27期。

7月　22日，出席笠詩社舉辦之「詩集合評會」，與會者有陳秀喜、林煥彰、黃騰輝、趙天儀等。

「台湾民謡数首」發表於《今日之中國》第5卷第7號，「隨筆欄」。

詩作〈廢墟〉發表於《葡萄園》第21、22期合刊。

8月　〈詩的問答——開始寫詩的動機、詩語與現代詩〉發表於《笠》第20期。

〈臺灣民俗文獻目錄〉發表於《臺灣風物》第17卷第4期。

9月　24日，出席笠詩社於黃騰輝宅舉辦之「作品合評」，與會者有巫永福、陳秀喜、黃騰輝、趙天儀、黃荷生、林煥彰、藍楓、梵菴、李魁賢。

〈臺灣風物雜記——猜謎〉發表於《青溪》第1卷第3期。

翻譯墨人短篇小說「白金竜（上）」，發表於《今日之中國》第5卷第9號。

10月　詩作〈樹〉，〈詩的問答——略談難懂的詩〉發表於《笠》第21期。

〈臺灣風物雜記——猜謎（二）〉發表於《青溪》第1卷第4期。

翻譯墨人短篇小說「白金竜（下）」，發表於《今日之中國》第5卷第10號。

11月　12日，出席中國新詩學會成立大會。

19日，父親吳添祐逝世。

26 日，出席笠詩社於臺北華陰街 15 號寓所舉辦之「詩話——白萩詩集：《風的薔薇》」，與會者有林亨泰、陳千武、白萩、葉笛、趙天儀、李魁賢、林煥彰等。

〈臺灣風物雜記——猜謎（三）〉發表於《青溪》第 1 卷第 5 期。

12 月　〈臺灣風物雜記——猜謎（四）〉發表於《青溪》第 1 卷第 6 期。

以「絕望和期望」為題，詩作〈絕望〉、〈期望〉，〈易懂的好詩〉發表於《笠》第 22 期。

〈動物俚諺集〉發表於《臺灣風物》第 17 卷第 6 期。

1968 年　1 月　〈臺灣風物雜記——猜謎（完）〉發表於《青溪》第 1 卷第 7 期。

2 月　〈臺灣風物雜記——民間故事（一）〉發表於《青溪》第 1 卷第 8 期。

詩作〈死〉發表於《笠》第 23 期。

「謎遊び」發表於《今日之中國》第 6 卷第 2 號。

3 月　17 日，出席笠詩社於杜潘芳格寓所舉辦之「第四次年會兼同仁大會」，與會者有林亨泰、錦連、陳千武、羅浪、趙天儀等。

4 月　詩作〈都很陌生〉發表於《葡萄園》第 23、24 期合刊。

〈Aphorism 的詩〉發表於《笠》第 24 期。

〈臺灣風物雜記——民間故事（二）〉發表於《青溪》第 1 卷第 10 期。

5 月　由華陰街 15 號搬至長安西路 78 巷寓所。

〈臺灣風物雜記——民間故事（四）〉發表於《青溪》第 1 卷第 11 期。

6 月　〈欣賞兩首〉、〈日本詩展望〉發表於《笠》第 25 期。

〈臺灣歌謠集〉發表於《臺灣風物》第 18 卷第 3 期。

「端午節とその伝説」、「台湾民謡二題」發表於《今日之中國》第 6 卷第 6 號。

8 月 〈臺灣風物雜記——民間故事（五）〉發表於《青溪》第 2 卷第 2 期。

〈日本詩展望（續篇）〉、〈詩的欣賞兩首〉、詩作〈這就是我的人生〉發表於《笠》第 26 期。

9 月 15 日，出席笠詩社於陳秀喜宅舉辦之「作品合評」，與會者有林煥彰、李魁賢、趙天儀、施善繼、王誠一、陳秀喜、林錫嘉等。

詩作〈海的微笑〉發表於《葡萄園》第 25 期。

〈臺灣風物雜記——民間故事（六）〉發表於《青溪》第 2 卷第 3 期。

10 月 〈現代詩的困擾〉、〈詩的欣賞〉，以「近作二首」為題，詩作〈有一點奇異〉、〈醒於青空〉發表於《笠》第 27 期。

〈臺灣風物雜記——民間故事（七）〉發表於《青溪》第 2 卷第 4 期。

翻譯羅伯特・史蒂文遜詩作〈歌〉、克里斯蒂那・羅薩蒂詩作〈橋〉，發表於《葡萄園》第 26 期。

11 月 〈臺灣風物雜記——民間故事（八）〉發表於《青溪》第 2 卷第 5 期。

12 月 〈臺灣風物雜記——民間故事（九）〉發表於《青溪》第 2 卷第 6 期。

詩作〈海邊即吟〉發表於《笠》第 28 期。

1969 年 1 月 詩作〈海邊即吟〉，翻譯羅伯特・史蒂文遜詩作〈故事書的國王〉、〈陌生的國土〉，發表於《葡萄園》第 27 期。

「台湾の笑い話」發表於《今日之中國》第 7 卷第 1 號。

4 月 翻譯羅伯特・史蒂文遜〈啞吧的小兵〉，發表於《葡萄園》第 28 期。

6 月 15 日，出席笠詩社於臺北新光產物保險公司舉辦之「笠詩社五週年暨第一屆笠詩獎頒獎大會」，與會者有周夢蝶、鍾鼎文、洛夫、瘂弦、吳濁流等。8 月，刊載於《笠》第 32 期。

以「春天詩篇」為題，詩作〈逆旅〉、〈陽光〉發表於《笠》第 31 期。

7 月 詩作〈太陽是一面金色的鼓〉，翻譯羅伯特・史蒂文遜詩作〈旅行〉、克里斯蒂那・羅薩蒂詩作〈小娃娃〉、渥他・特・拉・梅耶詩作〈老兵〉、〈騎馬的人〉，發表於《葡萄園》第 29 期。

8 月 詩作〈獨白兩章〉發表於《笠》第 32 期。

10 月 〈即興二章〉發表於《葡萄園》第 30 期。

〈臺灣新詩的回顧〉，詩作〈輓歌三章〉發表於《笠》第 33 期。

12 月 《臺灣民俗》由臺北進學書局出版。

1970 年 1 月 詩集《吳瀛濤詩集》由臺北笠詩刊社出版。

2 月 〈臺灣新詩的回顧（二）——兼述臺灣新文學的發展〉發表於《笠》第 35 期。

4 月 12 日，出席「《臺灣文藝》六週年暨第一屆吳濁流文學獎」，與會者有司馬中原、王詩琅、郭水潭、陳逸松等。

詩作〈海之歌〉發表於《葡萄園》第 32 期。

以「近作兩首」為題，詩作〈獸〉、〈在外面〉發表於《笠》第 36 期。

6 月 詩作〈海的嚮往〉發表於《中央月刊》第 2 卷第 8 期。

		以「舊時代的詩篇——二、三十年代的臺灣風景」為題，詩作〈小戲院〉、〈小店〉、〈機器曲〉發表於《文壇》第120期。
		〈詩的孤城〉發表於《笠》第37期。
		〈鄉土型的〉發表於《幼獅文藝》第197期，「作家的臉」專欄。（描寫羅明河）。
	7月	詩作〈童年〉，翻譯勞倫斯・塔笛磨詩作〈小孩與老鼠〉、〈雲雀與金魚〉、渥他・特・拉・梅耶詩作〈夜〉、〈獵人〉，發表於《葡萄園》第33期。
	8月	〈訪雲萍〉發表於《幼獅文藝》第200期。
		出席笠詩社舉辦之「笠詩社六週年年會」。
		詩作〈鹿港鄉情〉發表於《笠》第38期。
		以「舊時代的詩篇——二、三十年代的臺灣風景」為題，詩作〈名字〉、〈臺灣衫〉、〈布袋戲〉發表於《文壇》第122期。
	9月	〈濁流〉發表於《幼獅文藝》第201期，「作家的臉」專欄。（描寫吳濁流）。
	10月	翻譯羅伯特・史蒂文生詩作〈臥床的船〉、〈進軍的歌〉，發表於《葡萄園》第34期。
	11月	〈風雨裡的臉〉發表於《幼獅文藝》第202期，「作家的臉」專欄。（描寫張文環）。
	12月	以「舊時代的詩篇——二、三十年代的臺灣風景」為題，詩作〈小祠〉、〈廟戲〉、〈轉鐵圈〉發表於《文壇》第126期。
		以「存在詩篇」為題，詩作〈蟲〉、〈狗〉、〈鳥〉發表於《笠》第40期。
1971年	1月	10日，出席笠詩社於明星咖啡室舉辦之「北部合評」，與

會者有陳秀喜、趙天儀、拾虹等。

詩作〈生命之鳥〉，翻譯羅伯特・史蒂文生詩作〈夏天的臥床〉、〈海賊的故事〉、〈點燈夫〉，發表於《葡萄園》第35期。

改寫兒童文學《綠野仙踪》、《名犬萊西》，由臺北新民教育社出版。

〈孤獨的蠹魚〉發表於《幼獅文藝》第205期，「作家的臉」專欄。（描寫龍瑛宗）。

3月　10日，因患肺腫瘤入住臺大醫院開刀治療。

以「舊時代的詩篇——二、三十年代的臺灣風景」為題，詩作〈童年〉、〈陋巷〉、〈兒戲〉發表於《文壇》129期。

4月　詩作〈天空復活〉發表於《葡萄園》第36期。

以「都市的 Note」為題，詩作〈公寓〉、〈新聞〉、〈紅磚路〉、〈迷你〉、〈夜總會〉、〈交通事故〉、〈廣告塔〉、〈書攤〉、〈妓女戶〉、〈音樂咖啡廳〉、〈小孩〉、〈戲院〉、〈標語〉、〈高級住宅區〉發表於《臺灣文藝》第8卷第31期。

6月　以「病床短章」為題，詩作〈拒絕〉、〈小毛蟲〉、〈鹿角樹〉、〈蟾蜍精〉、〈貓族〉發表於《笠》第43期。

7月　18日，出席笠詩社於新光保險公司舉辦之「笠詩社八週年年會」，與會者有喬林、白萩、林宗源、錦連、李魁賢等。

〈詩話〉發表於《臺灣文藝》第8卷第32期。

8月　自臺灣省菸酒公賣局退休。

9月　「子供の遊び」發表於《今日之中國》第9卷第9號。

10月　6日，病逝於臺北寓所，得年56歲。

12月　《笠》第46期製作「吳瀛濤先生追思特輯」，刊載〈吳瀛濤詩話〉、〈〈鷺鷥〉短評〉，以「舊時代的詩篇——二、三

		十年代的臺灣風景」為題，詩作〈小戲院〉、〈小店〉、〈機器曲〉、〈名字〉、〈臺灣衫〉、〈布袋戲〉、〈小祠〉、〈廟戲〉、〈轉鐵圈〉、〈童年〉、〈陋巷〉、〈兒戲〉。
		龍族詩社製作〈紀念吳瀛濤先生〉刊載於《龍族》第 4 號。
		〈概述光復前的臺灣文學（一）〉刊載於《幼獅文藝》第 216 期。
1972 年	1 月	以「都市的 Note」為題，詩作〈熱門音樂〉、〈畫廊〉、〈開會〉、〈馬路〉、〈盆地〉、〈電視〉、〈垃圾〉、〈上下班〉刊載於《臺灣文藝》第 8 卷第 34 期。
1975 年	2 月	《臺灣諺語》由臺北英文出版社出版。
1977 年	9 月	《臺灣民俗》由臺北眾文圖書公司出版。
2009 年	7 月	詩集《吳瀛濤集》由國立臺灣文學館出版。
2010 年	12 月	詩集《吳瀛濤詩全編》（上、下）由國立臺灣文學館出版。
2013 年	5 月	《海》由臺北臺灣英文出版社出版。
2016 年	7 月	15 日，適逢吳瀛濤百歲冥誕，國立臺灣文學館舉辦「瀛海的巨濤——吳瀛濤捐贈展」，至 12 月 25 日止。

參考資料：

- 吳瀛濤，「吳瀛濤生平編年大事記」，國立臺灣文學館典藏。
- 張愛敏，「吳瀛濤文學活動與臺灣文學重要事件對照表」、「吳瀛濤作品編目」，〈跨越語言一代詩人的侷限與開展——以吳瀛濤為討論對象〉，政治大學臺灣文學研究所碩士論文，2009 年 7 月，頁 137～144、145～158。
- 趙天儀編，〈吳瀛濤寫作生平簡表〉，《吳瀛濤集》，臺南：國立臺灣文學館，2009 年 7 月，頁 143～145。
- 周華斌編，〈吳瀛濤年表〉、〈吳瀛濤詩作目錄〉，《吳瀛濤詩全編（下）》，臺南：國立臺灣文學館，2010 年 12 月，頁 228～231、232～243。

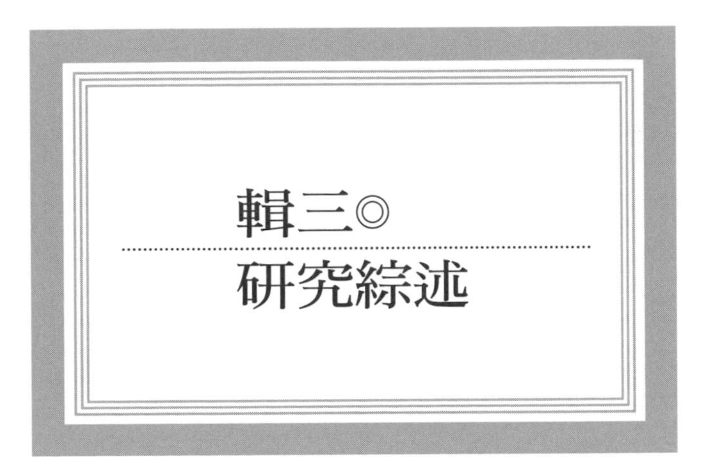

輯三◎
研究綜述

吳瀛濤研究資料彙編綜述

◎林淇瀁

一、吳瀛濤文學概述

吳瀛濤，是跨越語言的一代，既是詩人，也是臺灣民俗和臺灣諺語的研究者。他於 1916 年生於臺北市，1929 年自臺北太平公學校畢業，1934 年自臺北商業學校畢業，畢業後任職於江山樓。根據吳瀛濤家人的說明，江山樓創辦人吳江山，因為吳瀛濤之父吳添祐曾經協助創立並經營江山樓，對吳添祐、吳瀛濤父子特別禮遇。

吳瀛濤接受的是日文教育，在就學期間，就開始發表作品，他曾在〈詩的問答〉提到，早在童年時代，就已寫過詩（兒童詩乃至童謠），發表於公學校校刊。這使他對文學，特別是詩的喜愛，從小就萌發於心，也影響了他此後的人生。

也正因為這樣，商業學校畢業後兩年（1936 年），吳瀛濤就加入張深切發起的「臺灣文藝聯盟」臺北支部，與當時的臺灣文壇有了密切的來往，加上江山樓也正是當時臺北文人圈經常聚會的場所，耳濡目染之下，更堅定了吳瀛濤走向文學之路的決心。

1939 年，吳瀛濤轉赴高雄，任職於日本アルミニウム株式会社高雄清水組，根據他自編《吳瀛濤詩集》（1970 年）所示，他在這一年已開始創作，得詩〈早晨二章〉、〈空白〉、〈路巷〉等。次年回到臺北，進入「日本出版配給株式會社」臺灣支店服務，這使他的閱讀眼界大開，開始接觸並熟習出版業務。到了 1941 年，他從臺灣商工學校（今開南商工）北京語高等講習班第五期結業，這使他的中文讀寫能力大增，奠定了其後他能夠較諸同輩臺灣作家更早使用中文寫作的能力。

1942 年 1 月，他在《臺灣藝術》雜誌（第 3 卷第 1 號）發表日文詩作「夜明け」；同年 5 月在西川滿主編的《文藝臺灣》（第 4 卷第 2 期）發表隨筆「祝宴・藝妲・廣場」，介紹他在江山樓所見的藝妲之美。其後又陸續在《臺灣藝術》發表了隨筆「夜の祭典」、詩作「子に」、「禱り」、隨筆「河邊所見」等多篇作品，展現了他旺盛的寫作活力。

同樣也在這一年，他使用了另一個筆名「大江山瀛濤」在《臺灣藝術》雜誌開始發表他所採集的臺灣俚諺。最早的一篇是 11 月發表的「臺灣俚諺——一、家庭」（第 3 卷第 11 號），到次年 3 月，總計連載了五篇。這是吳瀛濤有關臺灣民俗研究和諺語採集的開始，而「大江山瀛濤」這個筆名也就成為日治時期他發表作品的筆名。

1943 年 3 月，在詩、隨筆和俚諺之外，他初試啼聲所寫的短篇小說「藝妲」榮獲《臺灣藝術》雜誌社舉辦的「募集懸賞小說」選外佳作，使他成為備受矚目的青年小說家，並因此獲得《臺灣藝術》雜誌社聘為兼任記者。

1944 年，二次世界大戰已進入高峰期，1 月 25 日，吳瀛濤以軍屬身分被總督府派赴香港，任職於九龍造船所。他在香港期間，仍然繼續創作，並在《香港日報》發表作品，也因此與當時在香港的中國詩人戴望舒結識交往，常常因為談興甚濃而夜宿戴望舒家中。這年 1 月，他又以短篇小說「或る記錄」、「禱り」一舉獲得《臺灣藝術》雜誌社舉辦的「第四回募集懸賞小說」二等獎和選外佳作。同年 10 月 26 日，他自港返臺，一個月後獲聘於臺北帝國大學（今臺灣大學）圖書館，並兼任《帝大新聞》編輯。

1945 年 8 月 14 日，日本天皇宣布投降，二次世界大戰結束。9 月 1 日，國民政府在重慶宣布成立「臺灣省行政長官公署」；準備進行與日本政府的交接。9 月 17 日，吳瀛濤受聘於臺灣總督府外事部，擔任北京語通譯官（翻譯官），與國民政府派來臺灣的接收人員有了接觸。這個工作為時甚短，同年 10 月 19 日，他被臺灣行政長官公署祕書處機要室聘為辦事員，同樣也為期甚短，只工作到 12 月 31 日，隨即於次年 1 月轉任臺灣省專賣局（今臺灣菸酒公司）臺北分局，並於中、日文《中國時報》週報擔任兼任編輯。

在這劇烈變動的一年，吳瀛濤歷經了臺灣知識分子少有的人生經歷。他在從 9 月到 12 月的三個半月中，眼看著臺灣總督府的結束、臺灣省行政長官公署的掛牌，最後又離開行政長官公署，他是目睹臺灣由日本統治轉為中華民國統治的「局內」人。這樣的既跨越語言，又跨越統治國度的經驗，對他在戰後展開的新詩創作是否具有影響？這或許是值得研究者關注的一個議題。這一年 10 月，他在林茂生創辦的《民報》「學林」專欄發表了〈在一角落〉、〈斷章〉、〈你——祈禱〉等詩作。不過，《民報》後因二二八事件停刊，他的詩作發表園地因此少掉一個。

1946 年 2 月，他在黃金穗主編的《新新》雜誌（中日文合刊）第 2 號發表了以中文寫出的新詩〈浪漫的短章〉，可以看出他尚未能順心駕馭的中文。這首詩作的第一段這樣寫：

牠一片愛情，
只灌注玫瑰而去、
暴風雨裡的它，
跪在新的法悅下，
震顫著它的靈魂

這首詩中的「牠」和「它」，顯得突兀，不知是否是排版上的誤植，或作者特意使用的代名詞，總之在語法上顯得唐突就是；到了這年 8 月出版的《新新》（第 6 期），吳瀛濤發表了中日文並見的詩作〈墜石〉，中文駕馭已趨成熟，詩作的最後一節這樣呈現：

石啊，

你的歷史現在使我沉默，

我寧可默默地給太陽燒去吧，

在群星中沐浴吧，

正像昔日在山頂的你那一樣。

這首詩寫石頭從天高之處墜落到暗黑之海，似乎別有所指地隱喻了他對變動中的臺灣的感慨，同時也預示了他此後詩作常見的「冥想」和哲思的特色。

同樣也在這一年（1946 年），龍瑛宗主編《中華日報》日文版文藝欄，吳瀛濤從 6 月開始在文藝欄陸續發表了日文隨筆「記錄」、「消息」、「青年よ」、「苦惱の誕生」等作品，直到同年 10 月日文版廢刊，政府開始全面禁止報刊雜誌使用日文止。

1947 年 2 月 10 日，吳瀛濤受聘擔任《臺灣畫報》編輯顧問，這個月底，二二八事件爆發，又一個劇烈的變化出現在吳瀛濤之前，他的年表顯示，從二二八事件之後，他完全沒有詩作發表，直到 1949 年 2 月 7 日，才在《臺灣新生報・橋副刊》發表了一篇詩評〈詩的真實——論〈按摩者〉與〈渡〉〉。這一年又發生了四六事件，臺大師大學生遭到逮捕，跨越語言的臺灣詩人社團「銀鈴會」解散，這對吳瀛濤而言，應該也是一種打擊吧。除了同年 11 月在《臺灣農林》雜誌發表隨筆〈寄言〉和詩作〈願望〉；以及次年 1 月同誌發表詩作〈農民節頌〉之外，此後他的創作在表中即成一片空白，直到 1953 年 8 月，他的詩創作方才重新展開。

吳瀛濤的復出，和紀弦於 1953 年 2 月創刊《現代詩》有關。《現代詩》創刊宣言強調要使「新詩到達現代化」，鼓舞了吳瀛濤的詩心復燃，這年 8 月，他在《現代詩》第 3 期一口氣發表了評論〈原子詩論——論 Atom Age 的詩〉和〈詩四首〉（收〈神像〉、〈光影〉、〈來去〉、〈四季〉等詩作），等同宣示了他現代詩時代的展開。

他在 1953 年發表的〈原子詩論〉，意義非凡地標舉了詩的現代性，他指出：「原子是這時代的詩的新的象徵，是這時代最純粹最崇高最有力的詩精神之總稱，詩人需要認清它，詩人要開始寫出原子時代的新詩——原子詩。」這是他對現代詩應與時代一起改變的主張，因此，「詩的方式已無須押韻講格律；而且詩之題材也不論何等汙髒何等離奇」均應納入。這個觀點，甚受紀弦賞識，他當時發表的詩作也因此脫離了早期浪漫抒情的風格，朝向現代生活挖掘。

不過，他的「現代性」並不逃離現實生活，他在 1966 年 2 月的《笠》詩刊發表的〈現代詩問答〉中強調，「現代的詩人是更進一步地為生活而寫詩，為生存而寫詩」；又說：「現代的詩人寫詩的時候，總有一些時代意識，也可以說是對他所生存的時代抱有一種使命感，這就是現代詩人的自覺。」他所理解的現代詩，是立基於「生活」和「時代意識」的兩大基石之上，並非隨意亂寫、耍弄語言的「偽詩」。

這也就是吳瀛濤於 1953 年 9 月出版他的第一本詩集（收 1953 年之前的作品）時以《生活詩集》名之的理由。覃子豪在序文中就指出這一點：「我始終認為，詩永遠是離不開生活，而作者正和我所想的一樣，所以將這本集子題名為『生活詩集』的緣故。」同時也肯定他以「原子詩論」為基礎所表現的具有開拓性的時代意識。

《生活詩集》出版後，吳瀛濤的詩作產量劇增，從 1953 年到 1958 年這五年之間，他除了在《現代詩》發表詩作，也因為受到覃子豪的賞識，有大量詩作均在覃子豪主編的《公論報・藍星週刊》發表，部分則刊登於《創世紀》，估計總發表量約達兩百餘首，這些詩作於 1958 年 6 月集為《瀛濤詩集》出版，標誌了戰後吳瀛濤現代詩創作的一個高峰。

《瀛濤詩集》作為吳瀛濤的第二本詩集，所收的詩作與原來發表時的原作並不全然一致，根據他在〈瀛濤詩記〉的說法，一是因為如收原作，詩集厚度增加，「負擔不起印刷費」，因此「別出心裁，另創一種方式，即將原來的詩盡量壓縮為最多不過五行、十行的短詩而出版。」二是出自他對短詩的理念（即「原子詩論」的實踐），「於是毅然以原來發表的詩為原型，而去精鍊出了作者認為不能再短的短詩」。一如他在〈「第二詩集」後記〉中所說：「精鍊各種不同的因素，使純粹如寶石，偉大如原子的詩──現代詩，甚至如作者既稱的『原子詩』。」可見他對這個階段詩作的用心和珍視。

《瀛濤詩集》出版後，他暫停了詩的創作，重拾他在日治末期對臺灣民俗和俚諺的整理。1958 年 7 月，他開始在《臺灣新生報・副刊》撰寫「臺灣民俗薈談」專欄，大受歡迎，這專欄一寫直到 1966 年 1 月才告一個段落。這個階段，可稱為吳瀛濤的「民俗階段」，他在《臺北文物》寫諸如〈江山樓・臺灣菜・藝妲〉、〈稻江回顧錄〉等采風文章；在《豐年》雜誌撰述「臺灣傳說集錦」專欄，每期一篇，介紹諸如石龜、石聖公、牛報恩、金鴨母石、水流觀音、女魂花、樣仔王、鹽甕、鐵砧山等民間傳說；在《臺灣風物》發表〈臺灣婚姻俗事雜錄〉、〈臺灣的降神術──關於觀童乩的迷信〉等風俗信仰；在《暢流》雜誌撰寫「臺灣山地傳說」專欄。從 1958 年到 1970 年，前後十二年間，他所撰寫的臺灣民俗采風和諺語蒐集，其後集為《臺灣民俗》（1969 年）和《臺灣諺語》（1975 年）兩書出版，成為戰後臺灣民俗研究的經典。

此外值得一提的是，吳瀛濤從 1963 年到 1964 年，也曾以他對日文的熟悉，應當時的兒童雜誌《小學生》之邀，翻譯了約二十篇日本童話，也在相關雜誌上發表兒童文學評論。一如與他一起跨越語言的臺灣作家王詩琅、黃得時一樣，兒童文學、翻譯和改寫，都是他們創作之外的另一個發展空間。

吳瀛濤的詩興重返，是在 1961 年 11 月。他以〈詩之短章〉為題，大量且持續發表短詩與散文於《青年戰士報・副刊》，直到 1964 年 1 月止，總計兩年多；1964 年 3 月 1 日，他參加了吳濁流籌辦《臺灣文藝》的籌備會，有感於省籍詩人也需要有一本詩刊，因而約集趙天儀、陳千武、王憲陽等詩人到他家中商討聯合中部詩人合辦詩刊的事宜；16 日，他應陳千武、錦連、林亨泰、古貝、詹冰之邀，成為《笠》詩刊的發起人之一。這個契機，開展了他此後的詩創作路向，也讓他的詩作從生活與時代意識走向現實批判與哲理的風格。其後他出版的《瞑想詩集》（1965 年）和《吳瀛濤詩集》（1970 年），就是他加入《笠》之後的創作成果。

除了持續詩的創作之外，1964 年 1 月，他在《今日之中國》第 2 卷第 1 號發表了翻譯作品「中国のお正月」。《今日之中國》係政府所辦刊物，在日本發行，內容以介紹臺灣政經文化為主，吳瀛濤在這份刊物上翻譯的作品甚多，直到 1967 年 7 月為止，總計發表了二十篇左右。部分是臺灣民俗，更多的則是臺灣作家作品的翻譯，如張漱菡短篇小說「疑雲」（第 2 卷第 5 號）、鍾雷短篇小說「追跡」（第 3 卷第 2 號）、林適存短篇小說〈神仙の世界〉（第 3 卷第 3 號）、高陽短篇小說「戰場から愛情へ」（第 3 卷第 4 號）、后希鎧短篇小說「浴仏節の愛」（第 3 卷第 5 號）、林鍾隆短篇小說「村の盜難事件」（第 3 卷第 9 號）、劉靜娟短篇小說「泡沫」（第 5 卷第 3 號）等。這個階段的他對臺灣文學的外譯貢獻頗大。

1971 年 3 月 10 日，他因罹患肺腫瘤入住臺大醫院開刀治療。8 月，從臺灣省菸酒公賣局退休，10 月 6 日病逝。

綜觀吳瀛濤的一生，詩應該是他的最愛，民俗與俚諺的整理是他的專長，而翻譯（日譯中的兒童文學、日譯臺灣文學）則是他兼通中日文能力的展現。在不同的階段中，他透過詩來表現自己對患難時代和現實生活的感悟，寫作不輟，大約留下六百多首詩作，這些詩作多數以短詩呈現。他的詩作風格，一如自述「我寫詩，是在寫生活。」他的詩多半來自他對生活的觀察、冥想和體悟。在創作風格的開拓上，他曾被視為現代主義詩人，深受紀弦、覃子豪兩人的推崇；在精神和理念上，他則是不折不扣的寫實主義詩人，他用詩來傳達對大時代生活的沉思，也用詩表現他對生命的挖掘和體悟。這使他的詩具有哲學的思維，因而顯得動人且深刻。

他的主要詩集有《生活詩集》（1953 年）、《瀛濤詩集》（1958 年）、《瞑想詩集》（1965 年），《吳瀛濤詩集》（1970 年）等四種。過世後則有趙天儀編《吳瀛濤集》（2009 年）和國立臺灣文學館出版《吳瀛濤詩全編》

（上下兩冊，2010 年）等。

二、吳瀛濤文學研究概述

關於吳瀛濤文學的研究資料，大約可以分為三大類：

第一類是研究吳瀛濤的學位論文，較諸於其他作家相關研究學位論文和專書，吳瀛濤的研究截至目前為止，只得一部碩士論文，相對是有限而稀少的。這唯一的碩士論文是政治大學臺文所碩士張愛敏所撰的〈跨越語言一代詩人的侷限與開展——以吳瀛濤為討論對象〉，由陳芳明指導，通過於 2009 年 7 月。

這部論文係透過對吳瀛濤生平及其文學活動的爬梳，討論其面對時代困境發展出的詩作特色，試圖定位吳瀛濤在臺灣文學史上的位置。正文後附「吳瀛濤文學活動與臺灣文學重要事件對照表」、「吳瀛濤作品編目」。由於是研究吳瀛濤的第一部學位論文，可參考對話的文獻有限，能在有限資料中縫補吳瀛濤文學志業的圖像，已有奠基之功，允屬不易。

吳瀛濤文學研究專書專著的闕如，或與吳瀛濤生前作品雖多，但多半散見於報刊，結集有限有關；他雖在紀弦倡導現代詩時期復出，且受紀弦、覃子豪之欣賞，但在當時並未備受討論；此外，也因他興趣廣泛，他對臺灣諺語和臺灣民俗的蒐集研究，反而壓過了他在現代詩創作上的成績；最後，則是他生前不擅交際，又以中壯之年（56 歲）早逝，未能在 1970 年代鄉土文學崛起之際受到注目。這或許是他比起同樣跨越語言的林亨泰、詹冰、陳千武等較少獲得研究者垂青的原因吧。

第二類是有關吳瀛濤的生平資料篇目。其下又可細分為「自述」、「他述」、「訪談」、「年表」四類。自述部分，僅有 7 篇，除為《生活詩集》所寫〈自序〉之外，均為其詩觀（含答問）之表白，鮮少觸及其寫作歷程或人生觀照，這對研究者而言，或許也是進行研究的阻礙之一。

他述部分，共 50 篇，扣除重複收入於不同來源之文，約 40 篇，吳瀛濤生前之他述僅有一篇（李魁賢，〈暴風半徑〉，《幼獅文藝》第 185 期，

1969 年 5 月）；逝世之後，1971 年 12 月，《笠》詩刊推出「吳瀛濤先生追思特輯」，《龍族詩刊》推出〈紀念吳瀛濤先生〉，共有 21 篇——可見在吳瀛濤生前，他的詩作並未受到當時詩壇的適度重視，可以說，吳瀛濤生前在臺灣詩壇幾乎是一個被遺忘的詩人，他的創作也缺乏知音給予應有的肯定。

訪談、對談部分，唯一的一篇訪談，是《草原》雜誌於 1968 年 2 月刊出的〈請看我們訪問九位作家學者談民俗文學的記錄〔吳瀛濤部分〕〉；對談部分，最早是 1954 年《臺北文物》第 3 卷第 3 期刊出〈北部新文學・新劇運動座談會〉，收入 21 位日治時期參與新文學運動的作家座談紀錄。其餘則為《笠》創刊後的「作品合評」專欄，分別見於該刊第 5 期（1965 年 2 月）、第 14 期（1966 年 8 月），以及第 20 期（1967 年 8 月）的〈詩集合評會——《瞑想詩集》〉。由如此有限的對談紀錄來看，吳瀛濤生前的詩創作心境，應該也是孤獨而寂寞的吧。

年表部分，最早公開發表的是莊永明所著《文學臺灣人》（臺北：遠流出版社，2001 年）收錄的〈吳瀛濤年表（1916—1971）〉；[1]第二份是前述張愛敏碩論整理的「吳瀛濤文學活動與臺灣文學重要事件對照表」（2009 年）；第三份是趙天儀編《吳瀛濤集》（臺南：國立臺灣文學館，2009 年）所附的〈吳瀛濤寫作生平簡表〉；第四份則是 2010 年臺灣文學館出版《吳瀛濤詩全編》所附周華斌編的〈吳瀛濤年表〉。這四份年表大抵上都屬初編，詳盡的年表可參本彙編所附〈吳瀛濤文學年表〉。

第三類是吳瀛濤作品的評論篇目，又可細分為「綜論」、「分論」兩類。評論性質又可再可細分為介紹、評析和論述三種，含括了一般性的生平介紹、作品評析到論評與學術期刊論文。

我在檢視本書主責編輯整理的〈吳瀛濤研究評論資料目錄〉時，同樣

[1]吳瀛濤生前曾自撰〈吳瀛濤生平編年大事記〉，係以筆記簿手寫方式完成，但並未公開發表，後捐贈國立臺灣文學館，成為典藏，詳該館文物典藏查詢系統（https://collections.culture.tw/nmtl_collectionsweb/GalData.aspx?GID=MAMCMYMBMNMD&MODE=GRIDVIEW）；此外，1971 年 2 月出刊的《笠》第 46 期（1971 年 2 月）有〈吳瀛濤先生傳略〉，內附「吳瀛濤先生簡歷」，仍難謂為正式年表。

看到了吳瀛濤生前「不為人知」的寂寞。以 1971 年 10 月他逝世的時間為界，在這之前相關於他的綜論，無論短篇或長論均甚少，最早是 1955 年 6 月 16 日，覃子豪在《藍星週刊》前言〈群星光耀詩壇——為本刊年紀念而作〉中提到他；過了近十年後，1964 年 8 月，才有林亨泰在《笠》詩刊第 2 期發表〈笠下影——吳瀛濤〉予以介紹；六年後，1970 年 7 月，才有周伯乃在《自由青年》第 44 卷第 1 期發表〈沉默的詩人吳瀛濤〉，給予他的詩藝比較周詳且正面的肯定。從 1955 年到 1970 年這漫長的十五年間，吳瀛濤的綜論如此稀少，也足以印證他的孤獨。

從分論部分來看也是如此。吳瀛濤生前出版的詩集四種：《生活詩集》（1953 年）、《瀛濤詩集》（1958 年）、《瞑想詩集》（1965 年），《吳瀛濤詩集》（1970 年）。《生活詩集》直到 2013 年才有林煥彰的追述〈樸素，善良的語言——讀詩人吳瀛濤《生活詩集》〉發表於《臺灣文學史料集刊（三）》（臺南：國立臺灣文學館，2013 年 7 月）；《瀛濤詩集》無評論；《瞑想詩集》出版後次年有趙天儀以「柳文哲」筆名在《笠》詩刊第 12 期發表〈詩壇散步——《瞑想詩集》〉加以評介；《吳瀛濤詩集》有林煥彰〈讀《吳瀛濤詩集》〉一篇，收入《做些小夢》（臺北：再興出版社，1975 年）書中。吳瀛濤生前四本詩集出版迄今，僅得三篇評論，這又再一次說明了吳瀛濤詩創作的識者無多。

2010 年《吳瀛濤詩全編》的出版，或許會是吳瀛濤重新被認識的一個開始，當時的臺灣文學館館長李瑞騰在〈館長序〉中肯定了吳瀛濤「一邊實寫，一邊虛擬，用語有時誇大浪漫，有時迂迴曲折，有時潔淨簡約」的詩風，並指出在吳瀛濤的詩作中「發現了鄉土詩學內蘊現代性的可能」；陳芳明更以〈改寫輓歌的高手——吳瀛濤的現代主義精神〉一文高度肯定他將現代主義「注入臺灣本土文學的血脈裡」。

三、關於吳瀛濤研究資料彙編

本彙編所收吳瀛濤研究資料編目總計 168 筆，扣除同一資料因收錄不同書刊而重複登錄的筆數，數量則更顯稀薄。這與吳瀛濤不為他同時代的詩壇重視有關（一如前節所述），也與他在臺灣民俗研究和諺語蒐集上的貢獻，掩蓋了他的詩藝有關。

本彙編根據現有已蒐羅的研究資料，從中選取相關文章、論述、研究計 24 篇。選取的原則，文學生涯部分，以作家自述為主，收入吳瀛濤自述詩觀與詩記四篇，另選他述六篇，用以勾勒吳瀛濤的創作生涯。綜論部分 14 篇，部分係吳瀛濤詩壇友人的評述，部分則是學者研究文論，各篇切入向度、視角各有不同，都具有互相對話的參考價值，希能凸顯吳瀛濤文學的定位，也可供未來研究者參照。選文分述如下：

1. 吳瀛濤〈現代詩問答〉（作家自述）
2. 吳瀛濤〈詩的問答〉（作家自述）
3. 吳瀛濤〈詩的問答〉（作家自述）
4. 吳瀛濤〈瀛濤詩記〉（作家自述）
5. 吳重文〈我的作家父親——吳瀛濤〉（他述）
6. 王詩琅〈詩人的讖語〉（他述）
7. 林亨泰〈笠下影——吳瀛濤〉（他述）
8. 林煥彰〈樸素，善良的語言——讀詩人吳瀛濤《生活詩集》〉（他述）
9. 莫　渝〈寂寞難遣——記吳瀛濤〉（他述）
10. 劉維瑛〈於薄暮，於曉暗之中的抒情原子能——記詩人吳瀛濤〉（他述）
11. 周伯乃〈沉默的詩人吳瀛濤〉（綜論）
12. 李魁賢〈孤獨的瞑想者——詩人吳瀛濤先生的塑像〉（綜論）
13. 李魁賢〈論吳瀛濤的詩〉（綜論）
14. 葉　笛〈論《笠》前行代的詩人們——跨越語言的前行代詩人們（節錄）〉（綜論）

15. 趙天儀〈形象思維的抒情與知性思考的哲理——對吳瀛濤詩作的回顧與賞析〉（綜論）
16. 阮美慧〈孤獨的瞑想者——吳瀛濤〉（綜論）
17. 彭瑞金〈吳瀛濤——愛冥想的詩人〉（綜論）
18. 陳芳明〈改寫輓歌的高手——吳瀛濤的現代主義精神〉（綜論）
19. 陳政彥〈詩人群像——吳瀛濤〉(綜論)
20. 邱各容〈吳瀛濤：採風擷俗的詩人〉（綜論）
21. 林盛彬〈論詩人吳瀛濤的詩與論〉（綜論）
22. 張愛敏〈傳統斷裂下的重建軌跡——吳瀛濤詩歌的階段性特色〉（綜論）
23. 李建儒〈吳瀛濤詩中的都市構形〉（綜論）
24. 許博凱〈跨越殖民之臺灣在地知識分子的文化能動與策略——以吳瀛濤為觀察對象〉（綜論）

自述部分，收錄吳瀛濤的詩觀與他對現代詩的闡述四篇，前三篇是他在 1966 年到 1967 年間發表於《笠》詩刊的文論，從中可以看到他對「現代詩」一詞的釋義，以及他對現代詩如何「現代」的論點。他認為：

> 現代這一個時代是經過兩次世界大戰，一方面二十世紀的文明雖然很發達，但是另一方面社會的不安和人類的貧困是不能否認的，處在這麼一種不平衡的狀態，人類的思想在第一次大戰後有主知主義的潮流，第二次大戰後也有存在主義的潮流，這兩種主要的思潮對現代詩的世界也很有影響，自此詩不但是為詩本身的狹義的世界，它自然而然地已發展到關聯於全人類的，超絕詩本身而更廣義的詩的世界。

這個觀點大抵延續了他的「原子詩論」。不過，他所主張的「現代」，終究是把焦點貫注於「生活」的思想性上，他以《生活詩集》命名第一本詩集，用意在此；其次，他雖然主張現代詩的現代性，卻也反對以晦澀的語言營造而出的部分「偽詩」，他在 1967 年 10 月發表於《笠》的〈詩的問答〉一文中，針對「難懂的詩」指出，他不贊成難懂的詩，特別是「故弄玄虛」的難懂，他視之為「偽詩」；他認為：「我們的任務則在於如何使一首難懂的詩令更多的人能夠容易感受，在這一點謀求詩的解說，謀求詩向廣大大眾的浸潤，以便讀者對詩的親近。」又說：「一首易懂的好詩其實是勝過一首難懂的壞詩。」以此主張，對照其詩作，吳瀛濤的「現代主義」其實更傾向於「現代意識」的彰顯，而非語言文字的玩弄。

另選〈瀛濤詩記〉（發表於 1964 年 6 月出版的《笠》創刊號），則是吳瀛濤為自己從日治時期從事詩創作以來的有關詩的資料、記錄、感想等所作的「瑣記」。在這篇文章中，他談到未問世的「第二詩集」，也收錄了本來想出版時約請紀弦、覃子豪的序文，及他自己寫的〈後記〉，具有文獻價值，從中可以看到吳瀛濤復出於 1950 年代時備受當時詩壇兩大要角重視的程度，了解吳瀛濤此後以現代詩書寫，「要從行盡的地方再出發，與『死』，或與『我』對峙，始有更堅強的生之發現，更真正的我之誕生」的創作觀。

他述部分，選六篇。其中，吳瀛濤次子吳重文之文〈我的作家父親——吳瀛濤〉係他得知國立臺灣文學館將出版本書後所撰。此文以子嗣的近身觀察、孺慕之情，追憶吳瀛濤戰後的寫作與生活、持家與苦鬥，感人十分，是了解吳瀛濤文學旅程不可忽視的文章。

第二篇收王詩琅〈詩人的讖語〉，王文追述 1933 年臺灣文藝協會成立後，在臺北江山樓與吳瀛濤認識的經過，以及戰後一起合作纂修《臺北市志》（民俗篇）的過往。王詩琅肯定吳瀛濤的多方才華，肯定他的詩，也肯定他撰著《臺灣民俗》的貢獻。這是寫於吳瀛濤逝世後的追悼之文，從中可見王詩琅對於吳瀛濤的重視，其中提到吳瀛濤的詩「充滿著凝視的瞑想，內潛的情感」，為知音之言。林亨泰的〈笠下影——吳瀛濤〉，刊登於《笠》第 2 期，精準地指出吳瀛濤創作的方法「是從凝視一個事象作為出發點，並藉著思惟的作用，逐漸將之提煉成為一個宇宙，或一個天堂」；說吳瀛濤「喜愛取材於『存在』、『時間』等有思索性的問題」，「為了『思惟』而思惟地借用了詩的形式」。王詩琅和林亨泰的評價，清楚點出了吳瀛濤詩創作的兩個維度：凝視與冥想、思維和哲理。

另三篇，一是林煥彰發表於 2013 年 7 月的〈樸素，善良的語言——讀詩人吳瀛濤《生活詩集》〉，本文通過對吳瀛濤第一本詩集《生活詩集》的回顧與作品賞析，詳盡勾勒了與吳瀛濤生前來往的過往，指出：

> 從他的詩來看，他的詩和他的為人，都是滿「普羅」、平民化的表現著關懷勞苦的農民；而大部分詩作，卻又反覆陷在個人詩化的夢境中、抒發個人思想貧血、苦悶的困境裡，這或許也是他經歷過二戰之後反映了當時大多數人精神徬徨無助的一面吧？

而在文末則坦言，從吳瀛濤的《生活詩集》「還未轉型，不易找到哪一首詩能有現代意識的新精神」，足以符合「原子詩論」。這篇評論，可以讓我們真實認識到吳瀛濤於 1950 年代提倡「原子詩論」時理論與作品的落差；莫渝的〈寂寞難遣——記吳瀛濤〉，則以吳瀛濤的都市詩作印證詩人的寂寞；劉維瑛 2005 年 4 月發表於《臺灣文學館通訊》第 7 期的〈於薄暮，於曉暗之中的抒情原子能——記詩人吳瀛濤〉，概述了吳瀛濤在詩創作與臺灣民俗研究的貢獻，文中指出，「吳瀛濤在詩的世界中瞑想、獨白，這詩歌中的抒情基調，與當時《笠》詩刊同輩詩人，著重現實述說的筆觸，有著十分不同的美學性格。」也有助於我們了解吳瀛濤加入《笠》詩社之後的孤獨感。

綜論部分，上半部分收與吳瀛濤生前老友，且對其詩作、人格有較深了解的詩人所撰評論五篇。周伯乃的〈沉默的詩人吳瀛濤〉，發表於 1970 年 7 月《自由青年》，是第一篇較全面討論吳瀛濤詩藝的評論。這篇評論以詩作分析，具體指出了吳瀛濤詩藝的幾個特色：如〈空白〉的「個人的生命之意義」的追索；「思想六章」的「深入到哲理的邏輯表現」；如〈貝殼幻想曲〉的「以物喻我的交感作用」。結論強調吳瀛濤的詩「多少總含有一種深沉的哲學實質，一如他的沉默」，則將詩人詩作的一致風格總綰於一。

早在 1956 年就和吳瀛濤論交的李魁賢，先後撰有兩文，均予收入。分別是〈孤獨的瞑想者——詩人吳瀛濤先生的塑像〉和〈論吳瀛濤的詩〉。前者發表於 1971 年 12 月《笠》「吳瀛濤先生追思專輯」，詳細回溯了吳瀛濤自 1950 年代之後的文學生涯和人生旅程，以近身交往的經驗，勾描吳瀛濤的孤獨和落寞，相當深刻動人；此外則以吳瀛濤生前所出詩集，逐一以作品論述其詩路與詩作風格之良窳，是了解吳瀛濤後期詩風與人格不可不讀之作；後文〈論吳瀛濤的詩〉，發表於 1981 年 10 月出刊的《笠》第 105 期，則更細密地以詩論詩，指出吳瀛濤的詩「扣緊生活的環節」，「一直遵行著現實的寫作方針」，「對詩的處理方式是採取表現的手段」，「對詩本質上要求時代意識和批判性」。這篇評論從吳瀛濤 26 歲時發表的〈黃昏〉開始，依照發表時序，逐一舉出代表詩作進行文本分析，印證吳瀛濤的人生行路，相互參照，足可藉以理解吳瀛濤詩中充盈的孤獨感與冥想哲思。

葉笛的〈論《笠》前行代的詩人們——跨越語言的前行代詩人們（節錄）〉雖非專論，但是以吳瀛濤的詩論對照其詩作，指出「吳瀛濤是個生活的詩人，同時也是個生命熱烈的禮讚者」，說他的詩「樸質而內斂，不過，詩卻因此拓展了更大的想像空間」，也是允當之見；與吳瀛濤同為《笠》發起人之一的趙天儀所撰〈形象思維的抒情與知性思考的哲理——對吳瀛濤詩作的回顧與賞析〉，則具體地以吳瀛濤的創作主題，分從「以詩論詩」、「童年與陋巷」、「田園與都市」、「大海與貝殼」、「音樂與繪畫」、「時代與愛情」等六個主題切入，分析其詩作，結論指出：「吳瀛濤的詩是反映了他那個時代的臺灣意識的產品，有現實主義的傾向。然而，他的詩作在創作技巧上，卻是現代主義的產物，有知情合一的推理表現。因此，他一方面在形象思維上抒情，卻又在哲理詩上，表現了他的知性思考，呈現了他比較乾而硬的詩風，所以說，吳瀛濤是臺灣戰後初期一個重要的現代詩人。」

綜論中段部分收五篇，多為學界研究者的論述。阮美慧的〈孤獨的瞑想者——吳瀛濤〉原係其碩論〈笠詩社跨越語言一代詩人研究〉（1997 年 5 月）的部分，分就吳瀛濤的文學歷程、作品主題（生命哲理的獨思、都市風景的寫照）進行探討；彭瑞金〈吳瀛濤——愛冥想的詩人〉，選自他所著《臺灣文學 50 家》，以綜論的方式勾描吳瀛濤的文學特色與歷史定位；陳芳明的〈改寫輓歌的高手——吳瀛濤的現代主義精神〉，發表於 2000 年 6 月《聯合文學》第 188 期，後收入《吳瀛濤詩全編》為〈代序〉，本文突出吳瀛濤與現代主義的關係，認為「吳瀛濤對現代主義的執著，迥異於同一世代的其他詩人」，並特別標舉其寫於 1971 年 3 月的〈天空復活〉印證其現代主義精神；陳政彥的〈詩人群像——吳瀛濤〉選自他所著《跨越時代的青春之歌：五、六〇年代臺灣現代詩運動》（臺南：國立臺灣文學館，2012 年）一書，指出：「吳瀛濤的詩喜歡表現思想主題，以思想為詩題的詩作頗多，他筆下詩中的敘述者時常呈現著思考的狀態，並敘述其思考的內容，而沉思者的姿態，則成為他筆下另一個常見的意象：雕像。」邱各容〈吳瀛濤：採風擷俗的詩人〉，選自他所著《臺灣近代兒童文學史》（臺北：秀威資訊科技公司，2013 年）一書，與前述諸篇不同之處，在於本文較著重於吳瀛濤的童詩創作、翻譯及其童謠採集，以及吳瀛濤在臺灣兒童文學史的定位，是第一篇論及吳瀛濤兒童文學創作、編譯與貢獻的文論。

綜論下半部分收四篇，也都屬學界論述，不過較集中於不同議題的討論。林盛彬的〈論詩人吳瀛濤的詩與論〉，原刊於《笠》第 289 期（2012 年 6 月），相當縝密地爬梳了吳瀛濤的詩論和他的詩作之間的相互呼應，是一篇了解吳瀛濤創作與思想關係的論述；張愛敏〈傳統斷裂下的重建軌跡——吳瀛濤詩歌的階段性特色〉，原係其碩論〈跨越語言一代詩人的侷限與開展——以吳瀛濤為討論對象〉的一個章節，作者在文獻有限的狀況下，勾勒吳瀛濤在不同的創作階段中的作品特色，甚屬不易；李建儒的〈吳瀛濤詩中的都市構形〉原刊於《臺灣詩學學刊》第 12 期（2008 年 11 月），從吳瀛濤的都市書寫切入，將他視為臺灣「都市詩」寫作的前驅，並從「都市構形」的向度，指出吳瀛濤的都市書寫可歸納為三種形態：「美麗、快樂、夢想的光明之城」、「悲歡雜陳的期待之城」與「罪惡、寂寞、侵蝕人心的黑暗幻滅之城」，具有相當的創見；許博凱的〈跨越殖民之臺灣在地知識分子的文化能動與策略——以吳瀛濤為觀察對象〉，原刊於《臺灣文學評論》第 7 卷第 1 期（2007 年 1 月），則是討論吳瀛濤作為一個跨越殖民的臺灣知識分子的宏觀論述，一脫既有的吳瀛濤研究格局，將吳瀛濤置於殖民地文化養成及殖民政權權力結構與國家暴力的架構下，探討他的戰前語言能力養成歷程及其在戰後能以中文進行創作的原因，並進一步論述吳瀛濤戰後的民間文學採錄、翻譯活動等所蘊含的文化能動（cultural agency），是一篇深刻、綿密且細膩，能見前人所未見的論述。

四、結語

吳瀛濤，作為一個跨越兩個殖民政權及年代的詩人，終其一生，並未因為他的詩作而獲得與他同年代的詩壇的賞識，在本彙編所收文論中，「沉默的詩人」、「孤獨的瞑想者」幾乎已成為他作為詩人的形象關鍵詞；印證於他發表的詩作，收入《瞑想詩集》的〈瞑想者〉一詩也表露了他這種人格特質和詩風：

何其寂寞
瞑想的人
像一具化石
風雨彫塑了他的骨骼

他的眾多詩作，往往有意無意之間表現出的蒼涼、孤獨、沉默和無所不在的「死亡」的思索，大概是他對於自身生命和跨越兩個時代人生歲月的深沉課題的回應吧。

他雖然是「跨越語言的一代」作家中，很早就能嫻熟運用中文，並以中日文兩種文字在戰後出入於現代詩創作、臺灣民俗研究、兒童文學創作與翻譯，以及臺灣文學外譯等四個領域中，但在他生前，除了臺灣民俗研究獲得民俗學界的認可之外，他的創作和翻譯顯然是被忽視了。

直到 2010 年，距他離開世間近四十年，國立臺灣文學館為他出版《吳瀛濤詩全編》兩冊，展示他自 1946 年（一說 1939 年）以降所發表的中文之後，他的詩世界方才為後人所認識。他的喜愛冥想、孤獨沉思，通過他的詩作，展現了臺灣現代詩發展過程中少見的異質，在現代主義和寫實主義的兩大主流詩潮中，這樣的異質，讓他雖然也活躍於其中，卻也總是側翼於其外。他的耽於「瞑想」，或與此有關；他的孤獨，則隨著生命的離去而成為星光。一如發表於 1964 年的〈詩人之死〉所示：

詩人死了
他的詩活著
一顆星閃爍著
星，雖在遠方
冬季且漫長

(中略)

詩人死了
詩活著
星光燦燿著
去吻那星光吧
於這遺忘的歲月

輯四◎
重要評論文章選刊

現代詩問答

◎吳瀛濤

A：「現在的詩，有人叫新詩，也有人叫現代詩，是不是有什麼分別？」

B：「新詩是一般人對現在的詩的稱呼，可是只稱為新詩，現代的詩人是不能滿足的，因為新詩是指用白話寫的詩，它的含義僅止在這一點是新的，但這一種相對於過去的舊詩而言的新，到現在的新詩的階段已不適用了。現在的新詩，除了用白話寫之外，已發展到另一種高度的詩的世界，因此方才有現代詩這一種名稱的出現。」

A：「你說，另一種高度的詩的世界，到底是指什麼？」

B：「那是因為現代的詩人所追求的詩的世界擴大了，它不像以前僅僅為詩而寫詩，現代的詩人是更進一步地為生活而寫詩，為生存而寫詩，像這樣詩的意義已擴大得多。」

A：「這是什麼緣故呢？」

B：「你要知道，現代這一個時代是經過兩次世界大戰，一方面二十世紀的文明雖然很發達，但是另一方面社會的不安和人類的貧困是不能否認的，處在這麼一種不平衡的狀態，人類的思想在第一次大戰後有主知主義的潮流，第二次大戰後也有存在主義的潮流，這兩種主要的思潮對現代詩的世界也很有影響，自此詩不但是為詩本身的狹義的世界，它自然而然地已發展到關聯於全人類的，超絕詩本身而更廣義的詩的世界。」

A：「是的，我讀過現在的詩，覺得它似乎和以前的新詩有些不同，以前的新詩很單純，不像現在的詩這樣的複雜」。

B：「問題就是在這一點，現代的詩人寫詩的時候，總有一些時代意識，也可以說是對他所生存的時代抱有一種使命感，這就是現代詩人的自覺，他有這種自覺方能寫出有時代意義的詩，你讀現代詩的時候，最好仔細地玩味這一點，那就容易了解所謂現代詩的意義，也可以了解現代詩人的立場。」

A：「這麼說，現代詩真不簡單，能不能再詳細的說明一下。」

B：「是啊，問題並不簡單啊，詩人要寫的是什麼，他追求的是什麼，為何他要寫詩，為解明這些問題，再加以說明一番吧。任何時代，詩是精神方面的所產，不過已如前面所說，這一時代的詩人的精神是最具有時代意識與人類意識的，這就是說，現代這一個時代的詩精神是比任何時代都更高更深刻，那麼成為這種高度而深刻的詩精神的主要因素是什麼，談到這一點，我們應該指出批評這一個字眼。現代是批評的時代，現代文學是批評的文學，現代詩也是以批評精神為其精神的詩。批評是最高度的知性，也是最高度的創作之一種，總之，現代詩的世界也可以說是批評精神的世界，詩人一方面要面對著現代的極其複雜的外部世界，同時也要面對人間存在的極深刻的內部世界，批評精神成為了詩人的依據，形成著他的世界觀，了解現代詩應從這一點的認識開始。」

A：「現在由你這樣說明更加明白了，不過現代詩是不是還有更多的問題，還要請你說明一下。」

B：「哈，哈，問題當然還很多，上面所說的，只是關於詩人所採取的生存方式的問題，不過這是最基本最重要的問題，所以把它先說明弄清楚，因為現代寫詩的人往往有不明白這一點，亂塗胡寫的，當然寫不出好詩，反而搞得一塌糊塗，像那種人非重新認清現代詩的課題不可，要知道詩不是寫得好玩的，特別是在現代，詩人寫詩是一種負起責任的工作，是人類良知的表現，一點也不能馬虎的。」

A：「很明白了，真的，我也看過了很多太不像樣的詩，一點也沒有你剛才所說的什麼詩精神、詩人的自覺那種寶貴的東西。」

B：「這就是詩的墮落，也是現代詩低落的最大原因之一，我們應當要驅逐像這一類似是而非的所謂偽詩、非詩，惡劣的詩啊。哈，哈，談來談去，想不到和你談得這樣開心。有機會下次再談吧。」

——選自《笠》第11期，1966年2月

詩的問答

◎吳瀛濤

一、開始寫詩的動機

是在我的童年至青年那一段時期自然而然地早就醞釀的。早於童年時代，我已寫過了詩，可以說是兒童詩乃至童謠之類，發表於國民學校的校刊。我是一個道地的文學青年，比什麼都還愛好文學，你說這樣的年輕人怎麼不去開始寫他心靈的寫照，我們稱為「詩」的那種東西呢。

二、詩語與現代詩

所謂「詩語」即係指稱對「詩」的表現所用的而且「很詩的」用語，這是很概念的一個字句，其實什麼是詩語，它並非指特定的「用語」，重要的是在詩裡所用的言語能不能「詩」這一點。

在於新詩的初階段的「自由詩」的場合，由某些詩人發現的某些具有獨特風格、獨特意義、獨特暗示的所謂「詩語」或者顯示了某種「詩」表現上的含義乃或其價值，但那些未甚脫離於文言的既成造句，雖然有點新穎、有點優異，仍是被現階段的「現代詩」淘汰了的。

現代詩不再去找狹義的詩語，那些是局限的，多多少少炫學的，而最大的區別即是現代詩則係屬於完全口語，完全出自現代的意識，也可以說「詩」已並非「韻語的」而只屬於詩的女神的美麗的浪漫的表現，現代詩所爭取所求覓的世界儼然為一項人類所面對的「全詩」「全人類」的表現。於是「詩語」的範圍也擴大了，它已不僅是成為詩的小部分的「造作」，而是形成詩發展的重要因素，甚至有時候是詩的契機，構成整首詩的「詩本身」。

誠然，詩是精鍊的、飽和的言語，那麼讓我們不必僅拘泥於只是停於發現詩語的地點上，現代詩課於我們的當在於詩語以前的「詩」本身吧。因此，我們倘要讀「詩語」別要忘記那是「詩」以後的問題；不待說「詩」有時候雖也會被「詩語」擊發，但那也許是與詩賦有同時性的，並不能視作步前於「詩」的問題吧。

——選自《笠》第 20 期，1967 年 8 月

詩的問答

◎吳瀛濤

略談難懂的詩

1.原則上，我不贊成難懂的詩，但這並非絕對反對難懂的詩，因為有些詩由其內容的深度難免難懂，由此也可以說，詩不妨難懂，問題就在於難懂是不是有其所必然的，乃或是在故弄玄虛的這種分別上。

2.把詩故意弄得難懂的人確實存在著，他們為的是要把自己的詩的拙劣瞞蔽，且更進一步地借此難懂多少要裝成其之所以然現代詩的樣子，或者便乘於某種新異的派流之中，當然是騙人騙自己，害人害自己的，我們千萬要認出此類劣貨，不讓劣貨反而驅逐良貨，換句話說，我們該給此等用心不良的偽詩一個打擊，而去抹掉了這種在詩的分野甚不名譽又不應該它存在的難懂。

3.對另一種有其必然性的難懂，我們也可以把它解明分析，而不要僅僅讓它老是停在難懂的情況。難懂有深淺之別，有出於根源上的，有出於表面上的，雖然一概難言，我們的任務則在於如何使一首難懂的詩令更多的人能夠容易感受，在這一點謀求詩的解說，謀求詩向廣大大眾的浸潤，以便讀者對詩的親近，這麼樣逐步解除了由於詩的難懂作者讀者雙方遭遇的困擾。

4.由於根源上的詩高度的難懂既然不可避免，但進一步地說，在詩的表現上，作者應該多用心提高警覺，以免犯了多餘的難懂。我想這是作者可以做得到的，至少一部分人要捨棄認為難懂纔像是現代詩的模樣那種莫須有的錯覺，而對難懂應有負責的真摯，不然寧可用易懂的表現為適，此因誰都知道，一首易懂的好詩其實是勝過一首難懂的壞詩呀。

5.寫詩，當然也和其他的藝術一樣要打好基礎，不可以一下子就亂抓亂塗亂寫而自鳴得意，如是表現出來的不外乎是似是而非的現代詩的怪物，畸形異狀，令人不敢領教。於是，我想在此提出一個警惕：「詩的難懂是可求而不可得的」。

——選自《笠》第21期，1967年10月

瀛濤詩記

◎吳瀛濤

前言

今題為「瀛濤詩記」，擬將作者從事創作以來這三十多年間的，有關詩作方面的各種資料、生活紀錄、感想等，作一瑣記，以資日後印刊專冊。

關於未問世的「第二詩集」及其序文

拙著中文第一本詩集《生活詩集》(收錄民國 42 年以前作品)，已於民國 42 年 9 月 1 日發行。此後，原定民國 42 年 5 月發行第二本詩集「第二詩集」，以便收錄《生活詩集》發行前後未收錄的作品，同時並擬於「第二詩集」中，重新併印《生活詩集》的全部作品（因《生活詩集》係油印，也僅印 200 本，發行後已存書無多，故有附印於「第二詩集」的計畫)。

但，結果，「第二詩集」不但不能按照所定的計畫出版，作者的第二本詩集，一直擱置，及至民國 47 年 6 月始出版，而題為《瀛濤詩集》。這第二本詩集《瀛濤詩集》，雖係收錄《生活詩集》以後到民國 47 年間的作品，惟因這五年間，作者所發表於各詩誌報刊的作品，其量甚多，幾達兩百多篇，當時既覺不易出一本包含全部作品的分量較厚的詩集（出版一本薄薄的詩集，尚可勉之，較厚的，實在是負擔不起出版費用)，經考慮的結果，別出心裁，另創一種方式，即將原來的詩盡量壓縮為最多不過五行、十行的短詩而出版。作者用這種縮短的方式出版這一本詩集，其實並不僅因出版費用的負擔不起，最主要的原因，乃在於作者對短詩有另一種看法，以為它最適合詩的精鍊的表達，於是毅然以原來發表的詩為原型，而去精鍊出了作者認為不能再短的短詩。當時作者為這種嘗試所花費的苦心，有如古代鍊金者的艱難，因作者曾發表「原子詩論」，則借此《瀛濤詩集》為其實驗於詩作上的嘗試。

次說，「第二詩集」，原有序文三篇（舉後），即：

紀弦序「第二詩集」

覃子豪序《生活詩集》

覃子豪序「第二詩集」

這三篇序文，均於 1954 年 3、4 月間前後執筆的，當然要錄於同年預定出版的「第二詩集」內，然因「第二詩集」既不出版（其遲遲不出的主要原因，一為作者當時生活情緒的惡劣，二為當時正為藍星詩派與現代詩派鬧意見最熾烈的時候，以致作者遂未便將這兩位先生的序文同時刊錄），序文也就同時擱置下來，至今尚存在作者手邊，一直沒有發表（因五年後出版的第二本詩集《瀛濤詩集》，輯錄的詩既如上述已有改變，序文也不便刊用）。

今執筆詩記，關於這三篇序文，其中兩篇係由覃子豪先生賜寫，而覃先生已於去歲逝亡，於先生在世之日未能發表遺憾莫甚。於茲將之謹先錄於此文中以資紀念，並表謝忱與致敬，而對於此一未問世的「第二詩集」，作者深望將來能夠有出版的機會（那時序文當然要刊在一起）。

又，序文之外，另有作者寫的後記一篇，也一併發表於後。

《生活詩集》序　　覃子豪

《生活詩集》是吳瀛濤君第一本詩集，也是本省詩人出版第一本中文詩集，本省詩人在臺灣光復前，多以日文寫詩，（我所知道的有林亨泰、騰輝、謝東壁等人）；吳瀛濤君寫詩多年，在日據時代，不但以日文寫詩，也以中文寫詩，在光復以後，以中文寫詩更多，這就是以中文寫的第一本集子。

瀛濤君的作品，有近代詩風的傾向，都市的色彩甚濃，他讚美都市，熱愛著近代的生活；抒寫他在都市生活中的哀愁和希望。他理想著要把濟慈（Keats）那種詩和科學背道而馳的觀念，予以糾正，他要把詩的原理和科學的原理符合。因此，他以開拓者的精神，來提倡符合科學精神的原子詩。他以原子（Atom）希臘語的原義來闡明原子和詩的關聯，他說：原子的意義就是不能再分開的，「最初而也是最後的，最渺小而也是最龐大的，物質中之物質，生命中之生命，人工的最高峰，人類智慧的極深奧——這就是原子；原子的領域，同時也就是新世紀的詩的領域。」

以詩的本質和形體來論，詩需要純粹，精鍊，一如原子，詩是使人類的精神走向一個最美，最真，最善的境界，它是建設性的；而原子是建設性的，同時也具有一種絕大的破壞的威力，它會毀滅人類。詩所要求的，是要根絕原子毀滅人類的悲劇，而用原子來創造最美，最真，最善的詩的世界的，瀛濤君這種認識，這種理想，這種希望是好的。但詩和科學精神符合，該以哲學為其符合的橋樑。瀛濤君的作品，正在向著他所理想的方向發展。〈神話〉一詩，便是他這種傾向的代表作。他在這首詩裡，表現了他對世紀的認識，原子時代凶兆的預感，以及對宇宙的新觀點，但作者在這首詩裡，所表現的意識，極其模糊，如作者自己所說：

偉大的孤獨啊
我將願永遠徘徊——

我始終認為，詩永遠是離不開生活，而作者正和我所想的一樣，所以將這本集子題名為「生活詩集」的緣故。因此，這集子裡許多抒情短詩，使我感到親切，如〈生活短章〉、〈回憶〉、〈來住〉、〈疾向〉等詩，都是現實給予詩人的深刻的感觸，是熱淚和心血所凝成的作品。

瀛濤君對於詩有認識，亦有素養，也寫了不少的純粹的詩。我相信以瀛濤君對詩創造的熱誠，他的詩將更趨於完美的領域。如同原子，無論在內容上和形式上，更趨純淨。

「第二詩集」序　　覃子豪

在瀛濤君《生活詩集》的序裡，我曾說：作者的作品，有近代詩風的傾向，都市色彩甚濃；在讀「第二詩集」裡的作品，更有如是的感覺，是大部分抒寫都市生活的感覺和情緒。

寫都市生活最出色的，有比利時象徵派詩人愛彌兒・凡爾哈崙（Émile Verhaeren），他的詩集《觸覺的城市》（*Les Villes tentaculaires*），便是寫城市、銀行、交易所、車站、地下鐵道、酒吧間等，凡爾哈崙以他精細的象徵手法，表現了都市生活的特徵，寫出了那複雜的都市社會生活的情緒，故其作品有著一種簇新的風格，和時代的精神，他和美國歌頌民主的詩人惠特曼（Walt Whitman）同樣有著驚人的成就，被評論家認為 20 世紀的先驅詩人。

在中國，以都市生活為題材的極少，偶爾有發現的，那就是偶然的一種嘗試，讀了「第二詩集」的作品，深深感覺都市生活的氣氛，極為濃郁。如〈音樂〉、〈畫室〉、〈沉淪〉、〈光景〉、〈都市〉等詩。（我想：作者不曾讀過凡爾哈崙的作品，因為，在他的詩裡，沒有凡爾哈崙的氣息）。在「第二詩集」裡作者所抒寫的，是作者都市生活的個人情緒，而不是像凡爾哈崙抒寫了整個的都市社會生活，和每一個階層人的情緒。

在這本集子裡，個人的情緒極濃，幾乎每一篇詩，都是在抒寫自已，抒寫著作者的憂愁、失望和嘆息。他雖然讚美都市，擁有文化和藝術，寄予都市無窮的希望，預期著都市繁榮的未來和明天的歌聲。然而，作者的心情是悲哀的，是由都市生活的重壓和理想的幻滅，在萬花筒般的都市生活裡。他像失掉了自已，音樂和繪畫雖然能給他一種慰藉，然而，卻不能抹去留在作者心裡「莫名的悲劇」。於是，作者憧憬著清晨第一隻鳥的〈鵬程〉。拂落一切舊夢，在「嚴冬海角」、「荒野天邊」去尋找真正的「我」。

作者有著深刻的憂鬱，在〈呼喚〉一詩裡，作者呼喊出他沒有被愛過，他懷疑這沒有愛的世界，更從心裡喊出了「連神亦從未垂憐」的一種絕望的喊叫。因此，這深刻憂鬱，使作者想到死，「死」這個字是作者常常提到的，在〈鄉愁〉中「直至死的日子，回歸故鄉黃土」，在〈懸崖〉中「生死之間不短不長的行途」，「不問何故的生，何故的死」，在〈詩法〉中「死之後，猶能保存之生」。在〈白鳥〉中「我呢，像隻瀕死的白鳥，傷重昏迷」等，因為，「死」可以擺脫一切希望和煩惱。作者所尋找的「我」，所提到的「死」，是一種超脫的願望。愛都市的生活，而又感到深深地倦厭，作為詩人的瀛濤君是必然的。

在這本集子裡，作者在藝術上的造就，是更進了一步。如〈鵬程〉、〈興感〉、〈逆旅〉、〈心靈〉、〈詩法〉、〈白鳥〉、〈呼喚〉、〈成熟〉等，都是有著深長意味的作品。

作者寫詩的傾向是新的，是發現，不是因襲，是創造，不是模仿，我十分欽佩作者在〈心靈〉裡的一句詩：「詩人的心靈在開向未見的世界」。這是每一個詩人應有的精神。

「第二詩集」序　　紀弦

去年夏天，有一位本省的中年人，帶著一束詩稿和葛賢寧先生的介紹信來看我。我看了信，又把他的作品翻閱一遍，立刻留下了好印象；情緒微妙，感覺銳敏，意象鮮活，境界高遠，現代化的手法，日本風的句子，若干詞彙和詩行，在我的眼前閃耀著虹與金屬的光芒，使我為之心折。不押韻，無格律，以散文為表現工具，而有其自然的聲調，他的詩是自由詩的一種，特別是在這一點上說來，他是我的同志，我很高興，當即和他作了一小時左右的談話，而成為極要好的朋友。隨後不久，秋季號的《現代詩》上，開始發表了他的詩與詩論。我又把幾位常在一起的詩人介紹與他相識。他的創作的才能，他的批評的眼光，朋友們都很欽佩。尤其是他那謙虛、誠懇的態度，格外令人尊嚴。

這位中年的本省人便是吳瀛濤先生。

吳先生的詩路，不是自唐詩、宋詞、元曲……經由五四初期的「白話詩」、「小詩」、「新月派」等等而來；他是憑著他的外國語文的造詣，直間接從世界詩壇接受現代詩的教育，理解現代詩的本質，認識現代詩的發展趨向，然後拿起筆來寫的。因而他的詩形，不是小腳放大，而是天足，他的詩質，亦非舊詩的意境之換穿了口語的外套，而是詩的新大陸的追求與發見，一片廣大的新墾地之耕耘與收穫。正是由於這個緣故，他的詩裡才沒有「歌」的混跡，沒有「歌」的噪音，而指向著「純粹」之遙遠的地平線，他的前進的每一個腳印，都清清楚楚地留在那從來沒有被人踐踏的泥土上。他是孤獨的，他是寂寞的，他是憂鬱的。然而，他是滿足的，他是堅強的。而在他的天地裡，響徹著的，波動著的，全是他自己的聲音。他的聲音，證實他的存在。他是他的詩的宇宙的耶和華。他的詩是不可以朗誦的。而不可以朗誦這一點，正是現代詩之主要的標誌，他的詩的意境卻是新派繪畫一般地強烈，鮮明，怪異，新奇，誇張而又正確。他帶著點象徵派與超現實派的色彩，但是他的神祕與朦朧並不是全然不可以理解的。他也帶著點意象派的傾向，但是他並不把情緒整個地放逐，整個地否定。他是吸收了一切「現代的」養料使成為他自己的東西從而組織並構成一全新的畫面或樂曲；在這裡，有他的氣質，有他的個性。他的詩是主觀與客觀之綜合，理智與感情之合金。他是我們的隊伍裡的傑出者之一。他的詩句，往往在文法上似乎有一些不順處，但就全般說來，這還是小疵不掩大瑜的。須知文法上的小毛病，在某種場合，甚至於反而可以收到更大的詩的效果哩。

關於他的《生活詩集》和「第二詩集」的內容，以及前後的比較，覃子豪先生的兩篇序文，已經說得十分詳盡，並且和我的看法沒有什麼出入，為了避免重複，不是避重就輕，我想，我還是省一點筆墨，而讓讀者們去細細地咀嚼吳先生的作品和領略他的詩的真味吧！

中華民國 43 年 4 月於臺北

「第二詩集」後記

吳瀛濤

寫詩幾近二十年，更覺其困難。

精鍊各種不同的因素，使純粹如寶石，偉大如原子的詩——現代詩，甚至如作者既稱的「原子詩」。關於它的發展需要，人類科學精神的力量。

詩是困難的，正如人類的前程，然而，它是值得去爭取的，同樣地，悲哀亦未曾是終局。要從行盡的地方再出發，與「死」，或與「我」對峙，始有更堅強的生之發現，更真正的我之誕生。

今出「第二詩集」，深謝紀弦先生，覃子豪先生的序文。紀弦先生主編的《現代詩》季刊，覃子豪先生主編的《新詩》週刊，給予詩界不少貢獻。作者的詩，又多發表於《現代詩》季刊上。

記得，作者曾寫在「第一詩集」〔《生活詩集》〕自序：「是詩的荒土上鮮彩的開花」；那麼，在這「第二詩集」後記，再讓作者寫吧：「這是一顆成熟的果實。」

——選自《笠》第1期，1964年6月

我的作家父親
吳瀛濤

◎吳重文*

吳瀛濤、瀛濤、瀛濤生、踏影、踏影生、大濤、大江山瀛濤、大江山、大江山生、吳榮東、榮東、大山榮東、老百姓、小記者、えいとう、えいとう生、吳えいとう、おうえやま、Wu Ying-Tao，都是我的父親。

有關筆名和著作請參考本書「文學年表」。不知為何有那麼多筆名？而且都是曾經在報章雜誌發表過文章的，哪位先進考究過臺灣藝文作家筆名多寡的排名？和他們選用筆名的脈絡？

祖父吳添祐是臺北大稻埕江山樓創辦人吳江山之族人兼左右手，全家大小居住在酒樓房舍，父親成長於斯，當時臺灣文藝協會郭秋生任大掌櫃，臺灣文藝協會支部設址於此，時有文人聚會，吳江山也是文化商人，常不吝請文人墨客題詞懸掛牆上，如鄒魯有「觀劍引杯長」橫額；連雅堂先生有〈江山樓題壁〉:「如此江山亦足雄，眼前鯤鹿擁南東，百年王氣消磨盡，一代人才佗傺空，醉把酒杯看浩劫，獨攜詩卷對秋風，登樓儘有無窮感，萬木蕭蕭落照中」；廖錫恩的〈題江山樓〉:「城墎知非昨，江山剩此樓，紛紛詩酒客，誰識個中愁。」父親耳濡目染，染上了文學癮。

父親接受日文教育，27 歲創作入選臺灣藝術社懸賞小說「或る記錄」、「禱り」、「藝妲」；及作品「生命」、「旅芸人の歌」、「若い夜」等，啟蒙了他文學之旅。光復後順利跨越了語文障礙，從日文創作到華文創作都信手拈來，從容不迫。

---

*吳瀛濤次子。

二戰末期美軍空襲臺灣，民眾疏散鄉下，江山樓歇業。戰後百業蕭條，吳江山長子吳溪水和次子吳溪松無心經營，於 1948 年出售祖產，祖父吳添祐因非嫡系未分得祖產。父親自幼在江山樓豪門成長，戰後卻回歸一介平民，重新出發，為一家子生計展開奮鬥。

爸媽在學校都是名列前茅，又是獎狀又是班長，兩個頂尖的優等生結成夫婦，收起傲骨共同生活考驗著爸媽的智慧，他們經過戀愛結婚，相處融洽，生活的壓力是偶而爭吵的導火線，「嘴齒有時也會咬著嘴舌，床頭吵床尾和」，一個公務員養育五個子女，經濟壓力不難想見。父親任職臺灣省菸酒公賣局臺北分局文書股長，公務員薪資微薄，非國民黨員又無人事背景升遷維艱，能忍自安，眾星朗朗不如孤月獨明，將心中的壓抑抒發在文學創作世界裡，生活重擔澆不熄對文學的愛好，夜深人靜相約稿紙在三更。

生活壓力激發了詩人創新的意志，1948 年將臺北市華陰街小小家園的前院搭蓋成木造小店鋪，紅磚地面竹屋頂（最省錢的式樣），從配銷香菸、賣菸酒、柑仔店（雜貨店）、賣冰、小鳥店、到租書店，父親身先士卒，和母親帶領子女做起了小生意，全家同心烏土變成金。

光復初期香菸採配給制，每一配銷站限時限量額度，民眾要預先拿號碼牌，再於配發日來領菸，有香蕉、樂園、新樂園、雙囍、莒光等高低等級品牌。因政府來臺初期百廢待舉，香菸缺貨，黑市小販應運而生，和緝查員玩起貓抓老鼠遊戲，小販多為失學孩童、老弱婦孺、傷殘人士，賺取蠅頭小利維持其最基本的生活。私菸緝查跟不上民間需求，黑幫聞腥而來，走私洋菸、中國菸、假菸、和從美軍顧問團流出的香菸滿街跑，洋菸有黑貓牌、駱駝 Camel、幸福 Lucky Strike、萬寶路 Marlboro、雲絲頓 Winston……，時有雅痞者以收集各品牌菸盒（紙）和火柴盒為樂。配角「番仔火」（火柴），也不棄故舊不甘示弱參一腳，主要類型有安全火柴、紙條火柴、自燃火柴（如美國西部電影裡牛仔帥氣將火柴劃過鞋筒點燃）。另外，鍍金香菸盒代表仕紳身分象徵。

瓶裝酒有太白酒、紅露酒、清酒、烏梅酒、五加皮酒、高粱酒、紹興酒、啤酒等等；另有散裝米酒和當歸酒於大酒甕中，用細柄瓢子伸入甕中瓢起酒來，瓢子分一兩裝和二兩裝二種，論兩計價，酒客自備酒瓶，常遇酒癮發作之酒仙，顫抖著雙手帶碗裝酒，即興解渴。

「阿爸的腳踏車」做上下班交通工具，古早腳剎車那一型，沒有手剎車，用腳踏倒轉剎車，配一個鈴鐺和轉輪發電頭燈，有一段時日，父親清晨遠征公館羅斯福路家教日語後，再騎到重慶南路菸酒公賣局上班。腳踏車後面有個非常堅固載貨大鐵架，賣菸酒之退瓶要自行運送至配銷所繳回空瓶，車左右把手各吊一個大酒甕，後架擺上方形竹籃內裝四打空瓶，已沒辦法騎了，徒手牽到一公里外的四條通（長安東路一段）配銷所，本來是「利仔卡」（腳踏三輪車）的工作，阿爸的腳踏車搶了風頭。

母親要顧店也要照顧生活起居，倍極辛勞，煮飯時間我們兄妹幫忙顧店，遇應付不來時求救大喊「阿母，有人要買東西囉！」為有效利用時間，最困難的煮菜料理由母親操刀，前置工作生火起「烘爐」（無煙煤或焦炭煤球爐灶），及後置工作收拾飯桌、洗碗筷則由我們兄妹來分勞，分工合作記錄了童年的時光，也是我勤勞習慣的養成所。

「那個鳥店」鳥飼料都帶殼的，鳥吃了核把殼留下，為探知飼料盒內是空是實，每天都要吹清飄浮在上層的殼子，那是我們放學返家的第一件功課，戲稱「練吹氣功」，分辨公母鳥則是基本功。文鳥尤其白文鳥價昂，十姊妹價廉，文鳥一次固定生兩顆蛋，而十姊妹一次生五、六顆蛋又精於孵育幼鳥，就以文鳥蛋物換星移給十姊妹孵育，讓文鳥再早生貴蛋。某天，獵人帶來一隻五色鳥，略大體型華麗外表，叫聲響亮，食量很大每天要吃掉一顆大蕃茄，牠來作客一星期沒賣出去，父親只好認賠將牠放歸山野。

「大眾租書店」分三大類圖書：1.日文圖書以文藝、流行服飾、生活起居、影藝雜誌，受一些接受日文教育長輩喜愛，如『主婦の生活』、『文藝春秋』、『讀者文摘』、『キネマ』（Cinema）、『面白生活月刊』。2.華文樣板書類以言情小說、文藝小說、世界名著等，如《福爾摩斯探案》、《戰爭與和平》、《少年維特的煩惱》。3.武俠小說為租書主流，流行潮分三個階段，第一階段為早期章回小說《封神榜》、《三國演義》、《隋唐演義》、《水滸傳》、《火燒紅蓮寺》、《七俠五義》、《西遊記》、《白蛇傳》……。第二階段為招式武俠長篇小說，劇情之外必夾帶過招比武，每冊內必有上百比劃招式，見招拆招，如泰山壓頂、雙龍搶珠、黑虎偷心、仙人指路、一飛沖天、鶴立雞群、月下偷桃、神龍擺尾、靈蛇出洞、水裡撈月、四兩撥千金、老僧入定、借花獻佛……，人物必配有響亮外號，如山西五鬼、赤目仙翁、九指神尼、黑面郎君、白面書生……，不一而足。第三階段捨棄比劃招式，而以功夫見長如太極拳、降龍十八掌、洛花神掌、蛤蟆功、獅吼功、一陽指、打狗棒法、九陽真經、九陰真經、玉女真經、葵花寶典，配上歷史背景和懸疑、情愛等長篇武俠小說，經典作有武俠小說泰斗金庸的《射鵰英雄傳》、《神鵰俠侶》、《倚天屠龍記》、《天龍八部》……；臥龍生的《鐵笛神劍》、《劍仙》、《神州豪俠傳》……；古龍的《蒼穹神劍》、《劍氣書香》、《孤星傳》……。武俠小說百花齊放競爭慘烈，原先經銷商會送書來店，後因作品良莠不齊著實太多了，租書店要親到經銷商挑書，以父親的文學造詣來挑書輕而易舉遊刃有餘，哥哥和我則是一大考驗，還好我倆也是武俠小說迷，店內免費「讀到飽」練就獨門「速讀功」分辨取捨，放學回來騎腳踏車背著書包就往重慶北路圓環邊的幾間經銷商去挑書，速讀數十本書籍，鑑定劇情、文辭、創新等，挑書工作關係租書業績至關重要。

1950、1960 年代另一藝文界奇蹟——作家費蒙（本名李敬光），臺灣文藝界公認一代奇才，他的作品熱絡到報社編輯排隊等稿，長篇小說《賭國仇城》、《職業兇手》、《情報販子》（《大華晚報》連載，每日傍晚出刊時，路旁閱報欄前讀者搶閱盛況空前）、《大小姐與流氓》……；及用筆名牛哥出版的漫畫書《牛伯伯打遊擊》（《中央日報》連載，牛伯伯兩顆大暴牙，頭上三根毛造形滑稽）、《牛小妹》、《牛太妹》、《老油條》、《四眼田雞》……，寫實當年代的臺灣社會，也是臺灣民眾的精神糧食。1956 年費蒙因案入獄百日，又諸多作品涉及政府禁忌，調侃政經議題，諷刺高官權貴，時逢戒嚴時期，他的作品一度被列為禁書，更成為租書店的搶手書。

租書以日計費，熱騰騰搶手書則以時計費，當年代民生雖不富裕但讀書風氣鼎盛。

母親熱心參與中國婦女會活動，才藝班縫紉、插花、乾燥花、毛線衣等，學以致用，購置一臺家用毛線衣編織機在家代客編織毛線衣，量身訂作的毛線衣頗受歡迎，每逢年節訂單滿滿常熬夜趕工（1960 至 1990 年代臺灣經濟奇蹟時期，省主席、副總統謝東閔先生提倡全民客廳暨工廠）。

1957 年停止雜貨店、小鳥店營業，宅前院原木造房改建二樓鋼筋水泥屋，裝設電話機、吊扇，樓下辦公室出租，樓上自住，曾租給益華打字機行（銷售及檢修 Brother 牌打字機）、診所等，留下通道靠牆部分繼續自營「大眾租書店」。

1958 年起〈臺灣民俗薈談〉連載於《臺灣新生報》，〈民俗文學〉連載於《中華日報》，此後經常寫民俗風物文稿乃至整編成冊，我每週騎腳踏車到衡陽路中山堂側臺灣新生報社和中華日報社領取稿費，正是心中感覺父親偉大的時刻。

1962 年在《青年戰士報》陸續發表散文作品《海》，並於 1967 年受選幼獅廣播電臺播送，想不到賣藥賣茶葉的廣播電臺也有藝文的一面。

父親對於政治敬而遠之，偶有抒發也很含蓄說：「三民主義隨在人；自由中國，囝仔跌倒，馬馬虎虎」；他喜用俚諺、歇後語含沙射影：關於政令，常說：青盲看告示（看不見沒效果）、青盲帶眼鏡（多餘的沒有用）、大腹肚的攬褲（無差）、目睭擱著蛤仔肉（瞎說）、空嘴咬舌（音卜機）（空口白話）、刣雞教猴、敁戲拖棚等等。

關於高官權貴，常說：乞食伴羅漢腳（狗黨狼群結夥）、歹年冬厚哮（瘋）人、歪嘴雞食好米、青盲貓碰著死老鼠、蚮鼻遇著缺嘴（兔唇）（絕配）、自己薄（誇）卡餉臭粗、水鬼升城隍爺（升得很快，升格）、喘龜齣忍咳、十二月風箏（音吹）瘋（音小）到無尾溜（瘋狂透了）。

教誨子女，常說：囝仔人有耳無嘴、人比人氣死人、惡馬惡人騎惡人惡人治、有一好無二好、憨人憨福、八仙過海隨人變通、田螺含水過冬（等待時機）、家有千金不如日進分文。

1964 年父親與同好創刊《笠》詩刊，並利用家宅臺北市華陰街 15 號作為聚會所，每逢週日詩友陸續到來，在二樓獨立雅室，志同道合之士聚會談詩，頗有古文人雅士涼亭吟詩作對情景，借送茶送餐之便，父親介紹許多未能一一記下名字的詩人們。雅室為哥哥和我的起居室，兩張書桌伴三個書架，及一張兩層式行軍床，必須等到他們散會才還我床鋪，母親說「他們在牽蜘蛛絲（詩），沒那麼快完！」

父親的英文是從字典一字一字的背起，僅僅到 YMCA 上英語課就能和美僑會話，某日他在路上和陌生美僑從問路到聊天聊到家裡泡茶，當時我讀了好幾年英語竟然插不上嘴。1971 年父親翻譯出版了外國童話故事《綠野仙蹤》和《名犬萊西》。

父親是天生的作家，一筆上手文思泉湧，下筆成稿修辭不多，不知他那豐富的靈感從何而來？他菸癮很大，或許香菸是靈感的催化劑。媳婦（內人）半夜醒來為嬰兒餵奶時仍看到一盞檯燈，一支未熄的香菸裊裊，她泡了一杯熱茶奉上「爸，辛苦了，明天還要上班」，短短一句話怕打擾父親的思緒，就如我在思考工程設計時是不願被打擾，她體會得到。

《臺灣民俗》565 頁 40 萬字，《臺灣諺語》747 頁 53 萬字，在完全用稿紙的時代，編著是何等浩瀚工程，光是要我抄錄一遍想像就暈倒，但父親完成了。因經濟狀況並不富裕，「一先錢打三仔結，青食著不夠，那有夠曬干」，《臺灣民俗》一書無法自費出版，只能將版權給出版社換取若干書冊，再寄放書店代銷，取得收益甚少，連寫稿工資都不夠更遑論版權。臺灣文人非常辛苦，賺錢不易，此景深深地影響我不敢踏入作家領域，臺北工專化工畢業後往萬啟化工公司商業發展，兩年前 72 歲退休。商人最終發展是賺取財富留給家屬子女，但商場名人鮮有名留青史者，回首看看文化人和年輕詩友們得留文留名，而商人留下啥？

父親經過多年打拚，省吃儉用再加「起會」，終於熬出頭，1955 年買了間日式平房，地址在臺北市中山北路／南京西路巷內，父親自到撫順街 China Post 英文日報社刊登廣告，租給美僑，此屋現為新光三越百貨南京西二館館址一隅。1964 年此屋出售換屋林森北路／雙城街巷內三樓透天屋，鄰近美軍顧問團，各樓分租美僑，該屋後來賣給華國大飯店做員工宿舍。1968 年該屋出售換屋長安西路 78 巷內四樓透天屋，一、二樓出租，三、四樓新居自住。努力的人會得到上天的眷顧，投資兩處房舍都因鄰近大財團尋地範圍，賣得較好價格。

那是筆與紙的年代，寫作一筆一字非常辛苦，整理文稿更是稿紙滿天飛，珍貴手稿也是那個時代和更早期才有的產物，現今電子檔總是欠缺感情的要因。想不通父親的時間為何那麼多，除了上班、家庭副業、教授日文以外還能寫那麼多文稿，或許，答案就在他於《吳瀛濤詩集》作品一三一「夜有夜的歷史，而我有我的夜夜的詩篇。」

1965 年結束多年的副業，子女大學畢業幫忙家計，母親任職國泰人壽保險公司城西處處長，家境小康，自此父親專注於愛好的文藝，寫作、出版詩集，參加日本短歌誌（からたち）會員、南京西路榮星保齡球館辜偉甫主持的——水曜會、國小同學會、新詩協會成立、現代詩展、詩合評會、今日之中國週年會、臺灣文藝週年會、笠詩社週年會等等，享受文藝陽光之洗禮。

父親 1971 年退休，本當頤養天年，含飴弄孫，繼續他熱愛的文學，然病魔纏身，同年佛祖招喚他到天上泡茶寫詩，得年 56 歲，與世長辭，蒙眾長輩詩友不棄，在《笠》第 46 期發表了追禱文，感謝陳逸松、巫永福、王詩琅、鍾鼎文、紀弦、龍瑛宗、白萩、高橋喜久晴、陳千武（桓夫）、陳秀喜、鄭烱明、鍾肇政、趙天儀、李魁賢、林煥彰、詹冰、杜潘芳格、杜國清、傅敏、李劍、周伯乃、黃荷生等等；及送輓聯題詞的詩友臺灣文藝社吳濁流、藍星詩社、今日之中國社管委會、臺北歌壇、巫永福、黃得時、陳炳煌、陳秀喜、洪炎秋、王詩琅、朱正宗、陳逸松、陳忠卿、謝水土等等。您們對父親的感懷令我一次又一次擦拭淚痕，再次由衷的感謝您們。

臺灣本土文學家在這個世代特別珍貴，他們跨越了語言的藩籬，跨越了國界，跨越了族群，跨越了赤子之心。很多場合，介紹自己是吳瀛濤的兒子，雙方立刻拉近了距離，一條親和的網絡自然連上線，是家父的驕傲也是我的榮耀。

我才疏學淺未能繼承衣缽，深感慚愧，除了不捨更是深深的思念。「爸，您默默地走了，您的影子消失了，而您的詩留下，留傳千萬年。」

——2018 年 7 月

詩人的讖語

◎王詩琅*

一

時間過得真快，已是三十多年了！

1934、1935 年前後，臺灣的新文學運動已經逐漸匯成一條巨流，大為有心的知識分子熱烈支持，一些愛好文學的年輕人，不論臺籍也好，日籍也好，大家一見面就要談論古今的文藝作品，自己的文學抱負，各地的同好物以類聚，也都紛紛籌備組織團體，創辦文藝刊物起來。

臺北的一班文學青年是於 1933 年成立臺灣文藝協會，編印《先發部隊》的，後來受了日當局的干涉，《先發部隊》改稱《第一線》，於 1934 年底發行。筆者是遲一步，到了籌備發刊《第一線》前才參加這個集團，參與雜誌的發刊。

當時臺灣文藝協會的主要人物是芥舟郭秋生兄，秋生兄是那時候全臺最大的酒樓「江山樓」的總經理，因此，「江山樓」幾乎成為臺灣文藝協會的大本營，這些熱情充沛的小伙子的集會所，筆者當然也不能例外，經常在此出入。

臺灣的文學運動高潮過後，臺灣文藝協會的活動也趨於消極，可是筆者和秋生兄的友誼並未受其影響，一有機會就要到「江山樓」找他聊天。大概是高潮過後一兩年的事吧，有一天，記得是下午，筆者循例到「江山

---

*王詩琅（1908～1984），福建泉州人。發表文章時為臺灣文獻委員會編纂組長、《臺灣風物》編輯。

樓」訪他，我們聊了一會兒，忽然從櫃臺內走出一位身材不高的年輕人來向他請示店務，這位年輕人比我們更年輕，大概沒有超過二十歲。他倆談畢，秋生兄轉頭將他向筆者介紹，說他叫「吳瀛濤」；是江山樓主人的族人，剛從臺北商業學校畢業，也是一個文學迷，在校時就時常寫詩，要我特加關照，這時候我跟他沒有攀談過什麼。他寫的詩當然是日文。

他和筆者以後雖然也時有見面的機會，可是互相只點點頭打招呼而已，沒有進一步的交情。他寫的詩是怎樣，也沒有見過。嗣後，筆者遠渡大陸，離開了臺灣文學圈子，雖然故鄉的友好也曾時常寄些臺灣的文藝刊物，但是似乎很少見過他的作品，印象自然也無從談起。

可是他的文學活動就在戰時的這一段時期，有過不少的表現，其活動當然也是以日文的新詩為主。

二

本省光復後，筆者從大陸返臺，仍然從事文化工作，不但「舊雨」大都恢復來往，並且得到了不少的「新知」。故瀛濤兄雖然是「舊雨」，可是也算是一位交誼較密的「新知」。或者是筆者年齡多他幾歲，他自認是後輩，通常都是他來找筆者聊天，我們談的大都是屬於文學方面以至文化問題；而且我們還曾合作纂修過《臺北市志》的民俗篇。

在這二十多年來，筆者對於他不論公或私都已有較深的認識，也發現他有多方面的才華。他的日文的新詩是他早年露頭詩壇的基本，也最為識者所稱道的，自是不必多加贅言，而他的日文，幾年來日文雜誌《今日之中國》有過很多的譯作，我們便可看見他那流利的妙筆，日文的根基很好。這幾年來他還跟一些同好搞日文的「短歌」，這種日本固有形式的短詩境地如何？筆者還沒有見過，當然也沒有談論它的資格。他的中文似乎是光復後才新起爐灶的，然而二十多年來，不論是詩或是文，其進步之快是足以驚人的。這當然是他不斷地在努力的成果。

他有本題為「海」的散文詩集，他也曾對筆者說過他很喜愛海洋，還說在寫《海》那個時期，曾時常到金山、野柳、石門一帶北部海岸徜徉，遠眺澎湃的海洋，洶湧的波濤；可是筆者印象中的他的詩，並沒有海洋那樣熱情奔放，也沒有波濤那樣洶湧激昂；他的詩是充滿著凝視的瞑想，內潛的情感。不過，這只是筆者所感到模糊的印象，詩的圈子裡的朋友對他的詩作，自是另有其看法與論定。

十幾年來，他還致力於民俗學方面的工作，工作方向不是走入民間的田野調查，主要是把過去現成的資料加以彙集和整理的，《臺灣民俗》這部鉅著便是其成果。光復以還，有關本省民俗的文章雖然不尠，可是有系統地將它輯成專書，卻是以這一本書為嚆矢，筆者曾在《臺灣風物》第 20 卷第 4 期的書評裡稱它為臺灣「民俗的集大成」實在並非過言。據說這《臺灣民俗》的續集早已付梓，不久便可以問世，這是一部臺灣俚諺的專集。

他在跨著兩種迥然不同的文字時期，都有良好的成就，著實不是一件容易的事。在臺灣從事文化工作的人雖然很多，然而類似他能中文善日文的人卻是很少。

三

故瀛濤兄給人印象，凡是跟他接觸過的人誰都能夠感覺到的，他是一個忠厚樸實的人。他很重信守，筆者和他幾十年的交誼中，他沒有爽約的記憶，言而有信，約必有行。浮言食言不以為怪之世，確是難能可貴的。

他的體格雖然不是屬於健碩型，但卻不是弱不禁風的「薄柳之質」，平素很少聽見他生病。因此，筆者於幾個月前（大概是夏初），偶在城內新公園附近碰見吳太太，獲知他因肺部手術住進臺大附屬醫院留醫的時候，不覺地吃了一大驚，但第二天，筆者到病房去看他，他早已起身閒步，臉色、舉止一如往日，沒有病態，心裡也就釋然了。他出院後，也曾來訪過筆者，一道吃過午飯，而且也時常打電話與筆者聊天，談談其病後的一些「養生之道」、新讀的修養書，顯示他與病魔撲鬥的毅力；筆者很佩服他求生的意慾，不在昔日追求文學之下。記得互相沒有通電話不久，筆者因公因私正在忙碌之間，忽然間接傳來噩耗！腦海中病已好轉，健康如常的這老友已從人世消逝的這個事實，怎樣也不能相信，可是這一天晚上筆者到他府弔喪，這事證實了，茫然佇位、沉重哀痛的心情難以言喻！

當筆者在他靈前上香時，心頭忽然湧上一些往事來，那是在《吳瀛濤詩集》和《臺灣民俗》出版前的事，他不知有何感觸，這時候時常對筆者吐露一些對寫作發生倦惰的口吻，還說自己所有的詩都集在《吳瀛濤詩集》，有關臺灣民俗的都彙編到《臺灣民俗》裡去，這算是自己的寫作告一段落，此後興之所至則寫，不然也就算了。他並且說詩或是「短歌」的集會也是如此，高興則出席，不然也就算了。

當時筆者對他這種消極的說法並不以為然，且曾勸過他說，蠶是繭盡才死，既然投身寫作，何必尚在有為之年，自己扼殺自己呢？言及於此，還盡量鼓勵他再接再厲。可是似乎沒有效果。

他對日後自己的病是否有預感，固然無從得悉，可是這些話不幸竟成了讖語，以後他的寫作顯然減少了，《吳瀛濤詩集》、《臺灣民俗》也真的成為他最後的著作了。

——選自《笠》第46期，1971年12月

笠下影
吳瀛濤

◎林亨泰*

1. 最初而也是最後的，最渺小而也是最龐大的，物質中之物質，生命中之生命，人工的最高峰，人類智慧的極深奧——這就是原子；原子的領域，同時也就是新世紀的詩的領域。
2. 物質原子是一種導機，然而不能當為偶像，它只象徵與它相同質度的某種精神動力，實是無數同心圓的中心而已。
3. 是一假稱，從未定名，是原子的一種，詩是它的方式。……。而假如，未知的生滅成宇宙，我說：我的詩群將不泯滅！

壹、作品

存在

影　還是在背後
光　還是在前面
——如是　我仍不失為其中心
　　　　　不失為其存在之存在

時間

時間已退後
同時　它又進前
——而我已與時間溶合於一體

*詩人、評論家。發表文章時為《笠》詩刊主編。

因而我的身內不斷有它的跫音

據點

一個據點　一個人間

一個人間　一個思想

據點與據點的距離

人間與人間的距離

思想與思想的距離

劃出經度與緯度

確定固有的位置

空縫

找出自己　在空縫裡

如一線陽光　寧靜溫暖

峽谷

枯葉的手按在瞑目的額上

支持頭腦的重量以及生成的思想

心的奧處是幽暗沉默的峽谷

過去與未來的懸崖使現在孤立

生命卻在這裡閃爍火花掀開漩紋

系列

肯定吧

否定所有的否定

自這唯一的肯定開始

去建設一個世界

不怕任何

儼然站住的一個存在

就讓風雨來吧
歲月過去吧
卻無礙於生長

那偉大的星宿就默默無言
而這是星宿的系列之一
以閃耀代替一切

石塊

那是一塊石
空默不語

那是億萬年的奧祕
使它不語

那是最堅強的生命
使它不語

一塊石
它似要爆發

一塊石
它似要發光

風

風刮過，風之悲哀，風是悲哀之原型。

風中，憂鬱的臉，冷冰冰的臉，無表情的臉，歪曲的臉，沒有眼睛的臉，多隻眼睛的臉，朦朧的臉，失去呼吸的臉。

風中，一個空洞，一處絕跡，一塊墓石。

貳、詩的位置

有時歷史的輪子會突然加速旋轉，雖然只是一日之差，但是昨天和今天的情形已經完全兩樣了，如民國 34 年 8 月 14 日，一到 8 月 15 日時，其狀況已完全不同了。昨天以前，日本話還瀰漫全島，可是，今天以後，便是國語高揚的時代了。使用的語言改變，等於改變了生活的節奏與韻律，也改變了整個社會的脈動。

使用的語言改變，生活的律動改變，整個社會的氣息改變，對於詩人來說，是非常重大的變故。當然，有些詩人或許就因此而沉默了，但我們不去談這些，我們應該提一下另一群不屈不撓的詩人，他們不論時代如何改變，語言如何轉換，仍然歌吟不絕。這些詩人在過去、現在都一直不懈地寫作著，就是從日文到中文也仍然繼續創作著，如吳瀛濤、詹冰、桓夫、林亨泰、張彥勳、蕭金堆、錦連等就是。其中首推吳瀛濤為前輩，他不論在日文或中文的創作都可稱為先驅者。[1]

參、詩的特徵

他的為數頗豐的詩作裡，大多試圖從「沙粒中觀宇宙、野花裡見天堂」（布萊克 William Blake《無染的占象》〔*Auguries of Innocence*〕），他創作的方法，是從凝視一個事象作為出發點，並藉著思惟的作用，逐漸將之提煉成為一個宇宙，或一個天堂。不過，所謂一個事象，未必只限於「沙粒」或「野花」等自然界的物體，他更喜愛取材於「存在」、「時間」等有思索性的問題，或許可以這麼說：他常愛為了「思惟」而思惟地借用了詩的形式。不過，思惟的作用雖然能夠使他的詩凝結為一個宇宙（或一個天

[1]民國 25 年他參加創設了「臺灣文藝聯盟」臺北支部，當時他已開始使用日文寫詩。另一面，他在第二次世界大戰臨近終戰前的一段居留香港期間，就曾以中文創作的詩或譯詩在香港的報紙上發表，並和當時居住香港的戴望舒，及其他作家多人有交遊。

堂），但一方面，同樣的思惟作用也使他的詩映影固定在一點不動。因此，這頗有在觀念上「模型」（Pattern）化的傾向。於是，他有時也為了擺脫「模型」而努力，此時的詩委實有著一種不可名狀的味道，前面所選的詩，多少都帶有這種造就的跡象以及味道，讀者諒能體會得到吧。

肆、結語

我們對於他在過去，現在都一直不懈地寫作著，就是從日文到中文也仍然繼續創作著的熱情，必須先表示敬意，這和不論在過去或現在，不論日據時代或光復以後，都一直鑽營於發財的人，根本不相同，何況詩又並非「詩篇」（Poem——即指文字表現後的），假如也意味著「詩素」（Poetry——即指精神狀態中的）的話，那麼，詩人的這種愛詩的熱情值得我們欽佩吧，雖然，愛詩的熱情不能就等於是「詩素」。

——選自《笠》第 2 期，1964 年 8 月

樸素，善良的語言

讀詩人吳瀛濤《生活詩集》

◎林煥彰*

這本詩集非常特別，以目前我手上擁有的六十年前出版的詩集中，是唯一一本用手寫刻鋼版完成印刷的詩集；整本詩集 32 開 112 頁，從頭到尾整齊劃一、乾乾淨淨，似乎都沒寫錯、沒塗改過，不知出自誰的手筆？這種刻鋼版的功夫，真是了得。

這是吳瀛濤的第一本詩集，他是臺灣現代詩的先行者之一。那時，我因為常參加笠詩社的活動，才有機會認識他；我認識他時，他大約五十出頭吧！但看著有點老。他個子矮小，長相看來很像日本人。他話不多，聚會時大多時候也都聽人家發言，是屬於「思考型」的詩人；他家裡有一尊他的半身雕像，神氣意味都很像他本人，乍看有幾分像羅丹的雕塑作品《沉思者》，不知出自哪位雕塑家的巧手？十分難得。至今想起他時，我腦海裡就自然會浮現出它和羅丹的《沉思者》重疊的影像。

我曾去過他在華陰街的家，藏書很多，中日文都有；以日文居多，大都精裝，很羨慕！後來，沒幾年，他二兒子吳重文畢業於臺北工專，也到臺肥南港廠來當助理工程師，和李魁賢同在一個單位——尿素工廠；我在化驗股，也算是間接的同事。

這本詩集，有篇〈自序〉，只有五行，第一行他就開宗明義的寫著：

> 這是一個詩人的第一本詩集！

---

*詩人、畫家、兒童文學作家。曾創辦《龍族詩刊》、《布穀鳥兒童詩學季刊》、《兒童文學家》雜誌等。現專事寫作。

是詩的荒土上鮮彩的開花，

刻苦的年輪；

是他生活窗邊明暗的光影，

也是他誠虔的禱告。

瀛濤

民國四十二年八月

目錄頁的題目。全部是兩個字，書寫得很整齊。

第一首詩的題目是〈甘地〉；甘地是印度聖雄，以不屈不饒的偉大精神——採取「不合作主義」的精神和毅力，長期對抗英國殖民政策，喚起印度、甚至全世界民族主義的覺醒。這首詩，是屬於悼念甘地的敘事詩，散文化的敘事方式相當顯著，但它幫助讀者記住這位印度民族聖雄的逝世、以及他出殯那天（1948 年 1 月 31 日）百萬民眾自動送葬的盛況等重要事蹟，同時也讓我們知道：詩人他自己是如何的推崇、敬仰這位 20 世紀初的世紀之星、世界偉人。

〈甘地〉這首詩，長近四十行，前有約六十個字序言；最後兩節是這樣詠悼著：

泰戈爾說：「甘地就是犧牲的別名。」

六次下獄，十五次絕食，四次遇刺。

啊！負了人類的十字架，

你的生命始終那麼光榮。

你曾說過：「與其活著眼看自相殘殺而分裂，

反不如一死來得光榮；」

啊，你這般真理的啟示，

感召人類，打開和平的天門；

播種了滋長的光明……。

然，今日，你永遠永遠地長辭了吧。

隨著你這盞明燈的熄滅，

每個心靈也都喪失了希望，將沉落在黑夜裡。

於是，孤寂的我終日向著天邊，遙遠地跪呼你的名字，

跪呼著你的靈魂：「穆罕德斯・卡拉賽德・甘地。」

從恆河裡，從世界的每條河流裡，澎湃的大海裡；

啊！我們祈禱你的復活。

同時，宣誓緊跟著你那崇高的足跡，不斷地前進。

吳瀛濤逝世三十多年（1916～1971），上世紀 70 年代中期，我們同是「笠」詩社同仁；他是屬於「跨越語言」的一代，受日文教育，但漢文的根柢似乎很深，能使用這樣流暢的白話文，以他這輩臺灣詩人，在光復初期的現代詩壇，似乎不多；讀他的詩，讓我不自禁的浮現他的身影和容貌——體型矮小，尖瘦下巴，額頭皺紋粗又深，才五十歲左右就顯得有些老，但他卻非常和氣、謙虛，不說什麼大話。他在華陰街的住家，滿屋子是中日文書籍，有如一座小型文學圖書館，足見他是很認真的在閱讀。

從他的詩來看，他的詩和他的為人，都是滿「普羅」、平民化的表現著關懷勞苦的農民；而大部分詩作，卻又反覆陷在個人詩化的夢境中、抒發個人思想貧血、苦悶的困境裡，這或許也是他經歷過二戰之後反映了當時大多數人精神徬徨無助的一面吧？

從詩的形式和篇幅來看，這本詩集中的作品，大部分屬於小詩；三五行居多，兩行的也有一些，其中〈風景〉、〈生活短章〉、〈詩作散章〉都屬這一類。〈詩作散章〉類似札記，由以下幾則「告白」，可以看出他對詩的鍾愛、狂熱與著迷：

不寫詩感到寂寞

望著詩卻又憂抑

在詩裡燃燒
只怕這條生命被燬爐

詩——
是生命的呼吸
是天明的呼喊
是高唱的歌聲
值不得詩人的冠銜
值不得詩神的照應
然　我卻依然不得不寫詩

他有一首〈自語〉詩，是這樣的坦誠說：

有些時候
想要寫些詩

本來我寫的很笨拙
而現實卻又那麼暗澹
但我的詩卻偏要在這裡寫

心靈中找不到什麼美麗的詩神
原來我也不是詩人
只有平平凡凡的口調
卑陋的一件件故事

大地展開在眼前
穿過海洋
飛翔天空
——如此雖有時作夢；

可是依然踽踽在這市井裡

煞苦過日

「啊　不管笨拙

也不要怕暗澹

要寫出你的詩……」

是了，是了，煞苦地你要寫起來啊！

這大概就是他愛詩寫詩的執著精神吧！這樣樸實、純真的愛詩人，一點也不為名不為利，算是作為一個先行者，在那個青黃不接的年代的一種盡責吧。我已記不得他曾在哪一首詩或那篇文章寫道：「詩是善良的語言」這句話？但它深獲我心，我曾借用它作為一本詩論述集的書名，由宜蘭縣文化局印行。

從第 77 頁起是譯詩部分，翻譯日本詩人的詩和詩論，包括石川啄木一首長詩、菱山修三五首短詩、藏原伸二郎兩首短詩和一首長詩〈神話〉三部作，第一部世紀、第二部原子、第三部宇宙，長達十三頁，共約一百三十餘行，後面還有一篇〈詩論——論原子時代（Atom Age）的詩〉；可見吳瀛濤是受日本詩人及其詩作、詩論的啟發和影響。

從這篇詩論的論點來看，他已經注意到了：「新時代應有新時代的詩，而新時代的詩應有新時代的新詩論。」這段開宗明義的說法，可惜的是，綜觀他這本詩集中的詩作，卻還未轉型，不易找到哪一首詩能有現代意識的新精神足以符合他翻譯這篇「原子詩論」的想法，真為他感到惋惜！

——選自許素蘭主編《經眼・辨析・苦行——臺灣文學史料集刊第三輯》
臺南：國立臺灣文學館，2013 年 7 月

寂寞難遣
記吳瀛濤

◎莫渝*

一、引詩

我寫詩，是在寫生活
除非寫生活，我能寫什麼
離開生活的詩是無聊的
沒有詩的生活也多荒涼
詩滋潤生活，使生活不會寂寞

——〈荒地〉作品一七九（1953 年）

我要到終站
在海邊的小站下車
行至孤獨的岩上
瞑想終日

——〈終站〉作品二四九（1956 年）

不為誰而在寫詩
在寫自己的日記
以詩的方式

——〈詩人的日記五十一章‧25〉作品四八四（1964 年）

---

*本名林良雅，詩人。發表文章時為《笠》詩刊社務委員，現為聯合大學臺灣語文與傳播學系兼任助理教授。

一份寂寞

誰也不了解

因而寫詩

——〈詩人的日記五十一章・32〉作品四九一（1964 年）

為何還寫詩

真的，為何

我祇知我是屬於寫詩的人

並不為何，總是在寫

——〈詩人的日記五十一章・44〉作品五〇三（1964 年）

前面引錄詩人吳瀛濤（1916～1971）幾首詩與斷片，這些文句淺白樸素，沒有深奧的難解語意，這樣文詞傳達三個訊息：詩人寫詩排遣一寂寞，詩人的日記是詩，詩人的態度，忠於詩，熱愛詩，願以一生寫詩（貢獻詩界）。

寂寞，是寫詩的原動力嗎？寂寞是個（組）密碼，必須用詩將之傳達給外界嗎？寂寞，是相當唯心的感受，因為唯心，是一廂情願或心甘情願的個體行為，別人不易等同取代或相同感知。詩人要在寂寞中思索存在，以詩征服寂寞的存在，以詩寄託寂寞，或者，個體的寂寞移入完成的詩篇。如此，個體的寂寞就消失了。

詩的完成，不代表寂寞永遠消失，抗拒寂寞，詩人並無免疫力，他只是暫時遣開寂寞，將「寂寞」移入詩篇。如影相隨的寂寞，仍會不時回來依偎詩人，寂寞難遣，詩篇才源源不斷。

底下介紹吳瀛濤與其一首詩。

二、詩人簡介

吳瀛濤，1916 年 7 月 18 日出生，臺北市人，1971 年 10 月 6 日去世。

日治時期臺北商業學校畢業，在學即參加文藝活動，1936 年參與發起「臺灣文藝聯盟」臺北支部，1943 年以小說「藝妲」獲《臺灣藝術》小說徵文獎，1944 年旅居香港，與詩人戴望舒等交往。戰後，任職於臺灣省專賣局至退休。1964 年與友人籌組發起笠詩社。

著有詩集《生活詩集》（1953 年）、《瀛濤詩集》（1958 年）、《瞑想詩集》（1965 年）、《吳瀛濤詩集》（1970 年）等，散文集《海》（1963 年）、《臺灣民俗》（1969 年）、《臺灣諺語》（1975 年）等。

三、詩欣賞

我是這裡的陌生人

很多條路，我都沒有走過
很多角落，我也沒有到過
這就是我住的都市
我是這裡的陌生人

國際標準的觀光旅社
通宵達旦的大舞廳
交易色情的咖啡室
還有，五色繽紛的委託行
滿貼紅紙條的介紹所

違章建築的地方，已拆蓋高樓大廈
滄海桑田，一坪高達幾萬元的地皮
真是車水馬龍，號稱不夜城的繁華區
琳瑯滿目，最最現代化的十里洋場

這就是我住的都市
我是這裡的陌生人

上下班，每天走於同一條路上
打滾在這生活的小圈裡
我有都市人莫名的悲哀

本詩選自《吳瀛濤詩集》，為 1964 年作品。

全詩四段，第一段點明主題，我住在這個都市裡，但許多的路與角落都沒有走過到過，雖然生長於斯、工作於斯，彷彿外來的異客，處處格格不入，疏離冷漠。因而由內心發出「我是這裡的陌生人」的感嘆。陌生因素的造成有二：個體與環境之間，個體與他人之間，如何破除陌生，取決於個體（我）的主動。

第二段，列舉五項都市行業：旅社、舞廳、咖啡室、委託行（舶來品商店）、（職業）介紹所，前四者都是高額消費場所，對一位朝九晚五的上班族，顯然奢侈些，自然增濃陌生的情緒。接著，第三段加強都會城市的瞬息變化特性：聳立的高大廈取代低矮章破屋，土地價格高漲（1960 年代一坪數萬元，在 1990 年代末已達數百萬元），不夜城十里洋場的繁華熱鬧興盛，這些絲毫沒有改變「我」（包括大多數的小市民）的生活方式，徒然增添「我」的失落感，我只能每天走在「上下班」的同一條路上，只能局限於自己的生活角落。卑微的「我」住在偌大的城市裡，益增陌生，不禁發出「我有都市人莫名的悲哀」的唏噓。

作者發出悲哀的唏噓，雖是大多數小市民的心聲，基本上是因為人的行動受到狹小空間的限制，1960 年代的臺北都會如此，更早，19 世紀的法國巴黎，在詩人波特萊爾筆下是「蟻聚的都市」，更晚，1990 年代的臺北，仍舊在開發繁榮，實際空間有限，但精神的領空無限，個體（我）對環境與他人的主動改善，是破除疏離陌生的方式之一，如何拓展精神文明，像當前社區文化的推動，或許能扭轉個人生存價值的思考，減少詩人無端的呻吟哀嘆。

儘管如此期待，失意或得意地吐納衷曲，依然是詩文學的題材之一，傑出詩人紀伯倫（1883～1931）也在作品中發出「在這個世界上，我是個異鄉人。」的感嘆。

——選自莫渝《臺灣新詩筆記》

臺北：桂冠圖書公司，2000 年 11 月

於薄暮，於曉暗之中的抒情原子能

記詩人吳瀛濤

◎劉維瑛*

一次強烈的期望正使我待發

肅然的凝視領略的一個位置

在第三期《現代詩》季刊，前輩詩人吳瀛濤曾提出一有創意的詩論〈原子詩論——論 Atom Age 的詩〉，文中提及詩歌應是積累過去人們的心靈智慧，趨向建設貢獻人類的亮光；詩歌亦是來自詩人們澄淨的眼目胸臆，流出純粹與自由，並具有信心皎潔的呼吸。在變遷的時代下，這樣的預言，也是語言跨越一代的文學前輩共有的自我期許。

戰後正當大多數作家，因語言轉換的問題，而無法提筆創作時，吳瀛濤較早克服語言障礙，成為戰後仍活躍於當時詩壇主流的少數臺灣詩人，也留下屬於臺灣詩人的光芒腳蹤。在吳瀛濤的詩文學中，有許多關於哲理瞑思的主題，如同他曾說：「現代詩所要求的，一面是『詩的真實性』，他面是『哲學的真實性』……而且更進一步，它還應該是哲學的表白」(〈詩與哲學〉)。他常從「無限」、「永遠」、「空無」、「宇宙」、「渺茫天地」、「遠在彼方」等關係上，端看人和時間、語言等「存在」的現象，同時關照人生的悲喜與孤獨寂寞，以詩探看純粹的意義，探索人類共同的生命之歌。而充滿抒情哲思的生命情調，吳瀛濤就如同詩中所描述：「何其寂寞／瞑想的人／像一具化石／風雨彫塑了他的骨骼／一些思想，一些思念／形成了

*發表文章時為成功大學中國文學系博士生，現為臺灣歷史博物館助理研究員。

這一個人……瞑想的人／他醒自遙遠的國度／當他醒著／他的雙眼瞪向蒼穹／陽光盡被吸在他的內奧」、「沉思而又瞑想／在緘默的岩上／乃如羅丹的思索者／默守時空／清醒的心靈／猶似永恆的星」、「寫詩的人……他是千萬年的化石／他是億萬年的核子／他住於虛默／他住於空無」、「嘶啞的口喉作不出聲／我祇像剛學說話的嬰兒／除偶爾的片語，沉默竟成為唯一的習性／詩就是那沉默的果實／其聲音純粹無比」。

吳瀛濤在詩的世界中瞑想、獨白，這詩歌中的抒情基調，與當時《笠》詩刊同輩詩人，著重現實述說的筆觸，有著十分不同的美學性格。「在當時的詩壇上，他是一隻失落的羔羊。他沒有爭取的欲望，始終哼著獨自的歌」（李魁賢語）。喧囂城市中，詩人孤獨又自在地唱著他自己的歌，他要「唱出時代的歌聲」，並找出自己「在空縫裡／如一線陽光／寧靜溫暖」。

我們緬懷在日本殖民時期受異文化撞擊，戰後面對舊秩序的崩潰，舊時代的解體，一路走來的詩人吳瀛濤，不斷與破碎的年代、苦悶的自己反抗和格鬥，以詩的創作，揮灑創作不致敗北的人生版圖。在文壇以敦厚篤實著稱的他，無論是行政長官公署的國語通譯工作，抑或是臺北帝國大學圖書館、菸酒公賣局的公務員生涯，他始終默默地走過這些孤獨年歲，以對詩歌的熱情，堅守文學的城堡：「詩的存在，對我們似乎已成為孤城的存在。我們正在堅守這一孤城的堡壘，因為我們深信對人類的必要，確信詩給人類的光榮，因而必需我們奉獻一切的奮鬥。」（〈詩的孤城〉）

吳瀛濤在臺灣研究之民俗研究領域上，也有很大的貢獻。曾於《新生報》連載〈臺灣民俗薈談〉，另外在《笠》詩刊亦發表過〈民謠詩話〉，而《臺灣民俗》及《臺灣諺語》的出版，則是他利用工作餘暇採風擷俗，編錄整理民間故事、俚語、俗諺、笑話、禮俗、宗教、原住民傳說等臺灣民俗資料。他為臺灣語言、文化研究保存貢獻心力，讓我們體悟其愛臺灣土地的無悔深情，而《臺灣民俗》與《臺灣諺語》更被譽作「臺灣小百科」。

今年（2005 年）是詩人吳瀛濤 90 歲冥誕，吳瀛濤的長子，目前擔任忠孝醫院顧問的吳康文醫師，日前整理吳瀛濤的手稿、日記與相關文物，家屬們期待依此紀念詩人。根據國家臺灣文學館日前協同陳芳明教授訪問詩人家屬，欣喜發現吳瀛濤眾多保存完整的手稿，包括：吳瀛濤的日記、《臺灣俚諺集》日文原稿、得獎小說「藝妲」原稿、《臺灣民俗》與《臺灣諺語》的編目過程，還有一整箱的詩作原稿。我們訝異經過數十年寒暑，這些手稿資料意外地呈現世人面前；更令人驚喜的是，在吳瀛濤故居的頂樓，陳舊的搭蓋空間中，發現罕見珍貴的《臺灣文學》、《民俗臺灣》、《臺灣工藝》、龍瑛宗『孤獨な蠹魚』等書報雜誌，這些寶貴的文學史料，分別計畫將整理典藏與編輯出版，讓世人共同追憶吳瀛濤瞑想的樂章，並再次體驗詩人溫柔知性的抒情原子能。

——選自《臺灣文學館通訊》第 7 期，2005 年 4 月

沉默的詩人吳瀛濤

◎周伯乃[*]

現代詩的創造，是由自我出發，經由情感與理性的揉合，而又歸返自我的一種藝術。現代詩人，往往為了急速地傳出一個真我的面貌，把許許多多尚未過渡到理性世界的觀念，予以展示出來。

一首詩並不以呈現一個觀念為滿足，觀念只是詩的原始素材，而這些素材必須經歷過詩人的理性的沉思和反省。換句話說，一個傑出的詩人，他必須將許許多多的經驗，或者對人生的體驗搗碎在自己的心底，然後，經過長期的壓縮和提煉，始能成為詩的質素。而一個詩人，最重要的就是要能把那種質素（純粹的）傳達給讀者。

詩是一種內在靈魂的召喚，沉思能使我們激盪的心靈歸趨於孤寂，在孤寂中能使人淨化，而淨化能令人進入一種玄祕的境界。詩所以要有所含蘊，正因為它具有一種玄祕的，或半玄祕的朦朧之美，這種朦朧之美，就是要靠詩人藉文字的技巧來表現，所以說：詩是一種純粹的表現。詩除了其本身所給出的美以外，沒有美；詩除了其本身所給予的真境，沒有真境。我們努力去感受一首詩的快感，但我們不必預期它有所教益或實用效能之類的東西。

一首詩，是一個生命的切片；是一個宇宙的展示，是人生整體經驗的凝結。英國文學批評家摩雷（John Middleton Murry, 1889-1957）在他的論文集《精神之國》（*Countries of the Mind*）中說：「詩乃是一種整體經驗之傳達，不管我們是否同意那些傳達出來的經驗，但它畢竟是對我們的一種

---

[*]作家、評論家。發表文章時為香港亞洲出版社駐臺執行編輯。

召喚。」

現代詩日益接近於理性的世界之展示，也就是現代詩已日漸轉向純粹自我之揭示。換句話說，現代詩人已不再急急呈現或者表達一己的情感和思想，而是把注意力集中於整個時代的變遷，和整體人生的體驗。因此，一個詩人的創作經驗和一個詩讀者的感受經驗，應該是有其共同性的交感作用，也就是說，詩人和讀者之間，對一首詩的精神交感，應該有其共同的諧和點。而這個諧和點，也就是作者所要表現的，正好是讀者所能感到的美，或者是人性的內在真境。

一首詩能否感人，最重要的是要看詩作者；是否真正抓住了人類的共通性，或者說是普遍性。如果一首詩僅僅是表達了一己的感情，或者個人的生活經驗，而缺乏時代的精神和整體人類的經驗，那末，那首詩最多亦不過是次等的好詩。我常常說：個體的存在是沒入於群體之中，而群體是證實個人存在的價值。換句話說，個人的存在價值，是因為有群體的存在，否則，個人的存在價值就消失。

一首詩如果我們僅僅摭拾其層面的意義，而不能深入其內在的真境，那是不夠的。如果一個詩人，亦僅僅藉文字呈現其文字的意義，那也不能稱為好詩，詩與散文、論文、科學解說之異同，也就是因為詩表現了一種文字意義以外的意義，也就是現代文學評論家所共同承認的：詩的內涵力。

我不敢說吳瀛濤的詩，全都有詩的內涵力。但至少我們應該承認他是一位真摯的詩創作者，從他早年用日文寫詩，一直到 1970 年出版他的《吳瀛濤詩集》，先後歷經三十多年，他始終在寫詩，經辦詩刊，努力於中國新詩的推展，評介等等艱苦的工作。尤其是最近幾年來所作的〈現代詩用語辭典〉、〈臺灣新詩的回顧〉……等等，都是非常珍貴的資料，也只有像他這樣有志於新詩的人，才有這份苦心和慘淡經營的精神。

從他少年時代寫詩至今，在這三十餘年的詩生命裡，他出版有：《生活詩集》（1953 年）、《瀛濤詩集》（1958 年）、《瞑想詩集》（1965 年）、《吳瀛濤詩集》（1970 年），以及 1963 年出版的散文集：《海》和 1969 年出版的

《臺灣民俗》雜文集等等。

我們現在先來看看他早期的作品——〈空白〉：

要在空白填些什麼呢

蒼穹或海洋
或是少女透明的夢

像貝殼聆聽
就會聽見一些什麼

那是不是季節帶來的風
或是從那兒來的黃昏的跫音

啊，此刻，該在漸暗的窗邊點亮燈光吧

在這首詩裡，如果我們不用感性，而企圖依賴一般語意的邏輯去解釋它的意義，恐怕是很難找到一個恰切的解釋。譬如第一句，作者就以追問的方式，急切地向人群追問：要在空白填些什麼呢？這個「空白」代表什麼，生命？生活的意義？抑是整個人類的歷程？從第二段兩行看來，作者是暗示個人生命歷程的空白。

第三段的形象非常美。「像貝殼聆聽，就會聽見一些什麼。」這是對那個空白的填塞，換句話說，個人的生命之意義必須由自己去肯定，必須由自己追尋，猶如貝殼聆聽那海的音樂。

第四段的意義非常曖昧，也看不出有什麼內蘊存在。作者也許就僅僅展出那麼一個朦朧的印象而已。季節帶來的風和黃昏的跫音。

最後一句非常富有具體的形象觀，在漸漸暗下來的窗邊點亮燈光，這燈光，如果用較為膚淺的解釋，是象徵它將照耀黑夜。如果我們再向前推一層。這燈光，可能象徵著人類生命的光芒，或者是被那燈光所照亮的世界等等。

詩的意義愈繁複，它的內涵力就愈強，它的外在張力也愈寬闊，它也愈能被廣大的讀者所接受。換句話說，一首詩能容許各種解釋的時候，它必然有它的普遍性，和客觀條件。所謂普遍性（General），並不僅僅指詩本身能被人人所了解這一事實而言，而是它具有存在於群體之中的共同屬性。也就是說，它能容納許多不同讀者的經驗格式。而讀者也能普遍地感受到詩人所要傳達的情感和思想。美國當代美學家 J. L. Jarrett 在他的《美的追尋》（*The Quest for Beauty*）一書中說：「一個藝術家的表現目的並不是純然為己，也同時為了別人，他必須有所傳達（Communication）。」而他所謂的「傳達」，實含有交感的作用。在現代的軍用術語裡的「通信」，就是英文的 Communication，所以，它又有互通訊息的含義。而詩人和詩讀者之間，也就是要有所交感，要有互通訊息的架構。否則，那詩人的作品就只能安放在象牙塔裡，或者壓在自己的玻璃墊下，作孤芳自賞，而自我陶醉了。所以 J. L. Jarrett 又指出：藝術家必須設法把他的作品傳達給別人，所以，它必須是可懂的，可以令人領悟的，它並不是一些晦澀和紊亂。

而現代詩所以會愈走愈趨於晦澀，正因現代詩人極力在鋪張意象，和運用那些譎詭的語言，而擊碎了歷來的邏輯的語法。

進入中年的吳瀛濤，他的詩也隨著更深入到哲理的邏輯表現，例如他 40 歲那年寫的「思想六章」，就是極富有哲理性的詩。我們來看看他其中的〈思想〉一詩，我們就可以了解到他其他的幾首。

我抱有絕言的思想
被太陽焚化，被星光掠奪
不再唱彩虹的歌
喪失季節的日子，默默伴我
漫長的暗夜，缺少金黃的曙光

就在這絕言的默暗中
我願超脫自己，化為萬人，化為萬物
煉成一條路，通往永恆
花不再枯謝，星也不再隕落
因此，我得永生

這就是我抱有的絕言的思想
雖然，人的生命不能長久
但我不屈服，也不承認
因我就是創造的本身
我已超絕太陽，超絕星光

如是，我就是唯一的存在，唯一的萬有
如是，我站在永恆的中心
而有透明的鳥飛宿在肩膀
將引我奔向那蔚藍的天邊

吳瀛濤認為詩必須與哲學結合，他說：「於現代，以及於現代以後的將來，詩與哲學的距離，將會更縮近。而問題是在於這兩者的溶合。詩並非哲學，哲學也並非是詩，然而未具有哲學意味的詩，當難稱為其現代詩。現代詩所要求的，一面是『詩的真實性』，他面是『哲學的真實性』，而且兩者是合一的；只要它是詩，則不但不排斥它的哲學性，而且更進一步，它還應該是哲學的表白。」我相信哲學不僅與詩有著密切的關係，就是戲劇、小說、散文也與哲學有著密切的關聯。縱然文學作品並不刻意表現哲學，但在文學作品的內層是隱藏濃厚的哲學意味。哲學不是哲理，哲理是一種教條的形式，而哲學是一種思想的潛能。法國文學批評家 Vinet 說：「哲學和文學之間，有著一種自然的融洽。一個偉大的文學時代，也同時是一個偉大的思想的時代。思想也許不會常常具有哲學的形式，但具有哲學的實質。」

就吳瀛濤這首〈思想〉來看，他是企圖表現某種哲學的概念。第一段寫個人生命的短暫，寫歲月的無情。其中第二行「被太陽焚化」的「焚」字用得很美，它能襯托出整個形象的活現，也暗示了那些熾烈的生命的過往。

第二段寫出詩人對生命的企望，期望自己能超脫自己，化為萬有，而後成為永恆。

第三段和第四段是貫穿前兩段的意境而來，他明知道個人的生命是有限的，但他必須創造，創造的本身就是恆遠，就是久長，因為他已超越了太陽和星光。在那兒，詩人成為唯一的存在，唯一的萬有。

我們繼續看吳瀛濤的後期作品，我們更會發現他那深厚的哲學實質，例如他 49 歲時的作品——〈瞑想者〉：

何其寂寞
瞑想的人
像一具化石
風雨彫塑了他的骨骼

一些思想，一些思念
形成了這一個人
他瞑目著
他活於一百萬年前
他死於一百萬年後

而將醒於一個春天
因他曾發現了一些
於他冬眠般長長的瞑想之間
於其不眠的長夜之後

瞑想的人

他醒自遙遠的國度

當他醒著

他的雙眼瞪向蒼穹

陽光盡被吸在他的內奧

瞑目著

如是一個瞑想者

將又復開始著無數日夜的沉思

於薄暮，於曉暗之中

這首詩是近於理性與感性的創作。當所有的人都急忙於追求物質世界的享有時，詩人卻摒拒它，而像一具化石，任風雨去雕塑他的骨骼。於是，他成為一切物化以外的精神之凝結。他努力探求的是內在精神之存在，在這個被肯定的內在精神之存有中，他就獲得一個自我肯定的真境，也就是他詩中所謂的：「一些思想，一些思念，形成了這一個人。」

在滾滾的物慾的巨流中，詩人能逆流而上，成為形而上學的人之情境的探索，這的確需要極大的毅力。而現代詩人所以能有這份毅力，也正因為他能想到「活於一百萬年前」和「死於一百萬年後」的恆久意義。

如果一個現代詩人不能超越於一切物質觀念以上，他就永遠不能深入到人類的內在情況中，他也永遠找尋不到真正的生之意義，更無從去肯定生命的永恆性。

在〈貝殼幻想曲〉中，吳瀛濤展示出他的超越的境界，也看出了他中年時代的作品的風格。

貝殼，從前是住家

在你殼內借宿的小動物卻不知什麼時候走了

留著沙灘上奇異的象形文字

是因不堪背荷的殼的重量
或因去找別的住家，新的天地
正像我離開家鄉來到這遠海的孤島

貝殼，海的禮物
簡素的美，玫瑰紅的，海藍色的，透明的
螺紋是海潮的圖案，刻有古老古老的海的故事

貝殼，海的耳朵
你聽了些什麼，請告訴我
是否聽到耳邊海風的音樂，或那超越時間的恆遠的澎湃
乃或星夜海邊的靜默

貝殼，被遺忘於沙灘
我卻難忘你，我們之間有美好的默契
你在遠海的孤島等我很久
我也找你終於來到這海邊

貝殼，我的良伴
自此你將不再孤寂
飾你以深綠的海草，鮮紅的花
你身邊長久將有我讚美的詩篇

貝殼，海的使者
請告訴我
你的純潔，你的安祥，你的恆默
是從那裡來

吳瀛濤認為現代詩的基點，是從這個時代的真實性中出發，也就

是說現代詩所表現的真境，是這個時代的真境。他說：「詩是什麼？詩是人生的走廊。」世界上每一件存在的事物都是詩，我們默默地走完人生的旅程，我們也正完成了我們的偉大的詩篇。

吳瀛濤將貝殼人格化，貝殼原本是沒有生命的東西，而詩人卻賦予它生命，並且將它的生命過程作一個具象的表現。尤其是第二段，作者幾乎把自我完全融化在詩中，有一種以物喻我的交感作用。

在物我交感中，作者賦予它深厚的友情，就像第五段中寫的：「貝殼，被遺忘於沙灘，我卻難忘你，我們之間有美好的默契。」

如果就抒情的本質來看，吳瀛濤這首〈貝殼幻想曲〉並不失敗，雖然在形象和意境上，還似嫌不足。但作者已經在詩中創造了情趣，使這首詩活現起來。

吳瀛濤在本省詩人中，是一位資深的詩人，也是始終堅持寫詩的純粹詩人。由於他歷經幾個大時代的浪濤所衝擊，所以他的詩多少總含有一種深沉的哲學實質，一如他的沉默。

——自《自由青年》轉載

——選自《笠》第46期，1971年12月

孤獨的瞑想者
詩人吳瀛濤先生的塑像

◎李魁賢*

一

每當我憶及詩人吳瀛濤先生時，他那一副木訥、樸拙如老農的形象，就會一直在我眼幕上映現，他那歷經風霜蝕刻成老松樹幹般的臉龐，竟真的如在太平洋旋成的暴風半徑，愈來愈壯闊。

正如我在《幼獅文藝》第 185 期（1969 年 5 月）「作家的臉」專欄內所描述的：

> 清癯的臉頰，更加強烘托出突兀而寬闊的前額，彷彿岩石一般，有著蘊藏的力量；每次我望著楊英風先生雕刻的詩人吳瀛濤頭像，就興起這個感覺。那該已是十幾年前的作品了吧，而瀛濤先生的造型依然如故，和雕像一樣，他的眼睛常常會垂閉下來，陷入瞑想中。詩友們到他家聚會時（在以前的木屋閣樓也好，現在的水泥華廈也罷），他常常就這樣獨自兀坐在一個角落、神遊方外去了。
>
> 我認為瀛濤先生臉上有兩大特徵。其一是深陷的眼窩，似乎有一股原始性的魅力，深潛著湍流的漩渦，有如岩石層下方的涵洞，又像難以預料的暴風中心；多壯闊的半徑啊。
>
> 其次是粗獷的紋路，是萊茵河畔冬季的葡萄園，線條清晰，強而有力，

*發表文章時為臺灣國際專利法律事務所專利工程司兼國際發明專利中心副經理、《發明雜誌》編輯委員，現為世界詩人運動組織亞洲區副會長。

使你預期著下一個季節會成為怎樣的一種風貌。

——〈暴風半徑〉

這一張臉，現在只有在記憶中回味了。

二

認識瀛濤先生，是從詩開始的。記得是 1953 年，我到臺北就學不久，在重慶南路書攤上偶然看到瀛濤先生的第一部詩集《生活詩集》油印本（1953 年），當時這本樸實無華的詩集，似乎並沒有太引人注意。但詩人卻是自始就這樣赤裸裸地謳歌著他的生活：

生活像一支鞭子
只有被挨打的人始能嘗到它的痛楚
而於那痛苦的底層　激盪著他流出的鮮血
純潔而透明

——〈生活〉

以非常率真而平易的語言，直接地陳訴他的感情，但偶爾也會出現像：

太空無時不隱藏著彩虹
卻是肉眼無法透視的

——〈彩虹〉

這樣有神祕意味的詩行。

後來經常在《現代詩》、《藍星》、《創世紀》讀到他的詩，當時也曾出現過：

燃燒的不祇是夜
燃燒的是夜的女體

這是希臘神話之戀，妳是維納斯
我熾烈的生命也正在為妳狂熱地燃燒

——〈維納斯狂想曲之二〉

如此激情的詩篇，和他一向的風格不同，使我留下特別深刻的印象。

見到瀛濤先生，似乎是在一九五六年間的事，彷彿是在藍星三週年紀念會上吧。我從小就很少涉足社交性文學活動，我不認為這種活動可以充實文學生活。我對於這樣的社交性活動，經驗既少，又乏肆應才能，因此，即使偶爾出席什麼什麼會，也不懂得自動去和人攀交情，常弄得手足無措。記得和瀛濤先生初次見面時，發覺他也是不擅長與人周旋，我們好像都被摒棄在孤獨的角落，因此自然而然地彼此閒聊了起來。他對於像我這樣一位毛頭學生，不但態度和藹親切，而且不斷用關切的探詢口氣問起我的寫作情形。後來每次見面時，他總會問一句：「最近有寫莫？」

見過幾次面後，我很能從他孤獨、落寞的情緒中了解他的心情。他的孤獨感，不但是對俗眾的隔離所引起，而且因不願與詩壇活躍的群體交融而加深。在當時的詩壇上，他是一隻失落的羔羊。他沒有爭取的欲望，始終哼著獨自的歌，他的歌聲節拍輕緩，但卻很少有休止符。他想到就唱，一高興就唱，沒有造作，也不大管計算的原理，因此在他的詩集裡，常有某某二章、三章，或若干章的詩題，乍看之下，就令人有「即興」的印象。

由於現實環境的限制，有一段期間，他頗想振作，也就是他出版《瀛濤詩集》的時候，他有意把展望詩社辦起來，在 1958 年詩人節的翌日，他還把荷生、柏谷、錦標和我，邀到他位於華陰街 15 號的舊宅去討論這件事。老實說，瀛濤先生不是一位組織家，也缺乏領導的強烈欲望，因此，既無具體計畫，也沒有全力去推動，終於沒有實現。

三

《瀛濤詩集》的出版，是想闡釋他的「原子詩論」，企圖將巨大的能量凝聚於一焦點爆發。可惜這樣的嘗試，瀛濤先生後來也自認失敗，因為他把寫成的詩篇，過分去蕪存菁，反而把一些相當表現了語言彈性機能的詩句抽離，剩下幾近警句詩的作品，損失了很多優美的意象。

《瀛濤詩集》的封面，是由詩人自己設計的，採用了羅丹名作《思索者》（*Le Penseur*, 1880）的照片為基底，用青銅色印刷，頗能表現沉鬱、深遂而寧靜的氣氛。如果仔細觀察，可發現詩人帶有岩石質感的頭額，和思索者微蹙而凸出的頭額，頗為肖像：

沉思而又瞑想
在緘默的岩上
乃如羅丹的思索者

默守時空
清醒的心靈
猶似永恆的星

——〈二〉

這首詩，可以說是他最好的自白。

在這一部詩集裡表現了詩人耽於冥想的特質，時時閃現出智慧的星光，同時處處顯露了詩人獻身於藝術，尤其是詩的虔誠。詩人也企圖探求生命的本質，但仍掩藏不住徬徨的心情，有時肯定地為獻身的幸福而謳歌，有時又禁不住流露了迷惘的憂愁。

生命的繼起猶如樂章的抑揚

每當夜星散落　東方漸白

於此　新的樂章復又開始
新的生命復又踴躍

而於新的一天　我將作什麼
是否能使這世界更趨完美

抑或仍將受苦
啊　讓我禱告

——〈四二〉

這首詩便是一個最顯明的例子，既肯定了「新的生命」的意義，且有了欲「使這世界更趨完美」的抱負，卻茫然於不知如何進行，「我將作什麼」，坦承了無告的心情，而且對未來的處境復感到疑慮，最後只有藉助禱告的力量，求得心靈的撫慰。

在現實生活上，詩人似乎不怎麼遂心如意，好在他精神上有詩的寄託，但在偽詩風行的時候，他也會感到失望。他是屬於木訥型的人，不擅長口才，而自甘於孤獨，因此，「緘默」對他愈來愈成為重大的負擔，終於：

我已拋棄奢望
而以緘默自守
當有人問我何其如此
風或將替我輕答

——〈一六三〉

乾脆把一切付託給風去應付了，他樂於啞默地沉潛於思索的界域內，悠然自在。

有一段時期，他以海為主題寫了很多短小精幹的散文，在《青年戰士報・副刊》上發表。實際上，在他早期詩篇中，已不時歌詠著對海的嚮往。這些海的散文，他後來收集印成了單行本，共得 158 篇，就題為《海》，於 1963 年 12 月出版。在這裡可以看出瀛濤先生寫作的雄心，他以粗枝大葉的畫筆，細膩地把海的全般面貌、各個側影，塗抹成一幅幅樸實的素描。他幾乎把全副精神用來和海攀交情，他觀察海的生活，分辨海的韻律，他進入了海的情感領域，聽海傾訴，然後在移情同感的循環交流中，詩人把他的喜怒哀樂傾瀉在海的浩瀚瀲灩之上，載浮載沉地盪漾著詩人的憧憬、遐思、嚮往、離愁……。

四

1964 年 6 月《笠》的創刊，瀛濤先生似乎找到了心靈的著落點。作為笠詩社的創始人之一，他對《笠》付出了極大的關心，善盡了灌溉扶植的責任。由於笠詩社是同仁精神上自然結合所組成，而由笠詩社所編輯發行的《笠》詩刊，先天上便免不了採行一種同仁制度。這種制度，有賴同仁懷著共同的抱負，信守一種彼此容忍謙讓的精神，始能維持長期的祥和。然而最重要的莫過於身為前輩者，對後進抱有寬容的胸懷，讓他們去發揮，才能使一份同仁刊物保持幹勁的青春氣息。關於這一點，瀛濤先生確實表現了他休休有容的長者風度。

藉著詩社的橋樑，同仁們有了更經常性的連繫。《笠》初創時，北部同仁較為活躍。那時杜國清還在臺北，覺得熱鬧得多。杜國清是最喜歡和瀛濤先生說笑的人，常戲稱他為「老少年」，喻其心情常如青年，能與年輕人相處，融洽無間。瀛濤先生對杜國清的「笑臉攻勢」常不以為忤，其實杜國清也是一位名副其實的「老天真」，和他在一起，總是歡聲連連。

回憶那一段日子，多麼單純愉快，南港、林口，都有我們成夥郊遊談詩的風光。時過境遷，同仁們的生活環境或多或少有了變化，因此心情難免有所不同。

《笠》創刊不久，即籌畫叢書的出版，第一輯十冊，水準相當整齊，瀛濤先生的《瞑想詩集》即列入笠叢書：於 1965 年 10 月出版。在這部詩集裡，他的音調有一種蒼涼的味道，寂寞、孤獨、沉默等字眼仍然出現於詩中。其中〈瞑想者〉一詩可以說是他自己的寫照：

何其寂寞
瞑想的人
像一具化石
風雨彫塑了他的骨骼
……………

難得的是他寫了一連串〈給瑪琍的戀歌〉，他曾注釋過：少年的情詩，只是一種激情的歌頌，老年人的戀歌，才是經過生活的折磨後，成熟的心靈所唱出歷久彌甘的共鳴。

7
於這僅有一次的人生，遇妳
妳是我的一切，佔領我所有的愛
深入於我的內部
啊，是妳屬於我，或我屬於妳

8
不僅回憶甜美
現在這一瞬剎也更快樂
我愛一朵薔薇，它永遠是美的
不論是蓓蕾，或盛開，乃至凋謝

9

悲哀，以眼淚洗淨

以愛的語言安慰

我常常被妳鼓勵，由妳獲取活力

啊，瑪琍！我生活的源泉

10

啊，瑪琍！我們還有很多話

我們該多談，如初逢的日子

以那年輕的心情

談愛，談音樂，談人生

此外，瀛濤先生也常常思索到存在的問題，但他往往把思索的原型浮現在字裡行間，好像急於把他思索的問題，迫不及待地傳達給讀者，而不欲引導讀者，走上和他同樣思索的路線：也就是說他把大部分的工作自己承擔了，而容許讀者步履輕易地一縱而過。

一對眼睛在夜的深處瞠開著

我走得很快，被追著

我走向靈魂的角落，被追著

為何有那對眼睛，為何追著

我已不知在走著什麼地方

像要倒下，可是沒有倒，也沒有停足

黑黑的影，黑黑的星，冷冷的夜

走著，被追著，遠遠的海音

空茫地在那邊一具屍體

——〈空茫〉

在這首詩裡，詩人以「眼睛」象徵「死亡」，構成對生命（「我」的象徵）的威脅，來烘托出一種令人悚然以懼的情景，尤其是以生命處於顯露地位，而死亡一直隱匿在難以窺視的幕後（「夜的深處」），更顯示出生命的茫然無依，毫無確定性，甚至不知其所處之方位，而死亡之來由及其威脅的原因，均為未知數，如此，造成極為荒謬的一種境界。

為擺脫死亡的威脅，詩人有意以更高層次的精神活動來獲取安慰，因此出現了詩人所嚮往的海，代表了一種他下意識中所存在的超脫境界，當然以「海音」來象徵那境界，似乎壯闊有餘，但缺乏莊嚴與神聖的成就。可是，即使有這一番的努力，最後的結局還是失敗，生命剩下徒然的殘餘——屍體。

這首詩具有很壯觀的詩想，有悲劇性的氣氛，但因結構和語言張力的鬆弛，影響層層迫進的戲劇性發展。值得注意的是，每一詩行成一詩節，這是詩人有意在視覺上加強讀者的孤獨感受。

儘管瀛濤先生常在詩裡表現了對死亡的恐懼，例如：

死，漫長的歲月換來一瞬終結

不許嘗試的絕後的體驗

它的來歷是現世的生，它的去處是曠古的寂滅

啊，死，壘壘的死屍，層層的骷髏

終於化為烏有，歸於虛無的影

而那影的領略，無時不追隨於身後

——〈影〉

徒具空骸

美的已不再美，醜的亦不再醜

都死了，死於一樣的一塊墓土

啊，何言之於死

何言之於死

一些偉大的名字都幾乎記不起來

他們雖曾為人類寫下血淚的光榮的歷史

卻也似被付之於一忘

——〈死四章〉

但如何解脫死亡後時間的終止，如何使生命超越於生理上的限制，引導向一更高層的存在，以化解恐懼為安詳，卻未進一步提供啟發性的探究。

五

瀛濤先生寫詩三十餘年，從不間斷，他對於詩業的獻身工作，令人欽佩。由於他很早就能自如操作中文，因此他是極少數不因語言的改變而影響寫詩的省籍詩人之一。

《吳瀛濤詩集》可以說是他三十餘年寫詩生涯的總成績，於 1970 年 1 月出版。這本詩集是採用編年方式編輯，再按年代，分成青春、生活、都市、風景、瞑想、陽光共六部詩集，依照詩人自編作品號，共有 585 首，可視為詩人到 1969 年止的詩全集，幸能由詩人在生前親自編妥出版，減少了此後可能編印全集時的諸多困擾。

另外，瀛濤先生曾動手整理一部「吳瀛濤詩記」，準備容納詩人有關詩的介紹、評論、隨筆、翻譯，可見他有意將自己的作品親手整理就緒，惜未克完成。

對臺灣民俗方面材料的蒐集、編纂，詩人也曾經花費了相當的苦心，當他在新生副刊連載〈臺灣民俗薈談〉時，曾引起很多讀者的讚譽和共鳴。後來整理成《臺灣民俗》一巨冊，於 1969 年出版。據悉續集已編妥，尚未問世。

此外，瀛濤先生還將我國現代小說家的作品譯成日文，發表於《今日之中國》雜誌，為數不少，但未嘗聽他提及有結集出版的計畫。

《吳瀛濤詩集》出版後，詩人仍繼續寫詩不輟，已發表大約有四十首左右，其中尤以刊於《文壇》的〈舊時代的詩篇〉最具鄉土特色。他的詩，三十餘年如一日，永遠是平淡近人，從未圖奇巧炫人，語言、表現方法，也幾乎是一貫的。

即使在病中，也沒有放棄詩的創作。從詩中，可以看出他對自己的生命，仍然抱著多麼大的信心：

臺大病室一〇六號
一隻生命之鳥被困在這裡

肺腫瘤
要開刀，要切除肺的一部分
不論瘤是良性，是惡性

被割開的胸腔
是一片晴朗的天空
是鳥曾走過去，又將要飛過去的輝耀的境域

一九七一年三月
那隻生命之鳥復活了
那片永恆的青空復活了

——〈天空復活〉

鑑於上述詩人對生死的觀念，我們知道他對此生多麼珍惜。因而，在此，我們有理由相信，他欲以天空來象徵人世，而以鳥來象徵生命，但是在第三節裡復以「被割開的胸腔」來暗喻天空，似乎造成了一種反置的現象。雖然在這首詩裡表現了詩人對生命力的信心與自慰，但因暗喻使用之未盡妥切，使得詩的世界和意境受到相當大的限制。

瀛濤先生一生熱衷於詩，忠實於詩，在戰後的臺灣詩史上，他占有前驅的地位，是不可否定的。他對後進的鼓舞，也將令人恆久不忘。

——《笠》第46期，1971年12月15日

——選自《李魁賢文集》第三冊

臺北：行政院文建會，2002年10月

論吳瀛濤的詩

◎李魁賢

吳瀛濤（1916～1971），臺北市人，臺北商業學校畢業，在學中即開始參加文藝活動，1936 年參與發起成立「臺灣文藝聯盟」臺北支部。現存作品最早為 1939 年的詩創作，1943 年曾以「藝妲」獲《臺灣藝術》懸賞小說。1944 年旅居香港，與詩人戴望舒等交往，並以中、日文發表詩作。臺灣光復後，於 1946 年起任職臺灣省專賣局臺北分局，直到去世前不久退休為止，擔任公務員凡 25 年。

吳瀛濤是《笠》詩刊創辦人之一，一生熱愛詩的創作，作品約六百首，曾出版詩集《生活詩集》（1953 年），《瀛濤詩集》（1958 年）、《瞑想詩集》（1965 年）、《吳瀛濤詩集》6 卷（1970 年）（包含青春詩集、生活詩集、都市詩集、風景詩集、瞑想詩集、陽光詩集），散文集《海》（1963 年），遺有「憶念詩集」一種未出版。吳瀛濤也是一位民俗研究者，出版有《臺灣民俗》（1969 年）和《臺灣諺語》（1975 年）二種。

吳瀛濤是一位熱愛生命，關懷現實的詩人，他的詩雖有些耽於哲理的瞑想，但也有不少富於情趣的作品。無論是偏向理性或偏向感性的詩，都能透示出詩人介入的精神和態度，他是一位很執著、認真的人，不管是在生活上或創作上，他很少虛偽或作假，周伯乃稱他是「一位真摯的詩創作者」，是很中肯的評論。

詩扣緊生活的環節，是吳瀛濤一生奉行不貳的戒律，因此他的作品一直遵行著現實的寫作方針，他 38 歲時寫的一首詩〈荒地〉，很恰當而充分地發揮了他的詩觀：

我寫詩，是在寫生活
除非寫生活，我能寫什麼
離開生活的詩是無聊的
沒有詩的生活也多荒涼
詩滋潤生活，使生活不會寂寞
而於生活的荒地，詩的開花是多美多純潔
我曾以苦難的歲月換來淚光的詩篇

啊，成為詩的主題的生活
一如喜愛鮮麗的花朵，我更深愛這一片未墾的荒地

除了未及收入《吳瀛濤詩集》裡的 12 首〈舊時代的詩篇〉比較寫實外，吳瀛濤對詩的處理方式是採取表現的手段，他對詩本質上要求時代意識和批判性。他在〈現代詩問答〉裡寫過：「任何時代，詩是精神方面的所產。……這一時代的詩人的精神是最具有時代意識與人類意識的，這就是說，現代這一個時代的詩精神是比任何時代都更高更深刻，那麼成為這種高度而深刻的詩精神的主要原因是什麼，談到這一點，應該指出批評這一個字眼，現代是批評的時代，現代文學是批評的文學，現代詩也是以批評精神為其精神的詩。批評是高度的知性，也是最高度創作之一種，總之，現代詩的世界也可以說是批評精神的世界，詩人一方面要面對著現代的極其複雜的外部世界，同時也要面對人間存在的極深的內部世界，批評精神成為了詩人的依據，形成著他的世界觀，了解現代詩應從這一點的認識開始。」[1]

批評精神最能顯示詩人的立足點，我們可以說，批判性是詩成為「有所表現」的不二法門，吳瀛濤在〈現代詩的批判性〉一文裡強調：「作為一個對時代負責的現代詩人，寫詩是艱難的途徑，詩人要付出苦淚的代價，

[1]吳瀛濤，〈現代詩問答〉，《笠》第 11 期（1966 年 2 月），頁 58～59。。

負起人類的十字架。這一點，詩人對苦難的人類環境的掙扎，他所喚起對人類生存的批評，對現代生活的自省，也都難能可貴的。」作為一位「在野詩人」，如果要避免苦淚的代價，大可去吟風弄月，但吳瀛濤堅持以批評來救贖苦難，證明他是一位清醒的詩人。

因此，他要求詩人「要有信心，要有愛，要有強烈的生命。詩不應該被戰後的虛無和混亂扼殺。是的……詩人要負起重新開拓詩的使命。」準此以觀，詩人不能隨波逐流而應培養先知的洞察力，要有「自反而縮，雖千萬人吾往矣」的氣概。這樣的詩人注定要寂寞的，而寂寞是磨練耐力的最佳策略，吳瀛濤正是這樣的一位寂寞詩人。

黃昏

咚咚咚咚地墜落下去
直至墜落的聲音消失
我凝聽於足邊岩石的深縫

那是一段似乎很長的時間
我手裡的小石墜落了，遙遙墜於忘卻的地下
留了空渺的餘韻

繼而大地盡被黃昏的陰影領略
隨之冥冥的海的呼嘯也來襲
使我陷於一陣莫名的寂寞

這是吳瀛濤在臺灣終戰前的早期作品，寫於 26 歲，正是「為賦新詩強說愁」的年齡，但這首詩除了結尾略有些感傷意味外，並無自怨自艾的愁滋味，倒有些幽玄的跡象。

詩，開頭就隱去了主詞，或是詩人所描述的物象。整個第一段詩裡，讀者找不到究竟是什麼東西「墜落下去」，因而產生懸疑，這是很特殊的表現方式，當然讀到第二段時，知道明指的是「我手裡的小石」，但在情況還沒有明朗之前，卻可以給讀者很多的想像。

為扣合題目的〈黃昏〉，最易引起聯想的可能是夕陽，若夕陽墜落時，竟然會發出「咚咚咚咚」的聲響，是很令人感到驚奇快慰的詩想，好像一個被踢出去的空罐頭。這樣的聯想在最後可以獲得印證。

第二和三句是一種倒裝句法，意即作者在足邊岩石的細縫凝聽，直到墜落的聲音消失。這種凝聽的行為，表示作者的「關心性」，暗示出墜落的東西與作者有切身的關係，而因墜落於「岩石的深縫」表示找回的機會渺茫，因此，作者痛惜的心情可以想見，而以「直到」暗示凝聽時間之久，加強了關切惜別的情愫。

第二段首句詮釋了前段凝聽之久，而「似乎」的不肯定語詞，顯示因專心凝聽而不知時間之久暫。接著指明所墜落的是「我手裡的小石」，是作者所能「掌握」的東西。明指的雖然是小石，其實，詩人另有隱含。依自由落體重力加速度計，每秒增加每秒 32 呎之速度，大約 10 公尺。因此，不論作者所立足的岩石深縫有多深，小石墜落到底不過幾秒鐘而已，僅只一剎那。「一剎那」對失落者而言也許會成為很長的時間，而且詩的誇大語言更可助長此項表現，但與通常經驗比較，似乎有距離。

因此，詩中的「小石」實隱含著第一段令人聯想的「夕陽」，而「遙遙墜於忘卻的地下」的表現才明朗化。因「地下」指地平線以下，與夕陽西下的意象能夠配合，否則小石頂多僅能落到「地上」。而「忘卻」指夕陽下沉後忘了回來。

前二段以小石隱喻夕陽，無論在聲音和形象上，一實（小石）一虛（夕陽），而實者若虛，虛者若實，充滿了幽玄。「手裡的小石」隱喻所能掌握的夕陽，乃象徵了擁有的光陰、光明。

最後一段首句「繼而大地盡被黃昏的陰影領略」，印證了前述虛者（夕陽）若實的推論，因為夕陽西下，黃昏掩至，乃為必然，若止於表面的小石墜落，與黃昏是連貫不起來的。「領略」原為「理會」之意，此處當係「占領侵略」的縮語。

接著「海的呼嘯」也來襲，當然原有的「餘韻」也被掃除，而「冥冥」意指混沌幽暗，益顯其恐怖氣氛，在此失去光明，陰影湧至，海聲喧譁的外在情況下，詩人變成孤立，而為了固守本質，只有自甘寂寞了。

給零雁

冬去春來
行盡荊棘的路
零雁！你要歸來
歸來看看你的故鄉
看看故鄉山河回復昔日的面目

歸來吧，零雁！
鼓著自由的雙翼飛回吧
暗澹的歲月已過去
故鄉光復了
光復了的故鄉在迎等著你！

1945 年，臺灣終於擺脫日本統治。吳瀛濤在那一年寫下這首詩。

雁是候鳥名，狀似鵝，嘴長微黃，背褐色，翼帶青灰色，胸部有黑斑，鳴聲嘹亮，飛行成陣。「零雁」指孤單零丁之雁，喻遠離親族，落單淪於異鄉之人。

候鳥因氣候變化而遷徙，通常是在北方生活的鳥類，因冬季冰雪封地，難以生活而飛向南方過冬，等冬去春回，再飛回老家。候鳥的遷徙看似到遠方旅行，其實是大冒險的行為，每年在途中遇到惡劣氣象而喪生的，數以億計。

這一首詩〈給零雁〉是寫給日據時期，因不堪忍受壓迫或為了尋求民族自決運動，而不得不在那種惡劣的環境下，學候鳥遷徙異鄉，但在臺灣光復後，大家紛紛結伴回到故鄉，卻因故仍滯留外地而形同零雁的人。

臺灣處於亞熱帶，是候鳥過冬的好去處，因此，候鳥在臺灣的行蹤，和北方正好相反，是秋來春去，因在此是客居。而詩中以「冬去春來」落筆，是站在候鳥本籍的觀點看，為了扣合詩中主題而轉折。

荊棘刺多，故荊棘之路難行，以喻困境，由此可見上述「冬去春來」，不但為描寫候鳥歸巢而轉折，同時更能配合苦盡甘來的處境。這裡的「行盡荊棘的路」當然指的是零雁，也是一種倒裝句法。

接著呼喚零雁回來看看故鄉山河回復昔日面目，意即大地解凍，春回人間的世界。詩人假借對流落異鄉不得歸來的親友的召喚，間接表達出對臺灣終戰的欣喜之情，是藝術技巧的運用。吳瀛濤不採取直接謳歌的方式，而免落於言詮。

第二段以「故鄉在迎等著你」，和第一段的「歸來看看你的故鄉」相呼應，前者是故鄉對遊子的懷柔，後者是遊子對故鄉的歸依，二者相通才能成立和諧，而不致有所扞格。另外以「自由的雙翼」加強飛回的自適自如，並暗示飛離時的被迫。

海流

大陸北方已開始積雪
惟今天戰亂鮮紅的血卻印在雪上
驚醒了這裡南方初春的淺夢

這是雞鳴的清晨
我正在打開古老的地圖，涵想祖國多難的命運
而一股懷念的熱情如同浩盪的海流奔騰萬里

這是吳瀛濤在 1948 年寫的作品，那一年大陸情勢開始逆轉，動盪不安的氣氛也深深感染到戰後不久的臺灣。

吳瀛濤這一首短詩，充分表現了臺灣青年關懷中國的心態。這首詩是寫於年初，亞熱帶的臺灣，春來得早，二月立春，已是豔陽普照，而在北方，時令上正是嚴冬未盡，積雪愈厚。而「積雪」不但明寫氣候的酷寒，並暗喻人間景象日蹇，苦難加深。

雪上的血印，這種鮮明強烈的意象，像艾青等許多詩人處理過。一方面是紅（血）白（雪）視覺意象的明顯對比，另方面也是冷（雪）暖（血）感覺意象的絕對歧異。由此引伸為天（自然）人交鬥的對決，而象徵內在條件與外在情勢的抗衡，當然，最重要的是直喻戰亂的冷酷。

南方的臺灣，初春來臨，正是春耕播種時期，人們懷想著預期辛勞的收穫，孕育遠景的夢，但被北方戰亂的跡象所驚醒，因為當時剛改由中國統治的臺灣，與中國一體的命運是無法割離的。

第二段所謂「雞鳴的早晨」，一方面是寫實，極言其早，另方面還暗示著「雞鳴不已於風雨」的意思，充分表示當時臺灣青年對中國情勢的關切，一大早便攤開地圖研究現勢。所謂「古老的地圖」也是一方面實寫圖年代之久，必定遠在日據時期便已珍藏，表示臺灣人民對中國的殷望由來已久，固不自戰後始，另方面也暗示著地圖上中國版籍的古老。

「湎想」料係「緬想」之誤。南吏孔淳之傳有「緬想人外，三十年矣」句。「緬想」意指懷思、思念。又「浩盪」亦似為「浩蕩」之誤。全首醞釀到最後，乃直言詩人，對祖國殷切懷念，直如海流浩蕩奔騰萬里。

我是這裡的陌生人

很多條路，我都沒有走過

很多角落，我也沒有到過

這就是我住的都市

我是這裡的陌生人

國際標準的觀光旅社
通宵達旦的大舞廳
交易色情的咖啡室
還有，五色繽紛的委託行
滿貼紅紙條的介紹所

違章建築的地方，已拆蓋高樓大廈
滄海桑田，一坪高達幾萬元的地皮
真是車水馬龍，號稱不夜城的繁華區
琳瑯滿目，最最現代化的十里洋場

這就是我住的都市
我是這裡的陌生人
上下班，每天走於同一條路上
打滾在這生活的小圈裡
我有都市人莫名的悲哀

這是 1964 年作品，吳瀛濤時年已 49 歲。這首詩表現了一位生活刻板而嚴謹的都市人的茫然，更顯示作者哀樂中年的心情。

人住在都市裡，看似頗具動態，其實常被囿限於狹小的活動空間，反而不如在農村裡，一望無際，不但遠親近鄰，連家畜植物都充滿和睦感。都市裡由於房屋櫛比鱗次，視線完全被阻斷，隔街如隔山，沒有走過的地方對我們都是陌生的。而由於人的活動範圍有限，尤其是一位每天固定上下班的公務人員，除了他固定行走的路線外，對其他部分就毫無所悉。儘管一輩子住在同一都市，但因大部分地方沒到過，自然會形同居住地的陌生人了。這是第一段破題的表現。而這種陌生感，深深影響到人在都市中失落的情緒，好像是機械人，每天重複同樣的單調動作和生活，失去了靈性和認同感。

接著，詩中第二段臚列了五種都市的代表性熱門行業，表示都市是利、慾競逐場所，而這些都與作者無緣，因為他對這些行業也都是陌生人。這些典型行業的列舉，不僅強調作者的陌生感，而且發揮了批判性，表示這些都是都市的畸形相。

第三段進一步描述都市的特性，由於人的蝟集，隨之建築業必然興盛，而繁榮的結果，致使地皮高漲，公務人員只有旁觀別人暴發成富的份。而不管不夜城也罷，十里洋場也罷，對於一位生活嚴謹而且奉公守法的公務員而言，也是不能涉足的地方，在在都顯示他確是這個都市的陌生人。

最後一段呼應到第一段，強調了「上下班，每天走於同條路上」，更形限制了人在都市裡行動空間的狹小，在如此狹小的生活圈裡，人的存在真像「一條蛆虫」（白萩詩〈形象〉），微不足道，而這種都市人的悲哀，也足以令我們反省人的價值，尤其是詩人，認知重振精神文明的使命，思考如何在狹小的現實生活圈裡，來開拓廣大無垠的精神生活圈。所以詩人應時刻警惕，如何走向並占有先導的立場和地位，是一項重要的課題。

空茫

一對眼睛在夜的深處瞠開著

我走得很快，被追著

我走向靈魂的角落，被追著

為何有那對眼睛，為何追著

我已不知在走著什麼地方

像要倒下，可是沒有倒，也沒有停足

黑黑的影，黑黑的星，冷冷的夜

走著，被追著，遠遠的海音

空茫地在那邊一具屍體

這是吳瀛濤 50 歲的作品，和前舉〈我是這裡的陌生人〉一樣，顯示進入中年以後的吳瀛濤，對人存在的問題，頗多思考。

形式上，這也是一首很特殊的詩，每行自成一段，或者說，每段均只有一行詩，是很少見到的例子。而這首詩的氣氛，充滿著幽玄和神祕。

起首和前舉〈黃昏〉相當懸疑，到底這是一對什麼樣的眼睛呢？是誰的眼睛？只曉得具有相當的威脅性。瞠，直視也。直視的眼睛總會引起人的疑懼，何況立於黑夜的深處。敵暗我明，對於生命是極為不利的立場。「我」處於暴露位置，而那對眼睛的主體卻一直隱匿在難以窺伺的幕後，更顯示生命的茫然無依。「昨夜」應指時間連續之過去性，意即窺伺情形並非偶發，而是有一段時間的連續性。

第二段由第一段的靜態，突然改變成動態，在生命遭受威脅情形下，「我」開始逃命，可是對方也追上來，二者的關係頓現緊張。而敵強我弱的態勢也已彰顯。

「靈魂」指精神或心意，與物質或體魄相對而言。因此，「我走向靈魂的角落」有兩層的意義，其一為，「我」原來只是一副軀殼，如今尋求精神的力量，其二為，原先是魂魄一體，但警覺到外在軀體之不能抵禦，轉而以精神力量來對抗。總之，求助精神力量的意圖是很明顯的。

效果如何，暫無交待，但已開始反省和思索「那對眼睛」的意義和代表性，以及為何發生追逐。似乎沒有答案。這樣一來，「我」已經失去任何確定性，因為沒有答案，就無法採取對策，則連適應的可能性亦極為渺茫。這樣的處境豈不是卡夫卡在《審判》一書中描寫的 K 的狀態？

在試圖追究敵方的線索時，卻連自己所處之方位亦告茫然，而造成威脅之對方及來源，卻均成為未知數，如此，造成極為荒謬的一種境遇。

在如此情況下，無論逃向何處，均受到不放鬆的追逐，以致心竭力拙，顯示難以支持，幾乎要倒下，可是還是拼著一口氣，繼續走。

到了第七段，「黑黑的影」出現了，其實在夜裡，黑影已溶入一片黝黑裡，什麼都看不見，不過加強了隱形對手的神祕和恐怖。連星都是黑的，實際上已是全面黑暗，而夜不但黑，且又冷，外在條件幾乎令人難以忍受。

但在惡劣情況下，仍然是無止息的逃避和追逐，此時，出現了「遠遠的海音」，這是詩人所嚮往的海，代表下意識中所存在的超越境界。而詩人試圖以高層次的精神活動來救援和安慰，是在幾乎走頭無路情況下的一線生機。

最後空茫地留下屍體，才解開那威脅生命的謎，原來是「死亡」。而從最後的結局看，似乎生命必然是失敗的，徒然剩下殘餘的屍體罷了。但如果仔細推敲，從第三段之有「靈魂的角落」和第八段出現的「遠遠的海音」看，那生命的本質還是居有安然不受威脅的地位，而解脫不了絕滅的，其實是軀體的存在。

吳瀛濤一些瞑想的詩篇，頗富哲理，有時還透露一些禪機，在他晚年的作品裡，逐漸傾向於參悟生死的問題，不過他實際上不談禪，只是有點玄，卻仍然堅持以直覺去感悟詩想，而留給讀者一些思考的線索。

——選自李魁賢《臺灣詩人作品論》

臺北：名流出版社，1987 年 1 月

論《笠》前行代的詩人們

跨越語言的前行代詩人們（節錄）

◎葉笛[*]

吳瀛濤，臺北市人，1916 年出生，1971 年去世。臺北商業學校畢業，在校中就參加文學活動。1944 年旅居香港時，與詩人戴望舒等有交往。寫詩以外對於民俗和諺語都有涉獵、研究、並且出版過《臺灣民俗》、《臺灣諺語》等著作。

吳瀛濤對於詩的認知和理念怎樣？最好來聽聽他說的。

他在〈詩與人間的探求〉裡說：「詩並不僅止於詩本身的藝術價值。它是人間精神智慧的心靈表現的結果，為代表人間思想意識的內在形態。」在〈詩的孤城〉中說：「詩的存在，對我們似乎已成為了孤城的存在。我們正在堅守這一孤城的堡壘，因為我們深信對人類的必要，確信詩給人類的光榮，因而必需我們奉獻一切的奮鬥。」

從上面的話，我們可以了解吳瀛濤認為「詩」不單單是創造文學之美，「詩」也是人類內在意識的表現，是「美的」也是「思想的」，具有雙重價值。「詩」是孤城，是人類的光榮，人類要捍衛這一座孤城。他對詩的熱愛和堅定的信念使他至死成為孤城的捍衛者。

詩的藝術價值與語言密切不可分，他對語言有獨特的看法，在〈詩語與現代詩〉裡說：「誠然，詩的精鍊的、飽和的言語，那麼讓我們不必僅拘泥於只是停於發現詩語的地點上，現代詩課於我們的當在於詩語以前的『詩』本身吧。」

---

[*]葉笛（1931～2006），本名葉寄民，臺南人。詩人、散文家、翻譯家。發表文章時為臺南市永都長青福利館臺灣文學班教師。

這裡所說的：詩語以前的「詩」本身是什麼？頗令人沉思。我認為他說的也許就是「生命」，因為生命本身就是一首詩，所以熱愛詩語以前的「生命」的人，才會執著於詩！現在來欣賞他在 1968 年寫的〈陽光〉：

我尚不失期望
期望是一道陽光，陽光是一切生命的來源
我似曾死過，而再活得更堅強
於期望的早晨，我是草一般茁長的生存的意志

我沒有死過，也不曾衰老
陽光賦與永恆的活力，我擁有不朽的生命
啊，生命，我熱烈地愛過光榮的生
雖也徬徨於生的苦悶

啊，陽光，燒盡了一切苦悶
一塊焦爛的荒地遂成為蒼翠的綠原
而四月不再是殘酷的季節
我已能期望於這麼一季陽光的春天

詩人認為陽光是生命的來源，因此艾略特在長詩〈荒地〉裡說的：「四月最是殘酷的季節」，對吳瀛濤來說，卻是心靈所期待的「陽光的春天」，也是「蒼翠的綠原」。這種感覺與認識的差異，也許緣由土地的氣候和對生命的認識不同。然而，這首詩讓我們了解吳瀛濤是個生活的詩人，同時也是個生命熱烈的禮讚者。再看一首〈夕暮〉[1]：

吃米而不知米價

[1]此詩收錄於「青春詩集」，1942 年的作品。

今天又夕暮了

埋在書裡
瘦於詩句

哺乳的嬰兒
火般哭泣

妻的手
變得澀粗

啊，蕭寂的夜
送葬的人影橫過冥暗的陋巷而去

全詩五段，每段二行，前面四段八行，描寫的是日常生活及其感受，生活者吳瀛濤的面目躍然紙上，但，第五段忽然一轉，寫出在那戰爭的時代裡悲鬱的暗影在陋巷中搖曳，突顯時代陰暗的形象，讓人不得不思索生命、生活、時代和戰爭扣緊在一起的日子。吳瀛濤的詩樸質而內斂，不過，詩卻因此拓展了更大的想像空間，這是他的詩最大的特色。

——選自葉笛《葉笛全集 5・評論卷二》

臺南：國家臺灣文學館籌備處，2007 年 5 月

形象思維的抒情與知性思考的哲理

對吳瀛濤詩作的回顧與賞析

◎趙天儀*

一、吳瀛濤簡歷（1916～1971）

吳瀛濤先生，臺北市人，生於民國5年7月18日，民國60年10月6日逝世，臺北太平公學校畢業，臺北商業學校畢業。為臺北望族吳江山之孫，吳天祐的哲嗣。民國25年參加「臺灣文藝聯盟」臺北支部，從事臺灣文藝運動。民國33年，旅居香港，並認識在香港的詩人戴望舒等交往。民國53年，與11位詩人共同發起成立笠詩社，並創辦《笠》雙月刊，至今已42年了。他一生從事公務員並從專賣局退休，計有25年。

他從民國28年（1939年）開始寫詩，有《吳瀛濤詩集》自選集於民國59年，由笠詩刊社出版。計有：

1.「青春詩集」：1939～1944，94首
2.「生活詩集」：1945～1953，91首
3.「都市詩集」：1954～1956，113首
4.「風景詩集」：1957～1962，82首
5.「瞑想詩集」：1963～1964，130首
6.「陽光詩集」：1965～1969，75首
7.「憶念詩集」：1970～1971，（暫定）

---

*詩人、散文家、兒童文學家、笠詩社發起人之一。發表文章時為靜宜大學臺灣文學系講座教授。

吳瀛濤自己出版過：

1.《生活詩集》，1953 年，臺灣英文出版社，油印本
2.《瀛濤詩集》，1958 年，展望詩社，詩選集
3.《海》，1963 年，英文出版社，散文集
4.《瞑想詩集》，1965 年，笠詩刊社

吳瀛濤自己預計出版「吳瀛濤詩記」，我曾收集他的詩論集，又稱「現代詩的世界」，以〈原子詩論〉等為代表。

他尚有《臺灣民俗》、《臺灣諺語》、兒童讀物改寫《綠野仙踪》、《名犬萊西》以及〈現代詩用語辭典〉翻譯等。又他在《今日之中國》翻譯臺灣短篇小說為日文，有十四篇。

我曾經問詩人詹冰，從日治時期決戰期至臺灣戰後初期，最受你注意的詩人是誰？他說「吳瀛濤」。林亨泰曾說他也是以「跨越語言的一代」自許。

林亨泰便以「銀鈴會」的張彥勳、詹冰、蕭翔文、錦連等為代表。其實非銀鈴會成員，也有跨越語言的一代，如巫永福、吳瀛濤、陳千武、羅浪、黃靈芝、黃騰輝、葉笛、陳秀喜、杜潘芳格、何瑞雄、林鍾隆、徐和鄰等等。

黃武忠在《日據時代臺灣新文學作家小傳》一書中，介紹〈詩人兼民俗研究者——吳瀛濤〉一文中說：「日據時代的作家群中，於光復後能用中文繼續寫作的人並不多，吳瀛濤是其中一位，尤其是寫現代詩方面，更是不可多得的一位。他的創作填補了光復後臺灣文壇的一段空白，在青黃不接的當時，吳瀛濤的創作實有其特殊價值。在詩的創作之餘，他也勤奮於民俗方面的研究，對於臺灣民俗亦有莫大的貢獻。」[1]誠然，他是戰後一位

[1]參閱黃武忠，〈詩人兼民俗研究者——吳瀛濤〉，《日據時代臺灣新文學作家小傳》（臺北：時報文化出版公司，1980 年 8 月），頁 130～132。

默默耕耘的現代詩人，也是一位辛勤的臺灣民俗學者。

吳瀛濤終其一生，對臺灣現代詩的貢獻，除了詩的創作與評論以外，有三件事，值得一提。

（一）結合臺灣本土詩人成立一個詩社

他早年以「展望詩社」自稱，陳千武繼承他辦了《詩・展望》，有報紙的專欄及《詩展望》油印刊物。事實上，先有在華陰街吳瀛濤家，包括吳瀛濤、陳千武、黃荷生、趙天儀、杜國清、王憲陽等商量積極去創辦一個詩社。才有陳千武回中部，聯合林亨泰、錦連、古貝等在詹冰家商量。因此，才有 12 位詩人共同創起成立「笠詩社」，並創辦《笠》雙月刊。12 位發起人，計有吳瀛濤、詹冰、陳千武、林亨泰、錦連、趙天儀、白萩、黃荷生、王憲陽、杜國清、古貝、薛柏谷。

（二）結合臺灣本土詩人出版十人詩集

吳瀛濤說戰後臺灣已二十年了，平均一年出現一位詩人的話，也該有二十位詩人了。所謂「十人詩集」當初的構想，也許是一種詩選。「笠詩社」第一年計畫出版笠叢書十冊便是這個構想的發展。計有林亨泰、吳瀛濤、詹冰、桓夫、白萩、趙天儀、蔡淇津、杜國清、林宗源、陳千武參加。陳千武有兩本，一本詩集，一本譯詩集。

（三）結合臺灣本土詩人在老中青三代成立一個溝通的橋樑

結合巫永福、郭水潭、吳濁流、王昶雄、楊逵、劉捷，以及「益壯會」等前輩來往，吳瀛濤也有他的功勞。

吳瀛濤雖然不是詩運的領袖人物，卻是詩壇以及臺灣文學界的甘草型人物。李魁賢在其〈暴風半徑〉中說：「清癯的臉頰，更加強烘托出突兀而寬闊的前額，彷彿岩石一般，有著蘊藏的力量；每次我望著楊英風先生雕刻的詩人吳瀛濤頭像，就興起這個感覺。那該已是十幾年前的作品了吧，而瀛濤先生的造型依然如故，和雕像一樣，他的眼睛常常會垂閉下來，陷入瞑想中。詩友們到他家聚會時（在以前的木屋閣樓也好，現在的水泥華廈也罷），他常常就這樣獨自兀坐在一個角落、神遊方外去了。」[2]把吳瀛濤的造型，描繪得非常逼真。

二、吳瀛濤的詩論及「以詩論詩」

吳瀛濤的詩論有二：一是一般的詩論，代表作有〈原子詩論〉；一是「以詩論詩」，是他對詩的沉思錄。

〈吳瀛濤詩話〉中，我把〈原子詩論〉收錄如下：

「時代預言者的詩人，更是迫切地繫望於這一點——原子是這時代的詩的新的象徵，是這時代最純粹最崇高最有力的詩精神之總稱，詩人需要認清它，詩人要開始寫出原子時代的新詩——原子詩。」

「最初而也是最後的，最渺小而也是最龐大的，物質中之物質，生命中之生命，人工的最高峰，人類智慧的極深奧——這就是原子；原子的領域，同時也就是新世紀的詩的領域。」

「物質原子是一種導機，然而不能當為偶像，它只象徵與它相同質度的某種精神動力，實是無數同心圓的中心而已。」

「是一假稱，從未定名，是原子的一種，詩是它的方式。……。而假如，未知的生滅成宇宙，我說：我的詩群將不泯滅！」[3]

以上四則，是詩的原子論的片段，有哲學原子論的傾向。

另外以詩論詩，吳瀛濤寫了不少，試以一首〈旅程〉為例：

旅程　作品二三七

一位詩人

寫詩已有二十年

詩成為他生命的一部分

---

[2]參閱李魁賢，〈孤獨的暝想者——悼念詩人吳瀛濤先生〉，《笠》第46期（1971年12月），頁42～48。

[3]參閱吳瀛濤，〈吳瀛濤詩話〉，《笠》第46期，頁7。

他也成為詩宇宙的主宰者

生活是他詩作的園地
詩是他生活的收穫
而遙遠的風景吸住他
在那悠久的歲月有他永恆的旅程

摘兩段「旅程」，我們可以了解詩是生活經驗與生命體驗的結合。生活體驗是比較寫實的，生命體驗是比較超現實的，兩者結合，冒出生命的火花。

三、童年與陋巷

吳瀛濤創作現代詩，因為他常常以「童年」或「小時候」為題材，類似童詩創作，關於童詩部分，當另外討論。而且，常常寫「小巷」或「陋巷」，成為他童年的一種象徵。例如〈晚鐘〉：

晚鐘　作品六六

夕暮的鐘聲響了

啊，妻和兒子
該一起來感謝這一天的平安
並禱告明天的幸福

然後，一齊來進我們這一天快樂的晚餐吧

這是一個小小家庭晚餐的寫照，充滿了一種溫馨的感覺。也是一種童年的記憶，自己的童年與孩子的童年結合在一起。

在〈小巷〉中，他「記起昔日鄰居少女的名字和她可愛的容姿」；在

〈陋巷〉中，有「憂鬱的少女／塗泥巴的頑童」。少女的倩影常常令他難忘，這是吳瀛濤對童年的一種回憶與寫照。

四、田園與都市

吳瀛濤是都市人，但常常自稱為都市的陌生人。但是，他一直嚮往田園，對農村、農民、農家有一份真摯的感情，徘徊在田園與都市之間。試以一首〈田園〉的詩為例。

田園　作品二九

爽朗的清秋
來了溪畔丘陵
眺望層層遠峰
卻引起我無限的鄉愁

這裡是一片香郁的茉莉花園
山間採茶女的歌唱縈繞於耳邊
宛如童年遊伴的聲音

啊，可愛的田園
唱一支故鄉的戀歌
我整天徘徊於芬芳的綠地

這是一首素樸的田園詩，六十年前，臺灣的都市，大都田園化，而今，許多農村都已都市化，不再是田園化了。這首詩是懷念臺灣的過去，令人惆悵。

農村都市化，甚至變成了都市，都市不再是田園化，而且愈來愈變成水泥叢林。其中最大的危機，該是自然生態遭到空前的變化。加上地球也逐漸暖化，生態變化，人類生存的空間也異化了。人類與自然不能和諧相處，是不能復元的最大的危機。吳瀛濤最早感受到這種自然異化的危機。

五、大海與貝殼

臺灣是一個島嶼，四面環海，有太平洋、巴士海峽、臺灣海峽以及釣魚臺海域，都有其海洋的功能。吳瀛濤不但常常書寫海洋，而且還出版了一本散文《海》，頗有散文詩的味道。試以一首〈大海〉為例：

大海　作品一六九

大海
足夠壓倒一切的力量

大海
足夠轉變的地球容貌

大海
足夠短暫的人生嚮往

大海
令人離散，也令人團聚

大海
創生與埋葬的廣大境域

大海
可怕而又可愛，澎湃而又沉默

這首詩，直接描述大海，甚至有說明的意味。但就知性來說，他在抒情中不溺於情，當然，如果更形象化的話，效果可能更突出。他的一首

〈貝殼幻想曲〉，我很喜歡，中間有一段：

貝殼，海的耳朵
你聽了些什麼，請告訴我
是否聽到耳邊海風的音樂，或那超越時間的恆遠的澎湃
乃或星夜海邊的靜默

「貝殼，海的耳朵」，是法蘭西詩人高克多的名詩句，不過，在吳瀛濤這首詩中，乃表現貝殼給他帶來的幻想與想象。抒寫海，有很多不同的角度來觀照，但合乎情理比較重要。

六、音樂與繪畫

吳瀛濤愛詩、愛音樂、愛繪畫。也就是說，他作為一位文藝青年，對藝術一往情深。

在〈音樂——作品一七七〉中，他說：

但願小時候的搖籃歌常在耳邊
而於這苦難的歲月裡
我多喜歡聽貝多芬的狂風暴雨的交響樂曲

又如在〈畫室——作品一七五〉中，他說：

這是舒適的畫室
阿波羅和維納斯的住家
他們純白的古夢發自石像的姿態
碧藍的天空那樣寧靜深邃

我們可以體會到他對詩、音樂與繪畫的熱情，一如他對自然田園以及大海的嚮往。

七、時代與愛情

每一個時代，有一個時代精神；但時代錯誤，也會留下許多遺憾。例如，在第二世界大戰，日本軍國主義，推動大東亞共榮圈，推動臺灣皇民化運動，都留下時代錯誤的烙印。

臺灣戰後初期，二二八事變、四六事件，以及所謂清鄉，也都造成歷史的時代錯誤，直到今日都尚未完全撫平。試以〈在一個時期——作品一一一〉為例：

在一個時期
疲倦的我曾拒絕了詩
像被遺棄的孩子，讓它哭訴
無情地背離它

日子變得愈粗暴
白日下盡是荒廢糜爛的殘骸
更無光耀的飛鳥，馥郁的開花
不是人住的世界

在那邊
像路斃　我曾倒下
太陽晒枯了我的生命
夜寒冰凍了我的心靈
啊，在那一個時期，我確曾死過了一次

第二次世界大戰，日本戰敗，以勝利者姿態君臨臺灣的國民黨軍來接受臺灣，而臺灣人民以為從日本戰敗而得到解脫。殊不知臺灣人民很快就幻滅了！所以，臺灣的二二八事變，是時代錯誤所造成的不幸的災難。吳瀛濤是經過「在那一個時期」的人，在那歷史經驗中，他深深感受到「我確曾死過了一次」。寫這首詩的時代背景以及那種慘痛的教訓，臺灣人似乎還未完全覺醒。吳瀛濤的詩，看來是輕描淡寫，其實是沉痛無比。

每一個時代，有每一個時代的愛情。站在一個時代的歷史的分水嶺，吳瀛濤所抒寫的情詩，一系列的〈給瑪琍的戀歌〉，他的愛情似乎是較傳統的，但是，在他們那一個時代，也許還算是前衛的啦！

給瑪琍的戀歌十章・4　作品四五三

妳一來，我就頓覺快活
像回到母親懷抱的孩子，有依靠
我不願意妳走
啊，可愛的人，永遠留在我的身邊

這種愛情是一種直覺的快樂，像孩子回到母親的懷抱，那樣有依靠，愛就是這樣的一種感覺。他又說，「愛已使我豐滿，美已使我充實」。表現了吳瀛濤對愛的一種執著，一種嚮往。

吳瀛濤作品〈舊時代的詩篇——二、三十年代的臺灣風景〉共收錄 12 首詩篇，有臺灣歷史的風景，有臺灣庶民的風情，有磅礴的史詩般的氣象，值得一提。[4]

簡言之，吳瀛濤的詩是反映了他那個時代的臺灣意識的產品，有現實主義的傾向。然而，他的詩作在創作技巧上，卻是現代主義的產物，有知情合一的推理表現。因此，他一方面在形象思維上抒情，卻又在哲理詩

[4]參閱吳瀛濤，〈舊時代的詩篇——二、三十年代的臺灣風景〉，《笠》第 46 期，頁 9～19。原載《文壇》雜誌。

上，表現了他的知性思考，呈現了他比較乾而硬的詩風，所以說，吳瀛濤是臺灣戰後初期一個重要的現代詩人。

——選自《臺灣文學評論》第 8 卷第 4 期，2008 年 10 月

孤獨的瞑想者
吳瀛濤

◎阮美慧[*]

一、文學歷程

吳瀛濤，1916 年生於臺北市江山樓，為臺北望族吳江山之孫，吳添祐之哲嗣，1929 年（14 歲）畢業於臺北太平公學校，1934 年（19 歲）畢業於臺北商業學校。在學期間即開始參加文藝活動，尤其是詩的寫作。由於愛好文藝，於 1936 年（21 歲）參加「臺灣文藝聯盟」臺北支部從事文藝活動，並為發起人之一。[1]

1939 年（24 歲）任職日本清水組（建築業），在這年開始正式日文詩的創作。[2]吳氏曾在〈詩的問答〉中，回答其寫詩的動機，他說：

> 是在我的童年至青年那一段時期自然而然地早就醞釀的。早於童年時代，我已寫過了詩，可以說是兒童詩乃至童謠之類，發表於國民學校的校刊。我是一個道地的文學青年，比什麼都還愛好文學，你說這樣的年輕人怎麼不去開始寫他心靈的寫照，我們稱為「詩」的那種東西呢。[3]

可知，吳瀛濤將詩視為與之心靈對話的方式，及表現內在精神的方法，在年輕浪漫時期，亦透過詩去展現他的生命。

---

[*]發表文章時為東海大學中國文學研究所碩士生，現為東海大學中國文學系副教授。

[1]〔笠詩社〕，〈故吳瀛濤先生傳略〉，《笠》第 46 期（1971 年 12 月），頁 4～6。

[2]〔笠詩社〕，〈故吳瀛濤先生傳略〉，《笠》第 46 期，頁 4～6。

[3]吳瀛濤，〈詩的問答〉，《笠》第 20 期（1967 年 10 月），頁 49。

1943 年（28 歲），小說作品「藝妲」獲《臺灣藝術》小說徵文獎，由此可見，吳氏在年輕時代就已有不錯的文學成績。由於吳瀛濤曾於 1941 年（26 歲），參加臺灣商工學校北京語高等講習班結業，因此在 1944 年（29 歲），在第二次世界大戰臨近終戰前，旅居香港，並跟當時居住香港詩人戴望舒等交往，在香港期間，並以中文、日文的詩作發表，返臺後就職於臺北帝大圖書館。[4]這樣的經歷，使得吳瀛濤在戰後「語言」的跨越上，較其他的跨越語言一代的作家，來得順利一些。

戰後由於能通曉「國語」，1945 年（30 歲），即擔任國語通譯，服務於臺灣長官公署祕書室。1946 年（31 歲）轉任於臺灣省專賣局臺北分局，至 1971 年退休，任職期間凡 25 年，是一位敬業樂群、態度認真的公務員。這樣的態度亦可在後來他在詩的領域中努力不輟，堅毅卓絕的精神中見到。

戰後正當臺灣大多數作家，因語言轉換的問題，而無法創作時，吳瀛濤是較幸運的一個，因為他在「臺灣終戰時即能自如操作中文，得以繼續以中文寫詩發表於各刊物」中[5]，並於 1953 年（38 歲），出版第一本詩集《生活詩集》，且開始在《現代詩》[6]、《藍星週刊》[7]、《創世紀》[8]發表作品，為戰後仍然活躍於當時詩壇主流的少數臺灣詩人。繼第一本詩集出版後，1958 年出版第二本詩集《瀛濤詩集》，而《瀛濤詩集》的寫作採用隨筆方式，精簡沒有詩題，吳瀛濤曾說「用這種縮短的方式出版這一本詩

[4]〔笠詩社〕，〈故吳瀛濤先生傳略〉，《笠》第 46 期，頁 4～6。

[5]李魁賢，〈笠的歷程〉，原載於《笠》第 100 期（1980 年 12 月），收錄於《臺灣精神的崛起——「笠」詩論選集》（高雄：春暉出版社，1989 年 12 月），頁 406。

[6]戰後初期，吳瀛濤曾於《現代詩》第 3 期（1953 年 8 月）刊載有〈原子詩論——論 Atom Age 的詩〉；〈詩法及其他〉，第 5 期（1954 年 2 月）；〈原子之夢〉，秋季號（1954 年）；〈臺北詩篇〉，春季號（1955 年）；〈海的詩之群〉，秋季號（1955 年）；〈月光曲〉，第 15 期（1956 年 10 月）。其中〈臺北詩篇〉描寫到淡水河、植物園、動物園，公園、城門、街市等，可見吳瀛濤作為一個臺灣詩人，所關注的仍是其所生長的土地，相較於當時來臺的大陸詩人而有所不同。

[7]戰後吳瀛濤於藍星詩社刊物《藍星週刊》第 75 期（1955 年 11 月 25 日）刊載〈路程〉；〈雨曲〉，第 116 期（1956 年 9 月 7 日）。及《藍星・宜蘭分刊》1957 年 1 月刊載〈影子〉；〈維納斯狂想曲〉，1957 年 5 月；〈二行集〉，1957 年 7 月。另在《藍星詩頁》第 36 期（1961 年 11 月）刊載〈風二題〉；〈自白二題〉，第 43 期（1962 年 6 月）。

[8]戰後初期，吳瀛濤於《創世紀》新春號（1955 年）刊載〈懷念〉；〈五月的組曲〉，第 6 期（1956 年 6 月）。

集，其實並不僅因出版費用的負擔不起，最主要的原因，乃在於作者對短詩有另一種看法，以為它最適合詩的精鍊的表達，於是毅然以原來發表的詩為原型，而去精鍊出了作者認為不能再短的短詩。」[9]而《瀛濤詩集》原有序文三篇：有〈紀弦序「第二詩集」〉、〈覃子豪序《生活詩集》〉、〈覃子豪序「第二詩集」〉，後因故未刊[10]，而這三篇序文加上吳瀛濤撰寫的〈第二詩集後記〉曾錄於《笠》創刊號中。在出版《瀛濤詩集》之前原有出版「第二詩集」的計畫，爾後卻因故停刊：

> 拙著中文第一本詩集《生活詩集》，已於民國 42 年 9 月 1 日發行。此後，原定民國 42 年 5 月發行第二本詩集「第二詩集」，以便收錄《生活詩集》發行前後未收錄的作品，同時並擬於「第二詩集」中，重新併印《生活詩集》的全部作品。
>
> 但，結果，「第二詩集」不但不能按照所定的計畫出版，作者的第二本詩集，一直擱置，及至民國 47 年 6 月始出版，而題為《瀛濤詩集》。[11]

至於為何以其遲遲不出的原因，據吳瀛濤表示：「一為作者當時生活情緒的惡劣，二為當時正為藍星詩派與現代詩派鬧意見最熾烈的時候。」[12]由此可以看出，戰後臺灣詩人，因生存的空間與大陸來臺詩人頗有差異，當「藍星詩派」與「現代詩派」彼此發生齟齬時，身為臺灣詩人的吳瀛濤，在這兩者之間，並無法尋求真正的認同感，這也是日後吳瀛濤仍回歸到屬於本土詩社的笠詩刊社來的原因。由於吳瀛濤為跨越時代的詩人，因此對於「時代」變動所帶來的影響，感受特別深刻。他曾表示：

---

[9]吳瀛濤，〈瀛濤詩記〉，《笠》創刊號（1964 年 6 月），頁 15。

[10]未刊的原因，吳瀛濤在〈瀛濤詩記〉中說：「三篇序文，均於 1954 年 3、4 月間前後執筆的，當然要錄於同年預定出版的「第二詩集」內，然因「第二詩集」既不出版，序文也就同時擱置下來，至今尚存在作者手邊，一直沒有發表（因五年後出版的第二本詩集《瀛濤詩集》，輯錄的詩既如上述已有改變，序文也不便刊用）。」，《笠》創刊號，頁 15～16。

[11]吳瀛濤，〈瀛濤詩記〉，《笠》創刊號，頁 15。

[12]吳瀛濤，〈瀛濤詩記〉，《笠》創刊號，頁 15。

戰後，由於舊秩序的崩潰，舊時代的解體，被稱為破碎的年代。而處於這破碎的年代，指向著不可視的應有的甚至或屬于未知的原形的探索，這一時代的詩人是苦悶的。……

而且在這裡，所謂詩人的反抗與格鬥，即為詩人的創作力量，在生命力上的發揮。詩人的堅強耐苦的創作生命，也即為其詩的精神活動，這將是不致於敗北的吧。[13]

可見，吳瀛濤在那個苦悶的時代，將詩視為對抗惡劣環境的利器，且藉由詩來抒發他的思想、傳達人類的共感世界。在這一點上亦是「跨越語言一代詩人」所共同體認的經歷，他們懷抱著堅絕的耐心與毅力，在時代的精神中，去開拓新的新詩使命。

1965 年，吳瀛濤出版《瞑想詩集》，1970 年出版詩總集《吳瀛濤詩集》；其間包括了，1939～1944 年「青春詩集」94 首、1945～1953 年「生活詩集」91 首、1954～1956 年「都市詩集」113 首、1957～1962 年「風景詩集」82 首、1963～1964 年「瞑想詩集」130 首、1965～1969 年「陽光詩集」75 首，從這些豐碩的成果，不難看到吳瀛濤在戰後，投注了大量的心血於詩的創作上，同時也為戰後初期的臺灣詩壇，留下屬於臺灣詩人的紀錄。

1964 年（49 歲），與陳千武等 12 人成立笠詩刊社，此後詩作大多投於《笠》及《葡萄園》[14]等詩刊，而在《笠》詩刊中除了不斷發表詩作外，也大力地發表詩評、翻譯，在第 6 期至第 15 期中，連續刊載〈現代詩用語辭典〉，釐清許多有關現代詩用語的觀念，建立起詩人正確的詩的理論。陳千武曾回憶吳瀛濤在笠詩刊社所做的期許時說：

您跟其他同仁一樣，對於「笠詩刊」只知履行義務，從來沒有要求過任

[13]吳瀛濤，〈現代詩的思想與抒情〉，《笠》第 16 期（1966 年 12 月），頁 12。

[14]吳瀛濤曾於《葡萄園》第 9 期（1964 年 7 月）刊載〈啊，詩在前面〉；〈秋三章〉，第 12 期（1965 年 4 月）；〈默然〉，第 13 期（1965 年 7 月）；〈都市三章〉，第 14 期（1965 年 10 月）；〈廢墟〉，第 21、22 期合刊（1967 年 7 月、10 月）。

何權利。您說過；沒有人願為提高文化而犧牲的今天，小小的「笠詩刊」是創造新的文化遺產唯一的火苗，我們應該繼續把它傳遞下去，絕不能使其熄滅。……這種悲哀敦促您熱衷於文化的建設，而耽溺於詩文學，不斷地埋頭，從事精神的活動。[15]

因為他有這樣的精神，使得笠詩社在他的精神感召之下，日漸的茁壯，建立起獨特的詩文學風格。除了詩文學的領域之外，吳瀛濤在民俗研究方面也有很大的貢獻，1958 年時，曾在《新生報》連載〈臺灣民俗薈談〉，在《笠》詩刊第 17、18 期亦發表過〈民謠詩話〉，1969 年曾出版《臺灣民俗》及 1975 年出版《臺灣諺語》，此外，1963 年出版過散文集《海》，展現其不同的文學風貌。對於兒童文學亦有探究，曾翻譯日本童話集。至於吳瀛濤對詩的看法，他曾提出「原子詩論」的主張：

時代預言者的詩人，更是迫切地繫望於這一點——原子是這時代的詩的新的象徵，是這時代最純粹最崇高最有力的詩精神之總稱，詩人需要認清它，詩人要開始寫出原子時代的新詩——原子詩。[16]

在〈原子詩論〉[17]一文中，吳瀛濤提出了三項要點，來定義所謂的「原子詩」，他提到了：1.「它與最高科學精神符合」、2.「原子與原子詩的同質」、3.「它的純粹性自由性」，換句話說，吳瀛濤欲在詩的領域中呈現出現代的精神，且認為詩是生命中，極具智慧與深奧的領域，詩人必須在詩的國度中，追求一種純粹與自由的詩的精神。

縱觀吳瀛濤其文學歷程，可感受詩人寫詩的真實態度，所表現出來的是一位對於詩文學無倦無悔的苦行者。從戰前至戰後，他一直默默地在他

---

[15]陳千武，〈笠與吳瀛濤先生〉，《笠》第 46 期，頁 30。
[16]吳瀛濤，〈吳瀛濤詩話〉，《笠》第 46 期，頁 7。
[17]吳瀛濤，〈原子詩論〉，《現代詩》第 3 期（1953 年 8 月），頁 55。

所熱愛的文學領域中鞠躬盡瘁，且為臺灣詩壇的重建時期，貢獻一份不可抹滅的心力。

二、作品主題的探討

（一）生命哲理的獨思

在吳瀛濤的詩文學中，有關哲理瞑思的主題占了多數的篇章，誠如吳氏自己所說：

> 於現代，以及於現代以後的將來，詩與哲學的距離，將會更縮近。而問題是在於這兩者的溶合。詩並非哲學，哲學也並非是詩，然而未具有哲學意味的詩，當難稱為其現代詩。現代詩所要求的，一面是「詩的真實性」，他面是「哲學的真實性」，……，而且更進一步，它還應該是哲學的表白。[18]

吳瀛濤所重視的詩的質素，須兼具詩與哲學的真實性，而有關哲學的議題都是一種思惟理路、形而上的觀照，因此，吳瀛濤大多從「絕對」、「無限」、「永遠」、「無」、「宇宙」等的關係上去看待存在的現象。如生與死、愛與恨、悲與喜、孤獨與寂寞……，其詩往往就在其中找尋純粹的意義，探索人類共同的生命之歌。而這樣的生命情調，使得吳瀛濤就如同他詩中所描述的一樣：「沉思而又瞑想／在緘默的岩上／乃如羅丹的思索者／默守時空／清醒的心靈／猶似永恆的星」（《瀛濤詩集》，頁 2），他在他詩的世界中獨思、瞑想，成就了他詩大部分精神。李魁賢也曾說：

> 他的孤獨感，不但是對俗眾的隔離所引起，而且因不願與詩壇活躍的群體交融而加深。在當時的詩壇上，他是一隻失落的羔羊，他沒有爭取的

[18]吳瀛濤，〈詩與哲學——論詩的真實性〉，《笠》第 9 期（1965 年 10 月），頁 2。

> 野心，始終哼著獨自的歌。他的歌聲節拍輕緩，但卻很少有休止符，他想到就唱，高興時就唱，沒有矯揉造作，也不大管計算的章法，因此在他的詩集裡，常有某某二章、三章，或若干章的詩題，乍看之下，令人有「即興」的印象。[19]

吳瀛濤在他的詩觀中表示，詩是「最初而也是最後的，最渺小而也是最龐大的，物質中之物質，生命中之生命，人工的最高峰，人類智慧的極深奧——這就是原子；原子的領域，同時也就是新世紀的詩的領域」[20]，在此，吳瀛濤將詩界定在一個模糊且廣大的範疇內，並且提出了一種相對觀點及純粹的哲學趣味。

〈黃昏〉一詩是 1941 年的作品，可見詩人在年輕時，既對生命的等待與寂寥的感受有所領略。在此，「寂寞」成了可知可感的意象，如同詩一開頭悠悠的迴蕩之聲。

> 咚咚咚咚地墜落下去
> 直至墜落的聲音消失
> 我凝聽於足邊岩石的深縫
>
> 那是一段似乎很長的時間
> 我手裡的小石墜落了，遙遙墜於忘却的地下
> 留了空渺的餘韻
>
> 繼而大地盡被黃昏的陰影領略
> 隨之冥冥的海的呼嘯也來襲
> 使我陷於一陣莫名的寂寞[21]

---

[19]李魁賢，〈孤獨的瞑想者——悼念詩人吳瀛濤先生〉，《笠》第 46 期，頁 43。
[20]林亨泰，〈笠下影——吳瀛濤〉，《笠》第 2 期（1964 年 8 月），頁 4。
[21]吳瀛濤，《吳瀛濤詩集》（臺北：笠詩刊社，1970 年 1 月），頁 8。

詩的起始利用一種聽覺的感受，呈現空蕩蕩的回聲。然而讀者無從得知何物墜落，只能在空茫的聽覺中，去感受到周遭靜謐的氛圍，「我手裡的小石墜落了，遙遙墜於忘卻的地下／留了空渺的餘韻」，詩至第二段才獲知是「石頭」的墜落。而在整首詩中，詩人也利用「時間」的延宕，來增強詩中所要表達的「寂寞感」，時間、空間的孤絕拉大，使主體在其中顯得渺小，詩的最後一段「陰影」的籠罩、「冥冥」的來襲更將人吞蝕在天黑寂寞之中。詩人常以「石」來作為自我觀照的象徵，一如〈石二章〉之一：「二十七歲的我／與石談話／石沉默時／我也沉默不語／石悲寂時／我也整日憂悶不樂」（《吳瀛濤詩集》，頁 15～16），「石」代表厚重、沉穩、堅毅，正如詩人的人格寫照，而詩人與石渾然一體，詩人既是石，石既是詩人。

吳瀛濤是一位善於沉思的詩人，一如〈瞑想者〉一詩：「何其寂寞／瞑想的人／像一具化石／風雨彫塑了他的骨骼」（《瞑想詩集》，頁 14），在他的詩的音調中，總是不斷地呈現出蒼涼、孤獨、沉默的聲響，而「死亡」在他的詩中，亦成為他不斷關注的焦點：

影　一天將自天空突兀墜下

死　則將那樣來了一瞬終末

——《瀛濤詩集》，頁 52

我當無以自釋

當一個人死亡

破落的葬旗又低垂在風間

——節引《瀛濤詩集》，頁 53

詩人死了

死於午夜

死於零時

於未知的時刻

生命已化為微塵

——節引〈詩人之死〉,《瞑想詩集》,頁 57～58

愕然消逝

於遠遠遠遠

於空寂的角落

死，就是那樣

——節引〈死四章〉,《瞑想詩集》,頁 62

「死」是生命一沉重的命題，相對於「生」，人在生與死的交辯中來來往往，死亡是人生不變的結局，因此當詩人在思考「生」時，往往感受到「死亡」如影隨形，生命輓歌盈繞耳際。

突然被叫停

毫無理由地

從此呼吸停斷

與世永別

逃也逃不了

突然被叫停，被宣告死亡

毫無理由地

毫無理由地

——神呢[22]

---

[22]節引〈輓歌三章〉,《吳瀛濤詩集》，頁 207～208。

「死亡」是如此的不可預測，甚至是毫無理由的。然而詩人雖思索著死，並不是意味著對於生命的絕望，反而詩人不時在失望中，透露生的訊息。如〈生命之歌三章〉：

…………

不管這是灰暗的季節
不見陽光，只見冰冷的臉

但是別憂鬱吧！
——「春天來了」
孩子們的歌打從窗邊走過去

一到春天
將詩植於綠野吧
將生命之歌

一到春天
就像孩子般歌唱著吧
唱起你童年之歌[23]

在這裡所看到的是另一種生的希望，一別於死的陰霾。吳瀛濤曾說：「我想詩人要有信心，要有愛，要有強烈的生命。詩不應該被戰後的虛無和混亂扼殺。是的，……，詩人要負起重新開拓詩的使命」[24]，可見吳瀛濤並不耽溺於死之況味。相對的是要在死之中，方能看出生的可貴。「生」如一道光芒，氣象萬千，「我尚不失期望／期望是一道陽光，陽光是一切生命的來源／我似曾死過，而再活得更堅強／於期望的早晨，我是草一般茁長

[23]節引〈生命之歌三章〉，《瞑想詩集》，頁 19～20。
[24]吳瀛濤，〈現代詩的思想與抒情〉，《笠》第 16 期，頁 12。

的生存的意志」。[25]詩人已超越了死亡的概念，朝向生存的方向。而有關生與死的交辯，吳瀛濤的感受是較一般人來的更為深刻的，他曾於 1971 年，因肺腫瘤而入院等待手術治療，其間寫下了〈天空復活〉一詩，詩中透顯出對於吳氏對於生命勇敢的態度：

臺大病室一〇六號
一隻生命之鳥被困在這裡

肺腫瘤
要開刀，要切除肺的一部分
不論瘤是良性，是惡性

被割開的胸腔
是一片晴朗的天空
是鳥曾走過去，又將要飛過去的輝耀的境域

一九七一年三月
那隻生命之鳥復活了
那片永恆的青空復活了[26]

在這首詩中，吳氏以極為平易的口吻，娓娓道出自己等待宣判的生命，即無悲切、激亢的語調，也無頹喪、無奈的哀嘆，將自己比喻成一隻嚮往自由的鳥，即將被切開的胸膛，「是一片晴朗的天空／是鳥曾走過去，又將要飛過去的輝耀的境域」，象徵著詩人高昂的生存意志，他不輕言放棄生的希望，最後，詩人超脫既定的生命觀，以一種更為豁達的態度去面對生與死，因此體悟到「那隻生命之鳥復活了／那片永恆的青空復活了」。

[25]節引〈陽光〉，《吳瀛濤詩集》，頁 193。
[26]《混聲合唱——「笠」詩選》（高雄：春暉出版社，1992 年 9 月），頁 31～32。

在生命的恆流之中，生與死、理想與現實、沉淪與昇華不斷地交雜起落，人必需在其中尋求安身立命之處，吳瀛濤在現實生活中，以「詩」來對抗現實的冷漠、慘酷、孤獨、疏離、絕望、死亡、焦慮。有關「詩」主體的陳述有：〈詩頌〉、〈詩的原理三章〉、〈詩・生活〉、〈詩的誕生〉、〈詩在前面〉、〈詩季四章〉、〈詩人之死〉、「詩的短章」系列、「詩人日記」系列（以上各詩題參見《吳瀛濤詩集》），詩人不斷地以「詩」來作為自我內在與外在的溝通橋樑。如〈詩的短章九章〉：

> 詩的短章，是詩人的日記
> 是詩人的心聲，是詩人的語錄，也是詩人的素描
>
> 時間與空間，感情與理智
> 在詩與生活裡融合自己與宇宙[27]

作為一位詩人吳瀛濤領悟到，透過詩可以證明「人」的存在。在生存的情境下，體驗生命的哲思，一如他自己所言：「詩並不僅止於詩本身的藝術價值。它是人間精神智慧的心靈表現的結果，為代表人間思想意識的內在形態」[28]，吳瀛濤一生忠於詩的世界，詩對詩人是什麼呢？「詩不就是我的人生的方式嗎／我終於獲了這一個結論」（〈詩季四章〉，《吳瀛濤詩集》，頁 151），他如是回答說，這也正說明他的生命是與詩緊密結合在一起的。然而作為「跨越語言一代詩人」，吳瀛濤也同其他跨越語言的詩人一樣，關心著自己生長的土地，以此作為詩的另一個觀照層面。

（二）都市風景的寫照

吳瀛濤是在跨越語言一代詩人中，從小即生長在「都市」環境中，因此，在他的詩作中既出現了有關「都市」的紀錄，由於工業文明帶來對自

---

[27]節引自《吳瀛濤詩集》，頁 42。
[28]吳瀛濤，〈詩與人間的探求〉，《星座季刊》第 10 期（1966 年 7 月），頁 21。

然環境的破壞，因此一般「都市」皆作為「反田園」的負面象徵，暗示著安全感、滿足感、精神意義的喪失，相對是焦慮、欲望、機械、疏離的喻意，人在其中感受到的只是人情的冷漠、道德價值的崩潰、行為的無意義。然而吳瀛濤因從小即在「都市」成長，因此當以此作為創作時，並不只是表現出生活現實的掙扎而已；同時對於都市所帶來的文明、便捷、迅速、繁華，亦給予讚美，開拓了「都市詩」的領域，且能較全貌展現「都市」的特質。如以下描寫都市的詩句：

都市　這是一幅多彩的油畫　一曲豪華的樂章
且是現代產業的基地　今日文化的中心
甚至是罪惡的窩巢　冒險的樂園

啊　都市　這畫幅的明暗　這樂章的抑揚
儘管如比　我仍為都市的讚美者
以都市的繁華比美於田園的純樸[29]

詩人在此寫出都市的局限與發展，它同時是毀滅亦是一種創造，一如他所寫：「都市　發掘二十世紀的神話吧／於此文明的核心　毀滅及創造　盡可能發生」（作品七三，《瀛濤詩集》，頁 31），「都市」成為了一個開放的系統，變動不居，其人與事互相激盪，展現無限的可能。而這樣的認知，繼之在 1980 年代由羅門所發展的都市詩主題為其代表，羅門並提出「第二自然觀」的理念[30]，其理念與吳瀛濤如出一轍，只是吳瀛濤早在 1950 年代時已

[29]吳瀛濤，〈都市　這是一幅油畫——作品六八〉，《瀛濤詩集》，頁 29。

[30]羅門在〈對都市詩的一些基本認知〉提出「都市詩是人為第二自然——都市型生存空間產物（異於第一自然——田園型的生存空間）。1.都市化的生活環境，不斷激發感官與心態活動呈現新的美感經驗，也不斷調度與更新創造作者對事物、環境觀察與審美的角度。2.現代都市文明高速的發展與進步，帶來尖銳與急劇的變化，導致一切進入緊張衝刺的行動化運作情況，創作者逼近前衛性與創新性去不斷進行突破，是必然的。3.承認現代都市文明已構成心象活動重要的機能與動力。」《草根》第 50 期（1986 年 6 月）。

有此看法。

雖然都市有其「存在與變化」的極大性，然而如覃子豪在〈《生活詩集》序〉中所說：「瀛濤君的作品，有近代詩風的傾向，都市的色彩甚濃，他讚美都市，熱愛著近代的生活；抒寫他在都市生活中的哀愁和希望」[31]，縱使都市帶來了新的文明，然而卻也失落了許多人的本質意義，在都市急遽遞變之下，「意義」快速地成為「無意義」，人們無法在瞬息萬變之中，找到永恆的依歸。一如〈都市〉一詩的情境：

> 這以鋼骨水泥構成的峽谷
> 沒有樹木，而有高塔
> 沒有溪流，而有馬路
> 紅綠燈遮攔著，霓虹下的妖女逗人
> 而螞蟻的機械人彷徨於這文明的十字路口
> 這裡有冷氣設備的銀行、戲院、茶室
> 這裡有夜夜通宵的舞場、俱樂部
> 都市，機械人的悲愁開花於此
> 機械人短暫的快樂開花於此[32]

詩人在這裡所呈現的「都市」是另一種樣貌，不再是充滿希望的樂園，反而是呈現出都市冷硬的疏離感，人成了「機械人」，在無休無止的都市機械中運轉。對於都市吳瀛濤亦做了素描：「一隻巨大的畸形動物／有無數的眼睛／無數的咽喉／無數的胃口／及有無數走動的腳／伸出的手／摸索的神經」[33]，都市成了怪獸，人被吞噬在其中，人活在都市，如同「都市的一角關住一群病獸／人間的溫暖久已絕跡於此／自是　這一片滅亡的荒

[31]〈瀛濤詩記〉，《笠》創刊號，頁 16。
[32]《瞑想詩集》，頁 8。
[33]節引〈都市素描〉，《瞑想詩集》，頁 21。

土／僅存日夜死寂的悲歌」（作品一一五，《瀛濤詩集》，頁 48）。之於此，人在都市中找不到認同感，於是，詩人寫下了〈我是這裡的陌生人〉：

很多條路，我都沒有走過
很多角落，我也沒有到過
這就是我住的都市
我是這裡的陌生人

國際標準的觀光旅社
通宵達旦的大舞廳
交易色情的咖啡室
還有，五色繽紛的委託行
滿貼紅紙條的介紹所

違章建築的地方，已拆蓋高樓大廈
滄海桑田，一坪高達幾萬元的地皮
真是車水馬龍，號稱不夜城的繁華區
琳瑯滿目，最最現代化的十里洋場

這就是我住的都市
我是這裡的陌生人
上下班，每天走於同一條路上
打滾在這生活的小圈裡
我有都市人莫名的悲哀[34]

在熱鬧喧譁、五顏六色的都市外表下，其實隱藏是每個寂寞的人心，人與人真切的情感交流，成了「利益」的交換，縱使置處於光鮮華麗的摩

[34]《瞑想詩集》，頁 27～28。

登大樓中，人亦顯得孤絕陌生。人處於此，過著日復一日，單調無趣的生活，每天走在相同的一條街道上，外面的紛紛擾擾事不關己，海德格說：「人的存在，本質上是與人共同存在的」，因此，當人與人失去了同類感、親和感時，即陷入了孤獨。因為這個世界永遠是「共存的世界」，其他的存在物亦皆屬於我存在的世界，人的存在與它的世界之關係應是一種「關懷」，更廣泛的意義上，是一種「責任」，彼此是互動交感，共同承擔、分享存在的危機與意義。職是之故，詩人會稱自己「我是這裡的陌生人」，即是在現實的都市生活中，找尋不到人與人彼此聯繫的情感根源。

然而都市如同多稜鏡，每一片面鏡都是朝向某一個別的主體，使得每一個個別的主體，形成了多重的空間意義。而這個意義，除了「自我」建構之外，亦由「他者」所共同稜織。吳瀛濤除了藉由「自己」觀察所居住的都市之外，同時也藉由另外視角展現了不同的都市風景。在繁華的景象中，亦見了到落破的一面。如〈都市四章〉：

從不同的角度，運用各種不同的技巧
我攝照了很多都市的鏡頭

高層的蜃樓出現在這裡
車水馬龍，火車疾飛而馳
突然一個逃犯從車上跳河自殺
橋下的河流積滿都市的汙濁
橋畔低窪的地區住了一群難民
他們在過著灰暗的日子

當夜霧籠罩，橋的一邊
正是一座不夜城
這是狂歡的夜
惟聞人魚悽怨的哀歌

深夜，幾個酗酒者蹣跚而歸
昏暗的月沉落，狗在遠吠

如此都市繽紛的鏡頭
我盡攝入錯雜的生活片底[35]

「都市」為一個開放的場域，在每一個角落裡，隱藏著不同的人群，過著不同的生活方式，吳瀛濤因關注著現實，故特別能夠將視角伸入至都市幽暗的角落裡，且利用都市情景對照的方式，來突顯各種面貌的都市風景。由於生活在都市這大的競技場中，人需面對的是不斷地與人競爭，以保生存的空間。然而人若無法適應這樣的生活模式，就只有尋求自我放逐或感官的刺激，以填補心靈的空虛與精神的失落。吳瀛濤正是感受到這樣的生活壓力，因此能夠特別針對「都市」做深刻的剖析，且提出了他的反思與批判。在他的詩中特別注重詩的「批判性」，他曾在〈現代詩的問答〉中說：

批評是最高度的知性，也是最高度的創作之一種，總之，現代詩的世界也可以說是批評精神的世界，詩人一方面要面對著現代的極其複雜的外部世界，同時也要面對人間存在的極深刻的內部世界，批評精神成為了詩人的依據，形成著他的世界觀，了解現代詩應從這一點的認識開始。[36]

「批判」成了吳瀛濤詩的立足點，同時也是跨越語言一代詩人共同的特色，他們皆是在「複雜的外部世界」中，去探索「深刻的內部世界」，如桓夫在〈詩人的內部與外界〉中所強調的：「外界與內部就是以自己做境界所劃分的，自己的精神活動和外面的社會狀況之謂。」[37]因此，當他們在面

[35]節引自《吳瀛濤詩集》，頁 75。
[36]吳瀛濤，〈現代詩問答〉，《笠》第 11 期（1966 年 2 月），頁 59。
[37]陳千武（桓夫），〈詩人的內部和外界〉，《現代詩淺說》（臺中：學人文化公司，1980 年 8 月），頁 43。

對現實生活時，能從外部的觀察，回到內心思索，表現詩的批判精神。吳瀛濤在〈現代詩的批判性〉中他認為：「作為一個對時代負責的現代詩人，寫詩是艱難的途徑，詩人要付出苦淚的代價，負起人類的十字架。這一點，詩人對苦難的人類環境的掙扎，他所喚起對人類生存的批評，對現代生活的自省，也都是難能可貴的」，在都市的現實中，詩人要隨時能夠保持一顆警覺的心，才能夠在混亂的城市中，看清社會各個階層的面向，以傳達真、善的理念。

然而都市的風貌，除了心理空間的主觀感受外，還有物理空間的客觀實體，兩者共同交錯拼貼而成，在〈臺北組曲五章〉（《吳瀛濤詩集》，頁76）中，描寫了淡水河、植物園、動物園、公園、城門等場景，增強對「都市」的寫照，同時展現都市的歷史痕跡。如〈街市〉一詩，即是對街市景觀的描寫：

> 街市是熱鬧的
> 熙攘著來去的人車擁擠著生活的河流
>
> 市場與商店　戲院與餐廳　旅社與車站
> 報社與電臺　學校與醫院
> 還有一群書攤煙販擦靴的賣獎券的
>
> 這就是街市
> 每一條路都走向十字路口　再向著市中心
> 這就是現代人的心臟
> 每個人也就是它的血流[38]

這首〈街市〉真實的呈現出都市街道的景象，其中將街市中的景點一

[38]〈臺北詩篇・街市〉，《現代詩》第9期（1955年春季號），頁25。

一寫下，人在其中穿梭，表現出熱鬧吵雜的街市樣貌。相對於此，吳瀛濤在《吳瀛濤詩集》出版之後，1970 年，在《文壇》月刊所發表的〈舊時代的詩篇〉[39]，即是描寫 1920、1930 年代的臺灣風景，呈現出臺灣早期的「時代性」意義，建立起都市外的歷史意義。吳瀛濤所描寫的都市風景是多元性，它涵蓋了自我與他者的心理空間，同時也關注到外在的物理空間，因此在他的「都市」詩作中，更可見到吳瀛濤關懷層面的廣泛，及作為詩人的真摯性。

大抵從吳瀛濤的詩作中，我們可以見到近似「語錄式」充滿哲理的詩句，其散文化的詩的形式，或許與詩人對詩語的觀念有關，吳瀛濤強調說：

> 誠然，詩的精鍊的、飽和的言語，那麼讓我們不必僅拘泥於只是停於發現詩語的地點上，現代詩課於我們的當在於詩語以前的「詩」本身吧。因此，我們倘要讀「詩語」別要忘記那是「詩」以後的問題；不待說「詩」有時候雖也會被「詩語」擊發，但那也許是與詩賦有同時性的，並不能視作步前於「詩」的問題吧。[40]

在此，我們可以見到吳瀛濤所重視的是「詩」本身，而非炫人的詩語，這也是跨越語言一代詩所共同追求的，詩本身即是指詩的精神所在，強調真摯的情感表達，而不只是以華麗的詩語來代替真正詩的本質。由於吳瀛濤將詩立足在生活中，從真實中去尋找詩的質素，在孤獨、自省的觀照下，使詩充滿了哲理，以補其意象的不足。

身為跨越語言一代的詩人，要以有限的語彙，來構築深刻的意象，原屬不易，即使吳瀛濤在跨越語言一代詩人中，是較早克服語言障礙的，可

---

[39]由於吳瀛濤關注於民俗方面的研究，因此特別對於臺灣早期的風俗習慣有所記錄。而〈舊時代的詩篇〉描寫了：「小戲院」、「小店」、「機器曲」、「名字」、「臺灣衫」、「布袋戲」、「小祠」、「廟戲」、「轉鐵圈」、「童年」、「陋巷」、「兒戲」等主題，展現臺灣早期的風貌。刊載於《笠》第 46 期，頁 9～19。

[40]吳瀛濤，〈詩語與現代詩〉，《笠》第 20 期（1967 年 8 月），頁 49。

見語言的轉換對一位詩人的影響何其之大。然而不能否認的是在他的詩作中，我們可見到的詩人對詩一份認真、謹慎的態度。由於吳瀛濤以生命來換取詩篇，總在靜默中有所沉思，且為詩嘔心瀝血，這正如李魁賢所稱他的，是一位「孤獨的瞑想者」。[41]

——選自阮美慧〈笠詩社跨越語言一代詩人研究〉

東海大學中國文學研究所碩士論文，1997 年 5 月

[41]此題引用為李魁賢〈孤獨的瞑想者——悼念詩人吳瀛濤先生〉一文，《笠》第 46 期，頁 42。

吳瀛濤

愛冥想的詩人

◎彭瑞金*

吳瀛濤（1916～1971），跨越日治時代與戰後的白話詩人，臺灣民俗、諺語研究者。出生於臺北市，1934 年畢業於臺北商業學校後，即留在家中幫忙做生意，祖父經營臺北稻江大酒樓——江山樓。戰爭時期，1943 年任職日本出版配給會社臺灣支店，兼任「臺灣藝術社」記者。1944 年旅居香港，與中國現代詩人戴望舒交往，期間也有漢文、日文詩作發表。返臺後，任職於臺北帝大圖書館。1945 年，就任臺灣長官公署，擔任國語通譯，之後，轉任臺灣省專賣局，1971 年 8 月退休後不久即病逝。

1936 年，吳瀛濤等人發起設立「臺灣文藝聯盟臺北支部」，1939 年開始寫詩，1943 年曾以「藝妲」獲選《臺灣藝術》小說懸賞。1946 年，曾在龍瑛宗主持的《中華日報》「日文欄」發表詩與隨筆，同時也用漢文寫詩。1964 年，《笠》詩刊創社時，他是發起人之一。在現實世界裡，吳瀛濤是奉公守法的公務員，作為一個詩人，沉潛內斂、外表拙樸、長於冥思是他予人的最深刻印象。詩人李魁賢曾描述他是：「清癯的臉頰，更加強烘托出突兀而寬闊的前額，彷彿岩石一般，有著蘊藏的力量……他的眼睛常常會垂閉下來，陷入瞑想中。詩友們到他家聚會時，他常常就這樣獨自兀坐在一個角落、神遊方外去了……深陷的眼窩，似乎有一股原始性的魅力，深潛著湍流的漩渦，有如岩石層下方的涵洞，又像難以預料的暴風中心，多壯闊的半徑啊……粗獷的紋路，是萊茵河畔冬季的葡萄園，線條清晰，強

*發表文章時為靜宜大學臺灣文學系助理教授，現為《文學臺灣》總編輯、臺灣筆會理事長。

而有力，使你預期著下一個季節會成為怎樣的一種風貌。」（〈孤獨的瞑想者——悼念詩人吳瀛濤先生〉，《笠》第46期，1971年）

寫詩之外，他又勤於採風擷俗，是極有成就的臺灣民俗研究者，也因此與遠在佳里，有同樣嗜好的詩人醫師吳新榮結為莫逆，時有書信往返，討論民俗方面的心得。吳新榮於1967年3月27日去世當天的下午，曾匆匆走訪吳瀛濤，並寫下「世外自然無黨無派　居士何必有聲有色」墨跡以為留念，竟成絕筆。吳新榮有《震瀛採訪錄》傳世，吳瀛濤則有《臺灣民俗》（1969年）及《臺灣諺語》（1975年）兩本採風成果。在個性上，他們差異不少，但同為詩人，同樣注意到臺灣民俗、諺語的採集、記錄，一定有惺惺相惜的原因。

有詩友在懷念他的文章中指出，吳瀛濤是一位鮮少參加文藝界活動，不爭名利、不湊熱鬧，恬淡生活、默默寫作的務實詩人。一生熱愛寫詩，大約留下六百多首詩。他認為詩離不開生活，所以他也是熱愛生命、認真生活，和現實一體的詩人，並不因為他長於冥想，而使得所作的詩缺乏生命情趣。他寫道：

我寫詩，是在寫生活
除非寫生活，我能寫什麼
離開生活的詩是無聊的
沒有詩的生活也多荒涼
詩滋潤生活，使生活不會寂寞
而於生活的荒地，詩的開花是多美多純潔
我曾以苦難的歲月換來淚光的詩篇

啊，成為詩的主題的生活
一如喜愛鮮麗的花朵，我更深愛這一片未墾的荒地

——〈荒地〉

這首詩，說明了詩人的基本詩觀，也充分表達了一個長於冥想的詩人深刻的、詩的本質的探索，強化了詩與生活的意義連結。但這首詩是 1953 年的作品，那是所謂「現代派」的現代詩興起的時代，吳瀛濤還是深受現代派敬重的詩人，他仍然相當「強烈」地表達了對當代詩潮的「異見」，這裡面是有所批判的。從這首詩看出，詩人內心堅定的詩主張，是站在臺灣土地上、站在現實寫詩的強烈自覺。

吳瀛濤的詩，頗富哲理，和他長於冥想固然有關，但他對詩的深刻想法是有自己的一套「詩論」的，茲將他對詩的三段論述，摘引於後：

> 詩的表面是一個人的生命過程，詩也是某人的生命史。生命充實，其詩也充實……詩一方面是生活記錄，另一方面卻屬於生命記錄。

> 詩並不僅止於詩本身的藝術價值。它是人間精神智慧的心靈表現的結果，為代表人間思想意識的內在形態。

> 作為一個對時代負責的現代詩人，寫詩是艱難的途徑，詩人要付出苦淚的代價，負起人類的十字架。

透過重組的、詩人對詩的三段論述，可以看到吳瀛濤作為一個在文學與社會同屬亂世中的清醒詩人，他主張詩的現實自覺來自於生活、生命和時代環境三方面，同時覺醒，直接批判了一個文學形式和文學意識都處於渾沌的詩年代，也提示了戰後從土地出發的本土詩運動的行進路線。

詩人一生留下的詩集有《生活詩集》（1953 年）、《瀛濤詩集》（1958 年）、《瞑想詩集》（1965 年）、《吳瀛濤詩集》六輯（1970 年），及《憶念詩集》（未出版）等五種，另有散文集《海》（1963 年）。

對於現實，他採取的也是這種以疏離代替直接批判的書寫策略，〈我是這裡的陌生人〉一詩，不僅是他的寫詩角度，更是他的現實生活態度。置身都市生活的人，卻成了十足的都市陌生人，無形的觀念、價值觀隔絕，遠甚於有形的時空隔離，突顯了詩人內心的失落。

很多條路，我都沒有走過
很多角落，我也沒有到過
這就是我住的都市
我是這裡的陌生人

國際標準的觀光旅社
通宵達旦的大舞廳
交易色情的咖啡室
還有，五色繽紛的委託行
滿貼紅紙條的介紹所

違章建築的地方，已拆蓋高樓大度
滄海桑田，一坪高達幾萬元的地皮
真是車水馬龍，號稱不夜城的繁華區
琳瑯滿目，最最現代化的十里洋場

這就是我住的都市
我是這裡的陌生人
上下班，每天走於同一條路上
打滾在這生活的小圈裡
我有都市人莫名的悲哀

——一九六四年

——選自彭瑞金《臺灣文學 50 家》
臺北：玉山社出版公司，2005 年 7 月

改寫輓歌的高手
吳瀛濤的現代主義精神

◎陳芳明*

一

畢生完成詩作大約六百首的詩人吳瀛濤（1916～1971），以明朗的姿態告別人間。他遺留下來的最後一首作品〈天空復活〉，已昇華成為詩史上的一則傳說。纏綿在病床時，他所寫出的有力證詞，等於是向死神回報以漂亮的一擊。幾乎所有的作家與詩人，在面對死亡的挑戰時，往往不免帶有虛無精神的傾向。吳瀛濤反其道而行，走到人間旅途的終點之際，竟譜出節奏輕快的作品取代沉淪頹廢的輓歌，向臺灣現代主義投以靈光乍現的回眸。

吳瀛濤對現代主義的執著，迥異於同一世代的其他詩人。他選擇離去的時間，正是鄉土文學運動發動的 1970 年代初期。他無需像當時的詩人那樣，忙著改變自己的政治語言；也無需跟隨文學風潮流行，高舉本土的旗幟為自己辯護。文學史上的臺灣現代主義開始受到扭曲與誤解，便是以這段時期為起點。即使有些深受現代主義影響的作家詩人，在鄉土文學論戰後，極力竄改自己曾經在精神上受洗的歷史記憶。尤其是 1980 年代臺灣意識漸臻高潮時，無數詩人努力宣稱自己是屬於本土精神，毅然決然與現代主義劃清了界線。

但是，本土詩人的歷史是不是經得起檢驗？吳瀛濤以他一生的作品給予毫不矯情的回答：不是這樣的。從 1939 年構思「青春詩集」開始，他便

*發表文章時為政治大學中國文學系教授，現為政治大學臺灣文學研究所講座教授。

是一位純粹的現代主義者。穿越了太平洋戰爭時期、戰後政治混亂時期，以及稍後的反共戒嚴時期，吳瀛濤始終保持冷靜、疏離、冥想的觀察。他讓自己化成一架攝影機，把內心風景一一映入詩作之中。他的創作經驗早就證明，現代主義已注入臺灣本土文學的血脈裡。那些把本土當作道德式尊崇的詩人，刻意撇清與現代主義的信仰關係，毋寧是誤解甚至是矮化本土精神的禍首。

二

海洋、青鳥、藍空，是吳瀛濤在晚年病榻上的終極嚮往。在都會陰翳樓影下的詩人心靈，透過這三個隱喻，表達了他對城市困境與生命困境的強烈抗拒。嗅到死亡的濃郁氣息時，詩人突然調整他長年經營的悲觀淡漠的語言，為自己的幽黯生命重新命名並定義。寫於 1971 年 3 月的〈天空復活〉，是他因肺癌手術之後的生命之歌。整首詩僅有 11 行，分成四段，完全集中在囚禁與釋放的辯論意象上相剋相生。

兩組價值觀念全然相反的意象，支配著全詩的發展。一動一靜，一生一死，彷彿很機械，很規律；不過，強烈的求生意志，卻在正反辯論的發展過程中滲透流淌，第一段的病室與青鳥兩個意象，首先確立了這種內在的張力。「臺大病室」是具象的，「生命之鳥」則是隱喻的。為什麼生命之鳥不能振翅而飛，因為詩人的肉體本身就是一間囚房。第二段立即點明，肺腫瘤構築了一座封閉的監牢。病室是第一重囚禁，病體則是第二重囚禁，如果靈魂要獲得釋放，就必須尋找逃逸的缺口。開刀無疑是開啟囚房閘門的象徵行動。第三段則是全詩的重要轉折：

被割開的胸腔

是一片晴朗的天空

是鳥曾走過去，又將要飛過去的輝耀的境域

訝然的轉折，引導讀者去發現全新的視野。原來鎖在病體內部的，不是一座囚牢，而原來是一片晴朗的天空。他的內心，與病室外的天空，畢竟是聯繫在一起的。詩人顯然是在暗示，他追求生命、追求自由的意志，自始至終都沒有動搖。如果把這首詩放回它的時代，隱隱中也散發了高度的政治含義。從現代主義的觀點來看，詩中的病體也可引伸到當時被戒嚴軟禁的臺灣社會。生病社會，誠然也需要非常行動的開刀手術。不僅如此，身為都會的詩人，他也頗知城市是一座失色的囚牢，是失去天空、失去青鳥的空間。長久活在陰暗的都會街道，他也強烈意識到現代生活的病態。他在 1957 年所寫的〈夢想〉，也出現了如此的句子：

夢想，我一直在夢想的世界裡
夢想的世界裡有一片藍色天空

夢與現實之間的距離，存在著巨大的落差。這樣的落差，正是現代主義者表現其疏離的根源。深沉的悲哀是，詩人強烈感覺到，青空已經變成他永恆的鄉愁。然而，在晚年的病體初癒之際，天空反而不再是遙遠的嚮往，竟是他內心世界的廣闊空間之見證。如果再比較他在 1962 年完成的〈悲哀二章〉，更可體會〈天空復活〉的意義：

一個現代主義者，一個無神論者
而索然與失題的抽象畫相處
徒然與瞑目的神像相聚
四十七歲，這一九六二年的春天是悲哀的

「失題的抽象畫」用來描繪現代主義者的心境，「瞑目的神像」則是形容他空虛的精神世界，都鮮明地勾勒他當年的雙重失落感。從表面看，1960 年代現代詩人的心靈是虛無的；但是，從現在的歷史角度來看，這樣無助的語言卻又充滿濃厚的時代意識。荒涼的靈魂，苦澀的聲音，是臺灣現代詩人在閉鎖政局下的共同景象。只是吳瀛濤的語言顯得特別低調。然而，這位低調的歌手，在生命之最後驛站竟然改寫了自己的輓歌。〈天空復活〉這首遺作，變成了一支洋溢喜悅的頌歌。

一九七一年三月

那隻生命之鳥復活了

那片永恆的青空復活了

從青春時期到中年晚期，吳瀛濤一直是沿著虛無的路線摸索前進。在他眾多的作品中，能夠尋到閃現光亮的詩句，可謂稀罕。必須等到生命的最後遺作誕生時，一顆開朗的靈魂才隨著誕生。對一位現代主義者而言，這可能是一種自我嘲弄；不過，這也可能是對他畢生嚮往自由的願望做了最恰當的詮釋。就像他在那段時期的另一首詩〈生命之鳥〉，便如此形容他身處的時代是「站在光榮而痛苦的歷史當中」。光榮隱喻他所接受的考驗與挑戰；痛苦，則是暗示他遭到的煎熬與折磨。正因為他通過了嚴苛的試練，青鳥復活，青空復活，便是他生命力的回擊。

三

洗刷了現代主義者的悲哀與虛無，吳瀛濤以著得勝的姿態離開人間。他被割開的胸膛，是鳥飛過去的輝耀境域。有什麼樣的遺言，能比這首詩還更具雷霆萬鈞的衝擊？

吳瀛濤，臺北市人。在現代詩藝的追求之外，他也是重要的民俗研究者。生前出版過《臺灣民俗》（1969 年），死後則留下一部《臺灣諺語》（1975 年）。他的性格，充滿了民間的親切與寧靜；他的精神，則超乎庸俗的塵世。這位熱愛臺灣文化的詩人，卻以現代主義者自居，較諸後來為本土而本土的詩人，他沒有任何虛飾浮誇的語言。他是現代主義者，他就是本土。

——選自陳芳明《深山夜讀》

臺北：聯合文學出版社，2001 年 3 月

詩人群像
吳瀛濤

◎陳政彥*

吳瀛濤 1916 年出生於臺北市，1971 年過世。祖父吳江山為臺北大稻埕知名酒家江山樓創辦人，江山樓氣派豪華，才情俱佳的藝妲穿梭，成為當時文人流連的聚會場所，加上大掌櫃郭秋生本身就是日治臺灣白話文學的健將，因此日治時期臺灣文學的重要會議場景都是在江山樓舉辦。吳瀛濤自幼在這種環境下耳濡目染，自然對於文學有高度興趣。

吳瀛濤在臺北商業學校期間就已經展現其才華，參加文藝活動。1939 年時，曾參與「臺灣文藝聯盟」臺北支部並為發起人之一，並參與相關文藝活動。吳瀛濤從小接受白話文的薰陶，在 1941 年臺灣商工學校北京語高等講習班第五期結業後，開始當記者，能流利使用中文。有別於其他詩人在戰後才跨越語言障礙學習中文，吳瀛濤極早便跨過障礙，也因此其文學旅程也早在 1950 年代之前就已經開始。1943 年他的小說「藝妲」入選《臺灣藝術》小說懸賞募集，1940 年就職日本出版配給會社臺灣支店，1943 年兼任臺灣藝術社記者，並著有日文詩集。1944 年旅居香港，與當時居住香港的重要現代派詩人戴望舒等交往。在香港期間，以中文、日文發表詩作，返臺後就職於臺北帝國大學（今臺灣大學）圖書館。戰後，由於通曉「華語」，1945 年擔任於臺灣總督府的國語通譯工作。1946 年轉任臺灣省專賣局臺北分局，直到 1971 年止。

相對於其他作家，吳瀛濤的文學旅程沒有因為禁用日語而停止，因此

---

*發表文章時為嘉義大學中國文學系助理教授，現為嘉義大學中國文學系副教授。

從戰後到 1950 年代之間重要的文學發表園地，《新生報》的「橋」副刊上都可以看到他的詩作。在紀弦與覃子豪主持《新詩週刊》的時候，便已經開始發表中文詩作，並且於 1953 年出版第一本詩集《生活詩集》，之後在《現代詩》、《藍星週刊》、《創世紀》等重要刊物上都可以看到他的詩作，是當時詩刊上少數臺灣詩人之一。1958 年出版第二本詩集《瀛濤詩集》，1965 年出版《瞑想詩集》，1970 年出版《吳瀛濤詩集》，他的每首詩都有編號，共計有 585 號，讓我們清清楚楚看到詩人一生完整的創作經歷。

吳瀛濤的詩喜歡表現思想主題，以思想為詩題的詩作頗多，他筆下詩中的敘述者時常呈現著思考的狀態，並敘述其思考的內容，而沉思者的姿態，則成為他筆下另一個常見的意象：雕像。例如這首〈瞑想者〉：

何其寂寞
瞑想的人
像一具化石
風雨彫塑了他的骨骼

一些思想，一些思念
形成了這一個人
他瞑目著
他活於一百萬年前
他死於一百萬年後

而將醒於一個春天
因他曾發現了一些
於他冬眠般長長的瞑想之間
於其不眠的長夜之後[1]

[1]吳瀛濤，〈瞑想者〉，《吳瀛濤集》（臺南：國立臺灣文學館，2009 年 7 月），頁 74～75。

詩句總是讓人想起羅丹的著名雕像沉思者，這讓詩人著迷的意象遍布在前期詩作中。

吳瀛濤面對當代生活經驗，也有自己的想法，他曾發表一連「原子詩論」在《藍星週刊》上。蔡明諺點出：「在這些省籍詩人中，尤其重要的是吳瀛濤。他雖然不曾加入藍星詩社，但是對《藍星週刊》介入頗深。他倡議開闢評論欄，親自翻譯介紹日本詩壇現況，發表了大量而且形式多變的實驗詩作，並在此兩次連載了他的『原子詩論』」。[2]在覃子豪主編《藍星週刊》期間，本省籍詩人是重要供稿來源之一，包括吳瀛濤、白萩、何瑞雄、黃荷生、趙天儀、黃騰輝、瑩星、蔡淇津，以及後期出現的林宗源、陳千武等人。吳瀛濤所謂的原子詩是：「原子是這時代的詩的新的象徵，是這時代最純粹最崇高最有力的詩精神之總稱，詩人需要認清它，詩人要開始寫出原子時代的新詩——原子詩。」[3]在 1950 年代中期所提出的這種構想，思考方式與之後現代詩人們所鼓吹，詩的現代性與純粹性，其方向可以說是相近的，都有務求詩的純粹，期許詩跟上時代的思想特質。雖然之後吳瀛濤沒有將此一論點延伸發揮，但可以證明在當時詩人普遍改革新詩的構想。為此吳瀛濤也寫過多首有關原子的詩。對於思想作為主題的創作，以及介紹原子詩論，都可以看出吳瀛濤對於知性的執著，在他的〈神話三章〉中，更可以看出他對「知」的渴望與焦慮

使我悲哀的是
對一切事物的不大了解
那種無可如何的無知

不知樹名
不知花名

[2]蔡明諺，〈一九五〇年代臺灣現代詩的淵源與發展〉（清華大學中國文學系博士論文，2008 年 6 月），頁 179。
[3]吳瀛濤，〈吳瀛濤詩話〉，《笠》第 46 期（1971 年 12 月），頁 7。

不識它們的來歷

不識它們的差異

不能辨別禽獸的性能

不能辨別蟲介的生態

不熟悉世界上每一個國度的風土

不熟悉世界上每一個角落的人們

這種資訊恐慌正是社會由農業社會步入工商社會所有的徵候，所有現代人都焦慮於無法掌握所有資訊恐慌中，因此詩的結尾說：

啊，此時我需要的是

足以支撐自己，足以抵住這重壓的，無比的力量

啊，汪然流淚於這世紀的大海

我孤獨地永遠徘徊[4]

另一個詩中的重要主題是都市，吳瀛濤從小生活在臺北，他人所大力批判的大都市，就是他從小長大的故鄉，詩人可以說眼見著臺北的興盛繁華乃至墮落，在〈我是這裡的陌生人〉：

違章建築的地方，已拆蓋高樓大廈

滄海桑田，一坪高達幾萬元的地皮

真是車水馬龍，號稱不夜城的繁華區

琳瑯滿目，最最現代化的十里洋場

這就是我住的都市

我是這裡的陌生人

[4]吳瀛濤，〈神話三章〉，《吳瀛濤集》，頁 31～33。

上下班，每天走於同一條路上

打滾在這生活的小圈裡

我有都市人莫名的悲哀[5]

詩中所感嘆的高房價高物價，生存不易的窘境，竟與今日臺灣都會區的處境相去幾希。

1964 年，吳瀛濤與陳千武等 12 人成立《笠》詩刊社。在笠詩社時期當中，除了發表詩作外，也多有詩評、翻譯發表。吳瀛濤一直重視現代詩評論，除了《藍星週刊》建議覃子豪增設評論欄之外，他在《笠》第 6 到 15 期，也連載「現代詩用語辭典」，以釐清現代詩用語的方式，希望作為更嚴謹的詩評論的基礎。

除了現代的反思之外，吳瀛濤仍然有更多心思是放在臺灣鄉土上，早在日治時代，吳瀛濤就已經開始蒐集整理臺灣俗諺，到了戰後終於在 1969 年與 1975 年出版了《臺灣民俗》及《臺灣諺語》等書，可以說在民俗研究方面，卓然有成。此外也有許多描寫臺灣風土民情以及回憶舊時代的詩篇，十分親切動人。

吳瀛濤在罹患肺癌住院時，對前來探視的陳千武說：「啄木鳥棲在我的胸部，正在啄食我的心臟。實在沒想到今天會有這種阻礙，曾經只想多寫一點東西，因為我們的文化太落伍了，使我焦急，我才拚命地寫，拚命地寫。……」[6]而詩人開刀過後所發表的最後一首詩，正可以作為詩人一生的最佳註腳。〈天空復活〉的最後兩段說：

被割開的胸腔

是一片晴朗的天空

是鳥曾走過去，又將要飛過去的輝耀的境域

[5]吳瀛濤，〈我是這裡的陌生人〉，《吳瀛濤集》，頁 77。
[6]陳千武，〈《笠》與吳瀛濤先生——給瀛濤兄〉，《笠》第 46 期，頁 30。

一九七一年三月

那隻生命之鳥復活了

那片永恆的青空復活了[7]

——選自陳政彥《跨越時代的青春之歌——五、六〇年代臺灣現代詩運動》
臺南：國立臺灣文學館，2012 年 10 月

[7]吳瀛濤，〈天空復活〉，《吳瀛濤集》，頁 106～107。

吳瀛濤：採風擷俗的詩人

◎邱各容*

吳瀛濤，詩人，民俗研究者，臺北市人，生於 1916 年 7 月 18 日，出身望族，家境富裕。祖父吳江山於 1917 年創辦臺北稻江大酒樓——江山樓，為日治時期大稻埕最著名的飯店，也是臺北文人薈萃之處。當時流傳一句諺語：「登江山樓，吃臺灣菜，聽藝旦唱曲」，清楚說明上江山樓，聽藝旦唱曲，是當時臺灣人最時行的活動。《南音》創辦人之一的郭秋生，當年曾在此擔任經理一職。

吳瀛濤 14 歲（1929 年）畢業於臺北市太平公學校，19 歲（1934 年）畢業於總督府臺北商業學校（今臺北商業大學前身），在學期間，就開始參加文藝活動，由於愛好文藝，21 歲（1936 年）加入臺灣文藝聯盟臺北支部，24 歲（1939 年）任職清水組（建築業），開始日文詩的創作，1941 年臺北商業學校北京語高等講習班結業。1943 年，以小說「藝妲」入選《臺灣藝術》小說懸賞。29 歲時旅居香港，與中國詩人戴望舒等交往，並以中日文發表詩作，返臺後任職於臺北帝國大學（今臺灣大學）圖書館。1945 年臺灣光復，服務於臺灣總督府擔任國語通譯；1946 年以迄 1971 年 8 月，服務於臺灣省專賣局長達 25 年。

一生從事詩創作的吳瀛濤對於兒童文學也有探究，曾翻譯日本童話集。其於 1969 年出版的《臺灣民俗》一書，其中第 18 章收集包括〈虎姑婆〉、〈賣香屁〉、〈牛郎織女〉、〈無某無猴〉等在內的 71 篇民間故事，以及包括〈林投姊〉、〈鐵砧山〉、〈半屏山〉等 26 篇地方傳說。至於 1975 年出版的

*臺灣兒童文學史料工作者。發表文章時為富春文化公司發行人，現為靜宜大學通識教育中心兼任助理教授。

《臺灣諺語》一書，其中「童謠」部分收集包括〈人插花〉、〈天黑黑〉、〈火金姑〉、〈月光光〉等40首；「兒戲歌」部分包括〈一放雞〉等10首。

吳瀛濤作品主要以詩為主，著有詩集《生活詩集》（1953 年）、《瀛濤詩集》（1958 年）、《瞑想詩集》（1965 年）、《吳瀛濤詩集》（1970 年）。《吳瀛濤詩集》包括「青春詩集」94 首（1939～1944 年）、「生活詩集」91 首（1945～1953 年）、「都市詩集」113 首（1954～1956 年）、「風景詩集」82 首（1957～1962 年）、「瞑想詩集」130 首（1963～1964 年）、「陽光詩集」75 首（1965～1969 年）、《吳瀛濤集》（《臺灣詩人選集 4》，該選集由國立臺灣文學館出版，共 66 冊，2009 年）。

除詩集外，還包括散文《海》（1963 年）、民間文學《臺灣民俗（一）》（臺北進學書局）；改寫兒童文學作品《綠野仙踪》、《名犬萊西》（臺北新民教育社）。未出版的，包括：「憶念詩集」（1970～1971 年）、「吳瀛濤詩記」（詩的介紹、評論、隨筆、翻譯等）、「臺灣民俗（二）」、日譯「今日中國小說集」（《今日之中國》自 1963 年開始連載，約 30 萬字）、日本童話集（計 20 篇，1965～1966 年連載於《小學生雜誌》，約 5 萬字）。

一、終戰前的「青春詩集」

吳瀛濤曾經在〈詩的答問〉中，就其寫作動機提到，是在他的童年到青年那一段時期自然而然地早就醞釀的。早在童年時期，他已經寫過詩，可說是兒童詩或童謠之類，發表在公學校的校刊上。

在 1939 年任職清水組，到 1944 年旅居香港這段期間，也就是終戰前那幾年，吳瀛濤創作五十餘首詩，名為「青春詩集」。其中不乏具有兒童形象書寫的詩作。茲舉數首為例：

鴿子

一到黃昏

少年就放鴿子
鴿子迴旋
飛越都市的上空，飛向迢遠的天邊

少年的眼睛閃亮著
鴿子鼓翼的聲音一直繞留在少年的耳朵

啊，鴿子！飛越海洋，飛向光耀的南方吧
少年的心靈充滿燦爛的期望

——作品十五

這首詩不長，卻頗富節奏與旋律，不但有詩情，也有畫意。鴿子代表「動」，少年代表「靜」，動靜之間，透過節奏與旋律加以連結。詩的表象是一幅黃昏景象的素描，而其意象的表現，是少年的心靈希望藉著鴿子，飛向光耀的南方。

在草原上

在草原上，有人吹著口琴
那是多年來忘記了的歌聲

紅顏的少年在吹著
吹得好高興

吹著跑到山那邊去
宛如一隻春天歌唱的小鳥

少年喲！再吹著吧
小時侯，我也像你那樣常常吹著那童年的天使之歌

——作品十六

這是首藉物寄情的詩。將寬廣的草原視為吹奏的場域，第一段「在草原上，有人吹著口琴」、第三段「吹著跑到山那邊去」意在強調詩的空間性；至於第一段「那是多年來忘記了的歌聲」、第四段「小時候，我也像你那樣常常吹著那童年的天使之歌」，則是在強調詩的時間性。換句話說，〈在草原上〉這首詩作，顯現作者在「詩的時空設計」上的巧思。

嬰兒二章

搖籃裡
嬰兒瞪開著圓圓的雙眼微笑著
天真而純潔，一如春天的太陽，如馥郁的花蕾
那初生的生命會給世界帶來新的希望，新的光耀

——作品六九

在「作品六九」這一章中，詩人將搖籃裡的嬰兒天真而純潔的微笑視同春天的太陽，也是「新的希望」、「新的光輝」的表徵，具有正向而光明的意象。

父親搖搖著搖籃
可是嬰兒還哭個不停

母親上市場去，還沒有回來
外面下了冷冷的毛毛雨

父親給吃牛奶，嬰兒這才不哭睡下去了
口邊且浮泛夢裡的笑容
之後，父親始放心去繼續他的寫作
在搖籃旁邊

——作品七〇

在「作品七〇」這一章，充分顯現父子之間的互動，親情洋溢其間，頗具律動性，嬰兒的「哭」、「喝」、「睡」、「笑」，動靜之間，多少父愛、親情跳躍在詩裡行間。

二、終戰後的「都市詩集」與「憶念詩集」

吳瀛濤於 1954 到 1956 年在笠詩社出版「都市詩集」共 113 首作品，其中有〈童話二章〉，茲選其一：

孩子們，請坐下吧
安徒生和格林都是我們的好朋友
還有聖經、天方夜譚，以及世界各國很多很多的童話故事

你們是童話裡的那些白雪公主、人魚公主、賣火柴的少女
也是一羣調皮的小妖精，一羣快樂的白天鵝

童話的心靈是純潔善良的，也很美的
像你們晶亮的小眼睛，像你們多可愛的笑容

啊，童話的世界
就讓我們常在這童話故事的世界裡一起玩著吧
讓我們有更多更多天真的夢

——作品二六五

這首詩就像是一首童話詩，有童話家，有童話故事，有童話主角，的確是一首充滿童話味道的詩。幾乎所有的孩子自小都在童話故事中長大，詩人將孩子們化身為童話故事裡的主角，藉由白雪公主、人魚公主、賣火柴的少

女象徵著孩子純潔善良的心靈，詩人將晶亮的小眼睛和可愛的笑容象徵著童話心靈的映像，最後詩人期待能夠在童話世界裡有著無盡的天真的夢。

吳瀛濤於 1970 到 1971 年間的「憶念詩集」原係未出版的舊時代詩篇，現收錄於新出版的《吳瀛濤集》，其中一首〈童年〉，頗富童趣。

童年就是那樣
連走路也都好玩
撿一塊小石子，一塊小瓦片
邊走，沿路在牆壁上畫些線，畫些什麼
小石子畫出來白色，小瓦片畫出來紅色
線畫得歪歪斜斜，在昨天的線上交叉著
畫也畫得怪模怪樣，但那可不正是很可愛的兒童畫嗎

童年就是那樣
連走路也都真好玩
撿一塊小石子，一塊小瓦片
邊走，無心地要把它踢回家
可是不容易哪
小石子一下子看不見了，被踢落於水溝裡
有時候也會被踢去好遠的地方

童年就是那樣
連走路也都好稀奇
路上碰到樹，我會問他
「樹林，你為什麼老是站在這裡，你為什麼這麼高」
碰到狗，我也會問他
「小狗，你在吠什麼，是不是肚子餓了，來來，給你吃餅乾」
狗來了，我卻怕狗拚命走掉

童年就是那樣
連走路也都很開心
路上有玻璃屑、破碗片、銹釘子，媽媽要我穿鞋
可是我偏偏不穿，裸著腳多好呀
不管那樣不好走路，腳底會痛
果然被刺傷了，好幾天不能上學，不能去玩
哦，童年！童年就是那樣充滿著夢般的一個個
不朽的小故事

這首長詩前後四段，每段起頭都是「童年就是那樣」，連走路都很好玩、好稀奇、好開心。這首詩很能喚起成人兒時的集體記憶，也會激起孩子們對自己的童年記趣。這首詩由「童年」和「走路」交織成一串串的生活記事，既富遊戲性，又饒趣味性，而遊戲性和趣味性則是兒童文學特質之所在。整首詩讀來讓人確實感受到我們的「童年就是那樣」，會讓人有重溫兒時舊夢那樣溫馨的感覺。

三、《臺灣民俗》與《臺灣諺語》

日治時期對臺灣風俗或俗文學的蒐集整理可說不遺餘力，先後有平澤丁東（又名平澤平七）的『臺灣の歌謠と名著物語』；以及片岡巖的『臺灣風俗誌』。前者可說是將臺灣歌謠整理成冊的嚆矢，其中收童謠、俗謠二百多首。此書在中文歌詞旁以日文拼出讀音，並附有翻譯。後者係日本民俗學者，以二十餘年時間寫成，雖有不少錯誤，學界仍有高度評價。

除此之外，李獻璋的《臺灣民間文學集》，更被視為日治時期臺灣文化界的一大盛事。他以二、三年的時間，從民俗學或文學的角度蒐集整理近千首的歌謠和謎語，以及眾多作家寫的二十餘篇故事和傳說，被視為足以和平澤丁東『臺灣の歌謠と名著物語』、片岡巖『臺灣風俗誌』鼎足而三的著作。

至於吳瀛濤則是步李獻璋之後塵，於戰後進行更大規模的採集。自1958年起開始在《臺灣新生報》連載〈臺灣民俗薈談〉，而於1969年結集出版《臺灣民俗》一書，1975年又出版《臺灣諺語》一書，前後相隔四年，出版兩本有關臺灣民俗與諺語的鉅著，足見其用心之深。

這兩本書既無前言，也無後記，寫作動機無從知曉。只有出版年月，何時著手採集，沒有任何資料可供參考；又該兩本書完全是採集所得，本非作者的創作，屬名「吳瀛濤著」，有欠妥當；若為「編著」，則較為貼切。

（一）《臺灣民俗》

有關吳瀛濤作品評論大多聚焦於現代詩，至於吳瀛濤在民俗研究上的成就則鮮少被提及，即便是黃武忠著的《日據時代臺灣新文學作家小傳》一書，在〈詩人兼民俗研究者——吳瀛濤〉一文中，全篇也僅只「在詩的創作之餘，他也勤奮於民俗方面的研究，對於臺灣民俗研究也有莫大的貢獻。」寥寥數句而已。

由一群成功大學工學院學生於1967年11月15日創刊的《草原雜誌》雙月刊，該刊第二期為「民俗文學專輯」，以57頁的篇幅，訪問司馬中原、朱介凡、呂訴上、吳瀛濤、林海音、俞大綱、魏子雲、蘇雪林、顧獻樑等九位作家學者談民俗文學。

吳瀛濤受訪時談到研究民俗的重要性：

> 民俗是文化最真實的遺產，要整理及研究文化問題，必須從民俗資料之整理開始，我覺得我們亟待成立一個民俗圖書館，或者民俗博物館，將各種民俗之資料及圖書分門別類，予以就緒，這將是復興我國文化之首要工作。

上述訪談時間約在1967年底左右，足見吳瀛濤從事臺灣民俗研究應該早於1967年，而《臺灣民俗》於1969年出版，雖是在《笠詩刊》創刊後的第五年，但他早在1958年即在《臺灣新生報》連載〈臺灣民俗薈談〉。

易而言之，從研究與蒐集到整理出書，就時間上來說，其在臺灣民俗的研究蒐集較 1964 年笠詩社的成立早了六年。

《臺灣民俗》全書從「歲時」起，到「山地傳說」止，共 20 章。篇幅以第 18 章「民間故事」最多，達九十一頁。如果連第 17 章「地方傳說」、第 19 章「民間笑話」、第 20 章「山地傳說」包括在內，幾乎占了全書的一半。全書將文化與文學集於一爐。

（二）《臺灣諺語》

距《臺灣民俗》出版六年後，吳瀛濤再接再勵又出版《臺灣諺語》一書，為戰後研究整理臺灣諺語的嚆矢。該書與《臺灣民俗》同樣，既無作者序文，也無後記之類的記載。更有甚者，全書並無明顯章節，只有類別區分而已。

該書內容依序是：俚諺、農諺、弟子規、格言、格言註解、歌謠、民俗歌、民謠、情歌、相褒歌、民歌、童謠、順溜、兒戲歌、急口令、流行歌、教化歌、民俗歌、歷史故事歌、情歌、客家語相褒歌、童謠、格言、歇後語共 24 個單元；不過其中的民俗歌、童謠、格言等雖然重複出現，惟內容各異。依篇幅而論，兒戲歌最少（4 頁），俚諺和歌謠類最多（各 240 頁左右）。總的來說，雖是有關臺灣諺語，全書 747 頁還是比較偏重於歌謠、民謠、童謠等類，也就是說，《臺灣諺語》一書，幾乎是以文學的成分居多。當年（1967 年）接受《草原雜誌》訪談時，吳瀛濤所談的正是以「歌謠」為主。

> 關於研究民俗，我以為鄉土的歌謠是最好的材料，它產生於鄉土民間婦人孺子之口，最足以反映風俗民情。本省民間歌謠大別有三類：一為歌仔，二為歌仔調，三為兒童唱的童謠、民歌。

吳瀛濤在受訪中表示他曾經研究過臺灣的歌仔，他認為從民俗方面而言，歌仔大致可分為教化歌、描寫昔日臺灣情形、描寫鄭成功攻臺時期、描寫日本統治時之痛苦、地名歌、產物歌、病子歌、歲時歌、行業歌等九類。

值得一提的是吳瀛濤在《臺灣諺語》一書中特別針對「歌謠」以八頁的篇幅作更深入的述說，至於其他類別則無，足見他對「歌謠」重視之一般，這也反映何以《臺灣諺語》比較偏重於「歌謠」類的道理所在。

四、童謠與《臺灣諺語》

吳瀛濤《臺灣諺語》一書是在其逝世後的第四年才出版的。其中有關童謠的部分計有：〈一陣鳥仔〉、〈人插花〉、〈大頭員外〉、〈天黑黑（6首）〉、〈月娘月光光（12 首）〉、〈火金姑（5 首）〉、〈火金星（2 首）〉、〈毛蟹仔腳〉、〈木虱〉、〈白鴒鷥〉、〈田蛤仔官（2 首）〉、〈凸頭仔姊〉、〈吐咧米〉、〈曳咯曳（2 首）〉、〈東邊出日〉、〈阿藝官〉、〈草螟公（2 首）〉、〈臭頭（3 首）〉、〈教你歌（2 首）〉、〈野柳出龜頭〉、〈第一的國公〉、〈貓的（2首）〉、〈雷公〉、〈暗晡蟬（3 首）〉、〈彰化香蕉〉、〈鴟鴞（2 首）〉、〈龍眼乾〉、〈點呀點古井〉、〈憨孫的〉（頁 562～608）；〈一一一〉、〈人兒細細〉、〈月光光（2 首）〉、〈火螢蟲〉、〈禾嗶仔〉、〈伯勞兒〉、〈阿鵲兒〉、〈菜籃姊〉、〈蟾蜍囉〉、〈雞公仔〉（頁 678～682），共四十首，每首都有加註解。除此之外，吳瀛濤將「順溜」也列為「童謠」之一種。「順溜」計有四十一首，每首也都有註解。

吳瀛濤《臺灣諺語》中的某些童謠諸如：〈人插花〉、〈火金姑〉、〈白鴒鷥〉、〈貓的〉等在郭秋生《南音》輯錄的臺灣童謠出現過；又如〈天黑黑〉、〈月娘月光光〉等在李獻璋《臺灣民間文學集》內所收錄的「童謠」也出現過。至於戰前李獻璋編輯的《臺灣民間文學集》，和戰後吳瀛濤結集的《臺灣諺語》，兩書所收錄的童謠，有不少即是當年《臺灣新民報》的徵集成績。

五、《小學生雜誌》與《兒童讀物研究》

吳瀛濤在日治時期的「青春詩集」中有數首少年兒童形象書寫的詩作，在戰後的 1950 年代依然持續他對兒童文學的關照。他曾於 1965～1966 年間，在《小學生雜誌》連載翻譯的日本童話二十篇。更於 1965 年兒童節出版的《兒童讀物研究》第 1 輯（《小學生》14 週年紀念特輯）一書，發表一篇〈日本兒童讀物的出版、獎勵和自律〉。復於翌年在 5 月 20 日出版的《兒童讀物研究》第 2 輯——「童話研究」專輯（《小學生》15 週年紀念特輯）發表〈小川未明談童話〉、〈日本的童話和童話作家〉、〈日本的兒童讀物界〉等三篇文章。

從吳瀛濤於 1965 及 1966 兩年在《兒童讀物研究》第 1 輯和第 2 輯所發表的關於日本兒童文學（童話）與兒童讀物等文章而論，較之於《國語日報》「兒童文學週刊」於 1972 年 4 月 2 日創刊而言，就「時間點」而言，早約七年；較之於該刊第 33 期刊載林桐的〈談小川未明的童話〉則早六年，是以，吳瀛濤可說是戰後臺灣介紹日本兒童文學與兒童讀物的先驅者，尤其是在童話方面。

1968 年，吳瀛濤於《葡萄園詩刊》第 26 期（10 月 15 日）開始發表世界童詩選譯，計有：羅伯特・史蒂文遜〈歌〉、克里斯蒂那・羅薩蒂〈橋〉；第 27 期羅伯特・史蒂文遜〈陌生的國土〉、〈故事書的國王〉；第 28 期羅拔・史蒂文遜〈啞吧的小兵〉；第 29 期羅伯特・史蒂文遜〈旅行〉、〈月亮〉、克里斯蒂那・羅薩蒂〈小娃娃〉、渥他・特・拉・梅耶〈老兵〉、〈騎馬的人〉；第 33 期勞倫斯・塔笛摩〈雲雀與金魚〉、〈小孩與老鼠〉、渥他・特・拉・梅耶〈獵人〉、〈夜〉；第 34 期羅伯特・史蒂文遜〈臥床的船〉、〈進軍的歌〉；第 35 期羅伯特・史蒂文遜〈夏天的臥床〉、〈海賊的故事〉、〈點燈夫〉等 19 首世界童詩。

在日治時期的臺灣新文學作家群當中，吳瀛濤既長於用日文創作詩作，復於殖民末期接受北京語高等講習，且曾在香港與中國詩人戴望舒等交往，是以，即便是在戰後初期，他仍然能以流利的中文寫作活躍在當時的詩壇。

他一面從事詩的創作、論述與翻譯，一面從事臺灣民俗的研究與蒐集；他也一面從事臺灣諺語的研究與蒐集，一面從事兒童文學（童話）的翻譯與日本兒童讀物的介紹。易而言之，他是優游在詩學、民俗學與兒童文學之間。

在其身上，既看到臺灣文學與兒童文學的同歌同行，也看到詩文學與民俗文學的平行關係，至於臺灣文學、兒童文學、民俗文學三者又在他身上交集而迸出燦爛的火花。

——選自邱各容《臺灣近代兒童文學史》
臺北：秀威資訊科技公司，2013 年 9 月

論詩人吳瀛濤的詩與論

◎林盛彬[*]

一、前言

吳瀛濤先生（1916～1971），臺北市人。臺北太平公學校、臺北商業學校畢業。1936 年他還在求學階段，就已加入「臺灣文藝聯盟」臺北支部從事文藝活動，1964 年又與詩友們共同發起創立了《笠》詩刊。[1]個人未及認識吳先生，但知他在文藝界給人的印象以忠厚純樸著稱。證之王詩琅之言：「瀛濤兄給人印象，凡是跟他接觸過的人誰都能夠感覺到的，他是一個忠厚樸實的人。他很重信守，筆者和他幾十年的交誼中，他沒有爽約的記憶，言而有信，約必有行。浮言食言不以為怪之世，確是難能可貴的。」[2]紀弦也說：「他那一顆『赤子之心』，往往躍然紙上。這一點，最是動人處。而所謂『詩的真』，除了『詩本身的完成』所要求的『藝術的真』之外，詩人所表現出來的獨自擁有與眾不同的『氣質的真』是更重要的。」[3]吳先生樸實、重然諾，有這樣的本質，他在行文之中自然就流露出那樣的「氣質的真」；如果一個人不能真誠面對自己，總是在外在的勢力消長之間改變自己的立足點，而遮掩了內在生命的真正呼喊，這種其文與其人不一的情況，在時間裡終究會被認清的。雖然憑兩位先生對他的判斷不足以真正讓人更真切地認識他，但文如其人，他真正的「氣質」必然與他在詩文

---

*淡江大學西班牙語文學系副教授。

1《笠》詩刊於 1964 年由吳瀛濤等詩友創立。

2王詩琅，〈詩人的讖語〉，《笠》第 46 期（1971 年 12 月），頁 23。

3見紀弦，〈無常之歌——哭老友吳瀛濤〉「後記」，《笠》第 46 期，頁 25。

中的呈現有所契合。吳瀛濤一生熱愛文學，同時也是一個民俗研究者。但他畢生心力仍在於詩文學，不僅有創作，也及於理論與評論。本文僅就其詩其論來說其人，聊表自己對一位以詩為生命的前輩詩人的敬意。

二、詩的生命

吳瀛濤詩作常見重複的標題，就以「詩人日記」而言，除了未結集詩作中有一則 7 首之外，「風景詩集」中有兩則 13 首；《瞑想詩集》有兩則 56 首；「陽光詩集」一則 5 首。這 81 首詩雖短，但從中卻也可看見作為一位詩人的自信與信仰是如此地堅定與真誠。

一塊詩土
寫名字在那邊
建立墓碑在那邊
——盡願如此[4]

塑像
題為「詩人」
——這就是自己[5]

這是《瞑想詩集》裡〈詩人的日記五十一章〉其中的兩首。「詩土」意味著詩的國度，吳先生平生所願，就是以他的生命擴張詩的版圖，並以詩來充實生命的重量，終至於能安息在詩的國度裡。而「塑像」的「塑」在此當動詞，更能將「自己」的心志願望呈現出來；塑一座以「詩人」為題的雕像，是交代了一個過程，一段以詩為職志的生命過程。換言之，他願以生命為詩，也以詩為生命。他當然深知生命是既歡愉又苦澀，而寫生命

[4]吳瀛濤，〈詩人的日記五十一章・4——作品四六三〉，《吳瀛濤詩全編（上）》（臺南：國立臺灣文學館，2010 年 12 月），頁 387。
[5]吳瀛濤，〈詩人的日記五十一章・5——作品四六四〉，《吳瀛濤詩全編（上）》，頁 388。

的詩更是如此：

暗夜裡
苦悶的方向
——詩在那邊[6]

詩仍然使我苦悶
它面對的問題太多
詩的世界擴大了
我越覺得它難以應付[7]

暗夜，可以是時序的，也可以是象徵的，但可以確定的是，都是苦悶之所在，也是詩之所在。面對這個充滿「晦暗」的世界固然苦悶，但是「詩」本身仍是苦悶的源頭之一，因為詩所涵蓋的世界很大，問題很多，而詩人自己卻覺得難以應付。何以故？他說：「該如何地熟悉／該如何地愛他／啊，因對於世界的陌生／以致苦悶著」[8]、「常常更孤獨／甚至更暴燥／——因為寫詩苦於表達／茫然自失」。[9]這苦悶是雙重的，一方面是對對象的情感所致，「對於世界的陌生」也可以是一種無力感，他想更清楚地認識他所處的這個環境，確有不知其所以然的困惑，以致於連要去愛她都不知該如何。另外，則是表達的問題；如何表達對現實的陌生感覺？這是詩人的挑戰，也是苦悶的原因之一。但一定要寫詩嗎？「一份寂寞／誰也不了解／因而寫詩」[10]那份「寂寞」，充滿辯證的寂寞與苦悶；自我形塑為詩人，面對外在世界的諸多問題，不知如何表達而苦悶，但是，因於無人了解箇中的寂寞滋味，更是要苦悶地寫詩。

[6]吳瀛濤，〈詩人的日記五十一章・1——作品四六〇〉，《吳瀛濤詩全編（上）》，頁 387。
[7]吳瀛濤，〈詩人的日記五十一章・16——作品四七五〉，《吳瀛濤詩全編（上）》，頁 390。
[8]吳瀛濤，〈詩人的日記五十一章・34——作品四九三〉，《吳瀛濤詩全編（上）》，頁 394。
[9]吳瀛濤，〈詩人的日記五十一章・10——作品四六九〉，《吳瀛濤詩全編（上）》，頁 389。
[10]吳瀛濤，〈詩人的日記五十一章・32——作品四九一〉，《吳瀛濤詩全編（上）》，頁 394。

悲哀，在不能寫詩的時間

晶藍的天空與夕照的黃昏
祇是找不出透明的詩思

如此日日的生活
詩像是無倚的禱告[11]

從此詩可以推測，那份在寫詩中的寂寞和苦悶，並非真正的苦悶和寂寞，真正的悲哀是在不能寫詩的時候。晶藍的天空與夕照的黃昏豈無詩情畫意，只是缺乏清楚的詩思與靈感，在那樣的日子當中，「詩」就如同無所倚靠時的禱告一樣，越是無詩思，就越是祈求詩。依此則可說，詩之於吳瀛濤不只是生命，也是信仰，就如他自己所說：「為何還寫詩／真的，為何／我祇知我是屬於寫詩的人／並不為何，總是在寫」[12]，既以詩人為職志，苦悶在其中，快樂也在其中。「詩已成熟／啊，詩已成熟／當詩成熟的時候／汪淚奪眶而出」。[13]當詩思成熟，形之文字，那種喜悅又豈是「汪淚奪眶而出」足以形容。他在文學藝術中得到喜樂與安慰，「樂音以及詩思的繼起／使我安息如舊／啊，那是昔日的琴聲／那是昔日少女的笑容」[14]、「詩常在身邊／以詩的耳朵聽音樂／以詩的眼睛看繪畫」。[15]詩人既在詩與樂之中得到內在的平靜，更以詩的意味面對世界，所聽的莫非音樂，所見的無不如畫，這才是在詩人苦悶與寂寞背後的真實世界：一個充滿詩情畫意、平安喜樂的精神世界。

吳瀛濤以詩形塑自己的生命，他對詩與詩人意義的認知是有意識的。他說：

---

[11]吳瀛濤，〈詩人的日記〉，《吳瀛濤詩全編（下）》，頁 143。此詩也出現在〈詩人的日記五章・2——作品三三五〉，《吳瀛濤詩全編（上）》，頁 325。
[12]吳瀛濤，〈詩人的日記五十一章・44——作品五〇三〉，《吳瀛濤詩全編（上）》，頁 397。
[13]吳瀛濤，〈詩人的日記五十一章・2——作品四六一〉，《吳瀛濤詩全編（上）》，頁 387。
[14]吳瀛濤，〈詩人的日記五十一章・9——作品四六八〉，《吳瀛濤詩全編（上）》，頁 389。
[15]吳瀛濤，〈詩人的日記五十一章・31——作品四九〇〉，《吳瀛濤詩全編（上）》，頁 394。

「我走我的路／我寫我的詩／我有我的世界／我有我的宇宙」[16]，詩就是他的生命和宇宙。在他的王國裡，它就是主宰：

在默想的世界
我是主宰
與神交語
我分領宇宙的一半[17]

此詩與智利前衛詩人巫伊多布羅（Vicente Huidobro, 1893-1948）的〈詩藝〉（Arte poética）有異曲同工之妙：

詩像一把
開啟千門的鑰匙。
一片葉子落下；有些東西飄過；
放眼所見有多少的東西可以被創造，
而聽者的靈魂不住顫抖。

創造些新世界並注意你的文字；
形容詞，若不能賦予生命，就殺掉。
……
你們為何歌誦玫瑰，喔，詩人們！
讓他在詩裡開花；

太陽底下一切事物
只為我們而活。

[16]吳瀛濤，〈詩人的日記五十一章・40——作品四九九〉，《吳瀛濤詩全編（上）》，頁396。
[17]吳瀛濤，〈詩人的日記五十一章・41——作品五〇〇〉，《吳瀛濤詩全編（上）》，頁396。

詩人就是一個小小的神。

巫伊多布羅在他所提倡的創造主義（Creacionismo）中標舉了三個重點：創造、創造、創造；詩人就像小神仙一樣，是具有創造力的。吳瀛濤的觀點也是如此，詩人在詩的世界就是主宰者，能與造物者交談，意味著他將自己提升到造物者的高度，至於他所分領的一半宇宙，是意義上的，精神上的宇宙，而詩也幾乎就是他的全部。「一夜，夢裡驚醒／我說：我剛誕生／我說：我剛復活／而我將以那種姿態活著」[18]，這種「復活」就是創造與新生的概念。或者居於這種創造的概念，他在 1953 年發表的〈原子詩論〉，意義非凡地標舉了詩的現代性，他指出：

原子是這時代的詩的新的象徵，是這時代最純粹最崇高最有力的詩精神之總稱，詩人需要認清它，詩人要開始寫出原子時代的新詩——原子詩。[19]

原子放射力的破壞性與建設性，兩種之中，只有後者纔可期待人類永遠的光輝，則原子的本質應被選擇限為建設一方；同樣，原子詩亦應以趨向建設貢獻人類為它的目的。……至於詩的方式已無須押韻講格律；而且詩之題材也不論何等汙髒何等離奇。只需那原子能般的眼光，從詩人澄清的心目放射出來，渴望新世紀而具有信心皎潔的呼吸，從他寬厚的胸膛湧出來——如此，作者相信這就是原子詩的先聲。[20]

原子是那個年代最具象徵意義的文明產物，他以此作為他的詩論的象徵，自然是在於對因襲傳統的破壞，但又不停留在單單以破壞為目的，為

[18]吳瀛濤，〈詩人的日記五十一章・39——作品四九八〉，《吳瀛濤詩全編（上）》，頁 396。
[19]吳瀛濤，〈詩論——論原子時代（Atom Age）的詩〉，《吳瀛濤詩全編（上）》，頁 73。
[20]吳瀛濤，〈詩論——論原子時代（Atom Age）的詩〉，《吳瀛濤詩全編（上）》，頁 74～75。

反對而反對的層面，而是在破壞中建立現代的抒情。在詩的形式上不講求格律，雖然不是新論，但在那個保守封閉的年代，應該仍具意義。這個觀點在他後來的論述中確有更清楚的表達。他在〈現代詩的思想與抒情〉中勾勒出從浪漫主義、象徵主義的所謂近代詩，到現代純粹詩的世界，如超現實主義的發展源頭與脈絡。但他認為這些詩潮屬於他們的時代，即便是起於 1920 年代而至 1960 年代能發揮其影響的超現實主義，隨著二次大戰，其歷史作用也已告一段落。他明白地指出：新時代應有新時代的詩，而新時代的詩應有新時代的詩論。他說：

> 這一群現代的新抒情性，所以依據，呼吸的並非現代的性急焦慮，烏煙瘴氣的一面，而是一片精神的綠化地帶。
> 這一群現代的抒情詩人仍能以其柔軟的詩想，平易的言語，單純的詩句，安定的語調，有節度的構成，充分地表現了獨自的抒情，而以其對人間真摯的愛情，強韌的意志人生的回憶，淡淡的反省，從日常生活和自然中去吸取其豐美的詩的泉流。他們有時候也挾用尖銳的社會批評，幽默的諷刺之類，這種近乎前衛的抒情，則以抒情性為他們的武器。
> 這一群純真樸素的詩人產生的作品，並不是保守陳舊，而仍能引向廣大的詩讀者到詩共感的世界。[21]

儘管他強調現代性，但不是屬於現代社會現象的都該入詩，至少那些現代人的焦慮與烏煙瘴氣的一面並不被強調。因為「詩應該多給人家安慰和喜樂的共鳴」，所以，詩的語言只要平易近人，無須語不驚人死不休地刻意營造；避免複雜而詭異的句法；鼓吹真摯的愛與不因環境而扭曲自我的抒情表白。至於詩的題材，都已存在於日常生活和自然之中。然而，這樣的抒情在適當的時候，還要針對詩人所處的社會與時代，以創新的表現方

---

[21]吳瀛濤，〈現代詩的思想與抒情〉，《笠》第 16 期（1966 年 12 月），頁 13。

式，或尖銳地批評，或幽默地諷刺。就詩人自身而言，吳瀛濤把詩等同生命的實踐，就詩本身來說，它讓詩的生命得以在「現代性」的恆新中永遠復活。

三、生命的詩

作為一個現代詩人，吳瀛濤對現代詩精神的認識是很清楚的，他認為：

> 詩人要寫的是什麼，他追求的是什麼，為何他要寫詩，……這一時代的詩人的精神是最具有時代意識與人類意識的，這就是說，現代這一個時代的詩精神是比任何時代都更高更深刻，……現代是批評的時代，現代文學是批評的文學，現代詩也是以批評精神為其精神的詩。……詩人一方面要面對著現代的極其複雜的外部世界，同時也要面對人間存在的極深刻的內部世界，批評精神成為了詩人的依據，形成著他的世界觀，了解現代詩應從這一點的認識開始。[22]

他認為詩人寫詩是一種負起責任的工作，是人類良知的表現，然而，現代詩的批評方式與內涵是什麼？其實，在他詩中很少看到他使用強烈的批評詞彙，甚至於除了詩人自己的寂寞、苦悶、悲哀等情感的自我表述之外，不容易找到所謂的社會批評元素。讀吳瀛濤的詩，彷彿翻開他的夢，讀他那顆充滿想像的心。但他說：「我要完成一個世界／使夢與現實渾然一體／／夢的底層就是現實／現實的上層也就是夢／／如此，現實與夢交合／現實裡有夢的光輝，夢裡有現實的昇華」。[23]顯然，詩人的夢不是憑空幻想，而是基於現實的創造性想像；那樣的夢想是一種理想，是現實的昇華，應該也是吳瀛濤的「批評」方式。譬如他在〈冬眠〉裡的描述：

---

[22]吳瀛濤，〈現代詩問答〉，《笠》第 11 期（1966 年 2 月），頁 58～59。
[23]吳瀛濤，〈詩的短章六章・3，昇華——作品三一五〉，《吳瀛濤詩全編（上）》，頁 316。

冬眠的季節
我是土窟裡的獸類
全身瑟縮，耐住一季冷寒
傾聽春天的跫音

春天的跫音隨遠方的溶雪傳來
那邊陽光的歌鳥飛唱
溪流映出紅白的花影
地上一片群童的笑聲

不過這裡的積雪尚未溶盡
凜冽的北風雖停了，冬霧卻還不飄散
久待的春天來得遲遲
衹是我身內的血液早已透紅[24]

此詩傳達了詩人與環境的關係，以及詩人面對那種環境的反應與態度。詩分三段，按時間的次序表白。首段先表明身分：我是正在土窟裡冬眠的獸類。全身瑟縮，等待春天；次段描述另一個已雪融的世界景象：歌鳥飛唱、紅白花影、兒童笑聲，都說明了一個不受禁錮的光明世界，那也是詩人傾聽等待的世界；末段則揭露了一個雪未融盡，北風雖停，但冬霧還在的現實。儘管春天遲來，現實的積雪尚未融化解凍，但詩人的血液早已透紅，靈魂早已甦醒。吳瀛濤的詩雖寫現實生命，但很少以明白的文字反映社會現實，但他一些類似的作品卻又讓人聯想到他是對自己所處的時代限制，以這首詩為例來說，那個「積雪尚未溶盡，冬霧卻還不飄散」的世界正是他所處的年代。詩人是以透紅的血液來回應那個冰冷曖昧的時代。他對一個不合情也不合理時代的批評不是社會性的指涉，而是從個人

[24]吳瀛濤，〈冬眠——作品二四一〉，《吳瀛濤詩全編（上）》，頁 275。

感受來反射。這樣的例子在他詩中並不難找到，譬如〈甘地之死〉：

> ……
>
> 你曾說過：「與其活著眼看自相殘殺而分裂，反不如一死來得光榮」
> 啊，你真理的啟示感召人類
> 打開和平的天門，播種了滋長的光明
>
> 然，今天，你永遠永遠地長辭了吧
> 隨著你明燈的熄滅
> 每個心靈也都喪失了希望，將沉落在黑夜裡
> 於是，孤寂的我終日向著天邊，遙遠地跪呼你的名字
> 跪呼你的靈魂，喊著：「穆罕德斯‧卡拉賽德‧甘地！」
> 從恆河，從世界的每一條河流裡，澎湃的大海裡
> 啊，我們祈禱你的復活
> 同時誓起跟著你崇高的足跡不斷地前進[25]

詩人以甘地之死為題，強調對和平的希望。詩人所呼喊的靈魂，自然是甘地的精神，所以，詩人祈禱甘地的復活，也是精神的復活。在他為甘地之死而悲痛之餘，也明白地表白了自己的立場：隨甘地的崇高足跡前進。他並未直接標舉和平的議題，或批判一個不和平的世代現實，但藉著甘地不抗爭的和平訴求方式，表達了一己跟從的誓言。這就是詩人吳瀛濤的表現方式。他說：「假借現代詩的名目，徒具難懂的空骸，而一點也沒有『現代意識』，沒有『現代意識』的詩，是不能稱為現代詩的。」[26]可見吳瀛濤的「現代」也意味著此時此刻的當下，及其生命的實際體驗。但他也說：「詩的語言要『白』，再白！詩『白』並不又是『分行的散文』。……因

[25]吳瀛濤，〈甘地之死——作品一二三〉，《吳瀛濤詩全編（上）》，頁212。
[26]吳瀛濤，〈現代詩的困擾〉，《笠》第27期（1968年10月），頁11。

為越『白』，詩才能越深入讀者的心靈裡面去。」[27]他並非不知道西方的前衛詩，但詩人這麼說，也的確如此做。

詩浪費了整個星期日的下午
困擾了整個快樂的春天
詩人是悲哀的

一個現代主義者，一個無神論者
而索然與失題的抽象畫相處
徒然與瞑目的神像相聚
四十七歲，這一九六二年的春天是悲哀的[28]

此詩的標題就叫「悲哀」，文字內容也很「白」。只是這裡所謂的「詩人」並非通稱，而是專指作者自身；但悲哀的卻不是個人，而是那個 1960 年代。現代主義者在此意味著進步，無神論者則暗示了不相信任何人間王國的造神神話；然而，處在一個沒有生命主題且不具生命實相的時代，卻得跟一尊既不「觀世音」，也看不見上帝的愛與恩典的「神像」相處，那才是真正讓詩人感到悲哀之處。當然，他的詩更多的是直接的情感表達與宣示：

假如給我一支樂器
我將靜靜地靜奏
躺在綠草如茵的草原

假如給我一張畫布
我將去海濱繪畫
聆聽澎湃起伏的潮音

[27]吳瀛濤，〈現代詩的困擾〉，《笠》第 27 期，頁 11。
[28]吳瀛濤，〈悲哀二章・1——作品三六二〉，《吳瀛濤詩全編（上）》，頁 335。

假如給我一顆心靈
我將遍歷世界歌唱
一如昔日快樂的行吟者

然而於這苦悶的日子裡
我祇能以這支禿筆
寫出枯寂的詩篇[29]

此詩極單純，四段三行詩中，前三段皆以同樣的句型結構表達作者的假設條件：「如果給我……」。前兩段的渴望都很中性：躺在草原、聆聽潮音、遍歷世界歌唱，這些都反映了作者本身嚮往自然的單純性，尤其是「我將靜靜地靜奏」這行詩就用了三個「靜」字；如果說嚮往「自然」意味著渴望「自由」，則重複的「靜」字在這裡就有強調的作用，意即不要禁制、不受干擾。依此脈絡，則第三段的「假如給我一顆心靈」就不會太突兀，也不會讓人有無病呻吟的感覺，因為人人都有一顆「心靈」，只是在某些特殊的時代裡，不是每顆心靈都可以隨意地「歌唱」。所以，詩人在此很含蓄地用了一個明喻：「一如昔日快樂的行吟者」，由於這結果是來自「假如」給我一顆可以自由思想之心靈的前提，因此，行吟者在這裡並非比喻的重點，重要的是能像昔日一樣快樂！如此，這些假如的情境才能回應末段的「苦悶日子」。基本上，樂器、畫布和心靈都是自由的，但在這裡並不是用來與筆或文字對照，因為前三段都是假設的，只有末段是實說。換言之，詩的意思是說：假如可以有表達的自由，詩人將會快樂地彈奏、繪畫、歌唱，但事實是相反的，所以，正處於苦悶日子當中的詩人，只能以不是那麼「豐富」且「多采多姿」的禿筆，寫些沒有生命力的枯寂詩篇。這首詩收在他的《生活詩集》中，意即屬於 1945 至 1953 年間的作品，那是正式進入國府時期，發生二二八事件的年代，作者感嘆只能以他的「禿

[29]吳瀛濤，〈希求——作品一六二〉，《吳瀛濤詩全編（上）》，頁 225。

筆」寫出「枯寂」的詩篇；禿的不是筆，而是心情，枯寂的也不是詩，而是一個死寂的環境。其他類似的詩作如〈薔薇〉：

薔薇
我不會讚美妳
像昔日歌頌妳的詩人

薔薇
我最喜愛的花
以前卻不曾如此珍惜

薔薇
妳是愛的象徵
什麼都比不上妳的美

薔薇
我不會讚美妳
像昔日歌頌妳的詩人

薔薇
我祇能獻給妳這一首小小的詩篇
啊，薔薇，我喜愛的花[30]

乍看之下，是一首以薔薇為象徵，很普遍的情詩，但再細讀，卻可看出一些矛盾的訊息。此詩分為五段。就一般的情詩來說，第二段的意思很明白，既是最喜愛的花，卻不曾珍惜，則意味著花已凋謝，或者關係已經改變了。若是如此。則第一和第三段在語意的連貫上就有矛盾；既然不會

[30]吳瀛濤，〈薔薇——作品一六四〉，《吳瀛濤詩全編（上）》，頁226。

像昔日詩人的歌頌方式讚美薔薇，卻又認為沒什麼能比得上她的美。而第四段和首段一模一樣，像副歌（estribillo）般暗示或強調著某種主題：「我不會讚美妳像昔日歌頌妳的詩人」，但最後一段又顯得無可奈何地說：「我祇能獻給妳這一首小小的詩篇」。若是情詩，則這種矛盾或惋惜，就像張籍的詩：「還君明珠雙淚垂，恨不相逢未嫁時」的感傷。但若還有其他的可能，則「自由」的主題便是一種可能的想像。換句話說，我最喜歡的「自由」，曾經擁有卻又將它視如空氣那樣，以為是很自然的事。但時過境遷，「我不會讚美妳」的「不會」不是不願，而是不能，不能「像昔日歌頌妳的詩人」那樣隨意公開讚揚。所以，只能以吳瀛濤式的「批評」，表達內在的渴望和遺憾。誠如詩人自言：「詩不就是我的人生的方式嗎／我終於獲了這一個結論」[31]，吳瀛濤寫的是生命的詩，儘管他的批評方式傾向於含蓄，但這並未減輕他控訴的力量。

四、結語

吳瀛濤為自己塑造的詩人雕像已經矗立在臺灣的文學土地上，只是其中的時代意義與價值，仍待被重新挖掘與評價。至少，就詩人自己一生為詩的實踐來說，他是忠誠的。藉他的詩來說：

> 我寫詩，是在寫生活
> 除非寫生活，我能寫什麼
> 離開生活的詩是無聊的
> 沒有詩的生活也多荒涼
> 詩滋潤生活，使生活不會寂寞
> 而於生活的荒地，詩的開花是多美多純潔
> 我曾以苦難的歲月換來淚光的詩篇

[31]吳瀛濤，〈詩季四章・1——作品四二〇〉，《吳瀛濤詩全編（上）》，頁368。

啊，成為詩的主題的生活

一如喜愛鮮麗的花朵，我更深愛這一片未墾的荒地[32]

的確，對一個詩人而言，「除非寫生活，我能寫什麼」。只是這是一塊永遠的處女地，永遠等待開墾。吳瀛濤先生的詩與論與其人，都值得我們在這特別的時刻重新懷想與思考。

——選自《笠》第289期，2012年6月

[32]吳瀛濤，〈荒地——作品一七九〉，《吳瀛濤詩全編（上）》，頁236。

傳統斷裂下的重建軌跡

吳瀛濤詩歌的階段性特色

◎張愛敏*

吳瀛濤的創作生涯不僅背負時代的傷痕，同時面臨傳統不斷受到阻隔的困境。困境之中發展起來的文學特色究竟如何？是本文所要討論的重心所在。既以吳瀛濤的作品的階段性特色為考察的對象，本文便以吳瀛濤所作的第一首詩為起點，最後一首詩為終線，透過此一完整的蒐羅，期使吳瀛濤各個階段所發展出的不同特色得以呈顯出來。本文共分四小節，將他的創作生命依序分作四個時期。分段的依據主要有二種，主要參考吳瀛濤在全集中親自編訂的分期，輔以筆者考察吳瀛濤詩作風格之重要轉折處，相互比對而成。吳瀛濤在全集1中仔細將各個作品的創作年份記錄下來，根據他的分期，將 1939 至 1944 年間的作品合為「青春詩集」、1945 年至 1953 年間的作品合為「生活詩集」、1954 年至 1956 年間的作品合為「都市詩集」卷、1957 年至 1962 年間的作品合為「風景詩集」、1963 年至 1964 年間的作品合為「瞑想詩集」，最後將 1963 年至 1969 年間的作品合為「陽光詩集」。然而，此全集尚未來得及完全收錄吳瀛濤的作品，包含他生前曾編錄但未出版的「憶念詩集」及其曾出版或發表於報刊雜誌之作品，都在本文的討論範圍之內。

吳瀛濤正式大量創作始於太平洋戰爭時期，戰爭期間誕生的詩人，縱然面臨抗日寫實主義傳統被皇民文學掩蓋的斷層，卻反而展現出難以掩藏的青春氣息，這段期間可謂他的浪漫主義期。1945 年戰爭結束，臺灣文壇

---

*發表文章時為政治大學臺灣文學研究所碩士生，現為臺中市弘文高級中學國文科教師。
[1]此全集指《吳瀛濤詩集》（臺北：笠詩刊社，1970 年 1 月）。

陷入五四傳統與日治傳統的雙重斷裂，他的作品特色則轉而進入一段蒼白苦悶的時期，直至 1953 年紀弦創立現代派，才使他慢慢走出低潮，開始大刀闊斧的突破與改造，並在 1957 年後，開展出穩定成熟的風格。本文以前述幾個重要轉折進行分段，主要著重於吳瀛濤創作各階段推演的過程，考察詩人面對傳統一再受到切割的處境，如何透過磨合、改造、實驗的方式進行重建？各個階段所表現出的途徑與特色分別如何？

第一節　青春謳歌的時期（1939～1944）

1939 年，詩人的第一首詩誕生了。這一年對 23 歲的吳瀛濤來說，無非是浴火重生的一年，也確定了一生中與詩密不可分的關係。當時，他已自臺北商業學校畢業，在文學活動鼎盛的江山樓協助家務，得以接收來自各地的文藝思潮之薰陶，並以 20 歲之姿，參與發起及創辦臺灣文藝聯盟臺北支部的成立。文學之旅正要展開，卻在結婚次年遭逢長子夭折的不幸，這對吳瀛濤而言是一個莫大的打擊。然而，也由於過去對於文藝創作的喜愛，使一個年輕的詩人不致被生命中的挫折擊倒。藉由詩的創作，他得以抒發心情，也由於詩的創作，使他重獲生的力量。這一年，一位即將對臺灣文學產生決定性影響的詩人因是誕生。由於受到喪子之痛打擊而決定全心投注於文學事業的詩人，文學與文化的活動，後來占據了他的大半生，這大概是詩人也始料未及的。

在求學時期便開始對文學產生興趣的吳瀛濤，在很年輕的時候便開始創作文藝作品。對他這一代的知識分子來說，是接受完整日文教育的一代。透過日文文學作品的閱讀，認識世界各地的文學風貌，知識的養成以日文作為媒介。因此，吳瀛濤的詩，很自然地以日文的創作開始。1939 年的〈早晨二章〉[2]被詩人認定為最早的作品，在後來發表的六百多首詩中，選為編號一號的作品。這個時期的作品，曾在 1943 年時，由作者自己將之

---

[2]作品一，收於《吳瀛濤詩集》，頁 2。

集結為「第一詩集」，收錄 1939 年至 1943 年的作品，全部的詩皆由日文寫成。受到戰爭的影響，當時並未出版。戰爭結束後，國民政府推動國語政策，取消日文的使用權，這本詩集也沒有機會再出版，十分可惜。其中，寫於 1944 年詩人旅居香港期間的〈七月的精神〉、〈於黃昏與夜〉及〈墜石〉等作品，曾發表於《香港日報》上。光復以後，曾短暫發行的《新新》月刊上，也有吳瀛濤的詩作〈浪漫的短章〉及〈墜石〉，值得注意的是，這兩首詩刊載於《新新》時，同時刊出了中文及日文的版本，可以見得當時文壇，即將從日文世界跨入中文世界。

除了上述幾首詩以外，吳瀛濤於戰前所寫的詩，幾乎都隨著烽火的熄滅而蒙上一層灰燼，無法見於當時。一直要到 1953 年，詩人出版第一本中文詩集《生活詩集》，戰前的幾首詩，包含〈田園〉、〈酣夢〉(即〈青春〉)、〈陋巷〉、〈墜石〉、〈出航〉(即〈七月的精神〉)、〈黃昏〉(即〈夕暮〉) 等，才以中文的面貌重新出現，有些詩的名稱已經過異動，在日文轉譯至中文的過程中，因語法不同的緣故，多少也有些不同。及至 1970 年，吳瀛濤自行編訂的《吳瀛濤詩集》出版時，這個時期絕大部分的詩作，始得以重見天日，以完整的面貌呈現在世人面前。當這些詩再出現的時候，已是經過詩人多年創作心得的累積、美學經驗的更動，重新演繹後的面貌了。

一、浪漫熱情的年輕詩人

1939 年至 1944 年為一個完整的時期，乃日本政權統治臺灣的最後一個階段，戰爭最為激烈的一期；亦為詩人在二十餘歲的青春歲月寫成的詩，是詩人初試啼聲的作品。與他後期的作品相互比較，風格頗有差異。但檢視所有的作品，會發現此時的浪漫情調，是一生的創作過程中獨有的。就當時詩壇而言，許多作品亦獨具風格，頗有個人色彩。

以現存最早的一首詩〈早晨二章〉之一[3]為例：

[3]作品一，收於《吳瀛濤詩集》，頁 2。

早晨的風帶來了舒適的一刻
我的心靈呼吸著春天的喜悅
啊，早晨，春天的歌聲充滿
光耀充滿，我們的愛也充滿

全詩結構十分嚴整，字句排列相當整齊，近似中國格律詩的對齊格式。在形式方面略有模仿試作的痕跡，可以見得作者對詩作的形式尚在摸索的階段，對詩的掌握亦尚未純熟。然而，就另一方面來說，已有新詩應具備的節奏。「啊，早晨，春天的歌聲充滿／光耀充滿，我們的愛也充滿。」此句讀之頗有輕快之感，經營新詩分行的藝術上亦有所用心。再如〈早晨二章〉[4]之二：

有噴水池的一條小街上
隨著春天的來臨，陽光氾濫著
沐浴於陽光，噴水的裸女像也在微笑

這一類的風格，在吳瀛濤的青春時期詩作中，時常可見。詩人躍動的青春心靈，在詩中嶄露無遺。詩人以這樣的詩敞開他的園地，引領讀者進入一個明亮的、純真的、充滿春天喜悅的領域裡。語言給予人間力量，對詩向來最誠實的詩人吳瀛濤，忠實地記錄了他對於早晨、對青春、對陽光的喜好與嚮往，其雀躍之情未有絲毫掩飾。雖然意象的經營稍嫌單薄，詩行的經營尚亦可以看出為實驗期的創作，但已具有個人風格。

和〈早晨二章〉同樣作於 1939 年，詩人 23 歲那年的，還有〈空白〉[5]及〈路巷〉[6]，「要在空白填些什麼呢／／蒼穹或海洋／或是少女透明的夢

[4]作品二，收於《吳瀛濤詩集》，頁 2。
[5]作品三，收於《吳瀛濤詩集》，頁 2。
[6]作品四，收於《吳瀛濤詩集》，頁 3。

／／像貝殼聆聽／就會聽見一些什麼／那是不是季節帶來的風／或是從那兒來的黃昏的跫音／／啊，此刻，該在漸暗的窗邊點亮燈光吧」；「路燈疲憊於街上／憔悴的臉消失在幽暗的巷底／於坍塌的壁縫裡／我的影子也被吸去」。字裡行間微微透露著詩人的疑惑，「要在空白填些什麼呢……」「那是不是季節帶來的風……」。23 歲的思緒是新鮮的、涉世未深的。對於生命的一切，懷抱著期待和疑問。總總對於生命的叩問，都以詩句實現出來。也暗暗指出了詩人往後的方向，在詩中求索真理、追問真理的特質。而倒塌的壁縫裡，卻有著詩人的影子穿梭於其間，如此豐富的想像，展現吳瀛濤的詩思，不單只是表面的模擬，而是天馬行空的、無可受限的瞑想。這兩首詩相較於前述兩首詩，已有明顯的進步，意象的捕捉更為精確，對於詩的追求更為積極。他的文學生涯於戰火中展開，反而越燒越烈。

從 1939 年開始創作，1941 年太平洋戰爭爆發，進入艱苦的決戰期，次年全面禁用中文，雜誌刊物受到監視與動員，文壇面臨前所未有的嚴峻考驗。此年，卻也是吳瀛濤文學作品豐收的一年。他大量寫作詩、散文、俗諺、讀書批評，發表於《臺灣藝術》及《文藝臺灣》上，並當選《臺灣藝術》懸賞小說獎。尤其是詩，兩年之間的創作就比往常累積的詩作增加許多，詩的藝術高度亦大有進步。1944 年，於香港旅次中，創作雖稍為減少，但旅行途中與中國現代詩人戴望舒的交遊談詩，及發表詩作於《香港日報》中，意義非凡，也是這段時期中少數的長詩。在戰爭逼視於人，幾近取人性命的當下，詩還是凌駕一切而存在了。日本發動的戰爭與加諸臺灣土地的傷害，烽火下人間的離亂使人難以想像，吳瀛濤在這幾年間亦轉換不同的工作，從臺北到高雄、從高雄到臺北，從臺北到九龍，再由九龍回到臺北。在生活受到百般干擾的同時，終究還是完成 94 首詩。這些詩值得一看再看的原因，不僅由於它們誕生的艱難，更由於它們的風格頗有獨樹一幟之處，在戰後一片整齊劃一的創作中，有其特出的價值。

二、美好群象的謳歌

作為生活的忠實記錄者，吳瀛濤的詩，不僅真切地反映戰爭下的苦悶心情，同時也表現了一個年輕詩人對美好事物的讚嘆之情。以〈詩頌〉[7]為例，便是透過歌詠的方式，毫無保留地透露對詩的熱愛，及願為詩奉獻一切的誓言。再如〈螞蟻的路〉[8]、〈正午的歌〉[9]、〈山寺〉[10]、〈生之謳歌〉[11]等，則是一首首為「生」的本身歌唱的詩句。在這些作品中，甚至看不見戰爭的氣息。透過詩傳達出來的，是百姓的淳樸、是萬物的善良、是生命的堅強。詩人身在紛亂的戰場，仍保有純真之心。生活於日日煎熬的戰火下，卻不寫戰爭的現況，反而靜觀淳樸的民風、關注生活周遭細小的生命，似乎是一種無視戰爭的表現。對於日本所發動的戰爭，臺灣無故成為戰場，詩人也不得不接受動員，卻無法引起相同的共鳴，詩中隱然含有無聲的抗議。檢視這段時期的作品，除了謳歌美好的群像，可以看到許多充滿浪漫情調的詩句，展現了年輕詩人旺盛的青春氣息。以〈青春〉[12]為例：

> 清晨擁抱太陽
> 黃昏擁吻星月
>
> 在行旅的海邊
> 何須悵惘躊躇
> ——你可不是有一本青春的詩集
>
> 安息片刻吧
> 躺於東南風和暖的床邊
> 靜聽八音琴舒適的節奏
>
> 而於青春的酣夢裡

[7]作品二七，收於《吳瀛濤詩集》，頁 12。
[8]作品二二，收於《吳瀛濤詩集》，頁 10。
[9]作品二一，收於《吳瀛濤詩集》，頁 9。
[10]作品二三，收於《吳瀛濤詩集》，頁 10。
[11]作品二六，收於《吳瀛濤詩集》，頁 11。
[12]作品二八，收於《吳瀛濤詩集》，頁 12。

你是否看見玫瑰紅的孔雀船
抑或看見金黃的天馬飛空

這首詩原以〈酣夢〉[13]為名寫成，後來改為〈青春〉，可視為青春時期的最佳代表作品。以「玫瑰紅」來形容「孔雀船」的樣貌，以「金黃」來摹寫「天馬飛空」的夢境。灰暗的砲火中，少年的夢境卻是色彩繽紛、充滿無限想像的。使生硬吃緊的生活，突而轉化為柔軟和緩的。這樣的作品還有〈花燈〉[14]：

青色的夜來在亞字欄的窗邊
愛的花燈點亮了
我要去摘取浪漫的星

以青色的夜就近到窗邊，而不直接說夜的到來，擴大詩的意境，「浪漫的星」象徵什麼？詩人不直接說明，留下渺遠的韻味，給予讀者想像的空間。再如〈貝殼〉[15]：「藍色海邊／貝殼整天酣睡著／沐浴於早春的陽光／夢著季節的潮香」時空映照下，這樣的詩句，顯得格外突出。浪漫的氣息瀰漫於詩句間，駕馭著飛揚的意象，未曾絲毫透出沉重的歷史記憶，超絕於時空的局限。再如〈五月的歌〉[16]一詩，雖隱含對熱帶南方的讚美，暗示著時代氛圍。然而，可以發現詩人已由現實超越，透過詩句，將它幻化為輕盈的想像，優游於其間。綜觀吳瀛濤青春時期的詩句，飽藏著無法隱藏的浪漫情調，然而，那並非全然情緒的鋪陳、放縱的抒情，而是透過節制的、知性的運作而完成的。他的詩，是具有知性的浪漫主義。

[13]曾收錄於《生活詩集》（臺北：臺灣英文出版社，1953 年 9 月），當時題目訂為〈酣夢〉。後來《吳瀛濤詩集》出版時，改為〈青春〉。
[14]作品八，收於《吳瀛濤詩集》，頁 4。
[15]作品二〇，收於《吳瀛濤詩集》，頁 9。
[16]作品五，收於《吳瀛濤詩集》，頁 3。

然而，戰爭加諸詩人身上的無情傷害，終究也在誠實的詩人的詩句間留下紀錄。時代的傷痕，如詩句所言：「秋去秋來，秋盡冬來／窗外是一片淒厲的風雨／時代的陰霾壓在灰暗的生活／啊，多少枯瘦的詩篇也壓在苦悶的心靈」戰爭帶來的苦悶心情，即使不經證實，詩句亦會真實地呈現。詩人的苦悶，表現在對於過去的懷念、對於現實的超脫、對於未來的期待以及對於生存感到疑惑的詩句中。

三、時間與空間的鄉愁

對於過去的懷念，已成為年輕詩人一種時間上的鄉愁。〈在草原上〉[17]回憶童年時期的歡樂，〈長衫的少女〉[18]懷想舊日的戀人，〈小巷〉[19]則展現「懷念的黃昏」帶來的「甘美的回憶」；或透過「以前是藝妲的老嫗」，突顯今非昔比的現狀。由於城市樣貌的改變，對昔日田園生活的眷戀，也變成一種鄉愁。正如詩人於〈田園〉[20]所寫：

爽朗的清秋
來了溪畔丘陵
眺望層層遠峯
卻引起我無限的鄉愁

種種物是人非的感慨，都在直指現實的悲哀，以及想要回到過去的渴望。然而，時間終究不會倒轉，詩人轉而向未來期待，甚或在現實中尋求解脫。吳瀛濤在創作中，透過「青空」、「鴿子」的象徵，及其「飛越」的意象，展現一種得勝的姿態。又如：「……像被什麼追逐／我匆匆地走向堤外一片綠地／那邊有青空的展望／有遠山的蒼翠」，被生活迫近的瞬間，突而望見一片青色的天空及綠色的山巒，豁然開朗，獲得心靈的自由與釋放。

---

[17]作品一六，收於《吳瀛濤詩集》，頁 7。
[18]作品一七，收於《吳瀛濤詩集》，頁 7。
[19]作品一八，收於《吳瀛濤詩集》，頁 8。
[20]作品二九，收於《吳瀛濤詩集》，頁 12。

秋去秋來、秋盡冬又復來，漫長無止盡的戰爭生活，看不見未來的生活，容易使人陷入虛無的境界。詩人時而被死苦苦追趕、時又感到生命的空虛。如〈空洞〉[21]一詩，恰如其分地展現了其中的心情：

> 夜之深處，有一空洞，陷住一群困獸
>
> 他們在企圖從絕望逃走
>
> 此刻，最後一顆星已沒
>
> 渺茫的天地間，祇有海浪倉皇地呼嘯

天地之間，徒留海浪的呼嘯，連最後一顆星星都隱沒了，生命何其空虛。這種感嘆，使詩人覺得「我的影子也被吸去」。因為戰爭的漫長、對未來的不確定感、對永恆的不信任，使詩人對生命與戰爭的本質感到疑惑，時常提出「——人生是什麼／——戰爭是什麼」[22]的懇問。他開始相信，人只是受控的困獸，無法決定自我的去向。而更高的層次，似乎有一個神祕的存在，掌控了人的生命，亦即詩人所說的「神的領域」。詩句中，詩人追求神的境界，並確信詩就是神的表現，靈光乍現的剎那就是神的活動。對神祕的主宰感到好奇的詩人，不斷思索著祂的存在，並希望能夠追求永恆。

四、明暗光影的捕捉

縱然戰火燒得熾熱，終究沒有阻撓一個詩人的誕生。正如詩人所言：「奇兀地／有時候，感情會高昂／……／且在深處／一朵火紅的花驀地開綻」。[23]吳瀛濤的文學生涯雖值起步階段，已有許多優秀的作品，對於光影的掌握有不錯的成就，1944 年香港旅次中所寫數篇，亦有詩藝的突破。展開吳瀛濤的詩作，彷如看見不同的光澤，裡面閃著靈光乍現的光亮，如「南方的陽光多麼光耀／展著金黃的羽翼」、「隨之，我步向更深奧的角落／我像是看

---

[21]作品六〇，收於《吳瀛濤詩集》，頁 22。

[22]出自〈黃昏與夜六章〉之三，曾發表於《香港日報》。收於《吳瀛濤詩集》，頁 31。

[23]作品四五，收於《吳瀛濤詩集》，頁 17。

見了洞奧那邊一道微光／如從天的一邊射進」；又有〈銀灰色的黃昏〉[24]：

> 於銀灰色的黃昏
> 就是連回憶也都是那麼朦朧的色調
>
> 遺忘的臉，遺忘的風景，遺忘的歌
> 也都被上了一層層夢一般的銀灰色

遺忘的臉、風景和歌，都瀰漫著戰火下的銀灰色，竟連夢境也是灰濛濛的一片。透過如「嬰兒火一般的哭泣」、「妻子粗澀的手」、路巷中的「乞丐」、「老嫗」的描寫，詩人展現了對於明暗顏色的掌握能力。以「灰」的色系象徵戰爭的種種現狀，再以「金黃的亮光」象徵乍現的靈思與希望，兩者交互輝映，突顯出戰爭底下的幽微心境。

因公出差至香港的吳瀛濤，暫時得到喘息的機會，並結識中國象徵派詩人戴望舒。孤獨的文學之路，獲得對話的機會。長期被壓迫的心靈得到舒展，視野頓開。這段時期，吳瀛濤首次做了長詩的嘗試，〈七月的精神〉[25]就是一次成功的嘗試。這首詩除了詩行的延長，詩的內容更為豐富，在形式的編排方面也有新穎的嘗試，融「生存的思考」、「萬物的摹寫」、「心靈的活動」於一詩，與過去所做相比，詩境更為繁複。又如以「雙翼帶有濃濃的潮濕」飛越雨季而來的象徵，都是前所未有的表現。最後一首〈風土與歷史〉[26]則是展現了與過去截然不同的風格。這一首詩展現了純粹詩的藝術，透過詩行獨有的排列，展現「風土」與「歷史」的辯證開係，通篇反覆討論著複雜的思想。

捧讀這個時期的詩，不得不感染年輕壯盛而充滿情感的意象，在詩句間躍躍欲試，企圖為人間的現象及情感的起伏留下美好的註腳。青春時期

---

[24]作品六一，收於《吳瀛濤詩集》，頁 22。
[25]曾發表於《香港日報》，收於《吳瀛濤詩集》，頁 26。
[26]作品九四，收於《吳瀛濤詩集》，頁 33。

所作，曾在 1953 年收錄《生活詩集》者，有三首。分別是創作於 1943 年的〈行旅〉、〈陋巷〉及 1944 年的作品〈墜石〉。1944 年的作品〈墜石〉，最早以日文寫成，但是出版《生活詩集》的時候，已經過作者的翻譯，以中文面世，但在 1970 年出版的《吳瀛濤詩集》又有不同的詮釋與修改。可以見得，早期需經過語言轉換的痛苦，後來再經過美感經驗的改變，又以另一種面貌出現。對一個跨越語言的詩人而言，同一首詩，幾乎可以透過兩次的轉折，並且以三個不同的方式重新組合改編而成。吳瀛濤的詩作固然歷經語言的改變、政治環境的改變，卻能穿越不同的時空進行對話。一首詩的完成，突破時代的檢驗，通過時間的淘洗，意象的經營必須經過多少琢磨，詩人在詩中展現的心靈活動有多深刻，可想而知。在戰後初期臺灣新詩的發展過程中，跨越語言一代的詩人，雖較少以華麗的詞藻及豐富的意象取勝，詩人心靈的重量卻足以對抗浮誇不實的現代詩。

第二節　蒼白苦悶的時期（1945～1953）

1945 年 8 月，日本戰敗投降，軍隊撤退，結束在臺灣的殖民。臺灣各界莫不欣喜於自由的到來，文壇也從戰爭的低壓中解放出來，準備一展久違的活力。相較於其他作家在戰爭期間受到的壓迫，吳瀛濤曾展現高度的意志與創作能力，活躍於戰爭期間的文壇。即使如此，戰爭生活帶來的煎熬，仍使他的詩隱隱透著苦澀的滋味。在他的詩中，對於和平的到來，充滿期待。祖國光復的雀躍之情，在他戰後初期所發表的幾篇散文中表露無遺。

戰後初期，過去曾被禁止刊行的報章雜誌紛紛復刊，沉寂的詩人作家漸漸在文壇露面，臺灣文壇呈現一片榮景。吳瀛濤繼續維持著旺盛的創作企圖，對文壇充滿無限的希望。他在《新新》雜誌上發表散文及中日文詩作[27]，投稿龍瑛宗主持的《中華日報》日文版文藝欄[28]，由當時發行的刊物

[27]《新新》雜誌創刊於 1946 年，吳瀛濤於該刊發表散文及詩作。

[28]龍瑛宗所主持的《中華日報》日文版文藝欄，在戰後初期集結了許多日治詩人的作品，慣以日文為工具思考創作的詩人作家，在此獲得發表的園地。吳瀛濤戰後初期所發表的日文詩，大多發表於此。1946 年 6 月，吳瀛濤的詩「記錄」、「消息」、刊載於該欄，7 月再刊「青年よ」。

可以看出，臺灣正處於語言轉換的過渡期，對吳瀛濤而言，創作也慢慢由日文為主轉換至中文寫作。即使轉換的過程並不容易，但由發表的日文作品中，附註中文的翻譯，可以看出當時文壇對於使用中文創作的企圖，也展現出詩人的努力。

一、失題的虛無感

然而，若攤開吳瀛濤此時的創作，會發現作品中瀰漫著一股虛無的氣味。這種虛無的感覺，推究應是來自對於現實感到絕望的失落感。1945 年寫下〈給零雁〉[29]的吳瀛濤，以「零雁」的歸返作為象徵，在詩中寄託祖國光復的欣喜之情。即使面對未知的未來，他仍擁抱無限的希望，對於未來，也有許多想要完成的抱負，正如〈戰鬥三章〉[30]之二所述：

青年們！
你們的時代來了
雖然無論什麼時代都屬於你們

青年們！
你們堅強的生命，你們年青的熱情
新的時代要由你們來完成

青年們！
自負吧，縱然這是一個苦悶的年代
但你們更要在苦難中完成你們的使命

這首詩曾發表於《中華日報》文藝欄，詩中雖未明言使命為何，面對新的時代來臨，預想開創一片新天地的心情，則在詩中表露無遺。戰後初期的吳瀛濤，尚且擁有如此高昂的鬥志，何以後來的作品，陷入一種死寂的情

[29]〈給零雁〉，作於 1945 年，是光復後的第一首詩。作品九五，收於《吳瀛濤詩集》，頁 36。
[30]〈戰鬥三章〉，作於 1946 年。作品一〇六，收於《吳瀛濤詩集》，頁 38。

境中，這是值得注意的。曾經對未來充滿期待的吳瀛濤，或許從沒料想到，一心期待到來的前方，竟是他無法拒絕的災難。寫於光復隔年的作品〈戰鬥三章〉[31]之三，透露出詩人所關照到的微妙變化：

那段苦難的戰爭過去了
現在誰都在祈求從此長久和平
可是一場戰爭結束不久，新的動亂又隨處發生
世界又再陷於戰禍之中

這是又一次悲劇的開始
然而為著真正和平的來臨，為著那永恆的春天
人類更該勇敢地面對艱難的現實，繼續戰鬥

他所指涉的悲劇，便是國民政府接收臺灣以後，由於官方的接管問題，所衍生的官民之間的衝突。衝突的產生，是詩人從未料想過的。當他和全國人民一樣，滿心期待迎接新政府的到來時，迎來的卻是倨傲的政府官員，他們將臺灣視為受到奴化的一區，以高姿態向臺灣人民施壓。人民期待的熱情，瞬間盪到谷底。光復初期的幾年之間，島內的氣氛十分不安定，各地偶有官民之間的衝突發生。縱然如此，詩人仍舊懷抱希望，相信「永恆的春天」終究降臨，他堅強的戰鬥意志尚未被擊敗。

然而，現實距離詩人的理想卻是越來越遠，生活的信心一點一滴消耗殆盡。他所期待的生活是：

鮮活的生魚配合熟黃的檸檬
魚是秋天的海捕來的
檸檬是採自南方的果園

[31] 〈戰鬥三章〉，作於 1946 年。作品一〇七，收於《吳瀛濤詩集》，頁 39。

這一天，海的清澄和南國的芬芳配成的風味
上於早晨的食桌，佈滿青春健康的氣息

這幸福的早晨
妻喲，買來幾朵花吧
讓我們的生活更充滿生命的光輝
孩子們，你們也稚心地玩著吧
因為這是你們最快樂的童年

我呢
我要打開年青的詩集，到那綠色的山野去

這一首詩最早以〈幸福〉[32]為名寫成，後來又改為〈生活〉。無庸置疑的，那是詩人所期待的理想生活。然而，平實簡單的幸福，在當時而言，卻是遙不可及的。1947 年警民衝突到達高峰，終於爆發二二八事件，此後總督府更加強對民眾的管制。民怨積聚極深，一時無法平撫，四處都醞釀著反動的浪潮。1949 年 4 月 6 日，臺大師大學生因罷課事件與警方發生衝突，地方的騷動更趨於高潮。反動的力量越大，越激起總督府的壓制之心。四六事件之後，因害怕反動力量再起，總督府展開大規模的搜捕。許多作家詩人皆無法倖免，代表日治傳統的楊逵[33]，以及代表戰後主要復甦勢力的銀鈴會同仁[34]，都在此時被捕入獄，文學活動瞬間停頓。與吳瀛濤同樣身為跨語一代的詩人，部分在轉換語言之際深陷困境，無法在戰後立刻站穩腳步。面對朋輩的噤聲與退隱，吳瀛濤雖能順利跨越語言問題，卻略顯孤獨。四六事件之後，島內的文學活動幾乎全面終止，政治環境動輒得咎，本省作

[32]本詩原以〈幸福〉為題目寫成，並收錄於《生活詩集》。後來集結成《吳瀛濤詩集》時，改以〈生活〉為名，為作品一一〇。

[33]楊逵在戰後鼓勵銀鈴會同仁，是銀鈴會的精神領袖，對於發揚日治傳統，並將之傳續下去，用心極深。但隨著楊逵被捕，文學的復興運動逐漸式微。

[34]銀鈴會是穿越戰爭到戰後的團體，集結當時許多重要的詩人。四六事件之後，成員中多數被捕，留下來的也星散到各地，該團體名存實亡。

家尤其不敢輕舉妄動。

面對如此現況，現實與理想的差距竟是天淵之別，嚴重的落差感，使吳瀛濤陷入極度絕望的深淵中。全民共同的願景無法完成，如〈生活〉這樣充滿生命活力的詩句，成為這段時期的絕響，吳瀛濤的創作也出現前所未有的低潮。自 1948 年起，至此後的五年，只留下二十餘首作品，1949 年一整年，甚至只有一首詩作誕生。這樣的情形，直到 1953 年始見改善，其中的五年之間，對吳瀛濤而言無非是一段漫長的痛苦經歷。這段時期的詩，「死」的意象無所不在，正如吳瀛濤所言：「日子變得愈粗暴／白日下盡是荒廢糜爛的殘骸／更無光耀的飛魚，馥郁的開花／不是人住的世界／／在那邊／像路斃，我曾倒下／太陽晒枯了我的生命／夜寒冰凍了我的心靈／啊，在那一個時期，我確曾死過了一次」。[35]詩人眼前所見，幾乎是毫無生命意象的灰白世界，連自己的生命都曾被掠奪而去。「空白的日記／陌生的日子」[36]、「塵土」[37]、「永別」[38]、「號哭」[39]、「墳墓」[40]。詩人幽黯的心境，在詩中不斷透過「死寂」、「腐朽」、「淒涼」的意象發出訊號。

被切斷與過去的連結，亦復看不到未來的前景，對於現況又感到十分疲倦的詩人，頓時感到生命的虛無感，感覺自我以「空漠的影」[41]存在著。他的虛無感，主要由眼前的動盪帶來的不確定所造成。現實中的嚴重失落感，使他對於眼前的一切感到懷疑，對於自己曾經信仰的信念感到猶豫，時常感到某些不知名的存在，卻無法確知究竟為何。生活的挫敗，甚至使他不再相信最高主宰——神的存在，「一顆心靈／不信人世間／甚至不信神／他活在詩裡／也死在詩裡」。[42]詩人曾經自陳，「皎潔的月光照在壁上／但我的詩的

[35]節錄自〈在一個時期〉，作於 1947 年，作品一一一，收於《吳瀛濤詩集》，頁 41。
[36]〈呆望二章〉之二，作於 1947 年，作品一一三，收於《吳瀛濤詩集》，頁 41。
[37]〈詩的短章九章〉之四，作於 1947 年，作品一一七，收於《吳瀛濤詩集》，頁 42。
[38]〈詩的短章九章〉之六，作於 1947 年，作品一一九，收於《吳瀛濤詩集》，頁 42。
[39]〈詩的短章九章〉之五，作於 1947 年，作品一一八，收於《吳瀛濤詩集》，頁 42。
[40]〈墳墓〉，作品一六八，收於《吳瀛濤詩集》，頁 56。
[41]〈呆望二章〉之一，作於 1947 年，作品一一二，收於《吳瀛濤詩集》，頁 41。
[42]〈詩的短章九章〉之九，作於 1947 年，作品一二二，收於《吳瀛濤詩集》，頁 43。

燈盞却已熄滅了」。[43]即使生活裡仍充斥著各種詩的暗示，詩人的筆卻早已乾涸，眼前被否定的一切，在尚未找到真正的答案之前，已無法凝聚成一首詩的主題。這段時期，吳瀛濤的詩幾乎呈現一種找不到主題的現象，排列的詩行無法烘托出完整的意象。詩的內容，大多是詩人對於自我生命的質疑，以及生活中反覆掙扎的痕跡。除此之外，則幾乎別無其他的命題。

作為一位忠實的生活紀錄者，吳瀛濤的詩，無情地反映出當時作家灰暗的心靈世界。以歷史的角度考察，則忠誠地暴露了國民政府接收臺灣後的肅清政策，對文壇造成的傷害。受到政治干涉而失焦的文學，使詩人的詩也呈現一種失題的狀態。這時候的吳瀛濤，可謂一位失題的虛無主義者。而他的詩，正藉著內心意識的告白，呈顯出一位跨語詩人在戰後初期心靈所受的創傷。

二、純粹藝術的追求

緊張的政治環境，造成的傷害無法估算。為保存文學的最後尊嚴，吳瀛濤小心維護寫詩的權利。刻意與政治保持距離的關係，使吳瀛濤的詩發展出一種疏離的觀感。〈甘地之死〉[44]與〈憶啄木〉[45]是這個階段少見的長詩，透過對甘地與石川啄木事蹟的追述，表達追憶的心情，詩句中幾乎找不到任何與現實相關的線索。再如 1949 年唯一的一首詩〈農民節頌〉[46]，這首詩作於四六事件之後，卻絲毫未反映出當時的景況，可以看出詩人經營詩句的小心。然則，這首詩看似與政治現實保持安全的距離，恰恰藉由平民百姓作為詩的主體，反轉現實世界裡被動受迫的角色，似乎也提出一種隱形的抗議。詩人經營詩句如履薄冰，亦表現於詩中被壓縮的想像空間。這一類刻意表現疏離的詩，幾乎找不到任何可以發展的想像空間，也顯現出詩人的

[43]節錄至〈詩的燈盞九章〉之一，作於 1948 年，作品一二九，收於《吳瀛濤詩集》，頁 45。
[44]作於 1948 年，原以〈甘地〉為題目寫成，收錄於《生活詩集》。後收於《吳瀛濤詩集》，易名為〈甘地之死〉，作品一二三，頁 43。
[45]作於 1950 年，原以〈啄木〉為題目寫成，收錄於《生活詩集》。後收於《吳瀛濤詩集》，易名為〈憶啄木〉，作品一六〇，頁 51。
[46]作於 1949 年，是該年唯一留下來的一首詩，原以〈農民〉為題目寫成，收錄於《生活詩集》。後收於《吳瀛濤詩集》，易名為〈農民節頌〉，作品一五八，頁 50。

精神世界受到高度壓抑的情形。這種情形，1953 年發表的〈神話〉組詩[47]與爆炸性的〈原子詩論〉[48]已提出最佳的證詞。

1953 年對吳瀛濤的創作生命來說，是衝出重圍的一年，長期的壓抑，出現解放的契機。除了代表性作品〈神話〉以外，較早寫成的幾首詩亦值得留意。這一年的詩作，如〈峇里島的神像〉、〈畫室〉、〈靜物〉、〈音樂〉、〈藝術家〉等，一改過去低迷的虛無感，展現出新鮮的氣息，詩風出現明顯轉向的情形。相同的是，這些詩作都是純粹藝術的表現。以〈畫室〉[49]為例：

這是舒適的畫室
阿波羅和維納斯的住家
他們純白的古夢發自石像的姿態
碧藍的天空那樣寧靜深邃

原始的石器和木器陳列在一偶
古老的東方神像在打午睡
壁上有幾張風景的素描
也有年輕畫家的自畫像

畫架那幅未完成的裸女
豐滿的肢體仰臥在緋紅的絨氈上
似有一點夏日輕淡的疲倦

全詩製造出一種純粹藝術的氛圍，透過畫室的摹寫，企圖營造獨立的空間。詩句之間自成一個宇宙，完全沒有環境混濁的氣味。詩的藝術超脫現實而存在，政治不再能干涉詩句的完成。透過純粹藝術的追求，詩人的想

[47]〈神話三章〉，作於 1953 年，收錄於《生活詩集》。後收於《吳瀛濤詩集》，作品一八三至一八五，頁 62。
[48]〈原子詩論〉，為吳瀛濤代表性的詩論。最早收錄於《生活詩集》，後亦發表於《現代詩》。
[49]作品一七五，收於《吳瀛濤詩集》，頁 58。

像得以獲得喘息的空間，純粹詩句的經營，亦使曾經閉鎖的心靈世界，漸漸得到釋放。再如〈靜物〉[50]一首所寫：「配合溫暖的陽光和清新的空氣／靜物運來靜默的時間／運來靜默的懷念／從海那邊」詩人在凝視靜物中得到平靜的時間與空間、想起往昔的記憶。「靜物運來靜默的時間」，這樣的詩句，在一片意象扁平的詩中顯得特別突出。詩人藉純粹藝術的追求，成功達到詩境延展的效果。這首詩完成後，吳瀛濤的詩作一掃過去的陰霾，開始顯現輕快的風格，慢慢恢復「愛」與「希望」的象徵。一如詩人所言：「然後，就讓嚴冬來吧／讓我們圍繞熊熊的爐火，歡談年來的收穫／也在那歲寒的日子／靜待新春的降臨」。[51]詩人如同得到救贖，復又找到生命的希望，茫然失題的歲月已漸漸退去。

檢視這些純粹藝術作品的表現，其實和政治加諸文學的壓力仍脫離不了關係。政治的高壓封鎖詩人的想像，詩人想要自其中擺脫出來。這些詩表面是對純粹藝術的追求，事實上也是一種與政治保持疏離的方式。一方面和政治狀態保持疏離，一方面維護詩的純淨不受干擾。正如詩人所言「而從那痛楚的底層流出來的鮮血和眼淚／是清純透明的」[52]，詩歌所表現的清純與透明，亦復返照出外在世界的紛亂。經營純粹的詩句，是這段時期獨特的風格。經過長期苦悶的日子，詩終於還是能夠超絕於政治而獨立。這些詩句，是吳瀛濤這段時期中少見的佳作，非常具有個人的特色。

三、現代詩人的誕生

1953 年對吳瀛濤而言，不僅是慢慢擺脫政治的強力干涉，找到出口的一年。同時也是他文學生涯中重要的一年，他所提出的重要詩論「原子詩論」與第一本中文詩集都在此年發表，同樣作於此年的組詩〈神話〉[53]在其畢生的詩作中，更有其重要的代表性。這些成就，除了反映出過去幾年政治的高度壓抑，更說明了吳瀛濤作為一位現代主義者的角色。

---

[50]作品一七六，收於《吳瀛濤詩集》，頁 59。
[51]〈四季〉，作品一八二，收於《吳瀛濤詩集》，頁 62。
[52]〈詩的短章十四章〉之四，作品一四七，收於《吳瀛濤詩集》，頁 48。
[53]作品一八三至一八五，收於《吳瀛濤詩集》，頁 62～66。

由於日本的統治，使臺灣社會早在 1930 年即因受殖的角色，間接接受現代性的洗禮。隨著日本有計畫的建設，島內也慢慢出現現代都市的情景，作為首都的臺北更是首當其衝。吳瀛濤生長於臺北，自然以最快速而直接的方式感受到城市的變化。當國民政府一再壓抑文壇的向前進步，卻無法阻止社會的變化，以及一位現代主義的詩人誕生。吳瀛濤成熟的現代意識展現於他在 1953 年所寫的幾首詩中。作為〈神話〉組詩第一首的〈世紀〉[54]：

使我悲哀的是
對一切事物的不大了解
那種無可如何的無知

不知樹名
不知花名
不識它們的來歷
不識它們的差異

不能辨別禽獸的性能
不能辨別蟲介的生態
不熟悉世界上每一個國度的風土
不熟悉世界上每一個角落的人們

住於海邊，住於山上
住於沙漠，住於密林
他們各種不同的生活，各種不同的人生
我都無從知悉

啊，使我悲哀的是自己的渺小

[54]作品一八三，收於《吳瀛濤詩集》，頁 62。

除了自己以外一無所知
我祇像初生於混沌的一粒砂一塊石或一個細胞

在永恆的天地間
默對太古的宇宙
我清純的眼淚不禁流下於這空茫的世紀

啊，世紀
以其重壓加之於我
惟我深恐難於抵住它，也深恐難於支撐自己
因為這是一個瘋狂的時代，到處充斥人類不可拯救的危懼

啊，此時我需要的是
足以支撐自己，足以抵住這重壓的，無比的力量
啊，汪然流淚於這世紀的大海
我孤獨地永遠徘徊

面對新世紀的來臨，詩人對眼前的變化感到疑惑，無法掌握事物的特性。現代到來時，城市加速的進步，原本的樣貌也不斷發生變化。因變化太快而產生的陌生感，正是這首詩所要表現的感覺。在急遽變化的過程中，詩人陡然感到自我的渺小，強烈的孤獨感亦油然而生。這首詩作，為現代化後的人類生活，做出最佳的詮釋。

透過此詩可以發現，吳瀛濤已有強烈的現代意識，對於現代社會可能帶來的進步與傷害，頗有先見之明。如同詩中寫到的：「啊，世紀／以其重壓加之於我／惟我深恐難於抵住它，也深恐難於支撐自己／因為這是一個瘋狂的時代，到處充斥人類不可拯救的危懼」對於眼前的動盪，詩人意識到人類無法抗拒現代都市所帶來的改變，也不確定自我是否能夠在一片動盪中找到自處的方式。確實，現代化破壞原本簡單的田園生活，在新的秩

序建立以前，必須經過一連串的陣痛。吳瀛濤很早就有如此的察覺，他在〈神話三章〉之二〈原子〉[55]提到：「我也抱著一片杞憂在喚醒人類對於原子威脅的自覺／及喚醒人類為適應這新的世紀，對於原子應有的高度的生活意識」。「原子」是現代社會進步的象徵，它的特質則蘊含現代社會到來時爆炸性的變化。這裡所說的「生活意識」，也就是因應現代社會到來而有的「現代意識」。吳瀛濤很早就是一位現代主義的詩人，他的詩作表現出來的虛無感、對政治的疏離感，都是現代詩的特徵。〈神話三章〉更具高度的現代精神，吳瀛濤寫下這首詩的時候，正式宣告他現代詩人的地位。將這些詩作與「原子詩論」集結而於 1953 年出版的《生活詩集》，稱作本省詩人的第一本現代主義詩集，亦未嘗不可。

簡言之，這個時期的詩作，語言頗為簡單質樸、詩中充滿虛無的感覺、幾乎表現不出應有的想像空間，但這同時是對歷史最嚴厲的控訴。臺灣文學受到的壓迫，正與這些詩作所表現的特色相互呼應，一如吳瀛濤以「生活」[56]命名的詩集與詩卷，作為一個忠實的生活者，詩人將詩作以最貼近於生活的方式呈現，勉力維持苦難時期的發言權。「於生活的荒地，詩的開花是多美多純潔／我以苦難的歲月換來淚光的詩篇。」《生活詩集》是詩人在苦難的歲月裡交出的成果，那是本省作家堅毅意志的展現。越是苦難的時代，本省詩人所展現的生命力更是向下扎根。當吳瀛濤寫下〈神話〉這樣的詩句，並提出「原子詩論」，便宣告戰後初期那一段蒼白苦悶的時代已漸漸遠離。詩集的出版，意味吳瀛濤的文學生涯進入一個新的時期。對臺灣文壇而言，也是一個重要的里程碑。該詩集的出版，暗示時代空氣多少受到一點鬆動，跨語一代的作家語言練習亦大致完成，臺灣文學正要邁入下一個階段。

[55]作品一八四，收於《吳瀛濤詩集》，頁 64。
[56]吳瀛濤生前親自編訂的《吳瀛濤詩集》，將全集共分為六卷。其中 1945 年至 1953 年間的作品定為一卷，命名為「生活詩集」。

第三節　突破開展的年代（1954～1956）

1953 年，以紀弦為主的現代詩派出版了《詩誌》，雖只發行了一期，卻是戰後初期文壇的一次重要的出發。在此之前，曾經歷《新生報》「橋」副刊的論戰，1950 年反共文藝政策確立後，省籍作家的地位宣告從戰後的文壇沒落，一群外省作家躍上文壇。往後幾年，文壇的發展幾由他們主宰。1950 年反共文藝政策成立的時侯，吳瀛濤仍陷於歷史的迷霧中，寫著虛無的詩。無法與當時的主流達成共識，使他埋首寫自己的詩。彼時，他是一個隱形的現代主義者。

現代詩派成立後，文壇氣氛漸漸受到擾動，1956 年由紀弦發起的一連串「現代派運動」更是藉由現代主義文學，對臺灣詩界進行一次改造的工程。吳瀛濤是當時參與成員中，少數的本省詩人。正當現代派運動在 1950 年代的臺灣如火如荼展開的時侯，吳瀛濤也不斷在他的詩中，進行一連串的突破和開展。自 1953 年開始起的三年間，完成了過去任何一個時期都無法達到的詩作數量。而當他以堅強的意志與旺盛的創作力投注於詩的創作，戰後初期那一段蒼白苦悶的記憶已漸漸遠離。倘若沒有這個時期的突破與開展，恐怕無法擺脫過去，到達日後的成就。

一、語言練習的完成

翻開這段時期的作品，語言練習的完成，首先顯現於詩中。身為跨語一代的詩人，吳瀛濤所面臨的語言問題，或許不是最為嚴峻的考驗。然而，若仔細檢視手稿上反覆修改的痕跡，舉凡詩句順序的調動、段落的刪改、文字重新變造，不難發現從日文到中文的轉換，仍使詩人付出極大的心力。進入 1950 年代以後，詩人漸漸以中文為主要的創作工具，不需再經由翻譯發表作品，修改的痕跡也逐漸減少。若將此時的詩作與過去相比，更能察覺詩人的作品，已經在詩語言的鍛鑄上，有明顯的進步，大致已能把握精鍊的語言，表現高度的詩質。舉例來說，如「吃夢的貘」[57]、「徬徨的羊」[58]、「垂危的駝步遲遲／／爬蟲類蠕蠕作響／含毒的仙人掌血般簇生」[59]這樣的造句，是過去的詩中幾乎不曾出現過的。詩是語言鍛鑄的藝術，詩境的創造、意象的構成，都必須藉由精鍊的文字達到最佳的效果。詩的意象原本便不容易捕捉，若再經過一道翻譯的程序，要找到最貼近原意的文字，實則不易，不僅改變原始的意象，也無法恰如其分地突顯文字的美感。

當這些詩句出現的時候，可以宣告吳瀛濤已成功跨越語言的障礙，能夠以中文為主要的工具進行創作。語言的跨越，使得吳瀛濤能夠較早進入創作的另一個階段，並接著跨越現實的局限，跨越詩思蒼白、主題不集中等問題。吳瀛濤在 1954 年初創作的幾首作品，一改過去沉重的虛無感，出現明亮而活潑的詩風，如〈墾荒〉[60]、〈日日好日〉[61]、〈意志〉[62]、〈生命的小鍵盤〉[63]等作，皆以飛揚的意象出現。如此飛揚的意象，除了表現詩人在意志上又一次得到鼓舞，不再陷於一片絕望之中；也突顯出紀弦的現代派運動展開的時候，臺灣社會緊張的氣氛出現一點鬆動，而文壇也由於現代派的加入，一反過去官方政策下文學的一致化，出現不同的聲音。

1950 年代官方推行的反共文學運動，以各種姿態影響著詩人作家，並深入文壇。各種文藝勳章的頒發、出版機制的監控下，省籍作家幾乎沒有發言的權利。現代派運動雖然以邊緣化的角色出現，卻使戰後文學得到一絲生機，由於他們默默進行的現代詩改革工程，才使反共文藝終於退出文壇，而臺灣本地的現代詩亦得以發展。身為本省作家的吳瀛濤，也由於參與這個運動，而成為跨語一代詩人中，最早脫離困境，成為現代詩人的一位。吳瀛濤之所以能夠趕上這個運動，並且成為運動中的一員健將、改變

---

[57]〈詩的原理三章〉之一，作品一九二，收於《吳瀛濤詩集》，頁 70。
[58]〈詩的原理三章〉之一，作品一九二，收於《吳瀛濤詩集》，頁 70。
[59]〈夢三章〉之一，作品二六七，收於《吳瀛濤詩集》，頁 96。
[60]作品一八六，收於《吳瀛濤詩集》，頁 68。
[61]作品一八七，收於《吳瀛濤詩集》，頁 68。
[62]作品一八八，收於《吳瀛濤詩集》，頁 68。
[63]作品一八九，收於《吳瀛濤詩集》，頁 69。

臺灣新詩的發展，與他快速完成語言練習有很大的關係，此外，戰爭期間曾與戴望舒談詩的經歷，也顯示出他對現代主義的認識與了解。吳瀛濤加入現代派並非偶然，然而，若非紀弦將現代派帶入臺灣，並引領一場現代派運動，他的創作大概還要經歷一段失題的苦悶歲月。現代派運動之於吳瀛濤，如同一把長梯，使他靈魂裡豐饒的意象能夠得到扶助，向上攀升，直至詩藝的完成。語言的完成與現代派運動的推波助瀾，使吳瀛濤如同獲致一雙無形的左右手，開始進行大刀闊斧的改革與創造。而他的改革與創造，乃經一連串的實驗作品完成。

二、勇於進行嘗試與改造

這段時期的作品，有一項重大的突破，也就是實驗性作品的產生。這是過去在吳瀛濤詩作中不曾出現過的現象，展現了現代主義作品高度實驗性格的特色。透過實驗性格的作品，詩人也進一步進行的語言練習和嘗試，使之更加成熟。他所做的嘗試，最明顯的莫過於表現於詩形的改變上。以〈星二章〉之一[64]為例：

我躺在星宿
夜夢發自天空
這是一個完美的世界
永恆而無始無終

永恆而無始無終
這是一個完美的世界
夜夢發自天空
我躺在星宿

本詩乍看之下與詩人以往的風格頗為相近，然仔細一看，會發現詩人在其

[64]作品一九九，收於《吳瀛濤詩集》，頁 72。

中做了不同的嘗試。他將詩行的結構進行一次翻轉，透過這樣的安排，使詩境得到提升，突顯出「永恆而無始無終」的重點，並藉由最後一句「夜夢發自天空／我躺在星宿」，製造出渺遠的詩境。雖是重複的詩句，經由順序的巧妙安排，創造出不同的韻味及想像的空間，這是過去不曾做過的嘗試。透過這首詩，可以發現吳瀛濤對於詩的創作展現出靈活的一面。但是創作的手法，仍較保守。除了這首詩，吳瀛濤尚有較大膽的嘗試，例如〈夢三章〉[65]之三及〈靜思〉[66]：

夢，夢的風景，夢裡的風光
夢，夢的光耀，夢裡的光彩
夢，夢的樂曲，夢裡的樂音
夢，夢的幻想，夢裡的幻影
夢，夢的彩虹，夢裡的彩色

還有比這更安靜的音樂嗎，恐怕沒有吧
還有比這更美麗的微笑嗎，恐怕沒有吧
還有比這更暖和的陽光嗎，恐怕沒有吧
還有比這更舒適的風景嗎，恐怕沒有吧

這安靜的樂音是從那裡來，你可知道嗎
這美麗的笑容是從那裡來，你可知道嗎
這暖和的陽照是從那裡來，你可知道嗎
這舒適的景色是從那裡來，你可知道嗎

這兩首詩在詩行的安排上，頗富實驗的性格。然而，在詩境的造就上，則

[65]作品二六九，收於《吳瀛濤詩集》，頁 97。
[66]作品二七〇，收於《吳瀛濤詩集》，頁 97。

稍顯薄弱。即使如此，相對於過去的詩，已跨出一大步，可見詩人對於詩的構造勇於進行不同的嘗試，也慢慢從過去局限的詩行中掙脫出來。再看〈雨三章〉[67]之三，則更能確定吳瀛濤已打破過去的傳統，而能透過新詩本身的特性，呈現所欲表達的感覺：

> 盡是雨季陰鬱的故事，這日以繼夜下個不停的雨
> 雨雨雨雨…………多灰暗的雨季，多討厭的雨天
> 很無聊，連工作的興趣都沒有，脾氣也變得很壞
> 就這樣悶在家裡，悶在發霉的雨季，啊，雨雨雨

將內心的感覺，經由倒敘、口語的方式，並置於整齊的詩行。再藉由詩的形式構建出雨的動態，「雨雨雨雨…………」與末句「啊，雨雨雨」表現出雨的無所不在。這首詩，在在突顯詩人對於詩句結構的實驗與摸索。詩人利用詩的形式，展開各種可能的嘗試，這種方式，改變了前期有些詩較為平面的缺失，而這些實驗，也在詩句與詩句間碰撞出精彩的火花，除了詩境得到提升，意象也變得繁複，充滿豐富而立體的想像。使詩作具有節奏感，也是詩人的一項嘗試。以〈思想二十二章〉之三〈風化〉[68]為例：

> 風化了，風化了
> 無可否認的潰滅，無任何的感覺
> 山嶽與河流，斷崖與大地
> 及酷熱的沙漠，冰冷的雪原
> 狂浪的大海，積雪的天涯
> 都風化了風化了
> 但願生命是不滅的

[67]作品二七四，收於《吳瀛濤詩集》，頁 99。
[68]作品二七九，收於《吳瀛濤詩集》，頁 101。

以其無可否定的永生，因而並無任何的悲哀

這首詩，有兩次以口語化的「風化了」表現。首句的「風化」與後面的「風化」，又製造出不同的感覺。後句的風化，藉由緊湊的節奏加強效果，對比萬物的寂滅與期待生命永恆的心願。透過不斷的試練，詩人逐漸摸索現代詩的美感，對意象的掌握也更為確實。不同主題的嘗試，使詩作從過去失題的低潮中得到重生。這段時期的作品，展現吳瀛濤壯盛的企圖，也可以看出他所投注的大量心血。他的努力，可以由詩境的大幅提升窺知一二。他所從事的，不僅是對於種種限制的突破，同時也展現於詩藝的經營與琢磨。

三、詩境的提升

1953 年，正當現代派要對臺灣詩界產生至深且鉅的影響時，吳瀛濤的詩作也出現長足的進步。自《現代詩》出現後，《藍星》、《創世紀》等誌陸續誕生，他的詩作就不斷在這些雜誌中被刊登出來。短短幾年間，詩的數量非常可觀，在質的方面，藝術成就亦不容小覷。尤其於 1956 年的作品中，有許多優秀的佳作。這些佳作超脫實驗的性質，展現出成熟而整齊的一面。而「詩境的提升」為最顯著的進步。以〈雨三章〉[69]之一為例：

月夜小貓的腳步停歇
情侶幽婉的細語斷住
星隱沒，星的雨滴滴下
遠處敲出初夏響亮的鼓聲

河邊的遊人散盡
僅留岸邊幾支孤寂的燈影
不料次晨河裡發現一對浮屍

[69]作品二七二，收於《吳瀛濤詩集》，頁 98。

難道那就是昨夜雨中的那對情侶

全詩在意境的營造上用力極深，從細微之處著手，一步一步製造懸疑的感覺。當四周寂靜無聲、星光黯淡，惟聞雨滴落下的聲音。初夏的夜晚，一切卻在靜止之中，遠方敲響的鼓聲，似乎暗示著不尋常的事物正要發生。究竟是什麼，詩人沒有明說，留下想像的空間。第二節則再將視角拉近，投注於河邊，以空無其人與幾支孤單的燈影映現出環境的孤絕，最後再以情侶及一個疑問句，給予讀者震撼的一擊，並留下無限的想像空間。詩的意境就在氛圍的創造和凝聚下，延展開來。留下的想像空間，足以提供讀者進行不同的詮釋，而詩的生命力也在豐富的想像空間與不同的詮釋中展現出來。此外，「月夜小貓的腳步停歇／情侶幽婉的細語斷住」這樣的詩句，更是過去詩作不曾出現的風格，顯見詩人在創作上的突破與進步。詩人在詩境的創造上，時而貼近真實生活而存在，時又渺遠而難以捉摸。試以〈極地二章〉之一[70]為例：

高原的花開在懸崖
荒野的鳥飛掠深谷
那無人的境域映於眼前
啊，我是高原的風，荒野的太陽

風在碧落蕭蕭呼喚
太陽驅盡雲霧，血般鮮紅
夜星猶未殞落
竟未知那極地的夜是何等淒涼

此一類型的創作，曾出現在吳瀛濤過去的作品中。然而，若仔細考察，會

[70]作品二一五，收於《吳瀛濤詩集》，頁 78。

發現詩作的主題更為集中，意境則更為提升。而如「風在碧落蕭蕭呼喚」、「太陽驅盡雲霧，血般鮮紅」、「夜星猶未殞落／竟未知那極地的夜是何等淒涼」如此的構句，說明詩人中文使用的熟練，已能在緊縮的文字中，表達完整的意象；同時，也能透過精鍊的語句，製造詩句的立體感。

再如「小樓夕暮的燈影撒落了嗎／妳的背影不知消瘦多少」[71]這樣的詩句，又表現出不同的風格。綜觀這個時期的作品，挖掘不同主題、嘗試不同詩風、提升詩境至不同的層次，都是詩人用心極深之處。對詩作的實驗，不僅包括外在詩行的改造，同時還深入到內部結構的探深。這些極富實驗性格的作品，使詩人投向各種不同主題的延伸，亦使之關注詩內在的豐富意涵。此外，由於專注於詩本身的探究，使他能夠超絕於政治的意識形態之外；追求純粹詩的藝術，則使他能跨越文壇閉鎖的空氣，找到文學的出路。值得注意的是，這段時期的努力，使吳瀛濤經管的詩藝，逐漸展現出與眾不同的一面，而呈現個人獨具的風格。都市詩和哲理詩的出現，便是造就他個人獨特風格的先聲。

四、都市詩與哲理詩的開展

作為一個忠實的生活者，城市的變化終究逃不開詩人敏銳的觀察。日本的殖民，在臺灣留下現代化的痕跡。然而，與西方成熟的現代化社會相比，臺灣社會當時還在開發中的階段。生長都在首都臺北的吳瀛濤，對於城市的變化，應有最深刻的感受。詩人將逐漸變化的都市面貌，記錄於詩中，寫下一系列的都市詩。作為一個現代詩人，吳瀛濤在都市詩中展現出一種冷靜而疏離的觀察。以〈都市四章〉之一[72]為例：

都市

一幅多彩的油畫

我是這裡的畫家

[71]〈五月的戀歌〉，作品二六四，收於《吳瀛濤詩集》，頁 95。
[72]作品二〇六，收於《吳瀛濤詩集》，頁 75。

都市

這是生活的中心，也是冒險家的樂園

多少罪惡就在這裡發生

都市

在這裡現代的風暴迭起

人世的悲歡雜陳

都市

空間與時間氾濫，明暗與喧鬧混亂

我是這裡未完成的畫家

雖是以真切的生命直接感受到都市的變化，詩人在記憶城市歷史的時候，保持著一種知性的態度，將都市的光明與黑暗面，如實地表現出來。這種透澈的檢視，正如詩人所言：「從不同的角度，運用各種不同的技巧／我攝照了很多都市的鏡頭」。[73]詩人不僅透過詩將現代化的成果顯現出來，它所帶來的動盪不安、混亂的一面，更是盡收詩人眼底。他在〈臺北組曲五章〉[74]組詩中，記錄了城市變化後的情景，展現出城市美好的面貌。而另一面，「逃犯」、「汙濁」也和都市脫離不了關係，「橋下的河流積滿都市的汙濁」、「不夜城」、「人魚悽怨的哀歌」等意象都和現代都市連結在一起。〈病獸〉[75]一詩，則更以灰暗的意象構築都市的形象。詩的表現如下：

一隻病獸

一隻糜爛的斑貓

死於都市的午夜

[73]作品二〇七，收於《吳瀛濤詩集》，頁 75。
[74]作品二一〇至二一四，收於《吳瀛濤詩集》，頁 76～77。
[75]作品二四三，收於《吳瀛濤詩集》，頁 88。

落日也死於牠僵硬的瞳孔

而祇溶岩仍然沸騰於密閉的地心

地上仍然一陣陣狂熱的疾風

詩中所呈現的，乃是都市「病態」、「糜爛」的一面，藉此開發出死滅、頹廢的感覺。工業社會的夢魘正如突而襲來的疾風，以最快的速度改變城市的面貌，人類終究無法遏止這一波潮流，連帶而來的光明與黑暗。詩人以敏銳的觀察及尖銳的筆觸，記下心靈深處的感受。總的來說，吳瀛濤的都市詩作，大致可以歸結出兩個主要的方向。一是由外在空間方面著手，刻畫現代都市的面貌，一是由內在心理方面著手。後者的用心尤其深刻，詩人勇於挑戰新的題材、調整美學欣賞的態度，詩的改造就在其中默默推移。

除了都市詩，吳瀛濤也開始以哲理的思考作為詩的主題寫作。寫於 1956 年的最後一首詩：〈思想二十二章〉[76]便以壯闊的氣勢面世。這首組詩以 22 篇富有哲學趣味的作品組成，詩的主題集中於一個重點的討論，也就是宇宙間生死的問題。這些詩十分具有吳瀛濤的個人特色，卻又不失時代精神。這個特質表現在因應現代都市的到來，人類生存的種種思索。他擅於使用懸問或提問的方式，凝聚主題的焦點，並製造人與世界的對話，達到靈魂和廣大時空呼應的效果。試舉〈殘骸〉[77]一詩來說：

這是什麼地方

熟悉卻又陌生的時間的大海

渺茫的歲月逝去，朝夕的潮浪依然

遺忘的貝殼沉睡，海鳥的戀歌息絕

太陽是永恆不語的旁觀者

行雲何嘗不是偶爾閒遊的過客

---

[76]作品二七七至二九八，收於《吳瀛濤詩集》，頁 100～107。

[77]作品二八〇，收於《吳瀛濤詩集》，頁 101。

當風雨交至，奈何一葉輕舟的浮沉
月是那悲哀的殘骸，星淚早已涸盡

這是什麼地方
…………

詩人將生命隱喻為一葉輕舟，以輕舟的沉浮暗示生命的擺盪不定。存於世間的萬物，有些為恆久的存在，有些早已消失無蹤，星月太陽為無情的旁觀者，人類在其中又是以什麼樣的位置而存在的呢？首句和末句的提問呼應，指出詩人的困惑。沉默不語的廣漠天地，則映照出生命的茫然無解。縱然無解，詩人並不輕易放棄追索。他的追尋，除了宇宙間的生命，還有自我生存的位置。檢視這一連串的詩作，可以窺探詩人摸索的軌跡。他曾以影子為喻，表現對時光消逝的失落感。如：

短瞬的時光脫落
遺下來的是影
而我能確認什麼
影又隱沒，夜又來

夜暗仍沉寂，風雨仍未停
我累了，不知怎地
想起了海難的故事
在那海暗中很想睡

我未曾確認什麼
早晨卻又來了
陽光又印下一條瘦長的影

影又漸漸移開[78]

再如：「從日暮回來／喪失了言語／如同太陽喪失於夜暗」[79]縱然無法擺脫悵然若失之感，但詩人並不悲觀。正如詩人所言：「那是我最幸福的／當我寫詩聽音樂／或許我並不快樂／不過我已不苦悶」[80]若將這組詩集合來看，詩人的幸福除了來自詩的完成，便是自身位置的追尋與肯定。

對生命與宇宙的變幻莫測感到疑惑，是這個組詩的共同基調。然而，更重要的，是詩人對存在的焦慮感，透過詩句間生命和宇宙的對話，正是在進行反覆的辯證，藉此辨明自己所在的位置，為自我的身世做出確切的定義。試以〈靜觀〉[81]前三節為例：

構成一個人的歷史
我以誠實與堅強
以愛情與智慧

一棵樹木本來就有這一切
它啟示了生命的奧祕
人的存在也並非偶然

如是我靜觀
我是宇宙的一因素
而這因素正在待我去完成

再對照〈倫理〉[82]：「我是倫理的中心／世界是其反應」。對於難以捉摸的人

[78]〈脫落〉,〈思想二十二章〉之六，作品二八二，收於《吳瀛濤詩集》，頁 102。
[79]〈喪失〉,〈思想二十二章〉之七，作品二八三，收於《吳瀛濤詩集》，頁 102。
[80]〈信心〉,〈思想二十二章〉之十一，作品二八七，收於《吳瀛濤詩集》，頁 103。
[81]〈思想二十二章〉之十九，作品二九五，收於《吳瀛濤詩集》，頁 106。
[82]〈思想二十二章〉之二十，作品二九六，收於《吳瀛濤詩集》，頁 106。

世，吳瀛濤透過一再的追問和確認，企圖形構宇宙的輪廓，並將自我安置於其中一個座標。這首組詩，展現了跨語詩人超然的格局，正因經歷漫長的動亂時代，始能寫下如此具有思想重量的詩句。

綜觀這個時期的作品，固然實驗意味濃厚，詩藝的表現卻是進步而成熟的，文學成就具有整齊平均的現象。無論是都市即景的摹寫、曲折心境的詮釋、哲理的邏輯推論，各種題材的嘗試，皆未改變詩人對更高詩境的追求，及語言藝術的鑄造。不同主題的摸索，是這段時期值得留意的特色。檢視這些作品，主要來自對土地的熟悉感及變動世界的敏銳感受。詩人在全集中以「都市詩集」[83]為之命題，暗示詩作與環境的不可分割性。透過遠近不同的鏡頭，將內心風景與外在景觀，賦予細微或巨大的命題，收納於詩中。而詩作想像空間的擴展、精鍊語言的使用及心靈世界的富有，都是澈底揮別過去，突破停滯不前的窘境之最佳證明。

第四節　奠定風格的精華時期（1957～1971）

文學史上一般認為 1950 年代為戰後臺灣現代詩的再出發，而 1960 年代為蓬勃發展的時期。[84]現代詩壇之所以能夠迅速發展起來，實與詩社與詩刊的興起有密切的關係。自從「現代詩社」在 1953 年成立後，「藍星」與「創世紀」也在 1950 年代末期陸續成立。當詩社之間還在進行路線的爭辯時，吳瀛濤正由突破開展的實驗期走出，並以穩健的步伐向前邁進。1957 年至 1971 年，是他生命的最後階段，也可視為他文學創作的精華時期。經過上個階段大刀闊斧的革命後，吳瀛濤的創作已不再出現實驗風格強烈的作品，取而代之的，是更為成熟的創作。當詩誌紛紛創立以後，他也分別在這些園地發表詩作，展現旺盛的創作能力。當時躍上文壇發表作品的成

[83]吳瀛濤生前親自編訂的《吳瀛濤詩集》，將全集共分為六卷，其中 1954 年至 1956 年間的作品定為一卷，命名為「都市詩集」。

[84]葉石濤將 1960 年代視為現代詩蓬勃發展的時期，參見〈六〇年代的文學——失根與流亡〉，《臺灣文學史綱》（高雄：春暉出版社，1996 年），頁 111。

員幾乎清一色為外省詩人[85]，吳瀛濤是少數的省籍詩人之一，顯得特別突出。值得注意的是，當現代詩論戰發生的時候，他並沒有加入其中，為任何一個陣營辯護，除了與他不喜與人爭論的個性有關，也暗示著一系列現代詩論戰中，省籍詩人幾乎沒有發言的位置。

然而，沒有發言並不代表缺乏定見，對於詩的想法早已在吳瀛濤的心中成形，只是沒有機會表達出來，而以詩的創作代替之。文學的路線之爭雖還在如火如荼地進行，他卻已經走向一條屬於個人風格的道路。這個階段吳瀛濤的文學活動，大致可以分作兩期，前期為 1957 年至 1964 年笠詩社成立前夕，後期為笠詩社成立後至 1971 年離世為止。前期作品發表於當時主要詩誌，除了詩作以外，詩論〈原子詩論〉也分別發表於《現代詩》與《藍星》；後期則將全副心力投注於《笠》詩刊的耕耘，多方面經營文學傳統的復建工作，固然全力進行詩史的重建、詩論的譯介及民俗領域的耕耘，仍未忘情於詩的創作。1971 年離開的時候，包含他親自編錄的全集作品《吳瀛濤詩集》及未收錄的作品如「憶念詩集」共留下了六百餘首詩。這些詩作，語言風格普遍較為質樸明朗，同時，有一種深刻的孤獨感存在於詩句間，對自我與環境保持疏離、自省的觀照、雖其有強烈的時代感亦不缺乏個人獨特風格。這些風格，主要是在最後這個階段完整確立起來的，以下便針對這四點加以說明。

一、語言質樸明朗

語言問題一直以來都是跨語一代詩人的共同創傷，創傷的來源，大致可以歸納出兩個方向，其一是語言作為一項書寫工具，轉換的過程中可能遭遇的問題，由於詩是精鍊文字的結晶，現代詩人尤其深受其害；其二則為外在環境所造成，跨語一代詩人皆曾歷經皇民文學與反共文學的動員，在高壓政治下，詩人的想像空間受到嚴重的壓縮，語言表現亦不容許任何引人遐想的意念。若檢視吳瀛濤早期的作品，不難發現詩中的語言，具有

[85]關於當時發表作品的詩人，張默已編有詳細的編目可供參考。

平面而樸實的風格。這樣的表現，可以推究於前述兩個因素。

「質樸明朗的語言」是吳瀛濤一貫的特色。進入 1960 年代以後，他的樸實語言，在多數競相以華麗取勝的詩作中，則更顯特出。他曾指出：「詩並不是什麼詩句的造作，詩是真情的流露，它使用的文句往往是又淺又白的日常用語，但予人的感受卻回味無窮。」[86]可以見得，語言的質樸是詩人有意造成的結果。這樣的語言表現，隱含了詩人對當時風行的晦澀詩的不贊同。要把一首詩弄得玄虛而艱澀誠難，然而，要使一首詩人人皆能讀懂亦非易事。綜觀吳瀛濤的作品，幾乎找不到任何語意不明的詩句，這是非常難能可貴的，尤其放置於 1960 年代追求技巧的作品中，更突出詩人所付出的努力。吳瀛濤文字語言裡一貫的明朗與質樸，是偶然也是有意識的結果。由他寫作的〈略談難懂的詩〉[87]一文可以窺知一二，文中寫道：

> 原則上，我不贊成難懂的詩，但這並非絕對反對難懂的詩，因為有些詩由其內容的深度難免難懂，由此也可以說，詩不妨難懂，問題就在於難懂是不是有其所必然的，乃或是在故弄玄虛的這種分別上。

換句話說，難懂的詩不好寫，要寫成一首好懂的詩也需要經過一番功夫。他認為詩應以「善良的語言」[88]來表現，試讀這段時期難得的抒情作品〈給瑪琍的戀歌〉組詩[89]，這一系列的詩，透過質樸明朗的感情，表現出中年夫婦經過沉澱後的真摯感情。正是因為詩人使用善良誠實的語言，所要陳述的感情才能以最真實的面貌呈顯出來。亦使此詩，無論是什麼時候來看，都能體會其中的感情，並獲得感動。

既非通過奇巧的文字取勝，亦非專注於故弄玄虛。吳瀛濤強調的乃是

---

[86]出自吳瀛濤評論楊喚的文章〈詩的欣賞〉，《笠》第 27 期（1968 年 10 月），頁 23。
[87]吳瀛濤，〈略談難懂的詩〉，《笠》第 21 期（1967 年 10 月），頁 38。
[88]吳瀛濤曾作〈善良的語言〉一詩，收於《吳瀛濤詩集》，頁 204。
[89]〈給瑪琍的戀歌十三章〉，收於《吳瀛濤詩集》，頁 117。〈給瑪琍的戀歌十章〉，收於《吳瀛濤詩集》，頁 162。

詩的質素，簡言之，也就是詩本身所能展現的能量。[90]透過詩的本質，將所欲表達的想法表現出來，以不破壞詩質，並將其發揮到最大為原則。詩中最為明顯而可見的，乃如詩行的結構表現。以〈空茫〉一詩為例：

一對眼睛在夜的深處瞠開著

我走得很快，被追著

我走向靈魂的角落，被追著

為何有那對眼睛，為何追著

我已不知在走著什麼地方

像要倒下，可是沒有倒，也沒有停足

黑黑的影，黑黑的星，冷冷的夜

走著，被追著，遠遠的海音

空茫地在那邊一具屍體

刻意的將詩句各自獨立成一行，造成情節緊迫的感覺。詩裡所說的「眼睛」指的就是死亡，無論詩人走到哪裡都有一種被死緊緊跟隨的感覺，然而，卻突然出現遙遠的海音，無非是一種解脫的象徵。詩人透過詩行的安排造成緊張的感覺，每一句詩都是質樸而明朗的，絲毫沒有使用奇險的句子，卻能造成獨特的境界，這便是發揮詩的最大特質、詩素的真實呈現。再如〈凝視二章〉[91]：

[90]吳瀛濤所提出的「原子詩論」，強調詩是最原始的存在，本質如同原子一般，不能再做更細的畫分，然而，這個最小的分子，卻能發揮爆炸性的作用。

[91]作品四〇四、四〇五，收於《吳瀛濤詩集》，頁 143。

上升，上升，下降

　　下降，下降，上升

　思想的凝視

　情感的溫度

散發，散發，凝固

　　凝固，凝固，散發

　思想的凝視

　情感的溫度

前進，前進，後退

　　後退，後退，前進

之二

在門外，在門內

　凝視我，凝視你

凝視的眼

　有一對兩對，很多對

凝視，凝視，凝視著

　凝視的空間，凝視的時間

凝視裡的聲響，凝視裡的跫音

　在彼方在遠方，在很近很近的地方

凝視，我不在，他不在

　神也不見在何處

透過詩行的排列與詩本身的感覺，傳達思想與情感的變化及忽焉在前、忽焉在後的凝視，分不清楚究竟是誰在凝視，製造一種玄虛之感。吳瀛濤的詩作，幾乎可以說是以一種「素描」的方式來呈現的，意象的形成固然都處於渺遠的境界，卻不失焦，維護詩的質素，以使不受爭奇鬥豔的文字破壞之，是詩人最大的使命，也造就他的詩作卓然而立的風格。

二、疏離和自省的觀照

> 我想詩人要有信心，要有愛，要有強烈的生命。詩不應該被戰後的虛無和混亂扼殺。是的，詩在任何時代都不會被扼殺的。尤其是在現代，詩人要負起重新開拓詩的使命。[92]

這是吳瀛濤說過的一句話，作為跨語一代的詩人，歷經時局的動盪，卻能保有對時代冷靜的觀察，具有反省的智慧，這是詩人難能可貴之處，也是他詩作的主要風格。

少壯及晚年都在動盪不安的 1950、1960 年代度過的詩人，對於時代賦予個人的苦悶，有著最深刻的感受。然而，在他的詩作中，卻看不到任何指涉現實的文字，臺灣在這二十年間遭遇的不幸命運、歷史事件加諸文學的影響，在他的詩句中並未出現直接的指陳。詩裡所表現的情感並非激情的氾濫，也非作為宣傳工具的符號，而是沉著而自省的觀照。這種疏離的態度，無非也是一種政治高壓下的成果，跨語一代的詩人，多數具有這樣的特質。在吳瀛濤後期的作品中，更是表露無遺。他的詩作以較為低調的方式處理，由於經常以自我和環境交互作用的結果入詩，詩作所呈現的，也是一種較為客觀的思維。寫作的同時，已將個人情緒化的字眼過濾，留下來的，則是一個知性作用下的成果。

除此之外，置身亂世的詩人，具有相當高度的自覺。他以疏離的態度觀照外在環境，對自己內心曲折的感受，也是保持一定的距離，以反省的態度，檢視幽微的心境變化。打開這段時期的詩作，會發現一系列以「詩人的日記」及「詩人的短章」為名之作品。吳瀛濤藉著詩的形式，將內心

[92]吳瀛濤，〈現代詩的思想與抒情〉，參見《笠》第 16 期（1966 年 12 月），頁 12。

的感受表達出來，對於自己的生活以及作詩的方式，進行一連串的記錄和反省。這些詩大多以短章的方式呈現，除了表現詩人對於詩思的珍視，更重要的是，這些短章的成立，各代表不同的主題，凝練的語言、去無存菁的文字，則是要以最真實的面貌將詩人的心象記錄下來。透過這些詩句，詩人得以檢視創作過程中，心情的高低起伏；詩句完成以後，並置於眼前，更可作為詩人檢視真理的依據。

三、孤獨的先行者

由於有超然的自覺與冷靜疏離的觀察，使吳瀛濤成為一位時代的先驅，卻也略顯孤獨。知識養成於日治時期建立基礎的吳瀛濤，在戰前所受到的文化薰陶可謂相當豐富，從他的語言能力與戰後整理詩論及史料的能力可以窺知一二。太平洋戰爭期間，臺灣島內的文學受到阻隔，他卻得以前往香港與戴望舒談詩、並閱讀當時文壇的重要作品。現代主義的文學很早就在他的腦海與作品中隱然成形。當時紀弦的現代主義還未傳到臺灣，而日治時期的超現實主義傳統也受到戰爭影響而斷絕，吳瀛濤可以說是戰後現代主義的先行者。然而，戰爭結束以後，象徵進步與現代化的新文學運動受到統治者有意識的鎮壓，他並沒有立刻以現代主義者的姿態出現。而是要等到紀弦領導的現代派運動興起後，才使他得以現代主義詩人的身分現身。他所提出的「原子詩論」可以說是空前絕後的想法，然而，或許是想法過於先進，或許是由於不容易實踐，當時即使得到紀弦的贊同，卻沒有引起文壇太大的回響。

綜觀吳瀛濤這個時期的作品，不難發現詩中不時透露出孤獨的感覺，稱這些詩作為孤獨的詩篇恐怕是很恰當的。正如他的詩所言：「陷於沉默／一顆星／在宇宙的角偶／一直被遺忘」[93]他的孤獨感，恐怕和他一直走在時代的前端，卻得不到多數的支持有極大的關係。1960 年代是現代詩蓬勃發展的階段，晦澀難懂的詩卻占據多數的篇幅，這是十分可惜的。經歷這一

[93]〈詩人的日記五章〉之二，作品五三三，收於《吳瀛濤詩集》，頁 182。

場陣痛，現代詩才終於撥雲見霧，找到正確的出口。然而，作為一個先行者，吳瀛濤很早就發現晦澀詩之不可行，而獨自寫著自己的篇章。正如詩人所言：

我走我的路
我寫我的詩
我有我的世界
我有我的宇宙[94]

吳瀛濤的先見之明，在當時只是少數的意見，詩壇仍被技巧取勝的詩作占據，詩人才會寫下如此的句子。時代的汙濁，時常叨擾他的創作，詩人需要尋找安靜的角落。因此，他慣使自己與環境保持疏離，以自我冥想的姿態而存在。正因如此，他的孤獨感又更加深，時常以詩句和四周景象達到共鳴而去除深層的孤寂。舉例來說，這個時期如〈風景〉[95]、〈湖〉[96]及〈影〉[97]等作品，無不透過物我的對話，成就詩的境界。

四、時代感與個人風格兼具

正當吳瀛濤的孤獨身影，穿越陌生的語言[98]、陌生的環境[99]，勇於向前邁進的同時，他個人獨具的風格亦儼然成形。然而，他的孤獨感並未使他關懷自身所在的土地，及其所發生的一切事物。他曾說：

我唱我的歌
都市裏，我的歌

[94]作品四九九，收於《吳瀛濤詩集》，頁 170。
[95]作品二九九，收於《吳瀛濤詩集》，頁 110。
[96]作品三〇一，收於《吳瀛濤詩集》，頁 111。
[97]作品三〇二，收於《吳瀛濤詩集》，頁 111。
[98]此指現代主義運動中，脫離現實而存在的詩句。
[99]此指快速變化的現代都市，使詩人不斷感到陌生與失落。

雖被騷然的雜音困擾

我唱我的歌
都市裏，我的歌
雖被忙碌的生活困擾

我唱我的歌
都市裏，我的歌
但願像在田園裏清純

我唱我的歌
都市裏，我的歌
但願能唱出時代的歌聲[100]

這首詩用來涵括吳瀛濤主要的風格與態度，實在恰當不過。確實，他雖然唱著自己的歌、擁有自己的宇宙，卻仍期望「唱出時代的歌聲」。事實上，這個時期的詩作也無不在實踐這個想法。1950 年代初期，詩人就開始寫都市詩，進入 1960 年代以後，現代化加速前進，詩人也隨著這個脈動，寫下許多描寫現代都市的詩作；再者，他所寫下的那些對於生的疑惑和追尋的詩作，和 1950、1960 年代風行的存在主義對照，亦可看出詩人受到該主義影響之端倪。時代感一直跟隨著他的詩作因運而生，縱然不多作說明，將他的詩作一字排開，濃厚的時代氣味便會透過詩句傳送出來。

作為亂世裡的詩人，吳瀛濤的詩作既有時代感，個人的風格更是獨特的風格。這些詩作的產生，皆由於勇敢而執著地走出個人的路，勤於嘗試各種題材的詩作，努力開發出很多個人的想法。「純粹」、「哲理」、「現代主義」及「關懷土地」的詩，這些風格的詩作，都蘊藏吳瀛濤個人的詩觀的實踐，也具有無數詩藝的創造。

[100]作品四三〇，收於《吳瀛濤詩集》，頁 154。

吳瀛濤以先行者的姿態到來，亦以先行的姿態離開，個人獨具的風格及其承受時代的重量值得後來的人細細品味，而他的耕耘，也為詩壇開拓出不同的方向。1971 年吳瀛濤離世的前夕還在寫詩，他所留下來的「憶念詩集」及未集結的零星詩作，來不及收入於全集。然而，最後的幾首詩作，卻有異於往常的明亮風格，這些詩作，突然將時空倒轉至舊日的時光，泥土顯得特別親近、詩人的心志顯得格外明亮，足以和創作最初的作品相互輝映。這些作品的完成，使他的文學生命更顯完整。詩人揮別人世而去，他所留下的詩成為文壇的養分，而他時常擺脫不去的鄉愁也不在了。因為，原鄉早已存於他的詩中，以各種的姿態開出花朵。從斷裂到重建，詩人承受詩所帶來的喜悅，也承擔其中的創傷，肩負起開疆拓土的任務。他的使命已經完成，臺灣文壇的重建工程也告一段落，吳瀛濤在文壇的地位亦確立起來。

——節錄張愛敏〈跨越語言一代詩人的侷限與開展——以吳瀛濤為討論對象〉
政治大學臺灣文學研究所碩士論文，2009 年 7 月
——2018 年 7 月 12 日修訂

吳瀛濤詩中的都市構形

◎李建儒*

一、前言

吳瀛濤（1916～1971）臺北市人，著有《臺灣民俗》、《臺灣諺語》、《吳瀛濤詩集》和小說「藝妲」等作品。吳瀛濤在日治時期（1936 年／21 歲）曾參加「臺灣文藝聯盟」臺北支部從事文藝活動，並為發起人之一；1939 年開始正式日文詩的創作；1941 年參加臺灣商工學校北京語高等講習班結業，在第二次世界大戰臨近終戰前 1944 年旅居香港，並跟當時居住香港的中國詩人戴望舒等交往，滯港期間，曾發表中、日文詩作。光復後，吳瀛濤在「語言」的轉換跨越上，似乎不曾經歷當時臺籍作家普遍遭遇到的阻礙摸索期，就以平易舒坦的作品和讀者見面，同時成了創辦《笠》詩刊、詩社的元老之一，終其一生創作不輟。

在吳瀛濤現存將近六百首的詩作中，有關「都市的書寫」是吳瀛濤詩歌裡的一個重要主題。從《吳瀛濤詩集》[1]所收的六本詩集名稱來看，就有一本以「都市」命名；再從吳瀛濤詩歌的創作年代看，在詩裡首次出現「城市」字眼的，是寫於 1941 年題名〈長衫的少女〉，作者時年 26 歲，而最後一次出現「都市」一詞的則是寫於 1966 年的〈一九六六年末章〉一詩，當時吳瀛濤 51 歲，約占一生總寫作年齡七分之五的光陰寫到「都市」；另就吳瀛濤詩作總數 585 首觀之，直接以「都市」為題目或以都市生

---

*發表文章時為臺北教育大學臺灣文學研究所碩士生，現為臺北市華江高級中學國文科教師。

[1]吳瀛濤，《吳瀛濤詩集》（臺北：笠詩刊社，1970 年）。

活為題材而寫的詩[2]，就我初步統計，約共三十一首，占總詩數十九分之一，而且主題突出，自成一個區塊。

吳瀛濤可以說是臺灣詩人裡，寫「都市詩」的一位前驅，在這些書寫「都市」的詩歌裡，反映了都市為人們生活帶來的變化以及這些變化給人們帶來的影響。因此，「都市詩」可說是吳瀛濤整體詩作的一個重要組成部分。

本論文擬從「文本構形」的視角切入，借鑑新批評、心理學、社會學、修辭學等理論，嘗試對吳瀛濤的「都市詩」做初步的探討。

本論文所指的「都市」（metropolis）一詞，原來是西方的觀念，這個詞來自 meter（母親）和 polis（城市），在 16 世紀本指主教的治所，現在則指國家、州或地區的大城市或首府。都市是一般市民的活動領域，民眾在這裡居住、工作、旅遊、休閒，它是市民生活環境的總和。[3]

「構形」（configurations）一詞，指的是象徵性地建構起來的「真實的」或「想像的」都市生活。在本文中，「構形」一詞包含兩個層面的意思：1.文本層次，主要是指詩中的都市形象；2.思想層次，指以詩寫都市的過程中運用的認知、感覺、觀念等。在第一個層次，都市「構形」主要依賴一些「形象」（figures），它們在讀者心目中很容易喚起與都市相關的一些意象，在吳瀛濤的詩裡，如河流、公園、大樓、都市裡的某一條街巷等等，都可說是都市的「象徵符號」（Symbol）。在第二層次上，「構形」涉及一些認知和感覺行為，以便在一個原本無形式的、不可解讀的城市環境中把握空間、時間和個人的存在。而「構形」主要還牽涉到一些話語行為，這些行為必然都受到個人主觀意識和性別差異的影響，但它們同時又產生了應對這些差異的各種策略——如將田園理想化，或投射男性的幻想等。[4]

---

[2]這裡沒有把吳瀛濤詩題中有「巷」字的，如〈路巷〉、〈小巷〉、〈陋巷〉、〈街巷〉等或以巷為題材的詩算進去。

[3]參考雷蒙・威廉斯著；劉建基譯，《關鍵詞：文化與社會的詞匯》（北京：生活・讀書・新知三聯書店，2005 年），頁 43、44；漢寶德等編，〈都市〉，《藝術生活：環境藝術篇》，（臺北：龍騰文化公司，2006 年），頁 37。

[4]此處「構形」的概念和意涵，除了對照吳瀛濤詩歌中的都市詩以確定其屬性外，主要採用張英進在《中國現代文學與電影中的城市：空間、時間與性別構形》（南京：江蘇人民出版社，2007

準此而言，「都市構形」主要是指透過認知、感覺、觀念、話語等去建構都市的形象。本論文擬針對吳瀛濤詩中有關「都市詩」的部分加以探索分析，闡述吳瀛濤詩中的「都市」是如何被建構起來的，「都市」的意涵和形態有哪些。

二、都市構形三態

吳瀛濤為數三十幾首的「都市詩」裡，有一個最大的特色，就是對於「都市」的觀感，所表現的並非前後一致的單一觀點，而是具有多元的視角。劉勰《文心雕龍・物色》篇在講情景與創作關係時，曾提出「情以物遷，辭以情發」的說法，認為外界景物影響人的感情，文辭由於感情而發生。[5]在吳瀛濤的「都市詩」裡也可以看到這種情形，由於表現都市內涵的景觀不同，影響到詩人的感情，繼而藉由文辭建構出都市的不同形象。如果我們對吳瀛濤的「都市詩」詳加考察，可以發現詩人所構形的「都市」，大致有下列三種形態：

（一）美麗、快樂、夢想的光明之城

吳瀛濤詩作中第一次出現「都市」意象的是寫於 1941 年的〈長衫的少女〉：

> 這裡是美麗的城市
> 長衫的少女飄著柔軟的衣裙逍遙而過
> 優雅的美姿如一朵初開的玫瑰
>
> 是誰家女兒初嫁的淡粧
> 長長的黑髮插上一朵南國的紅花
> 那長衫的背影，令人懷念昔日的戀情

年）第 5、6 頁對「構形」一詞的釋義。
[5]參考周振甫，《文心雕龍今譯》（北京：中華書局，2005 年），頁 412～414。

啊，這是美麗的長衫的城市
喚起青春的回想
那少女今天又走過去

——「青春詩集」，作品一七

中國傳統詞裡有「記得綠羅裙，處處憐芳草」[6]的名句，只因為心上人穿著綠色的裙子，連帶對綠色的青草也倍覺憐愛，這就是心理學所謂的「移情作用」（transference），即人的某些感覺、情緒轉移到別的事物上，使之也帶有人的感情色彩。這首〈長衫的少女〉也顯現吳瀛濤因為看到穿著長衫的美少女，勾起對昔日戀情青春的回憶，而這一切發生的地點都是在同一座城市，於是不知不覺再三讚嘆：「這裡是美麗的城市」，甚至還為城市冠上「美麗的長衫的城市」。在這裡，少女穿著的長衫變成了城市的符號，也表現出男性詩人的幻想。要注意的是，詩第一節和第三節的首句，按照正常句法順序，應該放在該節的最後一句，但那樣的話就失去了詩人藉顛倒語句順序以強調整座城市曾因擁有斯人、斯景而美麗的作用。

吳瀛濤在另一首〈田園・都市〉的詩裡，對田園和都市都加以稱頌，說到都市時他說：

居於都市，謳歌都市的繁華
一如讚美田園的純樸
都市給我高度的文化，給我現代的生活
我從田園帶回來的健壯的生命會在都市茁長
是啊，我是這都市的堅強的生活者
這裡有陽光的地方，就有我快樂的歌聲

——「都市詩集」，作品二二〇

[6]這句傳誦的詞出自中國五代詞人牛希濟的〈生查子〉，見胡適選注《詞選》（北京：中華書局，2007年），頁19。

在這裡，田園和都市相輔相成，兩者之間的關係密不可分，而都市除了為詩人帶來現實物質生活上的滿足，也帶給詩人精神和心理上的快樂。雖然詩裡表現出明顯散文化的傾向，但也顯現出詩人以歌聲讚美都市的快樂心情，都市在此成了快樂的象徵。

吳瀛濤是日治時期臺北江山樓主人的哲嗣，從小到退休，除了青年時曾在香港住過一段期間外，大半輩子人生活動的場域，幾乎都離不開臺北。在吳瀛濤的詩裡，凡是提到「都市」時，毫無疑意就是指臺北。1955年吳瀛濤 40 歲寫了一組〈臺北組曲五章〉的詩，將當時臺北的幾處座標如淡水河、植物園、動物園、公園等入詩，其中說到淡水河時，詩人認為在他「心目中，這條河就像是巴黎的賽納河」，在詩的第二段，吳瀛濤寫他居住的臺北和淡水河：

是的，臺北是我心目中的巴黎
這條淡水河也正像那條風光明媚的賽納河
在這美麗的都市的河畔
有我年青的回憶，有我愛情的歲月

——〈臺北組曲五章・1 淡水河〉,「都市詩集」, 作品二一〇

和之前〈長衫的少女〉類似，由於曾發生在這座城市的愛情，以及在此度過的青春歲月，回憶中的美好，變成了現實中的美麗，「回憶」也是詩人最強烈的感情之一。在〈公園〉裡，作者一再使用「年青」意義的詞：

公園，這是星期日陽光的場所
記得年青時候，曾在這裡的噴水池邊，和一尊女神的銅像合照過一張相片
在那青春多夢的日子裡
也在這裡的圖書館裡度過了一段苦學的歲月
那時候也常在這廣闊的運動場，做過各種體育活動

——〈公園〉,「都市詩集」,作品二一三

這首詩寫的過分淺顯直白，雖然詩人內心飽蘊追尋青春夢想的情思，但在文字表現上卻缺乏詩質，嚴格說來就是散文的分行，而且是相當平凡的散文。但應注意的是，上引詩句中所稱頌的都市內涵，因為有詩人美好的青春歲月以及目睹親歷的現實繁華，而被形塑為充滿陽光和快樂回憶的光明之城。

（二）悲歡雜陳的期待之城

吳瀛濤除了詩歌創作之外，同時也是一位民俗學家，對臺灣傳統民俗瞭如指掌，因為這層關係，對社會變遷顯得特別敏感。吳瀛濤在世時，曾經提倡「原子詩」[7]，其所強調的詩觀，就是詩歌創作應注重對現實世界的批判。吳瀛濤一生所寫的詩，批判力道較強的也是寫都市的幾首，但在強烈批判之前還有一段過渡。

另外，吳瀛濤也有一些書寫陋巷的詩，從另一個角度看，「陋巷」也可以說是「城中之城」。陋巷裡，底層民眾的真實生活情形，吳瀛濤是知之甚詳。儘管臺北這個都市曾經在詩人心目中美麗過，但都市新風貌的出現，往往也夾帶著許多不堪入目的情景，其中之一就是貧民窟。雷蒙・威廉斯（Raymond Williams）在《關鍵詞》一書中解釋「城市」的部分時就說到，城市固然是十里洋場的所在，同時也是貧民窟集中之處。[8]「貧民窟」一類的詞，也多次出現在吳瀛濤的詩句裡。

吳瀛濤久處都市繁華之餘，對田園的觀感並沒有什麼改變，但對身處都市的自己卻開始感到懷疑：

都市裡

---

[7]見吳瀛濤《生活詩集》卷末附〈詩論——論原子時代（Atom Age）的詩〉（臺北：臺灣英文出版社，1953 年）。

[8]參考雷蒙・威廉斯著；劉建基譯，《關鍵詞：文化與社會的詞匯》，頁 43、44。

我的存在是什麼

假如在田園

至少我將是一位愛好自然的詩人

——〈詩人的日記五十一章・15〉，「瞑想詩集」，作品四七四

田園變成了詩人心目中的座標，可以當成對都市省思的對照，不再像之前各具優點，可以讓詩人同時得到滿足。都市在表面的繁華文明面紗遮掩下，許多不美的一面也開始被詩人看見。在〈都市〉一詩裡，吳瀛濤將自然界的意象和都市的人工建築做了對比：

這以鋼骨水泥構成的峽谷

沒有樹木，而有高塔

沒有溪流，而有馬路

紅綠燈遮攔著，霓虹下的妖女逗人

而螞蟻的機械人彷徨於這文明的十字路口

這裡有冷氣設備的銀行、戲院、茶室

這裡有夜夜通宵的舞場、俱樂部

都市，機械人的悲愁開花於此

機械人短暫的快樂開花於此

——〈都市〉，「瞑想詩集」，作品三八六

在這裡，都市與田園形成對立，而現代文明表徵的都市建築景觀，只成了都市人尋歡作樂的場所，人在這裡失去了身處田園時的定位，儘管還有人的悲歡情緒，但人的身心似乎已被物化（reification），蠅營狗苟忙碌如螞蟻，千篇一律形同機械，人與自然、人與人的和諧關係逐漸喪失，表現在外的只是物與物的聯繫而已。

吳瀛濤在〈都市四章・1〉和〈都市素描〉兩首詩裡，都將「都市」比

喻成一幅色彩錯綜混亂的圖畫，而詩人也成了為都市渲染色彩的許多畫家之一，當然，所謂「畫家」只是個比喻，意謂替都市著色的都市人，而都市的色彩也未必令人感到愉悅：

都市
在這裡現代的風暴迭起
人世的悲歡雜陳

都市
空間與時間氾濫，明暗與喧鬧混亂
我是這裡未完成的畫家

——〈都市四章・1〉，「都市詩集」，作品二〇六

相較於田園，都市固然有其令人不滿的一面，但吳瀛濤在寫都市時仍然心存期待，在〈詩的短章十七章・拾荒者〉這首只有兩行的詩裡，詩人自況「我是都市的拾荒者／與垃圾相處，在骯髒汙暗的角落撿取陽光」，詩人以隱喻的手法，表達在晦暗的環境裡能夠找尋到光明的期盼，這種想法，充分體現在〈我唱我的歌〉這首詩裡：

我唱我的歌
都市裡，我的歌
雖被騷然的雜音困擾

我唱我的歌
都市裡，我的歌
雖被忙碌的生活困擾

我唱我的歌

都市裡，我的歌

但願像在田園裡清純

我唱我的歌

都市裡，我的歌

但願能唱出時代的歌聲

——〈我唱我的歌〉，「瞑想詩集」，作品四三〇

詩裡，吳瀛濤明確表示，都市裡忙碌的生活和騷然的雜音已經對其創作形成干擾，但身為詩人，處在都市裡，仍有其「都市欲望」，這種欲望不須偽裝或加以變形，直接說出來也只是希望自己仍能保有在田園時的清純，期待自己能夠唱出時代的真實心聲而已。

在這一節裡，我們可以看出吳瀛濤內心對都市的態度並非只是全然讚美，而是開始對自己所處的都市感到懷疑，寫作視角也注意到都市並非全然美麗、令人愉悅的，光鮮的表層底下，其實隱藏著許多不為人知的汙垢，或許這就是都市的真實面貌。哲人海德格爾（Martin Heidegger）有一篇題為〈人詩意地棲居〉[9]的論文，其中「棲居」的主要概念就是指人能與環境融為一體的祥和生存狀態。吳瀛濤在與「都市」這個大環境的互動過程中，顯然已對大我的環境心生不滿，同時無法在騷動忙碌的都市環境裡安然棲居，但對都市現實之外的另一個內心自我仍然充滿期待。

在這裡，吳瀛濤為都市建構了悲歡雜陳的另一種面貌，同時也賦予「它」使詩人有所期待的一面。於此，都市被詩人構形為「悲歡雜陳的期待之城」。

（三）罪惡、寂寞、侵蝕人心的黑暗幻滅之城

從社會學的角度來看，隨著鄉村人口大量湧入都市，都市原有的結構如交通、環境、社會、經濟、治安等都會連帶受到相當程度的衝擊，並產

[9]見孫周興選編，《海德格爾選集》（上海：三聯書店，1996 年）。

生一系列的都市問題。

英國著名的社會學家安東尼・吉登斯（Anthony Giddens）在《社會學》第 18 章〈城市與城市空間〉[10]裡，談到人們對城市的觀感，往往呈現兩極化的傾向：

> 一些人認為，城市代表了"文明與美德"，是活力和文化創造的源泉。在這些人看來，城市使經濟與文化獲得了最大限度的發展機會，而且提供了令人滿意的居住條件。其他人則把城市看做是一個冒煙的地獄，到處是尋釁和互相猜疑的人群，到處是犯罪、暴力和腐敗。

在吳瀛濤的都市詩裡，同時包含對都市的兩種態度。但是就吳瀛濤都市詩的內容來看，數量最多的就是寫都市黑暗面的部分，在這裡可以分兩方面談：就都市的外部而言，這裡的各種亂象，嚴重撞擊詩人的心靈；就詩人本身來說，都市只為自己的心靈不斷累積塵垢，孤獨、空寞之感日益加深，生命趨向黯淡、窒息、死亡。

吳瀛濤的詩，很早就注意到鄉下女孩來到都市後的生活困境，這些原本純樸的女孩，到了都市只能靠肉體謀生，從事人類最原始的行業，過著行尸走肉般的生活，〈夜女〉一詩的描寫很具有代表性：

> 夜女
> 來自純樸的鄉下
> 而今卻盛開於夜都市的惡之華
>
> 夜女
> 在生活的底層，汙穢培植妳

[10]參見安東尼・吉登斯（Anthony Giddens）著；趙旭東、齊心等譯，《社會學》（北京：北京大學出版社，2005 年），頁 547。

脂粉虛飾妳

夜女

血紅的花，蒼白的靈魂

黑暗裡無聲的顫抖

夜女

啊，妳腐爛的肉體

妳夜夜的凶夢

——〈夜女〉，「青春詩集」，作品一六七

詩人對在都市底層生活掙扎的「夜女」，雖然用了「腐爛的肉體」、「夜夜的兇夢」這樣類似詛咒的話，但全詩的基調卻是充滿痛心和惋惜。在吳瀛濤的其他詩裡，不管是將「夜」和「都市」合併成詞或分開敘述，幾乎都是在寫都市的負面風貌。在另一首名為〈夜巷〉的詩，詩人有更深刻沉痛的表現：

飢風寒雨

燭影抖搖

泥濘的夜巷裡

困住一群蒼白的女獸

瘋笑及啜泣

以及死那般的窒默

這是都市的什麼角落

這是深夜的什麼時刻

——〈黑夜五章・1夜巷〉，「風景詩集」，作品三〇三這首詩第一節用「飢風」、「抖搖」構成了一個沒有生活安全保障的意象；第二節「泥濘的夜巷裡／困住一群蒼白的女獸」，這個「夜」字進入詩歌本文，就同時體現出黑暗、沒有出路、被人遺忘、罪惡等性質。庫爾泰在《敘述與話語符號學：方法與實踐》裡曾說，一個「意象（Imagery）俱足」的詞語，其意義結構有：物性意義、再現意義、表現意義、哲學意義等四個層次。[11]〈夜巷〉詩中這兩句，就物性意義而言，是在說明夜女的生活形態和生活困境；就再現意義而言，是在顯示其生命之淪落；就表現意義而言，是在彰顯人的身心靈之喪失；就哲學意義而言，則是在表達生存的無奈和對生命的嘆息。在這裡，物性意義是基礎，其他意義則是在基礎上發展出來的。這兩句具有概括性的象徵意義，深刻表現都市黑暗、罪惡的一面，以及個體在其中所遭逢的生活、生命的困境。

在〈都市四章·2〉裡，吳瀛濤把自己比喻為運用鏡頭攝照都市不同角度的攝影師，全詩共四段，中間兩段可以說是都市生活的橫斷面：

高層的蜃樓出現在這裡
車水馬龍，火車疾飛而馳
突然一個逃犯從車上跳河自殺
橋下的河流積滿都市的汙濁
橋畔低窪的地區住了一羣難民
他們在過著灰暗的日子

當夜霧籠罩，橋的一邊
正是一座不夜城
這是狂歡的夜
惟聞人魚悽怨的哀歌

[11]庫爾泰著；懷宇譯，《敘述與話語符號學：方法與實踐》（天津：天津社會科學院出版社，2001年），頁4～8。

深夜，幾個酗酒者蹣跚而歸

昏暗的夜沉落，狗在遠吠

——〈都市四章・2〉，「都市詩集」，作品二〇七

這首詩將幾個都市常見的既定景物：高層的蜃樓、車水馬龍、狂歡的不夜城，和都市裡另一群人的活動場域、日常行為作了一番對比：逃犯跳河自殺、汙濁低窪地區的難民、灰暗的日子、悽怨的哀歌、步伐蹣跚的酗酒者，從而映襯出都市令人絕望的一面。

上述的都市情景是吳瀛濤看到的都市外表可觀察的部分，在詩人內心深處，都市又給詩人什麼樣的感覺？都市生態的特色之一就是擁擠，除了有形的擠之外，吳瀛濤的都市詩常出現許多表示負面情緒的用詞，形容自己久處都市的心境，如「暗澹」、「憂鬱」、「冷暗」、「空寞」、「悲哀」、「孤獨」、「倦厭」、「灰塵」、「窒息」、「死亡」等等，這些反覆出現的負面詞語，也可以看作詩人切身的都市體驗。〈我是這裡的陌生人〉就是詩人自身的寫照，同時也在傳達都市人心情的循環：

很多條路，我都沒有走過

很多角落，我也沒有到過

這就是我住的都市

我是這裡的陌生人

（中略）

這就是我住的都市

我是這裡的陌生人

上下班，每天走於同一條路上

打滾在這生活的小圈裡

我有都市人莫名的悲哀

這首詩在結構上有一個特點，就是首段的後二句又變成末段的開頭兩句，這種作品本身的循環結構，正好表示作者在都市裡生活、行動處於一種日日重複的圓周運動狀態。人畢竟不同於磨坊裡拉磨的驢，在這種改變無望的都市生活狀態下，不免令人興起悲嘆。吳瀛濤在這些詩裡充分表現了詩人的敏感，我們不妨藉此將吳瀛濤在詩裡的種種感觸，對照美國史蒂文・瓦戈（Steven Vago）在《社會變遷》一書中談到現代社會處於「城市化」過程中常見的各種現象：

> （城市）因為存在著多種多樣的生活方式和形形色色的人，他們也就培養出一種相對論的視角。他們變得現實，擺脫了各種親密的關係；他們缺乏強烈的融合成和參與感。因此，城市變得混亂；在擁擠的人群中，個人感到孤獨，感到磨擦和焦躁，個體經歷體驗到迷茫和神經緊張。……正是上述原因使得城市裡人格失衡、精神崩潰、自殺、違法、犯罪、腐敗墮落、混亂無序發生的機率要比農村高。[12]

吳瀛濤「都市詩」所書寫對都市的負面情緒，比較《社會變遷》裡談到「社會城市化」過程中導致的人性陰暗面，兩者頗多冥契暗合處。

在另一首〈孤獨的詩章・2〉吳瀛濤使用「反覆迴增」的句法：「都市裡／灰塵的詩／／都市裡／騷音的詩／／都市裡／乾燥的詩／／都市裡／窒息的詩／／都市裡／倦厭的詩／／都市裡／孤獨的詩」，詩共六段，每段兩句，第一句都是相同的「都市裡」，第二句開頭兩個字使用不同的字詞，由物性層面逐漸進入到心理精神層面，但都具有負面情緒的含意，從詩句的用詞也可以看出詩人欲說還休的黯淡心境。在這裡無須多舉相同主題的其他詩篇，我們可以再看其他篇章的不同兩段：

---

[12]見史蒂文・瓦戈著；王曉黎等譯，《社會變遷》（北京：北京大學出版社，2007 年），頁 87。

星期日早晨
在熙攘的街頭，老是蒼白的憂鬱
像孤遠的山影，離開人羣
心情卻被都市紛雜攪亂
一直失去了陽光寧靜的去處

——〈星期日早晨〉,「陽光詩集」，作品五四二

即使蓄意躲避都市的紛擾，但心已被都市侵蝕，再也得不到片刻的光明恬靜，如此，生命將趨於死寂。〈一九六六年末章〉是吳瀛濤所有詩歌最後一次出現「都市」字眼的一首，詩的主旨在寫生命的迷茫徬徨，甚至更進一步寫到即使成為亡靈仍然不知何去何從，跟「都市」有關的是其中第三段：

曾漫步於太空光耀的走廊
卻又突然橫屍於都市冷暗的一角
目擊自己的死
卻無從承認生命的斷落

或許在這首最後出現「都市」字眼的詩裡出現「自己的死」並非巧合，寫完這首詩，詩人又在都市裡生活了將近五年，同時陸續寫了四十餘首詩，不過已無都市為題材的作品，甚至連「都市」的字眼都沒有出現。但吳瀛濤在這裡又為曾經是「光耀的走廊」的都市，建構了另一種形貌：罪惡、寂寞、侵蝕人心的黑暗幻滅之城。

三、結語

吳瀛濤的都市詩是臺灣詩壇開風氣之作，令人驚訝的是，許多討論「都市詩」的論文都沒有從吳瀛濤談起，而是從 1980 年的羅門等詩人討論起。臺灣有現代意義的城市是在日治時期逐漸成形，而都市詩也是從這個

時期開始出現，就日治和光復初期的詩作來看，吳瀛濤的都市詩，無論在數量和質量上，都應該受到討論。本論文有鑑於此，不揣簡陋，就吳瀛濤在詩歌裡所構形的都市樣貌加以討論。另外要說明的是，本文提到的三種都市樣貌，並非詩人先構形其一，再構形其二，而是三種形態同時在詩人的生命階段逐漸構形而成，但不同階段也有不同偏重，這又是吳瀛濤都市詩可以討論的切入點，不在本文範圍。

綜觀吳瀛濤的都市詩，常有詞語重複和句法過度散文化的傾向，鑄詞造句又太過傳統，雖然吳瀛濤曾自詡為「現代主義者」，但在寫現代象徵的都市詩時，除了少數幾首外，抒情寫景都不夠現代，而且常落入概念化的窠臼，這也是吳瀛濤詩歌的主要毛病。但吳瀛濤在臺灣的都市逐漸成形伊始，似已體悟到都市對現代人生活和心靈的衝擊，而注意到這類題材值得一寫，並且更進一步藉由詩來表現都市、思考都市，而成了臺灣詩人裡寫都市詩的先驅先覺者。

引用書目

中文著作

・成偉鈞等編著，《修辭通鑑》，臺北：建宏出版社，1996 年。

・阮美慧，〈笠詩社跨越語言一代詩人研究〉，東海大學中國文學研究所碩士論文，1997 年。

・吳瀛濤，《吳瀛濤詩集》，臺北：笠詩刊社，1970 年。

・吳瀛濤，《生活詩集》，臺北：臺灣英文出版社，1953 年。

・吳瀛濤，《臺灣民俗》，臺北：眾文圖書公司，1989 年。

・周振甫，《中國修辭學史》，臺北：洪葉文化公司，1995 年。

・周振甫，《文心雕龍今譯》，北京：中華書局，2005 年。

・周振甫，《周振甫講修辭》，南京：江蘇教育出版社，2005 年。

・孟樊，〈承襲期的臺灣新詩史（上）〉，《臺灣詩學季刊》第 5 期，2005 年 6 月。

・胡適選注，《詞選》，北京：中華書局，2007 年。

・陳大為、鍾怡雯主編，《20 世紀臺灣文學專題 II：創作類型與主題》，臺北：萬卷樓圖書公司，2006 年。

‧陳義芝，《聲納——臺灣現代主義詩學流變》，臺北：九歌出版社，2006 年。

‧張英進，《中國現代文學與電影中的城市——空間、時間與性別構形》，南京：江蘇人民出版社，2007 年。

‧張有根、翟大炳，《中國詩歌藝術指南》，桂林：廣西師範大學出版社，2008 年。

‧漢寶德等編，《藝術生活：環境藝術篇》，臺北：龍騰文化公司，2006 年。

翻譯部分

‧V. J. Derlega & L. H. Janda 著；林彥好等譯，《心理衛生》，臺北：桂冠圖書公司，2005 年。

‧文森特‧帕里羅等著；周兵等譯，《當代社會問題》，北京：華夏出版社，2002 年。

‧史蒂文‧瓦戈著；王曉黎等譯，《社會變遷》，北京：北京大學出版社，2007 年。

‧安東尼‧吉登斯著；趙旭東、齊心等譯，《社會學》，北京：北京大學，2005 年，第四版。

‧威廉‧燕卜蓀著；周邦憲等譯，《朦朧的七種類型》，杭州：中國美術學院出版社，1998 年。

‧庫爾泰著；懷宇譯，《敘述與話語符號學：方法與實踐》，天津：天津社會科學院出版社，2001 年。

‧海德格爾著；孫周興譯，《海德格爾選集》，上海：三聯書店，1996 年。

‧海德格爾著；孫周興譯，《在通向語言的途中》，北京：商務印書館，2005 年。

‧喬納森‧波特著；肖文明等譯，《話語和社會心理學》，北京：中國人民大學出版社，2006 年。

‧雅克‧德里達著；杜小真譯，《聲音與現象：胡塞爾現象學中的符號問題導論》，北京：商務印書館，2005 年。

‧雷蒙‧威廉斯著；劉建基譯，《關鍵詞：文化與社會的詞匯》，北京：生活‧讀書‧新知三聯書店，2005 年。

‧雷內‧韋勒克著；張金言譯，《批評的概念》，杭州：中國美術學院出版社，1999 年。

——選自《臺灣詩學學刊》第 12 期，2008 年 11 月

跨越殖民之臺灣在地知識分子的文化能動與策略

以吳瀛濤為觀察對象

◎許博凱*

前言

1971 年 10 月 6 日下午，身兼詩人、民間文學採錄者、翻譯家的臺灣在地知識分子吳瀛濤因病逝世[1]，幾天後陳逸松寫下了這樣的悼詞：「先生一生謹慎小心，獨力謀生，養家育子，一方面始終為臺灣的『新詩』傾其全力，令人欣佩。」[2]

這段悼詞首要之處，乃在於預告了吳瀛濤在往後臺灣文學史中最主要的定位——作為一名現代詩人，而將吳瀛濤視為現代詩人並加以定位、論述的方式，事實上也是後來少數談論吳瀛濤的論者所關注的焦點，然而除此之外，這段悼詞值得玩味的地方還在於陳逸松認為吳瀛濤一生「謹慎小心」，何以陳逸松要特別點出吳瀛濤一生謹慎小心呢？吳瀛濤果真一生都小心謹慎嗎？假若忽視吳瀛濤在 1946 年刊載於《新新》上的〈臺灣的進路〉一文的話，確實可以做出吳瀛濤一生小心謹慎的斷語，檢視〈臺灣的進路〉一文，得知吳瀛濤直指國府接收臺灣後的問題乃在於「半世紀間的隔離。不論言語教育風俗習慣，各方面均致出齟齬，短短期間□一時難得解

---

*發表文章時為清華大學臺灣文學研究所碩士生，現為淡江高級中學國文科教師。

[1]參見《笠》第 45 期（1971 年 10 月），頁 49。

[2]參見陳逸松，〈哀悼吳瀛濤先生〉，《笠》第 46 期（1971 年 12 月），頁 20。

決」，[3]因此進而質疑臺灣當時的「光復」究竟是光明還是黑暗，產生「真正的光明尚未到，黑暗深藏在苦惱的心奧」[4]的追問，在此困境下，吳瀛濤認為「中國近代革命尚未成功，我們必須努力。……革命是力量，革新力量，同時也是戰鬥精神，……我們臺灣的同志，現正需要這種革新力量。」[5]甚至把革新的矛頭指向當時內戰正盛的中國，而鼓勵臺灣青年與知識分子應當發揮戰鬥力量促使中國革命，「中國的模範省臺灣，世界的樂園島臺灣，向其實現，你們必須鼓舞新生的精神，繼續不屈的戰鬥建設工作吧。」[6]若考量到這篇極富戰鬥性的文章，陳逸松的斷語便需要修正，然而值得深思的是何以當時鼓吹再度革命的吳瀛濤在往後文學創作的表現上顯得相對的沉靜謹慎，一個顯著的解讀關鍵在於發表文章後隔年發生的二二八事件與其後的白色恐怖歷史脈絡，二二八事件令倖存的在地知識分子收起倡言戰鬥與革命的聲量，進而發展出不同的行動策略，本文即意圖透過爬梳吳瀛濤的文化、文學活動，釐清臺灣在地知識分子的文化能動與其相應的策略。

在進行本文的討論之前，且讓我們回顧一下當代臺灣文學研究中的吳瀛濤樣貌，以往除了將吳瀛濤所編纂的《臺灣民俗》、《臺灣諺語》作為資料彙編來加以使用之外，對吳瀛濤的理解多著墨在其現代詩領域的活動與特色，像是劉維瑛指出吳瀛濤哲理瞑思式的現代詩作，「與當時《笠》詩刊同輩詩人，著重現實述說的筆觸，有著十分不同的美學性格。」[7]與此相對的是，阮美惠認為「吳瀛濤所重視的是『詩』本身，而非炫人的詩語，這也是跨越語言一代詩所共同追求的」[8]，兩位研究者雖然做了不同的評價，

[3]吳瀛濤，〈臺灣的進路〉，《新新》第 1 卷第 7 期（1946 年 10 月），頁 13。轉引自覆刻本《新新》（臺北：傳文文化公司，1995 年）。
[4]吳瀛濤，〈臺灣的進路〉，《新新》第 1 卷第 7 期，頁 13。
[5]吳瀛濤，〈臺灣的進路〉，《新新》第 1 卷第 7 期，頁 13。
[6]吳瀛濤，〈臺灣的進路〉，《新新》第 1 卷第 7 期，頁 13。
[7]劉維瑛，〈於薄暮，於曉暗之中的抒情原子能——記詩人吳瀛濤〉，《臺灣文學館通訊》第 7 期（2005 年 4 月），頁 70。
[8]阮美慧，〈笠詩社跨越語言一代詩人研究〉（臺中：東海大學中國文學研究所碩士論文，1997 年 5 月），頁 281。

然而相同的是其所再現的都是作為詩人的吳瀛濤，並且將之放置在笠詩人之中進行定位與比較，而陳芳明則是特別強調吳瀛濤的現代主義精神，藉此說明「現代主義已注入臺灣本土文學的血脈裡」。[9]回顧為數極少且相當珍貴的前行研究後可知，吳瀛濤研究仍主要側重在其作為現代詩人的一面。

然而當筆者接觸吳瀛濤戰後的文學作品與文化活動的痕跡時，一連串相關的疑惑接踵而至：1950 年代初期，當其他「跨越語言的一代」的知識分子才剛剛從備極艱辛的語言轉換過程中，慢慢掌握了使用中文創作的能力時，何以吳瀛濤已經能夠使用中文進行在語言掌握度上比起其他文類必須更為精鍊的現代詩創作，並且在以外省籍知識分子所主導的《現代詩》、《藍星》等刊物中，大量的發表現代詩作；1953 年，鍾肇政才剛成立《文友通訊》與其他在地知識分子進行中文創作的切磋與練習，何以吳瀛濤在這一年就已經完成並且出版以中文撰寫的《生活詩集》。因此在討論作為詩人的吳瀛濤之前，筆者想先就其戰前語言能力養成之歷程進行探究，筆者相信此探究不但有助於理解吳瀛濤戰後得以較順利操持中文進行創作的原因，更能了解吳瀛濤的翻譯活動所蘊含的文化能動（cultural agency）。

此處提到的文化能動是指如同廖炳惠在解讀莫里森（Toni Morrison）小說時所提到的動作媒（agency），「不僅只是討論對抗性（resistance）如何被表達，而且也企圖勾勒，在對抗殖民霸權的過程中，人本身的思考以及其語言和道德面向，是如何透過各種不同的抉擇來形構他的自我。」[10]然而在方法上有所不同的是，對吳瀛濤來說，與其說是透過抉擇來形構自我，還不如說是透過文化活動的實踐來形構與確認自我，隱藏在那個抉擇背後的是各種不同的行動策略與實踐。此外，之所以使用文化能動是為了縮小其指涉範疇，在社會學領域中，能動所指涉的未必單指文化上的行動

---

[9]陳芳明，〈改寫輓歌的高手——吳瀛濤的現代主義精神〉，《聯合文學》第 188 期（2000 年 6 月），頁 51～53。

[10]廖炳惠編，《關鍵詞 200——文學與批評研究的通用辭彙編》（臺北：麥田出版社，2003 年 9 月），頁 14～15。

與機制，很多時候是涉及經濟與政治場域中角力與協商時的機制與資本，因此在陳逸松口中「一生中小心謹慎」的吳瀛濤，除了戰後初期在《新新》上的〈臺灣的進路〉展現了一定的戰鬥性之外，其能動運作與實踐的範疇往往不直接觸及政治與經濟場域，而是聚焦於文化層面，因此將之採錄民俗、翻譯活動與現代詩創作定義為其「文化能動」的展現。

一、戰前語言能力養成之歷程

以閩南語作為母語的吳瀛濤[11]，在 1943 年以「藝妲」獲致《臺灣藝術》小說懸賞募集獎，之後除了在日本出版配給會社臺灣支店工作外，還於 1943 年兼任「臺灣藝術社」記者，並且完成日文詩集「第一詩集」與日文小說集「紀錄」，遺憾的是未見付梓[12]，由此可知，在日本殖民教育下，吳瀛濤能夠熟練地以日語進行現代詩與小說的創作。不僅如此，吳瀛濤早在 1941 年，便從臺灣商工學校「北京語高等講習班」第五期結業，因而在戰前，吳瀛濤除了母語（閩南語）與殖民主國語（日語）之外，便已經開始學習作為中國官方語言的北京語。再加上 1944 年吳瀛濤因為工作的關係，必須奔波於高雄旗津與香港九龍之間，因此更能進一步透過當時旅居香港的戴望舒等中國現代詩人，接觸了中國現代詩作品，龍瑛宗有段關於吳瀛濤的回憶：

> 不過據我所知道的那個時候，清水組是營造商，大概他為了生活，他有一段時期居住於高雄市的旗津，又奔波於香港的九龍，在那裡他認識了幾位祖國的詩人，他回來了的時候，送我幾本祖國的新詩集，但是我當時看不懂祖國的語言。[13]

[11]參見吳瀛濤，〈舊時代的詩篇——二、三十年代的臺灣風景〉，《笠》第 46 期，頁 13。

[12]參見〈吳瀛濤先生簡歷〉，《笠》第 46 期，頁 5。筆者目前從吳三連基金會複印的《臺灣藝術》沒有 1941 年之後的卷期，再加上這兩本日文創作都沒有出版，因此有關吳瀛濤戰前的日文作品，筆者並沒有掌握到實際內容，必須等到吳瀛濤的手稿公開之後，才能進行細部的爬梳。

[13]參見龍瑛宗，〈最初與最後〉，《笠》第 46 期，頁 26。

不僅如此，吳瀛濤在「居留香港期間，就曾以中文創作的詩或譯詩在香港的報紙上發表，並和當時居住香港的戴望舒，及其他作家多人有交遊。」[14]職是，我們得到兩個解讀吳瀛濤的思考路徑，首先是透過討論作為臺灣在地知識分子[15]的吳瀛濤的語言學習歷程，去思考個體在國家語言暴力下的能動（agency），其次，在此基礎之上，透過解讀吳瀛濤戰後翻譯活動的價值與意義，去描繪出在地知識分子的文化行動策略（strategy）。

日本侵華戰爭使得吳瀛濤雖然身處殖民地臺灣，卻反而取得學習作為中國官方語言的北京話之機會，並且以此北京語能力為基礎，任職於在香港從事商業活動的日營造商清水組。日本是在 1941 年 12 月 25 日占領香港，因此，當 1944 年吳瀛濤前往香港時，香港已經落入日本帝國手中兩年多了。極具戲劇性的歷史情節，於焉發生：日殖民主設立「北京語高等講習班」的初衷——希望作為所謂「皇國臣民」的臺灣人能夠協力侵華——不但沒有落實於吳瀛濤身上，反而使得作為一名被殖民的臺灣在地知識分子，取得機會並且有能力接觸以北京語為溝通方式的中國現代詩人及其作品，這與殖民主設立「北京語高等講習班」的初衷背道而馳。不僅如此，極具嘲諷意味的是：在戰後國府「奴化論述」的汙名與打壓之下，吳瀛濤反而因為日殖民主「北京語高等講習班」之惠，稍微倖免於國府文化霸權之語言政策的暴力，及其暴力所造成本省籍知識分子普遍在語言轉換上的苦難。

戰後，經歷日本殖民的臺灣在地知識分子，正當其一面慶幸可以卸下被強加之皇國臣民的妝扮時，居然意外地立即在國府「國語文化霸權」運作的同時，被迫穿上「被奴化」的外衣，而這個奴化論述很主要的論據即是「臺灣人民無法使用良好的國語（北京話）」。不同於在國府語言政策暴力下受難的其他在地知識分子，吳瀛濤的文學活動呈現另一種景象，巫永

---

[14]林亨泰，〈笠下影——吳瀛濤〉，《笠》第 2 期（1964 年 8 月），頁 6。

[15]本文指稱吳瀛濤為臺灣在地知識分子，所指涉的是吳瀛濤作為一名在臺灣本地受教育，並且在文學實踐與文化活動上，皆環繞著在地文化而發的知識分子而言。

福在〈悼念吳瀛濤先生〉中提到：「吳瀛濤先生是最初跨越語言，從日文改換中文創作的詩人。」[16]李魁賢也指出：「由於他很早就能自如地操作中文，乃成為極少數不因受到語言的限制而影響寫詩的省籍詩人之一。」[17]從這兩位臺灣詩壇的在地詩人口中得知，在國府語言政策的暴力下，吳瀛濤本著在戰前學習與使用中文的經歷，得以在戰後能夠較早使用中文進行創作，甚至在 1953 年便出版第一本中文詩集《生活詩集》。

將吳瀛濤的中、日語言養成的歷程放在戰前、戰後歷史脈絡中加以認識，我們可以發現官方語言政策在實行層面的弔詭，受殖者並非全然毫無能動與批判性的去接受殖民主的一切，無論是在戰前學習北京語，或在戰後迅速以作為中國官方語言的北京語進行中文現代詩創作的這兩個時刻，吳瀛濤的語言學習歷程或語言能力，都在在見證了德勒茲在討論傅柯時提到有關權力、力量和暴力之間的辯證關係，德勒茲做出下列的分析：

> What is Power? Foucault's definition seems a very simple one: power is a relation between forces, or rather every relation between forces is a “power relation”. In the first place, we must understand that power is not a form, such as the State-form; and that the power relation does not lie between two forms, as does knowledge. In the second place, force is never singular but essentially exists in relation with other forces, such that any force is already a relation, that is to say power: force has no other object or subject than force. This does not create a return to natural law, because for its part law is a form of expression, *whereas Nature is a form of visibility and violence a concomitance or consequence of force, but not a constituent element.*[18]

[16]參見巫永福，〈悼念吳瀛濤先生〉，《笠》第 46 期，頁 21。
[17]參見李魁賢，〈孤獨的瞑想者——悼念詩人吳瀛濤先生〉，《笠》第 46 期，頁 47。
[18]Gilles Deleuze, “*Foucault*” (Minneapolis: University of Minnesota Press, 1988), p.70.斜體強調為原書所作，非筆者刻意強調。

德勒茲指出傅柯認為權力是力量間的一種關係；其中暴力是力量的伴隨物或後果，而不是組成成分，假使將之放置在國家語言政策與國家暴力的範疇中進行討論，我們可以看到正因為暴力在權力結構中僅是力量的伴隨物或後果，而非本質性或先驗的組成成分，因此個體在權力結構中面對強大的暴力時，固然屢受挫折與箝制，甚至連生命都備受威脅，然而其並非毫無能動的可能或縫隙。以吳瀛濤為例，我們看到個體在帶有暴力性質的國家語言政策中，還是有其取得自我實踐與施展文化能動的契機，即便這個契機是極其弔詭的由前殖民主的國家語言政策所造就，日殖民主與國府文化霸權這兩個不同立場的國家語言政策，在吳瀛濤的翻譯活動中交鋒，職是，我們知道有關跨越殖民的臺灣知識分子之語言能力養成的討論，從來就不是一個單純知識養成的議題，而是具有揭明臺灣在地知識分子之文化能動與策略的價值。

接著筆者將順著語言能力養成的討論，在有關權力結構與國家暴力的認識之下，去解析吳瀛濤在戰後作為一名翻譯家，於《今日之中國》與《笠》上從事翻譯活動之意義與價值，這部分的解析有助於我們進一步去思考吳瀛濤在現代詩創作與民間文學採錄工作時，所採用的策略與其所再現出的文化能動。

二、翻譯活動的文化能動與所涉及的策略

吳瀛濤從 1963 年到 1971 年逝世之前，連續九年在《今日之中國》這份刊物上翻譯臺灣民謠與當時的中文小說，並且以日文介紹臺灣的民俗與城市風貌，小說的部分共計有 13 篇，分別是「芍薬の花びら」（鄭清文原著）、「海を見に行こうよ」（林海音原著）、「オートバイ乗り」（王藍原著）、「疑雲」（張漱菡原著）、「マニラ夜曲」（郭嗣汾原著）、「人生の海」（魏希文原著）、「追跡」（鍾雷原著）、「戦場から愛情へ」（高陽原著）、「浴仏節の愛」（后希鎧原著）、「村の盗難事件」（林鍾隆原著）、「夏蓓さん」（王藍原著）、「泡沫」（劉靜娟原著）、「白金竜」（墨人原著）。除了小說之外，更

重要的是吳瀛濤還以日文連續刊載為數不少的臺灣民間文學文本與民俗介紹，主要分為兩類，一種是闡明臺灣風俗習慣，如「中国のお正月」、「中秋物語」、「端午節とその伝説」。一種是譯介臺灣民諺歌謠，如「台湾の民謠」（共四篇）、「台湾民謠数首」、「謎遊び」、「台湾の笑い話」、「台湾風物あれこれ——俚諺」，此外還有一篇討論臺北都會生活的文字「大台北の二十四時間」。研究者應該怎麼去理解與看待如此大量的對日翻譯作品？吳瀛濤之翻譯活動又涉及了什麼樣的心理機制？而又是否在理解了吳瀛濤文學與文化活動的內在動因之後，我們就可以肯定吳瀛濤的翻譯活動、民間文學採錄工作並非獨立於他現代詩創作與論述之外？相反的，吳瀛濤這三項看似壁壘分明的文學、文化活動，是否其實在吳瀛濤心靈圖貌中所指向的正是同一個標的物？這些是筆者在閱讀史料、文本時反覆出現的問題，筆者將會逐步透過解讀吳瀛濤的翻譯活動、民間文學採集工作、現代詩創作與論述，來回答這些問題。首先，先讓我們針對吳瀛濤翻譯活動進行認識與評價。

透過龍瑛宗有關吳瀛濤的回憶，可以知道吳瀛濤在戰後之所以能夠在《今日之中國》上大量的翻譯臺灣當時的中文小說與臺灣民謠，除了因為他兼善中、日文並且熟稔閩南語之外，龍瑛宗居中扮演的角色不容忽視。有關龍瑛宗與《今日之中國》的研究，開啟於陳萬益發現一份未公開的龍瑛宗自訂年譜、一張「今日之中國社」的聘函，以及當時內政部長徐慶鐘致合庫總經理的信函，透過這三份資料，陳萬益指出：

> 《今日之中國》是一份月刊，1963年6月創刊，到1972年6月，共發行十年，以「今日之中國社」名義刊行，未標舉實際負責人。從其內容看來，基本上是一份對日宣傳的刊物而標以「亞細亞研究參考資料誌」副題，在東京發行。每期報導較多的是臺灣的產經貿易及觀光民俗資料，從創刊號起，每期都譯介一篇臺灣的小說，龍瑛宗一開始即參與其事，……。龍瑛宗接下了這個工作，能夠重拾文學本業，是一件令人興

> 奮的事情，他做得非常的積極，他先翻譯了文心和鍾理和小說，請廖清秀、鍾肇政、陳火泉等人自譯其中文作品為日文，請吳瀛濤、賴傳鑑等翻譯林海音、王藍、聶華苓等人的作品，此外，還請王詩琅和鍾肇政分別介紹戰前和戰後的臺灣文學，……。[19]（底線為筆者為強調所加）

筆者檢閱龍瑛宗在《笠》詩刊上對吳瀛濤的回憶文字時，更證實了陳萬益的說法

> 光復後，他一直當了公務員二十五年，我們為了《今日之中國》的原稿，經常有接觸，他固然是敬虔的詩神的使徒，另外令我發現他是一個優越的翻譯工作者，尤以臺灣民謠翻譯日文，恐怕以後很難覓尋如斯獨具風格的人才了。[20]

由此可知龍瑛宗與吳瀛濤交往甚密，在吳瀛濤住院後，龍瑛宗還曾經與賴傳鑑兩度前往臺大附屬醫院探望。[21]這段文字也點出了吳瀛濤繼詩人之外的另一個身分——作為對東亞國際文化流通有所貢獻的翻譯家。

假使把吳瀛濤等人 1960 年代在《今日之中國》上譯介小說與民謠的文化活動，放在《今日之中國》作為國府對日宣傳之刊物的脈絡中去理解，可以發現作為跨越終戰這個時間點的臺灣在地知識分子的一個面向：雖然在戰前、戰後都必須處在以殖民主義或國家機器所形成的文化霸權下，受其牽制與介入，但是卻在東亞地域政治的侵略、互動或協商中，取得實踐其文化能動的機會。結合上述有關國家語言政策暴力與個體在權力結構中實踐其能動的思考，吳瀛濤在大東亞戰爭下巧妙的透過工作之便，小眾的將中國現代作品流通到臺灣來，以及戰後在《今日之中國》上的翻譯活

---

[19]陳萬益，〈龍瑛宗與《今日之中國》〉，《文學臺灣》第 33 期（2000 年 1 月），頁 53～55。
[20]龍瑛宗，〈最初與最後〉，《笠》第 46 期，頁 26。
[21]龍瑛宗，〈最初與最後〉，《笠》第 46 期，頁 26。

動，都可以見證在東亞脈絡中，吳瀛濤作為一名臺灣在地知識分子的文化能動。

吳瀛濤在國府極力打壓臺灣在地文化的歷史現場中，藉著其中、日翻譯能力，在國府 1960 年代意圖在外交、經濟貿易上對日建立更緊密的連結時所設立的雜誌《今日之中國》上，取得在島內極為困難的發聲機會與文化實踐空間，在此國府支持的對日刊物中，翻譯當時在臺的中文小說，甚而得以推介具有臺灣在地文化與精神的臺灣民謠，以日文撰寫介紹臺灣在地風物的文章。這個觀察見證臺灣在地知識分子在限制臺灣在地文化發展與展演的國府文化霸權下，不但沒有成為被客體化的他者符號，反而秉持其對在地文化的熱忱，擅用前殖民主所遺留下來的語言資本，發展出一套突圍的策略，透過策略地接受國府意圖建立對日連結的邀請，實踐其在臺灣本島難以表現與發展的在地文化，最顯著的證據是，無論是吳瀛濤翻譯的臺灣謎語與或是民間歌謠，除了以漢字記錄之外，還必須標上讀音，然而吳瀛濤在漢字旁用片假名標注的讀音，並非當時作為官方語的北京話讀音，而是閩南語讀音。[22]由此，可以一窺臺灣在地知識分子在國府文化霸權下，偷渡與展演臺灣在地文化的策略。

正如筆者前述的假設，假使意圖解釋吳瀛濤為何在 1950 年代便能夠出版中文詩集，並且在 1960 年代大量的從事對日翻譯的文化活動，勢必要從其戰前語言能力的養成談起。透過對吳瀛濤語言能力養成的分析，筆者詮釋吳瀛濤在《今日之中國》上翻譯活動所具備的文化能動與策略，不僅如此，吳瀛濤還翻譯日本雜誌的內容，轉載於《笠》詩刊上，如〈日本對詹冰作品的合評〉、陳千武的〈中華民國現代詩概況〉、高橋喜久晴的〈關於中華民國、韓國的現代詩報告〉和李沂東的〈韓國詩壇近況〉，第一篇原刊

[22]在大正六年（1917 年）由晃文館所出版的平澤丁東『臺灣の歌謠と名著物語』中，臺灣歌謠所標之音也同樣不是日語漢字的發音，而是閩南語發音，這是日本民間文學採錄者相當尊重民間歌謠讀音的一個表現。出版訊息參考《臺灣時報》第 89 號（1917 年 2 月），45 版。戰後，婁子匡重新將之出版，婁子匡編纂，《六十年前臺灣俗文學：平澤丁東收錄》（臺北：東方文化出版社，1976 年）。

於《詩學》，後三篇原刊於《靜岡縣詩人》，這部分的譯文應與吳瀛濤的〈日本現代詩史〉、〈日本詩展望〉、〈從日譯里爾克詩談起〉一併解讀，這些關於臺、日、韓之間的翻譯與文學評論，除了具有溝通東亞間中日文化交流與互動的價值之外，如果將之放在上述解讀其《今日之中國》翻譯的脈絡中加以理解的話，不難看出作為笠詩社一員的吳瀛濤，與盟友們在國內有限的文化場域中，積極透過與日、韓等詩壇的聯繫與互動，來累積可貴的文化資本，藉此與龐大的國家機器及其所倡行的文藝風潮與文化霸權斡旋、協商與角力。

三、民間文學採錄工作的內在動因

在了解吳瀛濤戰前語言養成歷程及其戰後翻譯活動，所蘊含的文化能動與策略之後，本節意圖以吳瀛濤生長的大稻埕、江山樓等地理人文空間為範疇，去分析吳瀛濤戰前感性知識（sensual knowledge）養成的情形，感性知識指的是其文化能動中的一環，一種根著於情感與知覺的知識內涵，相較起一般菁英化的知識體系，感性知識所指的是常民生活中未必以系統化的方式加以論述或認知的知識，屬於被群眾用信念與情感去感知的精神內涵，像是臺灣底層人民決定婚喪、遷移、開基等活動時所依據的黃曆，或是像不同族群間迥異的生命儀式與內涵。筆者認為吳瀛濤的文化能動根著於其庶民性與民間性；而其庶民性與民間性的內涵又與其感性知識息息相關。吳瀛濤的感性知識則大多呈現於其有關大稻程與江山樓周邊庶民、信仰、傳統的回憶性散文中。筆者描繪吳瀛濤感性知識的養成，不但希望能夠說明其文化能動的內涵，更意圖推衍出其戰後從事民間文學採錄工作的內在動因。

〈故吳瀛濤先生傳略〉提到：「先生為臺北望族吳江山之孫，吳添祐之哲嗣」。[23]郭秋生在向王詩琅介紹吳瀛濤的時候，也提及吳瀛濤「是江山樓

---

[23]〔笠詩社〕，〈故吳瀛濤先生傳略〉，《笠》第46期，頁4。

主人的族人，剛從臺北商業學校畢業，也是一個文學迷」[24]，由這兩筆資料可知，了解江山樓[25]，不但有利於爬梳吳瀛濤的生長背景，對於其書寫以都市為主題的詩作與散文的了解，也有所助益。江山樓於 1917 年由吳江山開設，《臺北市志稿》：

> 江山樓，位於延平北路二段，昔名九間仔後街。民國初年，第一次世界大戰發生後，商況日佳，酒食徵逐，益見頻繁，東薈芳之場所，漸難應時勢之需要，遂由該店之股東吳江山，另起爐灶，創辦江山樓，建築四層之大樓；樓下為辦事處及廚房，二、三兩樓作宴會場，四樓為特別室並花園，另有正面四樓之屋上，可作憑眺，地皮不廣，而善運用，故亦極輪奐之美，名馳全省，一時無出其右者。吳氏善烹飪，人尤豪爽，光復未幾遂告停辦。該樓匾額甚多，皆為內外名士所題贈者。[26]

其實不只臺人愛戴江山樓菜餚，1923 年裕仁太子訪臺時在總督官邸內設宴，即由吳江山監督、吳添祐任主廚備辦臺灣菜餚；而始政 40 週年博覽會時，江山樓每日開席達一百二十桌，日夜不息。與後來的蓬萊閣（1922 年）、山水亭（1939 年）堪稱日治時期臺北地區以臺菜為號召的三名店。

在乙未割臺之後，臺灣逐漸殖民化，戰時甚至必須面對皇民化政策的強力壓境，臺人不但在政治空間的活動上，箝手制腳，就連文化立場也逐漸卻退、傾斜，表現在飲食習慣上，出現了「和食」當道、鄙視臺灣飲食的情形，在這樣的背景之中，江山樓所堅持烹調的臺灣菜餚，便成為一種發自飲食文化的本位堅持，這種隱性的立場，顧及臺灣在地文化的特殊

---

[24]王詩琅，〈詩人的讖語〉，《笠》第 46 期，頁 22。

[25]江山樓後來在城內新公園口與南門邊各有一家分店，然本文聚焦在談吳瀛濤出生的江山樓，不涉及其他分店。參見吳瀛濤，〈稻江百業雜談〉，《臺北文物》第 8 卷第 1 期（1959 年 4 月），頁 95。

[26]黃春成，《臺北市志稿・卷八文化志・名勝古蹟篇》（臺北：臺北市文獻委員會，1958 年 12 月），頁 59。

性，蘊藏著抵抗日本官方霸權論述與民間同化意識形態的運作，因此在戰時的皇民化浪潮之中，江山樓的臺灣菜餚成為一個民族立場的基本座標。與此相關的是在皇民化初期，每當陳逸松在江山樓與蓬萊閣宴會時，都會特意找胡琴師來拉唱幾段京劇的作為，陳逸松相當引以自豪的說道：「在大眾娛樂方面，日本人禁止臺灣傳統的歌仔戲、布袋戲，禁止臺灣人拉胡琴、唱京戲。我在市會和他們唇槍舌戰，我說：『音樂是沒有國界的，是世界共通的東西，怎麼能禁止？』結果拉胡琴、唱平劇的權利，在臺北市是被保存下來了，中南部依然遭到取締。」[27]在日本殖民下，同化思想與將臺灣作為日本內地延伸的思維形成一股強大壓力，逼迫著臺灣知識分子的認同走向，江山樓雖然以營利為宗，卻也託寓著臺灣傳統文化的象徵。吳瀛濤在〈江山樓・臺灣菜・藝妲〉中提到江山樓築成於 1917 年，當時島都臺北可與之比美的建築物大概也就是總督府、博物館等兩三大建築物[28]，有趣的是，其他的大型建築物都是極具殖民現代性的官方建築，只有江山樓是具有在地性格的大型建築物，其在地性格不是來自建築物內部大量使用自中國運來的福州杉，而是因為築成之後將臺灣菜餚作為主打。

不僅如此，現代化與臺灣傳統文化，也在江山樓所形成的文化場域中進行磨合的工作，從江山樓現代化的經營方式，與樓中滿牆的漢詩題壁形成的對比情勢可知，新舊文化交融於一處。連橫〈江山樓題壁〉：「如此江山亦足雄，眼前鯤鹿擁南東。百年王氣消磨盡，一代人才侘傺空。醉把酒杯看浩劫，獨攜詩卷對秋風。登樓儘有無窮感，萬木蕭蕭夕照中。」[29]當連橫在灑酒登樓的時候，江山樓的經理郭秋生可能正在等待王詩琅、廖漢臣，商討刊行《先發部隊》的事宜，江山樓不但是臺北瀛社等諸多傳統詩社舉行擊缽吟聚會的場所，同時也是新知識分子聚集的空間，郭秋生往往在江山樓召集一批「熱情充沛的小伙子」（王詩琅語），對臺灣如何接受新

[27]陳逸松，《陳逸松回憶錄（日據時代篇）——太陽旗下風滿臺》（臺北：前衛出版社，1994 年 11 月），頁 182。
[28]吳瀛濤，〈江山樓・臺灣菜・藝妲〉，《臺北文物》第 7 卷第 2 期（1958 年 7 月），頁 88。
[29]王國璠，《臺北市志稿・卷十雜錄・文徵篇》（臺北：臺北市文獻委員會，1979 年 6 月），頁 14。

文化、新思潮等問題，進行熱烈的意見交流。邱函妮指出：「蓬萊閣與江山樓由於是此地著名的酒樓，不但畫家們常在此聚餐，各式文化活動也常假此地進行，……，赤島社展的記者會、楊三郎個展的說明會等也曾在江山樓舉辦。」[30]因為大稻埕地區沒有像城內區有大型的官方公共空間，因此多數藝文展覽都是假江山樓等酒樓進行，而作為日本現代童謠開創者的北原白秋在 1934 年來臺期間，也三度在江山樓宴客，與臺北當地的詩歌人進行互動。[31]吳瀛濤正是在擊缽吟聚會、臺灣文藝協會並置；中國京戲與洋畫藝術雙呈的空間中成長，眼見諸多迥異的立場與權力，在江山樓所形成的文化場域中，角力並且磨合，因此，培育出吳瀛濤在文化活動上開闊的姿態，不但是現代詩人，也是民俗采風家；不但致力於東亞間的文學作品翻譯，也翻譯、改寫童謠與童話。

江山樓乃是一個融混了娛樂與文化活動的飲食商業空間，而江山樓所在的大稻埕區域，更是商業活動頻繁的區塊，以現代化為標準來看臺北三市街，大稻埕處於艋舺的傳統與城內的殖民現代之間，雖然有現代化大橋與洋樓建築，但是瀰漫在巷子裡的還是臺灣傳統的庶民文化與信仰，如環繞著霞海城隍廟的宗教活動在 1930 年代初期，還極為興盛。吳瀛濤也曾指出江山樓賴以為名的，乃是道地的臺灣菜與藝妲文化，一語道破江山樓商業活動與文化活動的在地空間特性。在大稻埕，環繞著以臺灣料理聞名的蓬萊閣、江山樓的是萬里紅、鳳林、上林花、東雲閣、白玉樓、五月花等知名的藝妲間。[32]生長於此的吳瀛濤指出這些藝妲間與江山樓的關係相當密切，在江山樓的宴席上，往往會召請藝妲出局陪席，之後再由個別的藝妲領至左近的藝妲間招待。[33]

吳瀛濤對江山樓與大稻埕留下數篇散文，如前所述的〈江山樓・臺灣

---

[30]邱函妮，〈街道上的寫生者——日治時期的臺北圖象與城市空間〉（臺北：臺灣大學藝術史研究所碩士論文，2000 年 6 月），頁 102。

[31]游珮芸，『植民地台湾の児童文化』（東京：明石書店，1999 年），頁 86～87。

[32]張尊仁，「台北の昔と今」，《今日之中國》第 1 卷第 2 號（1963 年 7 月），頁 52。

[33]吳瀛濤，「祝宴・藝妲・廣場」，《文藝臺灣》第 4 卷第 2 期（1942 年 5 月），頁 44～46。

菜・藝妲〉、「祝宴・藝妲・廣場」之外，還有〈稻江回顧錄〉、〈稻江百業雜談〉、〈煙花界雜談〉。在布滿感性知識的文章中，無論是談論藝妲與酒樓文化；飲食建築或是底層商業活動，吳瀛濤都用一種不無緬懷意味的口吻，細細的帶領著讀者遙想日治時期大稻埕地區的風貌，此中不乏讓我們了解吳瀛濤生長的線索，更可貴的是，假如把吳瀛濤在這些散文中的敘事姿態，與其大量的都市主題的現代詩作品做並列思考，我們會發現吳瀛濤詩作中的都市，並不全然是異化的、現代化的怪獸，更多的是蘊藏在現代化街道中屬於傳統巷弄的氣息，用一種懷舊的情感結構去排序現代化都市景貌的感性認知。

鍾肇政指出：「吳瀛濤兄經常在《新生報・副刊》上發表有關臺灣民俗的小文。」[34]其實，除了《新生報》的副刊之外，筆者發現吳瀛濤於 1960 年前後，在《臺灣風物》、《臺北文物》兩份雜誌上，刊載為數不少的臺灣民俗資料收集的成果，主要以民歌俗諺為主，如〈臺灣語錄〉、〈臺灣歌謠集〉、〈臺灣常用俗語集解〉（上、下）、〈臺灣罕用俗語集解〉、〈臺灣特殊俗語類集〉，此外還有相關地力習俗、傳說故事的記載，如〈七夕閩俗雜談〉、〈臺灣婚姻俗事雜錄〉、〈臺灣的降神術〉、〈開臺歌及其他〉，之後又出版《臺灣民俗》、《臺灣諺語》。

吳瀛濤對於臺灣民俗的收集與研究是起於戰後，假如說戰前李獻璋致力於《臺灣民間文學集》，是存有標舉民族文化傳承，藉以抵抗殖民主同化的意圖[35]，那麼戰後殖民主早已離去，為什麼吳瀛濤還要收集民俗、民謠呢？除了因為現代化造成傳統文化的流失之外，最主要的原因還是與國府所塑造的主流文化霸權有關，強調國語的、中央正統的文化，讓方言的、民間的文化更無發展與傳承的空間。吳瀛濤成長於充滿庶民色彩的大稻埕，與透過臺灣菜標舉臺灣在地精神的江山樓，因此他義無反顧地致力於

[34]鍾肇政，〈片段二三〉，《笠》第 46 期，頁 38。
[35]胡萬川，〈賴和先生與李獻璋先生等民間文學觀念及工作之探討〉，《民間文學的理論與實際》（新竹：清華大學出版社，2004 年 1 月），頁 203～225。

搶救臺灣民間文化與文學的採錄工作，便不是太令人意外的作為。

結合上述吳瀛濤在戰前的語言養成的討論，吳瀛濤戰後無論是翻譯活動或民間文學採錄工作，都與其戰前語言、知識養成關聯甚鉅，尤其是在庶民色彩濃厚的大稻埕中生長的經驗，形成吳瀛濤文化能動的特色，在地的、庶民的、具有懷舊氣息並且感性的文化能動。而該文化能動不是徒以一種路徑被實踐，而是在吳瀛濤穿刺入幾個不同的文化場域或權力結構中時，策略性的加以實踐，如上文所提及的例子，吳瀛濤透過在國府支持的對日刊物上刊登以臺語標音的臺灣民謠與謎語；又如透過長年的採錄、整理工作，以中文出版《臺灣民俗》、《臺灣諺語》；再者，像是接下來本文討論吳瀛濤在現代詩壇中，所標舉的詩學與其詩作所形成臺灣在地知識分子的心靈圖貌，這些都是吳瀛濤實踐在地文化的行動，其中涉及的不僅僅是能動的根源，更是各種策略所展示出的路徑。

四、戰後臺灣在地知識分子的心靈圖貌

在對吳瀛濤語言能力與感性知識的養成有所認識之後，筆者希望透過解析吳瀛濤現代詩作中所隱含的情感結構，與詩學主張「民謠詩話」去分析其文學創作所意圖對話的對象，以及描繪出其文學活動背後的心靈圖貌。筆者必須先行強調的是，肯定吳瀛濤在戰後的文化活動成就，並不等於忽視吳瀛濤等在地知識分子生存在國府文化霸權脈絡中的痛苦與難堪，分析其文化能動與行動策略的思維，並不等於忽視國家機器、文化霸權的暴力和不義。只是作為缺乏直接傷痕經驗的後解嚴世代的年輕研究者來說，筆者實在無法理直氣壯在敘說先人痛苦時，也假裝自己完全體會與感受到先人們的傷痕，閱讀〈南國哀歌〉、《亞細亞的孤兒》、《插天山之歌》或是描寫白色恐怖的小說時，筆者也會難過到禁不住眼淚，但是那種難過是透過文學作品的感染，而不是自己切身的經驗，所以在繼承先人們的傷痕時，筆者在情緒上感受到斷裂的焦慮與危機，因此，作為無能去高分貝強調苦難與傷痕的筆者來說，更願意在挖掘殖民主與霸權的不義之時，投

注更多目光與心力在先人們如何跨越險惡與令人窒息的困境，並且透過不同的策略在有限的空間中與殖民主或霸權進行拚搏的能動。

相較於其他本省籍詩人，吳瀛濤雖然得以較早掌握中文能力並進行書寫與翻譯的工作，但是在語言轉換的歷史脈絡中，產生創傷的不單單僅只於語言政策的宰制，更包涵著流竄於現實生活與文學場域中的政治壓力，所以即便吳瀛濤能夠在轉換語言的過程中較早進行創作，也不意味著吳瀛濤就能倖免於痛苦與孤獨，徐和隣用敘述性較強的詩作這麼懷念吳瀛濤：

> 我們是非自願的生於日據時代
> 既然我們生錯了時代也該有生存的權利吧！
> 時代、環境和教育，幼小的我們能改變嗎？
> 響應皇民化運動，有時他像背叛祖國的人
> 一直迎合環境，有時他一無所得
> 教育纔厲害，日本人使我們的文化變成怎樣？
> 先有連雅堂創辦「臺灣詩薈」，仍用中文
> 那時日本新體詩開始，大陸也有了新文學運動
> 我們的唐書房已被閉塞，哪能讀中文
> ……
> 在這些過程中出生於臺北市江山樓的您
> 在一個大酒家兼臺灣文藝協會的大本營中
> 一個文學少年，一個蒼白的文學迷，油然產生
> 愛好文學的宿命由日文開始，這算是誰的錯？
> 由日文真摯的探究真理的存在，是該受譏諷的嗎？
> 一個忠厚樸實的人默默的信守
> 一個孤獨的冥想者默默的追求
> 一個純粹精神的傳達者默默的等候
> ……

光復初年生的孩子，已經是二十八歲了
兒子們再也沒有回憶殖民地的痛苦的能力了
中國人，中國人，什麼叫做中國人？
殖民地，殖民地，什麼叫做殖民地！
請那些無心的人回答吧！
……「笠」詩刊
未曾成為日本詩壇的殖民地
假若一定要這樣被誤解
浸在有血有肉的民族熱潮裡
我願意加盟於你們被誤解的行列[36]

徐和隣為吳瀛濤也為自己一代人在認同上的辛酸與困窘，激烈的追問著，不能決定出身所屬的苦悶原以為能在戰後得到消解，未料仍舊不能自主，從 1945 年戰終後的「奴化論述」到徐和隣 1972 年寫作這首悼詩時所提到的「《笠》詩刊被汙衊為日本詩壇的殖民地」一事，吳瀛濤等一代人無論戰前戰後，都活在被殖民主或文化霸權所定義的宰制之下，強力的政治壓力流竄在吳瀛濤生活的周圍，在此稠密的空氣底下，詩人並沒有坐困愁城，而是致力於文學譯介與民俗翻譯，引介日、韓，甚至是西方國家的文學，並且透過詩作自我定義的功能去抵抗霸權的介入與定義。

阮美慧指出吳瀛濤詩作作品的兩大主題，一是有關生命哲理的獨思，一是有關都市風景的寫照[37]，對於前者阮美慧做出下面的結論：「作為一位詩人吳瀛濤領悟到，透過詩可以證明『人』的存在。」[38]對於後者則是：「吳瀛濤所描寫的都市風景是多元性，它涵蓋了自我與他者的心理空間，同時也關注到外在的物理空間」[39]阮美慧的觀察具有相當高的詮釋性，然而

[36]徐和隣，〈憂鬱——謹獻給吳瀛濤詩友墓前〉，《葡萄園》第 39 期（1972 年 1 月），頁 46～47。
[37]阮美慧，〈笠詩社跨越語言一代詩人研究〉，頁 270～281。
[38]阮美慧，〈笠詩社跨越語言一代詩人研究〉，頁 275。
[39]阮美慧，〈笠詩社跨越語言一代詩人研究〉，頁 281。

若是還要進一步追問的話，我想了解的是為什麼吳瀛濤特別執意於「生命哲理的獨思」主題的創作？與之大量描繪都市的詩作與散文有無關係？

如果要回答第一個問題，我們或許可以很直率地認為詩人只是因為多愁善感，對生死、生命多所觸發，因此寫下大量有關生命哲理的詩作，然而除了這樣強調詩人內緣的解釋之外，筆者還想更細膩的去挖掘這些詩作產生的外緣因素，透過內、外兩個層次，或許能夠比較了解為什麼吳瀛濤總是恍惚若有所失？為什麼他總是孤獨的在人群的角落裡瞑想？阮美慧在討論吳瀛濤有關生命哲理獨思的詩作時，透過吳瀛濤〈天空復活〉中那隻生命之鳥來強調其對生命勇敢的態度，其實在 1971 年 3 月住院等待開刀時寫下〈天空復活〉之前，吳瀛濤有另一首詩作就名為〈生命之鳥〉，茲錄：

音樂在身邊
繪畫在身邊
桌上有一大堆稿紙、古籍、資料、字典
這是屬於我的一個世界，我要把它完成
賭我的一生，不問流多少心血
對生命要有個交代，古人賦與給我的，我也要賦與給後人

一本海的散文集
一本三十多年來的詩全集
還有已完成的與尚未完成的幾本臺灣民俗的著作
屬於我的這一個世界，我站在這裡
我愛好海，愛好詩，愛好民俗
也愛好童謠童話之類，愛好人生所有的真善美
我站著
站在光榮而痛苦的歷史當中
這是一個存在擁有的一個宇宙，一個宇宙擁有的一個意志

一首高揚的生命之歌

啊，海在澎湃

我就是飛翔在澎湃的海上的一隻生命之鳥[40]

1970 年吳瀛濤才剛出版他的《吳瀛濤詩集》，從這首詩作當中，我們可以清楚的看到吳瀛濤的熱情與責任感，身處於這個令他覺得光榮而又痛苦的歷史當中，詩人還有很多意圖實踐的夢想，想要完成的世界，如果接續著兩個月後的〈天空復活〉來看，我們可以看到即便是病魔纏身，也未能打倒詩人的意志，那個有關被割開胸腔的「生命之鳥」的隱喻，豐富地表達出詩人的韌性。令人遺憾的是同年十月，詩人果真離開這個羈困他的「廢墟」，在「永恆的青空」、「是鳥曾走過去，又將要飛過去的輝耀的境域」中復活。然而，如果我們細細品味這首意氣昂揚的〈生命之鳥〉時，我們很難不去追問為什麼詩人會說他站在一個「光榮而痛苦的歷史」當中，究竟是什麼讓詩人覺得痛苦，又是什麼讓詩人感到光榮？筆者認為如果解答了這個屬於「光榮而痛苦的歷史」之謎，也就能同時解釋吳瀛濤為什麼要大量的書寫有關生命哲理的詩作。

讓我們先把目光回溯到戰前，皇民化時期日人禁止臺人穿著臺灣服，認為臺灣服是屬於「支那服」，不符合皇國臣民的要求，但是當時任臺北市會議員的陳逸松為臺北市民請願，基於經濟的考量不應全面執行改變服裝的政策，而是把臺灣服的對襟布扣改為暗扣，如此一來便類似國民服，使得多數日籍臺北市會議員無可置喙[41]，與殖民霸權協商換取偷渡屬於臺灣在地精神的作為，讓當時在大稻埕開業的律師陳逸松相當自豪，在大稻埕出生成長的吳瀛濤則是寫下這樣的詩作：

我們好福氣

---

[40]吳瀛濤，〈生命之鳥〉，《葡萄園》第 35 期（1971 年 1 月），頁 18。

[41]陳逸松，《陳逸松回憶錄（日據時代篇）——太陽旗下風滿臺》，頁 182。

穿了臺灣衫，穿了我們鄉土的衣服
這就十足表示了我們臺灣人的氣概
在那日人占據的幾十個年代

當國內的抗戰如火如荼地燃起
日人要毀棄我們的神像
要我們用他們的日本話，以他們的生活方式來改變我們
要我們化為皇民，要我們這樣那樣
但是我們還老是穿了我們的臺灣衫
用我們的臺灣話過著我們的生活
有時候甚至用他們聽也聽不懂的臺灣話罵得痛痛快快
這就是我們好神氣地穿了臺灣衫的緣故[42]

透過陳逸松回憶有關皇民化下有關服裝的政治，讓我們在解讀吳瀛濤的認同位置時，有了較為明確的座標，這首詩因為寫於戰後，勢必要在「國府抗戰論述」下進行，因此特別在描述日殖民主的壓迫時，也對照提到了當時正在抗日的中國，然而詩人並沒有以中國抗戰為重點，這首詩的主調是「穿著臺灣衫、說著他們聽也聽不懂的臺灣話的我們」，這個我們指向的集體歷史記憶的共享者中，並不包含國府，因為主導二二八與白色恐怖的國府政權，並不穿臺灣衫，也不說臺灣話。從這首詩裡，我們可以看到吳瀛濤的憤怒與驕傲，這就是為什麼吳瀛濤會在〈生命之鳥〉中自我激勵其所身處的是「光榮而痛苦的歷史」。在這首詩作中，吳瀛濤與國府所塑造的霸權進行一部分的妥協，然而整首詩的基調卻是隱微地以臺灣衫、臺灣話作為判準劃分出我們與他們，這裡的他們是聽不懂臺灣話的、不穿臺灣衫的他們，明指日殖民主，暗喻國府霸權。難道是在地知識分子刻意玩弄分離主義的嗎？如果我們能夠被吳瀛濤詩作中的無奈與痛苦所感動，那

[42]吳瀛濤，〈舊時代的詩篇——二、三十年代的臺灣風景〉，《笠》第46期，頁12～13。

麼與其說吳瀛濤在 1950、1960 年代之所以在心靈版圖中做如是區隔，那還不如說這個區隔是依據著戰後國府的高壓統治與「奴化論述」所造成的分隔線。陳逸松針對殖民主的角力與協商；吳瀛濤在霸權下的諷喻與仿擬，這兩位在大稻埕相識相知的朋友，為臺灣在地知識分子戰前戰後的處境做了很立體的再現。

吳瀛濤〈舊時代的詩篇〉的副標題是「二、三十年代的臺灣風景」，以往我們在閱讀描寫 1920、1930 年代的臺灣作品時，常常會看到受殖民主壓迫到喘不過氣來的底層人民，或者是背負著啟蒙使命的知識分子的覺醒過程，然而在吳瀛濤〈舊時代的詩篇〉中，我們雖然也看到了殖民主的身影與詩人對殖民主的批判，然而更多的是一種帶有懷舊氣息的、庶民性格的回憶場景，像是宣傳著蝴蝶歌舞團的破舊腳踏三輪車、布袋戲臺旁的手搖「機器曲」（唱機），在剃頭店的收音機前的粗人、角頭談論的是今年迎媽祖會演哪幾齣戲，而類似京戲裡的亂彈所唱的都用土音，……等。詩人說：「那雖然是一條條陋巷，一座座陋室，我的懷念卻永遠徬徨在那邊」，「光復」後更加文明現代化的器物、理應更有認同感的「祖國懷抱」，為什麼不能吸引詩人的目光，詩人的懷念居然留在前殖民主統治下的歲月裡？難道是詩人果真被日殖民主「奴化」了嗎？還是詩人一再沉思、瞑想的作為，所要抵禦的正是國府當下的奴化。又會不會是在臺代表祖國的「國府政權」沾滿了血腥的雙手遮蔽了詩人的眼睛，導致詩人不願也不忍細看當下，導致詩人老是孤獨地瞑想著自我是什麼人，就像徐和隣懷念吳瀛濤的詩作所說的：「殖民地，殖民地，什麼叫做殖民地！」「中國人，中國人，什麼叫做中國人？」吳瀛濤透過思考著生命哲理的詩作去追問：

突然被叫停
毫無理由地

從此呼吸停斷

與世永別

逃也逃不了
突然被叫停，被宣告死亡

毫無理由地
毫無理由地

——神呢[43]

透過吳瀛濤在這首詩中的逼問，我們可以稍稍解答第一個問題——為什麼吳瀛濤特別執意於「生命哲理的獨思」主題的創作？因為在思考生死、生命的同時，吳瀛濤在那「光榮而痛苦的歷史」中，得以抵抗一再被霸權強迫定義的困境。詩人決定要由自已來定義自己，在地知識分子可以是日本人，也可以是中國人，但這一切要由自己來判斷與定義，而不是由霸權為了統治而任意的玩弄，日殖民主要貶低臺灣人時，就說臺灣人是支那人，到了國府霸權要掌控臺灣人的時候，又說臺灣人是被奴化的，這一切造成了詩人的痛苦與不堪，詩人說：

又是一段空費
插足於泥濁
那是我不在的時間

被剝脫的日子也就如此
黃熟的果實落地之後
一直無人拾起

風吹來雨交迫

[43]吳瀛濤，〈輓歌三章〉，《吳瀛濤詩集》（臺北：笠詩刊社，1970 年 1 月），頁 207～208。

於此又來了天晴
而更有新的成熟新的期望
這纔使我遠遠地回到故鄉[44]

受國府霸權宰制的當下，不是詩人存在的時間，只有等待風雨過後，在新的期望之下才能回到詩人的故鄉，物理現實上，詩人沒有離開他所生長的大稻埕，但是戰後的大稻埕卻也不再是他那熟悉的故鄉了，因此吳瀛濤也寫了大量有關臺北、大稻埕的詩作與散文，就像〈舊時代的詩篇〉中的懷舊氣息一樣，臺北或大稻埕的樣貌不是以百分百的現代化都市出現的，而是混雜著庶民性格的在地風貌，如果說吳瀛濤有關生命哲思的現代詩作，是為了抵抗文化霸權的強迫定義，而致力於沉思與瞑想，透過形塑詩的世界，來消弭在現實世界中的無奈與受制的話，那麼在懷舊氣息下有關都市的詩作，則是進一步透過形塑屬於在地的風貌來翻轉所為宰制／受制；殖民／受殖的位階。

在描寫 1920、1930 年代的臺北時，刻意不強調殖民者的暴力，是因為控訴殖民者暴力的權利應是歸屬於受殖者，而不是作為下一輪霸權的統治工具，於是詩人不想把自己的血淚當作換取發言權利的籌碼。而刻意描繪出一個在前殖民主統治下的、美好的、樸質的、半現代化的都市風貌，則是為了對照出所謂的回歸祖國未必是最好的。透過對吳瀛濤現代詩類型的解讀，可以看到吳瀛濤隱藏在詩作後面的心靈圖貌，一個時常陷入沉思的詩人，不僅是在追求詩藝的進步，而是在思索突破困境的策略，吳瀛濤的翻譯、民俗採錄、現代詩作都是一條條突破困境的路徑，除此之外吳瀛濤的詩學論述「民謠詩話」作為其在地文化實踐的策略，也與其現代詩作所呈現出的樣貌，相互輝映。

在分析吳瀛濤的「民謠詩話」之前，必須先將當時吳瀛濤對現代詩壇

[44]吳瀛濤，〈期望〉，《現代詩》第 5 期（1954 年 2 月），頁 11。

的態度進行初步的描述。他不只一次的在文章或與其他詩人對話的場合中，提到他對於 1960 年代詩壇的不滿，他認為詩壇上充斥著晦澀難懂的詩，這讓讀者無法接受，使人們對現代詩的誤解更加深重，「一些搞什麼實存主義、虛無主義……他們沒有哲學的基礎，以為這就是現代，就是由於這批人才造成這文學的危機。」[45]因此吳瀛濤雖然同紀弦一樣都強調詩的知性，但是卻不鼓勵寫晦澀難懂的詩，相對於紀弦在回應蘇雪林時提到的「現代詩之一大特色，在難懂」、「在今天，詩人乃是一種專家，詩的讀者亦然」[46]的態度，吳瀛濤認為爭取詩的大眾化是首要的目的，「我們寧可寫讀者能了解的。而詩人對人生與詩都應該更深入地研究。『生活詩』似乎已為大家所忘記了，『生活詩』是值得提倡的。」[47]於是現代詩的語言不要怕「白」，越白越好，越白就越能深入讀者的內心，吳瀛濤認為：「把社會讀詩的風氣建立起來，以多數易懂的詩。這是我們應走的路向，這才是我們的時代使命，我這樣深信著。」[48]因此他在討論評詹冰〈天門開的時侯〉，提到「我並願在此熱烈地呼籲詩人更該重視兒童詩、兒童畫、童話之類的『童年的世界』」。[49]所以吳瀛濤除了將中文小說與臺灣民謠翻譯為日文推介到日本之外，更於 1968 到 1971 年間，在《葡萄園》上翻譯二十首西方童謠，呼應著他認為詩人應該更重視兒童詩的呼籲，此外，吳瀛濤秉持對於兒童文學與童謠的興趣，於 1965 年到 1966 年在《小學生》上翻譯了二十篇日本童話[50]；1971 年初，又透過新民教育社出版了其翻譯改寫的《綠野仙蹤》和《名犬萊西》。透過翻譯外國童謠與童話來鼓吹詩人要找到童真之心，越淺白易懂的詩，越能觸動人心。

除了鼓吹兒童詩與童謠之外，吳瀛濤還意圖從民謠中取經，他認為民謠

---

[45]吳瀛濤，〈「笠」詩會話〉，《笠》第 16 期（1966 年 12 月），頁 25。
[46]向明，〈古今多少詩，盡付笑談中！——五〇年代現代詩的回顧與省思〉，《文星》第 115 期（1988 年 1 月），頁 141。
[47]吳瀛濤，〈笠詩會話〉，《笠》第 16 期，頁 25。
[48]吳瀛濤，〈現代詩的困擾〉，《笠》第 27 期（1968 年 10 月），頁 11。
[49]吳瀛濤，〈易懂的好詩〉，《笠》第 22 期（1967 年 12 月），頁 43。
[50]參見〈吳瀛濤先生著作目錄〉，《笠》第 46 期，頁 6。

的產生符合其時代與環境，無論是內質還是形式都不是憑空產生的，雖然現代詩也有其產生的背景與內涵，但是部分誤解現代詩本質的詩人，卻一味寫難懂虛無的詩作，以為這樣就符合了現代詩的特色，孰不知反而讓他人對現代詩也產生誤解，因此吳瀛濤希望詩人們應該多接觸民謠，他認為「現代是一個多麼齷齪，令人窒悶的時代。虛妄扼殺了真實，詩失去了天真的夢境。因為如此，我更覺得民謠之可貴，尤其愛好故鄉的情歌。」[51]，在此認知之上，吳瀛濤大談臺灣民謠的特色在於能夠反映民俗，而這裡的民俗所指的正是「詩歌據以產生的民族、社會、歷史、生活、自然等諸多環境，換句話說，它是反映民俗的。如果可以說民謠是詩的最原始的形態，那麼於民謠中我們常發現而且引起我們的共感的民謠的因素，民謠的本質，它對詩將會提供了一些寶貴的東西。」[52]，吳瀛濤透過描繪出民謠作為詩創作的原型，來強調根著於原始的、故鄉的、民俗的價值，並且透過將上述的價值與「大眾」進行鏈結，來標舉其重要性，認為現代詩應當向臺灣傳統民謠取經，「民謠是最大眾化的歌，大眾化的詩，不僅如此，它既然產生於民間，甚至可以說是『大眾的歌、大眾的詩』，也即為民眾化以前的『民眾的歌、民眾的詩』。」[53]

以上為吳瀛濤「民謠詩話」的主要論點，其中有兩個鮮明的對立面，一個是吳瀛濤對於「現代」的批判，將之評價為齷齪、窒悶、虛妄的，另一個是吳瀛濤對民謠可貴之處的定義，歸因於其民俗性、故鄉性、本質性。假若說吳瀛濤戰後開始採錄臺灣傳統民間文學的文化作為，其有文化重建與抵抗國府主流文化霸權的意圖之效應的話，那麼在現代詩壇中倡導「民謠詩話」的作為，毋寧是在浸淫民間、俗民文化日久後，試圖從民間文學中提煉出一種精神，強調在地的、原生的、大眾的精神，這種精神的情感結構以土地為依據。並且意圖將這種強調在地的民間精神，介入當時

[51]吳瀛濤，〈民謠詩話（一）〉，《笠》第17期（1967年2月），頁25。
[52]吳瀛濤，〈民謠詩話（一）〉，《笠》第17期，頁25。
[53]吳瀛濤，〈民謠詩話（二）〉，《笠》第18期（1967年4月），頁43。

由外省族裔所掌握的菁英現代詩壇，要詩人們不要去作那些大眾看不懂得的虛無詩作，而是要作具有土地依據與歷史記憶的，並且淺白易懂的詩作。而吳瀛濤本人的詩作也果真展現出這個面貌，尤其本文上述所引的〈舊時代的詩篇〉。

此外，吳瀛濤也積極翻譯「現代詩用語辭典」，期望透過有關現代詩關鍵詞的譯介，導正某些偏執於現代主義、虛無主義的詩人，也讓對詩創作有興趣的新生代，能夠對西方現代詩生成的脈絡有所理解的基礎。[54]

五、跨越殖民之臺灣在地知識分子的文化能動與策略（代結論）

就像筆者在第一節中所追問的，吳瀛濤看似不同的文學、文化活動是各自獨立的嗎？這些看似獨立的活動與作品會不會指向了同一個標的物，共享同一個心理機制與創作動因？筆者在閱讀了大量吳瀛濤的作品之後發現，答案顯然是肯定的，吳瀛濤的這些文學、文化活動都不是孤立的，而是相互牽扯與滲透，而其創作與文化活動的內在動因，皆是指向著現實中受殖民主或霸權壓迫的情境，然而因為在地的、庶民的成長經驗提供了其文化能動，使之沒有坐困愁城，而是採取不同的策略，開發不同的實踐在地文化的路徑，同時也間接的促使東亞區域的文化流動。

阮美慧在討論 1960、1970 年代臺灣現代詩風的轉折時，借重陳千武所提的「詩的兩個球根說」，認為當時現代詩的轉折是由大陸來臺詩人的球根轉折到跨越語言一代詩人的球根。[55]如果要理解吳瀛濤等人致力於交通臺、日、韓詩壇的意圖，應該在兩個球根的相互拉扯、協商、角力的脈絡下去思考，本省籍詩人在 1950 年代沒有大陸來臺詩人的聲量，除了與國府位置的距離較遠、轉換語言能力這兩個主要的因素之外，日殖時期所遺留下來的文化資產不便在國府抗日論述中使用，也是個很主要的因素，然而時過

[54]從 1965 年 4 月到 1966 年 10 月連載於《笠》詩刊上，細目請參考原載於《臺灣文學評論》第 7 卷第 1 期，2007 年 1 月之附錄二〈吳瀛濤作品目錄初編〉，頁 97～103。

[55]阮美慧，〈臺灣精神的回歸：六、七〇年代臺灣現代詩風的轉折〉（臺南：成功大學中國文學所博士論文，2002 年 6 月），頁 15～16。

境遷，到了 1960 年代，國府與日本的政治、經濟關係越來越密切，這個時候本省籍詩人連結東亞的日、韓文壇的文化資源，來豐富島內一度閉鎖的、由大陸來臺文人所主導的文化場域，便成為極為重要的突圍策略。

透過還原吳瀛濤的文學與文化活動，無論是強調大眾化的詩，或是翻譯小說、民謠、童話；無論是採錄民間文化，或是透過生命哲理的詩作來確定自己的位置，我們看到的是一個有著明確在地性格的詩人，積極的與東亞其他國家的文學場域進行交流與互動，對過往的殖民主有所批判，然而卻不阻礙其對文化流通的致力。此外，固然可以單純將其翻譯活動視為促進東亞際文化流動的證據，但是如果將之對比於在地知識分子在 1950、1960 年代在島內備受箝制的受壓迫情勢，另一個更重要的意涵浮出檯面，臺灣在地知識分子發展其策略以爭取更多文化資本與發聲空間的形象登時躍然紙上。

本文透過追索吳瀛濤在戰前語言能力與感性知識養成之歷程，並旁佐當代其他跨越殖民之臺灣知識分子之言論，試圖描繪吳瀛濤戰後大量從事民間文學資料採錄與翻譯工作的內在動因與心靈圖貌，並且在此基礎之上，進一步去爬梳吳瀛濤所代表的在地知識分子文化能動與策略。筆者採取該路徑去再現在臺灣文學史中得不到其應有地位的吳瀛濤，不僅希望釐清作為翻譯家的吳瀛濤與作為民間文學採錄工作者、或作為現代詩作家的吳瀛濤之間的葛藤，更試圖了解跨越殖民的臺灣在地知識分子在前後的殖民主與文化霸權下的文化實踐與精神樣貌。正如同筆者在定義文化能動時所提到的，對吳瀛濤來說，與其說是透過抉擇來形構自我，還不如說是透過文化活動的實踐來形構與確認自我。吳瀛濤不單單是擺出抉擇的姿態，更是切實的去追索那些具有根源性的、在地的內涵，無論是採錄臺灣民間文學的成果《臺灣民俗》、《臺灣諺語》；回憶大稻埕、江山樓的感性散文；或是現代詩中有關 1920、1930 年代那充滿庶民色彩的圖貌，這些作品指向的不單單是其文化能動的內涵，更是吳瀛濤怎麼看到自身（Self）與臺灣的路徑，不僅如此，吳瀛濤並不耽溺於閉門造車，而是策略的將這些歸屬於在地的、庶民的內涵，推展到不同的領域與國度，前者像是其提出的「民謠詩論」，後者則是其積極的翻譯活動。

撰寫本文的目的，與其說是想藉吳瀛濤來重批日殖民主與國府霸權，毋寧說是想試圖思考在殖民主義與文化霸權下的知識分子，如何透過不同的策略與路徑與霸權體進行角力與協商，藉此以換取更多文化資本與能動。而作為吳瀛濤文化能動內涵正是其大稻埕成長經驗中的「庶民性」，與其民間文學採錄工作和其現代詩論「民謠詩話」中的「民間性」；吳瀛濤面對國家與文化霸權的暴力時所採取的策略即是透過連結東亞其他詩壇、積極透過翻譯進行交流與自我定位、藉由現代詩創作來遙想前殖民主治下的庶民風貌。

——選自《臺灣文學評論》第 7 卷第 1 期，2007 年 1 月

輯五◎
研究評論資料目錄

作家生平、作品評論專書與學位論文

學位論文

1. 張愛敏　跨越語言一代詩人的侷限與開展——以吳瀛濤為討論對象　政治大學臺灣文學研究所　碩士論文　陳芳明教授指導　2009年7月　158頁

本論文透過吳瀛濤的生平與文學活動歷程，了解詩人面對跨世代的時代困境所發展出的詩作特色。全文共 6 章：1.緒論；2.歷史傷痕下的文學契機——吳瀛濤的生平及其文學歷程；3. 傳統斷裂下的重建軌跡——吳瀛濤詩歌的階段性特色；4.時代壓抑下詩藝的完成——吳瀛濤的詩歌風格及其成就；5. 貧瘠土地裡的播種與深耕——吳瀛濤與臺灣文學史；6.結論。正文後附錄〈吳瀛濤文學活動與臺灣文學重要事件對照表〉、〈吳瀛濤作品編目〉。

作家生平資料篇目

自述

2. 吳瀛濤　自序　生活詩集　臺北　臺灣英文出版社　1953年9月　〔1〕頁
3. 吳瀛濤　瀛濤詩記　笠　第1期　1964年6月　頁15—19
4. 吳瀛濤　我的童話觀——重視童話文學・共盡一分力量　兒童讀物研究第二輯——童話研究專輯　臺北　小學生雜誌／畫刊社　1966年5月　頁345—347
5. 吳瀛濤　現代詩問答　笠　第11期　1966年2月　頁58—59
6. 吳瀛濤　詩的問答　笠　第20期　1967年8月　頁49
7. 吳瀛濤　詩的問答　笠　第21期　1967年10月　頁38
8. 吳瀛濤　詩歷・詩觀　美麗島詩集　臺北　笠詩社　1979年6月　頁231

他述

9. 李魁賢　暴風半徑　幼獅文藝　第185期　1969年5月　頁32
10. 〔龍族詩刊〕　紀念吳瀛濤先生　龍族詩刊　第4期　1971年12月　頁37—42

11. 〔笠詩社〕　故吳瀛濤先生傳略[1]　笠　第46期　1971年12月　頁4—6
12. 陳逸松　哀悼吳瀛濤先生　笠　第46期　1971年12月　頁20
13. 巫永福　悼念吳瀛濤先生　笠　第46期　1971年12月　頁21
14. 王詩琅　詩人的讖語　笠　第46期　1971年12月　頁22—23
15. 王詩琅　詩人的讖語　王詩琅全集·第10卷　高雄　德馨室出版社　1979年12月　頁119—124
16. 王詩琅　詩人的讖語　王詩琅選集·余清芳事件全貌：臺灣抗日事蹟　臺北　海峽學術出版社　2003年4月　頁277—281
17. 鍾鼎文　觀音山的新塚——悼詩人吳瀛濤先生　笠　第46期　1971年12月　頁24
18. 紀　弦　無常之歌——哭老友吳瀛濤　笠　第46期　1971年12月　頁25
19. 龍瑛宗　最初與最後　笠　第46期　1971年12月　頁26
20. 白　萩　復活天空——悼念前輩詩人吳瀛濤先生　笠　第46期　1971年12月　頁27
21. 高橋喜久晴　談詩人的態度——悼吳瀛濤先生　笠　第46期　1971年12月　頁28—29
22. 陳千武　《笠》與吳瀛濤先生——給瀛濤兄　笠　第46期　1971年12月　頁30
23. 陳千武　《笠》與吳瀛濤先生　詩的呼喚：文學評論集　南投　南投縣立文化中心　2005年12月　頁186—188
24. 陳秀喜　悼念吳瀛濤先生　笠　第46期　1971年12月　頁31—32
25. 陳秀喜　悼念吳瀛濤　陳秀喜全集·詩集　新竹　新竹市立文化中心　1997年5月　頁35—40
26. 鄭烱明　無限的哀悼　笠　第46期　1971年12月　頁33
27. 林煥彰　海的客人——寄給詩人吳瀛濤先生　笠　第46期　1971年12月

[1]本文為吳瀛濤先生追思專輯，故簡述吳瀛濤生平、作品，作為追思專輯之前言。全文共4小節：1.吳瀛濤先生小傳；2.吳瀛濤先生簡歷；3.吳瀛濤先生著作目錄；4.評論吳瀛濤及其作品文獻目錄。

頁 34—35，29

28. 林煥彰　海的客人——寄給詩人吳瀛濤先生　做些小夢　臺北　再興出版社　1975 年 10 月　頁 103—110
29. 林煥彰　海的客人——寄給詩人吳瀛濤先生　詩情・友情　宜蘭　宜蘭縣立文化中心　1995 年 6 月　頁 133—140
30. 趙天儀　忘年之交——吳瀛濤先生印象記　笠　第 46 期　1971 年 12 月　頁 36—37
31. 趙天儀　忘年之交——吳瀛濤先生印象記　詩意的與美感的　臺北　香草山出版社　1976 年 6 月　頁 26—30
32. 鍾肇政　片段二三——悼吳瀛濤先生　笠　第 46 期　1971 年 12 月　頁 38
33. 杜潘芳格　獻給吳瀛濤先生　笠　第 46 期　1971 年 12 月　頁 39
34. 詹　冰　詩國的農夫——悼吳瀛濤先生　笠　第 46 期　1971 年 12 月　頁 39
35. 趙天儀　鄉愁是黃昏的一盞燈——悼念詩人吳瀛濤先生　笠　第 46 期　1971 年 12 月　頁 40
36. 杜國清　追思吳瀛濤先生　笠　第 46 期　1971 年 12 月　頁 41
37. 黃荷生　慚愧和歉疚——敬悼吳瀛濤先生　笠　第 46 期　1971 年 12 月　頁 62
38. 雷　田　悼詩壇老兵吳瀛濤　臺灣文藝　第 34 期　1972 年 1 月　頁 89—90，49
39. 林煥彰　一個屬於雕像的臉——朋友的臉，寫吳瀛濤　做些小夢　臺北　再興出版社　1975 年 10 月　頁 95—96
40. 林煥彰　一個屬於雕像的臉——朋友的臉，寫吳瀛濤　詩情・友情　宜蘭　宜蘭縣立文化中心　1995 年 6 月　頁 131—132
41. 黃武忠　詩人兼民俗研究者——吳瀛濤　日據時代臺灣新文學作家小傳　臺北　時報文化出版公司　1980 年 8 月　頁 130—133
42. 雷　田　夕陽下的孤獨——讀《寶刀集》憶故友　聯合報　1981 年 2 月 26

日 11版
43. 蕭 蕭 吳瀛濤 現代詩入門 臺北 故鄉出版社 1982年2月20日 頁69—70
44. 莊永明 採風擷俗的詩人 自立晚報 1984年10月7日 9版
45. 星 帆 有緣投與海 文學臺灣 第12期 1994年10月 頁〔1〕
46. 〔岩上主編〕 吳瀛濤（1916—1971） 笠下影：1997笠詩社同仁著譯書目集 臺北 笠詩社 1997年8月 頁12
47. 李魁賢 步道上的詩碑 笠 第203期 1998年2月 頁193—194
48. 李魁賢 步道上的詩碑 李魁賢文集‧第8冊 臺北 行政院文建會 2002年10月 頁88
49. 李魁賢 吳瀛濤 文學之路 臺北 臺北市政府新聞處 1998年6月 頁70—71
50. 李敏勇 為了復活天空 自由時報 1999年7月15日 41版
51. 瘂 弦 從徐玉諾到吳瀛濤——想起吳瀛濤 創世紀 第127期 2001年6月 頁20
52. 李懷，桂華 詩與民俗的沉思者——吳瀛濤 文學臺灣人 臺北 遠流出版公司 2001年10月 頁139—140
53. 林政華 吳瀛濤——愛沉思冥想與風土民俗的田調新詩人 臺灣新聞報 2002年11月3日 17版
54. 〔莫渝主編〕 作者簡介 愛情小詩選讀 臺北 鷹漢文化公司 2003年11月 頁65
55. 劉維瑛 於薄暮，於曉暗之中的抒情原子能——記詩人吳瀛濤 臺灣文學館通訊 第7期 2005年4月 頁70—71
56. 〔封德屏主編〕 吳瀛濤 2007臺灣作家作品目錄 臺南 國立臺灣文學館 2008年7月 頁262
57. 〔趙天儀編〕 吳瀛濤小傳 吳瀛濤集 臺南 國立臺灣文學館 2009年7月 頁7

58. 趙天儀　詩與思想隨筆——吳瀛濤　笠　第301期　2014年6月　頁85—86

訪談、對談

59. 吳瀛濤等[2]　北部新文學・新劇運動座談會　臺北文物　第3卷第3期　1954年8月　頁2—12

60. 吳瀛濤等　北部新文學・新劇運動座談會　日據下臺灣新文學・文獻資料選集　臺北　明潭出版社　1979年3月　頁251—268

61. 吳瀛濤等[3]　作品合評——吳瀛濤作品　笠　第5期　1965年2月　頁27

62. 吳瀛濤等　作品合評——吳瀛濤作品：〈失落〉　林亨泰全集・文學論述卷6　彰化　彰化縣立文化中心　1998年9月　頁29—31

63. 吳瀛濤等[4]　吳瀛濤作品——屬於岩石的時代　笠　第14期　1966年8月　頁22—24

64. 吳瀛濤等[5]　詩集合評會——《瞑想詩集》　笠　第20期　1967年8月　頁36—38

65. 〔編輯部〕　請看我們訪問九位作家學者談民俗文學的記錄〔吳瀛濤部分〕　草原雜誌　第2期　1968年2月　頁35—36

年表

66. 莊永明　吳瀛濤年表（1916—1971）　文學臺灣人　臺北　遠流出版社　2001年10月　頁143

67. 張愛敏　吳瀛濤文學活動與臺灣文學重要事件對照表　跨越語言一代詩人的侷限與開展——以吳瀛濤為討論對象　政治大學臺灣文學研究所碩士論文　陳芳明教授指導　2009年7月　頁137—144

---

[2]與會者：吳新榮、林快青、廖漢臣、吳瀛濤、施學習、王白淵、林克夫、郭水潭、陳鏡波、張維賢、楊雲萍、陳君玉、溫連卿、廖秋桂、龍瑛宗、吳濁流、呂訴上、黃啟瑞、黃得時、蘇得志、王詩琅。

[3]與會者：吳瀛濤、錦連、林亨泰、白萩、王憲陽。

[4]評論者：李子惠、林煥彰、趙天儀、林郊、七等生、吳瀛濤、張冰如、羅明河、詹冰、桓夫；紀錄：林錫嘉、明台。

[5]與會者：吳瀛濤、吳建堂、陳秀喜、林煥彰、黃騰輝、藍楓、趙天儀；紀錄：趙天儀。

68. 〔趙天儀編〕　吳瀛濤寫作生平簡表　吳瀛濤集　臺南　國立臺灣文學館　2009年7月　頁143—145

69. 〔周華斌編〕　吳瀛濤年表　吳瀛濤詩全編（下）　臺南　國立臺灣文學館　2010年12月　頁228—231

其他

70. 周華斌　現代主義與臺灣本土的對話——《吳瀛濤詩全編》出版　臺灣文學館通訊　第31期　2011年6月　頁102

作品評論篇目

綜論

71. 覃子豪　群星光耀詩壇——為本刊年紀念而作〔吳瀛濤部分〕　藍星週刊　第53期　1955年6月16日　6版

72. 林亨泰　笠下影——吳瀛濤　笠　第2期　1964年8月　頁4—6

73. 林亨泰　笠下影——吳瀛濤　林亨泰全集・文學論述卷3　彰化　彰化縣立文化中心　1998年9月　頁75—83

74. 沙　白　笠的衣及料——我看「笠」兩年來的詩創作——吳瀛濤：平面的哲學詩人　笠　第13期　1966年6月　頁6

75. 周伯乃　沉默的詩人吳瀛濤　自由青年　第44卷第1期　1970年7月1日　頁102—109

76. 周伯乃　沉默的詩人吳瀛濤　笠　第46期　1971年12月　頁57—61

77. 詹　冰　詩，思想的[6]　笠　第39期　1970年10月　頁29—31

78. 詹　冰　詩・思想的　變　臺中　臺中市立文化中心　1993年6月　頁133—143

79. 趙天儀　第一次全省詩展（上）〔吳瀛濤部分〕　臺灣文藝　第32期　1971年7月　頁80

[6]本文將詩人分類為思想的、抒情的與感覺的三類，並論述吳瀛濤詩中的思想。全文共6小節：1.前言；2.青春與詩作；3.祈禱與生活；4都市與大海；5.瞑想與人生；6.結語。

80. 趙天儀　第一次全省詩展〔吳瀛濤部分〕　裸體的國王　臺北　香草山出版社　1976年6月　頁43

81. 李魁賢　孤獨的瞑想者——悼念詩人吳瀛濤先生[7]　笠　第46期　1971年12月　頁42—48

82. 李魁賢　孤獨的瞑想者——詩人吳瀛濤先生的塑像　心靈的側影　臺南　新風出版社　1972年1月　頁73—91

83. 李魁賢　孤獨的冥想者——詩人吳瀛濤先生的塑像　李魁賢文集・第3冊　臺北　行政院文建會　2002年10月　頁65—80

84. 傅　敏　看吳瀛濤先生的幾首詩——紀念故吳瀛濤先生　笠　第46期　1971年12月　頁49—51

85. 李　劍　詩的見證者——吳瀛濤　笠　第46期　1971年12月　頁52—56

86. 林煥彰　善良的語言——談吳瀛濤的詩　臺塑企業　第3卷第3期　1972年3月　頁66—69

87. 陳千武　天空復活　笠　第62期　1974年8月　頁39—40

88. 李魁賢　論吳瀛濤的詩　笠　第105期　1981年10月　頁35—41

89. 李魁賢　論吳瀛濤的詩　臺灣詩人作品論　臺北　名流出版社　1987年1月　頁27—39

90. 李魁賢　論吳瀛濤的詩　李魁賢文集・第4冊　臺北　行政院文建會　2002年10月　頁25—40

91. 趙天儀　孤城的存在——懷念並論吳瀛濤的詩[8]　臺灣詩季刊　第2期　1983年9月　頁34—40

92. 趙天儀　孤城的存在——論吳瀛濤的詩　臺灣現代詩鑑賞　臺中　臺中市立文化中心　1998年5月　頁54—62

93. 朱雙一　臺灣新文學運動的重挫——時代困囿下的不滅詩魂〔吳瀛濤部分〕　臺灣文學史（上）　福州　海峽文藝出版社　1991年6月　頁598

[7]本文後改篇名為〈孤獨的瞑想者——詩人吳瀛濤先生的塑像〉。
[8]本文後改篇名為〈孤城的存在——論吳瀛濤的詩〉。

94. 劉登翰　現實主義詩潮的勃興——林亨泰、白萩、陳千武與「笠」詩人群〔吳瀛濤部分〕　臺灣文學史（下）　福州　海峽文藝出版社　1993年1月　頁367—368

95. 張超主編　吳瀛濤　臺港澳及海外華人作家辭典　江蘇　南京大學出版社　1994年12月　頁512—513

96. 莫　渝　六〇年代臺灣的鄉土詩〔吳瀛濤部分〕　臺灣現代詩史論：臺灣現代詩史研討會實錄　臺北　文訊雜誌社　1996年3月　頁201—204

97. 阮美慧　孤獨的瞑想者——吳瀛濤　笠詩社跨越語言一代詩人研究　東海大學中國文學系　碩士論文　陳鴻森教授指導　1997年5月　頁266—281

98. 彭瑞金　愛瞑想的詩人——吳瀛濤　臺灣日報　1998年7月2日　29版

99. 彭瑞金　吳瀛濤——愛瞑想的詩人　臺灣文學步道　高雄　高雄縣立文化中心　1998年7月　頁164—168

100. 彭瑞金　吳瀛濤——愛瞑想的詩人　臺灣文學50家　臺北　玉山社出版公司　2005年7月　頁247—253

101. 舒　蘭　五〇年代詩人詩作——吳瀛濤　中國新詩史話（三）　臺北　渤海堂文化公司　1998年10月　頁244—247

102. 陳芳明　改寫輓歌的高手——吳瀛濤的現代主義精神　聯合文學　第188期　2000年6月　頁51—53

103. 陳芳明　改寫輓歌的高手——吳瀛濤的現代主義精神　深山夜讀　臺北　聯合文學出版社　2001年3月　頁144—149

104. 陳芳明　改寫輓歌的高手——吳瀛濤的現代主義精神　深山夜讀　臺北　聯合文學出版社　2008年9月　頁144—149

105. 陳芳明　改寫輓歌的高手——吳瀛濤的現代主義精神　吳瀛濤詩全編　臺南　國立臺灣文學館　2010年12月　頁iii—vii

106. 莊永明　詩與民俗的沉思者——吳瀛濤　文學臺灣人　臺北　遠流出版社

2001年10月　頁138—143

107. 林政華　論吳瀛濤的詩　臺灣古今文學名家　桃園　開南管理學院通識教育中心　2003年3月　頁50

108. 葉　笛　論《笠》前行代的詩人們——跨越語言的前行代詩人們〔吳瀛濤部分〕　笠詩社四十週年國際學術研討會論文集　臺南　國家臺灣文學館籌備處　2004年11月　頁43—46

109. 葉　笛　論《笠》前行代的詩人們——跨越語言的前行代詩人們〔吳瀛濤部分〕　葉笛全集・評論卷二　臺南　國家臺灣文學館籌備處　2007年5月　頁58—62

110. 孟　樊　承襲期臺灣新詩史（下）——錦連、陳千武與吳瀛濤　臺灣詩學學刊　第6期　2005年11月　頁99—101

111. 陳大為　臺灣都市詩的發展歷程——第一紀元：天空之城（1950—1958）〔吳瀛濤部分〕　20世紀臺灣文學專題2：創作類型與主題　臺北　萬卷樓圖書公司　2006年9月　頁76—77，82

112. 許博凱　跨越殖民之臺灣在地知識分子的文化能動與策略——以吳瀛濤為觀察對象　臺灣文學評論　第7卷第1期　2007年1月15日　頁71—107

113. 李詮林　日據時段的臺灣現代日語文學——概述——日語詩歌創作發展脈絡〔吳瀛濤部分〕　臺灣現代文學史稿　福州　海峽文藝出版社　2007年12月　頁239

114. 趙天儀　形象思維的抒情與知性思考的哲理——對吳瀛濤詩作的回顧與賞析　臺灣文學評論　第8卷第4期　2008年10月　頁173—181

115. 李建儒　吳瀛濤詩中的都市構形[9]　臺灣詩學學刊　第12期　2008年11月　頁185—203

[9]本文探討吳瀛濤在詩歌裡所構形的都市樣貌與意義。全文共3小節：1.前言；2.都市構形三態；3.結語。

116. 彭瑞金　解說[10]　吳瀛濤集　臺南　臺灣文學館　2009 年 7 月　頁 130—142

117. 陳芳明　臺灣鄉土文學運動的覺醒與再出發——挖掘政治潛意識〔吳瀛濤部分〕　臺灣新文學史　臺北　聯經出版公司　2011 年 10 月　頁 506—507

118. 林盛彬　論詩人吳瀛濤的詩與論[11]　笠　第 289 期　2012 年 6 月　頁 112—126

119. 陳政彥　現代詩運動轉折期（1964—1970）——詩人群像——吳瀛濤　跨越時代的青春之歌——五、六〇年代臺灣現代詩運動　臺南　國立臺灣文學館　2012 年 10 月　頁 191—195

120. 陳允元　尋找「缺席」的超現實主義者——日治時期臺灣超現實主義詩系譜的追尋與文學史再現——典律的空缺與填補：發現／尋回楊熾昌〔吳瀛濤部分〕　臺灣文學研究學報　第 16 期　2013 年 4 月　頁 29—30

121. 陳允元　尋找「缺席」的超現實主義者——日治時期臺灣超現實主義詩系譜的追索與文學史再現——典律的空缺與填補：發現／尋回楊熾昌〔吳瀛濤部分〕　臺南作家評論選集　臺南　臺南市文化局　2015 年 3 月　頁 104—106

122. 邱各容　四〇年代的臺灣兒童文學：承先啟後——傳承者身影——吳瀛濤：採風擷俗的詩人　臺灣近代兒童文學史　臺北　秀威資訊科技公司　2013 年 9 月　頁 334—345

123. 張宜柔　《徵信週刊》〈臺灣風土〉重要作者群像（一）〔吳瀛濤部分〕　臺灣民俗刊物《徵信週刊》〈臺灣風土〉研究　雲林科技大學漢學應用研究所　碩士論文　柯榮三教授指導　2017 年 6 月　頁 114—122

---

[10]本文解說《吳瀛濤集》的內容編輯要旨。

[11]本文綜論吳瀛濤的詩作。全文共 4 小節：1.前言；2.詩的生命；3.生命的詩；4.結語。

124. 李敏勇　耕作了苦的人生，生產了愛的詩句——在現實人間刻畫思想方程式的吳瀛濤（1916～1971）　文訊雜誌　第 397 期　2018 年 11 月　頁 170—176

分論

◆單行本作品

詩

《生活詩集》

125. 林煥彰　絕版詩集閱讀札記——樸素，善良的語言——讀詩人吳瀛濤《生活詩集》　經眼・辨析・苦行——臺灣文學史料集刊（三）　臺南　國立臺灣文學館　2013 年 7 月　頁 365—372

126. 林煥彰　樸素善良的語言——讀詩人吳瀛濤《生活詩集》　乾坤詩刊　第 68 期　2013 年 10 月　頁 11—16

《瞑想詩集》

127. 柳文哲　詩壇散步——《瞑想詩集》　笠　第 12 期　1966 年 4 月　頁 59—60

128. 趙天儀　吳瀛濤《瞑想詩集》　裸體的國王　臺北　香草山出版公司　1976 年 6 月　頁 212—215

《吳瀛濤詩集》

129. 林煥彰　讀《吳瀛濤詩集》　做些小夢　臺北　再興出版社　1975 年 10 月　頁 97—101

《吳瀛濤詩全編》

130. 〔楊護源主編〕　《吳瀛濤詩全集》編印　國立臺灣文學館年報 2010　臺南　國立臺灣文學館　2011 年 9 月　頁 22

散文

《海》

131. 李友煌　臺灣主體性的再出發：海洋的現代抒情與鄉土寫實（1960—70 年代）——從抒情中落實的海洋性鄉土：吳瀛濤之《海》　主體浮

現：臺灣現代海洋文學的發展　成功大學臺灣文學系　博士論文　呂興昌教授指導　2011年6月　頁200—204

單篇作品

132. 林亨泰等[12]　吳瀛濤作品——〈神四章〉　笠　第3期　1964年10月　頁27

133. 趙天儀等[13]　〈空茫〉　笠　第9期　1965年10月　頁50—51

134. 葉　笛　作品的感想〔〈過火〉部分〕　笠　第18期　1967年4月　頁34

135. 趙天儀　戰後臺灣新詩初探〔〈在一個時期〉部分〕　臺灣文學的週邊　臺北　富春文化公司　1980年3月　頁41—42

136. 陳玉玲　二二八的新詩世界〔〈在一個時期〉部分〕　中外文學　第27卷第1期　1998年6月　頁38—39

137. 李敏勇　傷口的花——臺灣現代詩中的白色恐怖顯影〔〈在一個時期〉部分〕　烈焰・玫瑰——人權文學・苦難見證　臺北　國家人權博物館籌備處　2013年12月　頁244—247

138. 羊子喬　光復前臺灣新詩論〔〈空白〉部分〕　臺灣文藝　第71期　1981年3月　頁263

139. 〔張默，蕭蕭編〕　〈空白〉鑑評　新詩三百首（一九一七——一九九五）（上）　臺北　九歌出版社　1995年9月　頁309—311

140. 陳明台　綿延不絕的詩脈——笠詩人的精神風貌〔〈布袋戲〉部分〕　笠　第170期　1992年8月　頁117

141. 王志健　瀛臺詩人與播種者——吳瀛濤〔〈詩人日記〉〕　中國新詩淵藪（中）　臺北　正中書局　1993年7月　頁1354—1359

142. 莫　渝　小市民的心聲〔〈我是這裡的陌生人〉〕　國語日報　1998年10

---

[12]評論者：桓夫、杜清國、詹冰、趙天儀。

[13]評論者：林郊、杜清國、李子士、李篤恭、陳旭昭、林煥彰、李子奇、白荻、林宗源、忍冬、郭文圻、陳瑞雲。

月 1 日　5 版

143. 莫　渝　笠下的一群〔〈我是這裡的陌生人〉〕　笠　第 207 期　1998 年 10 月　頁 125—127

144. 莫　渝　吳瀛濤〈我是這裡的陌生人〉　笠下的一群；笠詩人作品選讀　臺北　河童出版社　1999 年 6 月　頁 106—108

145. 林盛彬　笠詩社的現實主義美學——驀然回首：「笠」的崛起及其歷史意義〔〈我是這裡的陌生人〉部分〕　笠文論選 II：風格的建構　高雄　春暉出版社　2014 年 5 月　頁 357—359

146. 莫　渝　美的焦點與寄託〔〈短章〉〕　國語日報　1999 年 11 月 15 日　5 版

147. 〔莫渝主編〕　〈短章〉賞讀簡析　愛情小詩選讀　臺北　鷹漢文化公司　2003 年 11 月　頁 65

148. 林淇瀁　「現代」與「現實」的辯證：《笠》詩刊本土論述的雙軸延伸〔〈現代詩用語詞典〉部分〕　「笠與七、八〇年代臺灣詩壇關係」學術研討會論文集　高雄　春暉出版社　2008 年 8 月　頁 313

149. 向　陽　〈四月的 Image〉作品導讀　青少年臺灣文庫 2——新詩讀本 1：春天在我的血管裡歌唱　臺北　國立編譯館　2008 年 12 月　頁 11

150. 李敏勇　〈峽谷〉作品導讀　青少年臺灣文庫 2——新詩讀本 3：天門開的時候　臺北　國立編譯館　2008 年 12 月　頁 40

151. 李敏勇　天空的復活是由於鳥群不停的飛翔〔〈天空復活〉部分〕　海角，天涯，臺灣：心境旅行・詩情散步　臺北　圓神出版社　2009 年 4 月　頁 147—148

152. 喬　林　吳瀛濤的〈天空復活〉　人間福報　2011 年 8 月 1 日　15 版

153. 喬　林　吳瀛濤的〈天空復活〉　笠　第 302 期　2014 年 8 月　頁 131—132

154. 李敏勇　一年一選——〈天空復活〉　笠　第296期　2013年8月　頁12—13

多篇作品

155. 林煥彰　善良的語言——讀吳瀛濤的詩〔〈空白〉、〈語言〉〕　龍族詩刊　第13期　1974年12月　頁43—46

156. 林煥彰　善良的語言——讀吳瀛濤的詩〔〈空白〉、〈語言〉〕　做些小夢　臺北　再興出版社　1975年10月　頁111—119

157. 林煥彰　善良的語言——讀吳瀛濤的詩〔〈空白〉、〈語言〉〕　善良的語言　宜蘭　宜蘭縣立文化中心　1992年6月　頁1—8

158. 陳幸蕙　〈小毛蟲〉、〈貓族〉向星輝斑斕處漫溯　小詩星河：現代小詩選2　臺北　幼獅文化公司　2007年1月　頁46

159. 李敏勇　〈我唱我的歌〉、〈精靈〉作品導讀　青少年臺灣文庫2——新詩讀本4：我有一個夢　臺北　國立編譯館　2008年12月　頁100—101

作品評論目錄、索引

160. 〔笠〕　評論吳瀛濤及其作品文獻目錄　笠　第46期　1971年12月　頁6

161. 莫　渝　吳瀛濤作品評論與相關資料　螢光與花束　臺北　臺北縣文化局　2004年12月　頁32—39

162. 〔封德屏主編〕　吳瀛濤　臺灣現當代作家評論資料目錄（二）　臺南　國立臺灣文學館　2010年11月　頁929—935

其他

《臺灣民俗》

163. 王詩琅　臺灣民俗的集大成——吳瀛濤著《臺灣民俗》讀後　臺灣風物　第20卷第4期　1970年11月　頁28—29

164. 王詩琅　臺灣民俗的集大成——吳瀛濤著《臺灣民俗》讀後　王詩琅全集·第10卷　高雄　德馨室出版社　1979年12月　頁115—118

165. 王詩琅　　臺灣民俗的集大成——吳瀛濤著《臺灣民俗》　王詩琅全集・文藝創作與批評——夜雨　高雄　德馨室出版社　1979 年 12 月　頁 115—118

166. 王詩琅　　臺灣民俗的集大成——吳瀛濤《臺灣民俗》讀後　王詩琅選集・余清芳事件全貌——臺灣抗日事蹟　臺北　海峽學術出版社　2003 年 4 月　頁 274—276

《臺灣諺語》

167. 彭　歌　　《臺灣諺語》　聯合報　1975 年 5 月 17 日　12 版

168. 彭　歌　　《臺灣諺語》　孤憤　臺北　聯合報社　1978 年 5 月　頁 260—261

國家圖書館出版品預行編目資料

臺灣現當代作家研究資料彙編. 106, 吳瀛濤 / 林淇瀁編選. -- 初版. -- 臺南市 : 臺灣文學館, 2018.12
面 ; 公分
ISBN 978-986-05-7169-1 (平裝)

1.吳瀛濤 2.傳記 3.文學評論

863.4 107018455

【臺灣現當代作家研究資料彙編】106
吳瀛濤

發行人 蘇碩斌
指導單位 文化部
出版單位 國立臺灣文學館
地　址／70041 臺南市中西區中正路 1 號
電　話／06-2217201　傳　真／06-2218952
網　址／www.nmtl.gov.tw　電子信箱／pba@nmtl.gov.tw

總策畫 封德屏
顧　問 林淇瀁　張恆豪　許俊雅　陳義芝　須文蔚　應鳳凰
工作小組 呂欣茹　沈孟儒　林暄燁　黃子恩　蘇筱雯
編　選 林淇瀁
責任編輯 黃子恩
校　對 呂欣茹　何佳穎　黃子恩
計畫團隊 財團法人台灣文學發展基金會
美術設計 翁國鈞・不倒翁視覺創意
印　刷 松霖彩色印刷事業有限公司

著作財產權人　國立臺灣文學館
本書保留所有權利。欲利用本書全部或部分內容者，須徵求著作財產權人同意或書面授權。請洽國立臺灣文學館研究典藏組（電話：06-2217201）

經銷展售 國立臺灣文學館藝文商店（06-2217201 ext.2960）
國家書店松江門市（02-25180207）
一德洋樓羅布森冊恬（04-22333739）
三民書局（02-23617511、02-25006600）
台灣的店（02-23625799）
南天書局（02-23620190）
後驛冊店（04-22211900）
蜂書有限公司（02-33653332）
府城舊冊店（06-2763093）
唐山出版社（02-23633072）
五南文化廣場（04-22260330）

初版一刷 2018 年 12 月
定　價 新臺幣 390 元整
第一階段 15 冊新臺幣 5500 元整　第二階段 12 冊新臺幣 4500 元整
第三階段 23 冊新臺幣 8500 元整　第四階段 14 冊新臺幣 5000 元整
第五階段 16 冊新臺幣 6000 元整　第六階段 10 冊新臺幣 3800 元整
第七階段 10 冊新臺幣 3200 元整　第八階段 10 冊新臺幣 3600 元整
全套 110 冊新臺幣 33000 元整

GPN 1010702069（單本）　ISBN 978-986-05-7169-1（單本）
1010000407（套）　978-986-02-7266-6（套）

Printed in Taiwan
著作所有權・翻印必究